河出文庫

パワー

N・オルダーマン
安原和見 訳

河出書房新社

目次

パワー　5

謝辞　530

解説　渡辺由佳里　533

パワー

この作品はフィクションである。作中に登場する人物とその氏名、場所や事件は、すべて著者の想像の産物か、あるいは虚構として借用されたものにすぎない。生死を問わず実在の人物が連想されるとしても、あるいは現実の事件や場所に類似していたとしても、それはまったくの偶然である。

この世の不思議を教えてくれたマーガレットとグレアムに

人々はサムエルのもとに来て言った。われわれの上に君臨し、われわれを導く王を立ててくださいと。

そこでサムエルは人々に言った。あなたたちの上に君臨する王の権能（けんのう）は次のとおりである。まず、あなたたちの息子を徴用し、王の戦車兵や騎兵とする。王はかれらを好きなように配置するだろう。千人隊の指揮官にすることもあれば、五十人隊の長とすることもある。耕作や刈り入れに従事させたり、武器や戦車の用具を作らせたりもするだろう。またあなたたちの娘を徴用し、香料を作らせ、料理をさせ、パンを焼かせる。また、あなたたちの畑やぶどう園やオリーヴ林のうち、最上の部分を没収し、家臣に与えるだろう。それだけではない。あなたたちの穀物とぶどう酒の十分の一を徴収し、それもまたお気に入りの貴族や忠実な臣下に与えるだろう。あなたたちの男女の奴隷、とくにすぐれた若者やろばもやはり徴用し、王のために働かせる。あなたたちの羊の十分の一を徴用し、あなたたち自身も王の奴隷となるのだ。その日あなたたちは、みずからが欲したこの王から逃れようと泣き叫ぶだろう。しかし、主はその日、あなたたちには答えてくださらない。

しかし、人々はサムエルの言葉に耳を貸そうとせず、こう言い張った。いいえ、われわれに君臨する王を与えてください。そうすればほかのすべての国民と同じようになることができます。われわれを導き、戦争を指揮する王を与えてください。

サムエルは人々の言葉を聞き、それを主に伝えた。

主はこう答えられた。かれらの声に従い、かれらに王を与えなさい。

『サムエル記上』第八章より

男流作家協会
ニュービーヴァンド・スクエア

十月二十七日

ナオミさま

やっと厄介な本が仕上がりました。古文書の断片や図も含めてすべてお送りします。アドバイスをいただければ幸いですが、それが無理でも、井戸に小石を落としたようなかすかな反響でもいただければと思っています。

まずは、これがなんの本なのかとお尋ねになることでしょう。「今度は退屈な歴史の本にはしない」とお約束しました。これまで四冊の本を出してみてわかったのですが、ふつうの読者はわざわざ大量の証拠の山に目を通そうとはしないし、出土品の年代や層序の比較といった専門的な話になど興味がないのですね。調査研究について説明を始めると、聴衆の目がうつろになるのは何度も見てきました。ですから、今回は一種の「いいとこどり」を試みました。これなら一般読者も関心を持ってくれるのではないかと思います。この本は完全な歴史ではなく、完全な虚構でもありません。いわば広く認められた考古学説の「ノベライゼーション」であり、最も史実に近いと思われる物語です。

考古学的遺物の図も何点か採録してあります。参考になるとは思いますが、読み飛ばしても（たいていの読者はそうするでしょうね）支障はありません。

うかがいたいのは、この作品がショッキングすぎないかということです。いくら遠い昔のことだとは言っても、こんなことがほんとうにあったとは認められにくいとお思いになりますか。こうしたらもっと受け入れてもらいやすいという点がありましたら、ぜひアドバイスをお願いします。「真実」と「真実らしさ」はまったくちがうとはよく言われることですので。

マザー・イヴに関しては、あまりに不謹慎ととられかねない部分もあります……が、こういうことはみんなわかっていることですよね。だれもとくに気分を害することはないだろうと思います……なにしろ近ごろでは、無神論者を名乗らない人はひとりもいないようなありさまですし、実際「奇跡」はすべて説明可能なのですから。

それはともかく、長々と書きつらねてしまってすみません。どうかわたしのたわごとはお気になさらず、お読みになって感想をお聞かせください。また、ご自身の執筆が順調に進まれますようお祈りしております。いまから拝読できるときが待ちきれません。今回はご好意にとても感謝しております。お忙しいなか、お時間を割いていただきましてありがとうございます。

愛をこめて　ニール

ナンサッチハウス
レイクヴィク

ニールさま

すごい、これは楽しみです！　ぱらぱらと拾い読みをしてみましたが、早くじっくり読んでみたくてうずうずしています。以前おっしゃっていたとおり、男性の兵士や警察官や「男ギャング」の出てくる場面があるのですね。やってくれるなあ！　わたしがこういうのが好きなのは、いまさらくりかえすまでもありませんね。あなたはとっくにご存じのはずだから。いまから楽しみでなりません。

この設定がどう料理されているのか興味津々です。正直言って、執筆からいっとき解放されるのは大歓迎なんですよ。セリムときたら、新作が傑作でなかったらわたしを見捨てて、べつの書ける女を探すなどと言っています。こういう悪意のない言葉でこっちがどんな気持ちになるか、彼にはわかってないんですよ。

それはともかく、じつに楽しみです！　おっしゃっていた「男性の支配する世界」の物語はきっと面白いだろうと期待しています。きっといまの世界よりずっと穏やかで、思いやりがあって――こんなことを書くのはどうかと思いますが――ずっとセクシーな世界だろうな。

では、すぐに感想をお知らせします。

ナオミ

歴史小説

パワー

ニール・アダム・アーモン

パワーの形はつねに同じ、樹木の形だ。根から梢へ、幹から枝が分かれ、枝からさらに小枝が分かれて、次第に細くなる指で行く手を探りながら広がっていく。パワーの形は、外側へ伸びようとする生きものの輪郭だ。細い巻きひげを少しずつ繰り出し、繰り出してはさらに伸ばしていく。

それは海を目指す川の形だ——水滴が集まって細流となり、細流が集まって小川に、小川が集まって奔流となるように、集まって噴き出した強大なパワーは怒濤(どとう)のように殺到し、やがては底知れぬ力を満々とたたえる大海となる。

それは天から地へ走る稲妻の形だ。枝分かれした天の裂け目が、肉体や大地にそれと同じ模様を描く。アクリルのブロックが電気を浴びたときにも、やはりそれと同一の明瞭な模様が花開く。整然と配置された回路やスイッチに流されていても、電気がほんとうにとりたがるのは生きものの、シダの、葉を落とした枝の形なのだ。パワーは、中心点から四方八方へ伸び広がろうとする。

その同じ形は、わたしたちの身内にも伸びている。神経と血管の形づくる内なる樹木として。幹があり、そこから枝が分かれ、その枝がさらに分かれていく。指先からの信号は、脊髄を通じて脳に運ばれる。人は電気的存在なのだ。電気(パワー)は、自然界を移動するときと同じように人体のなかを移動する。わが子らよ、自然法則に反するようなことは、ここではなにひとつ起こっていない。

パワーは人と人のあいだでも同じように移動する。それがあるべき姿だ。人が集まって村となり、村が集まって町となる。町は都市に膝を屈し、都市は国家に従属する。命令は中心から末端に伝わり、結果は末端から中心へと波及する。コミュニケーションの絶えることはない。小川がなければ大海もいずれ干上がり、若芽がなければ太い幹は育たず、神経終末がなければ脳の君臨もない。上のありようが下を作り、末端の形が中心の形を決めるのだ。

人のパワーのありようと用いかたを変えるには、したがってふたつの道がある。ひとつは王宮から命令を出し、「かくあるべし」と人々に命じることだ。しかしもうひとつの道のほうが、より確実にして不可避の方法である。それは、無数の光点たちがそれぞれに新たなメッセージを発することだ。ひとりひとりが変われば、王宮はもろくも崩れる。

「彼女は手に雷霆(いかずち)をのせ、意のままに繰り出す」と書かれているとおりである。

『イヴの書』十三～十七

あと十年

ロクシー

そのとき、男たちはロクシーを戸棚に閉じ込めた。この戸棚にロクシーが閉じ込められるのは初めてではないのに、男たちはそれを知らなかったのだ。癇癪（かんしゃく）を起こすとここに放り込まれた。ほんの数分だけ、そこで頭を冷やしなさいというわけだ。たびたび放り込まれるうちに、ロクシーは扉のロックをいじって、爪やペーパークリップで少しずつねじをゆるめていった。はずそうと思えばいつでもはずせるようになっていたが、そうはしなかった。そんなことをしたら、外側から閂（かんぬき）をかけられてしまう。暗い戸棚に閉じ込められていても、いつでも出られるとわかっているだけでよかった。出られないのではなく、出ないだけなのだから。

そういうわけで、男たちはすっかり閉じ込めたつもりになっていたが、ロクシーは戸棚から外へ出て、おかげでなにもかも見てしまったのだ。

その夜、男たちは九時半にやって来た。何週間も前からの約束で、ロクシーはいとこたちの家に泊まりに行っているはずだったのだが、母が買ってくれた〈プライマーク〉のタイツが欲しかったのとちがうと文句を言ったら、「今夜の泊まりはなしよ。うちにいなさい」と言われたのだ。いいけどね、いとこたちに会っても退屈なだけだし。

ドアを蹴破って押し入ってきたとき、ロクシーがそこにいて、母といっしょにソファに座ってむくれているのを見て、男たちのひとりが「ちっ、子供がいるじゃねえか」と言った。押し入ってきたのはふたり。背の高いほうはネズミみたいな顔つきで、背の低いほうはがっちりしたあごをしていた。ふたりとも知らない男だった。

背の低いほうが母ののどくびにつかみかかった。ロクシーはキッチンに逃げたが、背の高いほうが追いかけてくる。裏口のドアにたどり着く寸前に太腿をつかまれ、ばったり倒れそうになったところで腰を抱え込まれた。足をばたつかせて「くそったれ、放せ！」とわめくと、片手で口をふさがれた。思いきり嚙みついてやったら血の味がした。男は悪態をついたものの、ロクシーを抱えた腕の力はゆるまない。そのままリビングルームに連れ戻されると、背の低い男が母を暖炉に押しつけていた。それを見たら、身体のなかになにかが膨れあがってきた。なんなのかはわからない。最初は指先に変な感覚があるだけだった。親指がちくちくする。

ロクシーが悲鳴をあげると、母が言った。「その子に手出しするんじゃないよ。その子に手出ししてごらん、なにがあっても知らないから。こんなまねをして、ただですむと思ったら大間違いだよ。死ぬほど後悔することになるからね、その子の父親はバーニイ・モンクなんだよ」

背の低いほうがせせら笑った。「残念だったな、おれたちゃその親父さんに伝言があって来たんだ」

背の高い男は階段下の戸棚にロクシーを放り込んだ。そのあまりのすばやさに、なにがあったのか気づいたときはもう暗がりのなかで、甘ったるい埃(ほこり)のにおい――掃除機のにおいだ――に包まれていた。今度は母が悲鳴をあげはじめる。

ロクシーは呼吸が速くなってきた。こわかったが、母を助けに行かなくてはならない。爪でロックのねじをまわした。一回、二回、三回まわすとはずれた。そのとき、金属のねじと手のあいだに火花が飛んだ。静電気だ。みょうな感じだった。まぶたを閉じても目が見えるぐらい集中して、下のねじを一回、二回、三回とまわす。母の声が聞こえる。「ねえやめて、お願い。なんなのこれは。あの子はほんの子供なのよ。ほんの子供なのに」

男の低い笑い声。「それほど子供には見えなかったがな」

母が金切り声をあげる。故障したエンジンの金属音のようだ。

男たちは部屋のどのあたりにいるのだろう。ひとりは母のそばにいる。もうひとりは……ロクシーの左のほうから物音がする。よし、計画はこうだ。身を低くして外へ出て、背の高いほうのひざの裏に飛びかかり、倒れたところで頭を踏みつける。これで二対一だ。銃を持っているかもしれないが、少なくとも出してみせはしなかった。ロクシーはけんかならやったことがある。あれこれ言うやつがいるからだ、彼女のこと、母のこと、そして父のことで。

一回。二回。三回。母がまた悲鳴をあげ、ロクシーはロックを引き抜き、渾身の力をこめて扉を押しあけた。

ついていた。背の高いほうが戸棚に背を向けて立っていたのだ。開いた扉にぶつかってよろめき、つんのめってあげた右足をつかんでやると、カーペットにまともに倒れ込んだ。骨の折れる音がして、鼻から血が噴き出した。

背の低いほうは、母の首にナイフを押し当てていた。その銀色の刃がひらめいて、こちらにウィンクして笑いかけてくる。

母が目を見開き、「逃げなさい、ロクシー」と言った。かすれたささやき声だったのに、頭のなかに響くようにはっきり聞こえた。「逃げなさい。早く」

ロクシーは学校でけんかから逃げたことはない。逃げたらずっと悪口を言われつづける。「こいつ、商売女と泥棒の子なんだぜ。気をつけないと、ロクシーに教科書を盗まれるぞ」。向こうが泣いてあやまるまでぶちのめしてやらなくちゃいけない。逃げたら負けだ。

なにかが起ころうとしている。耳の奥で血管がどくどく言っている。ぴりぴりする感覚が背筋に、肩に、鎖骨に広がっていく。その感覚が、やればできると言っていた。おまえにはその力があると。

うつ伏せに倒れた男は、うめきながら顔を押さえている。その男の身体をロクシーは飛び越えた。母の手をつかんでここから逃げるのだ。通りに出られさえすれば助かる。おもての通りではこんなことは起こらない。父を見つけよう、そうすればなんとかしてくれる。ほんの数歩だ、やればできる。

背の低いほうが母の腹を強く蹴った。母は痛みに身体をふたつに折り、くずおれてひざをつく。男がさっとロクシーにナイフを向けた。

背の高いほうがうめいた。「トニー……忘れんな……子供には……」

ちびが相棒の顔を蹴りつけた。一度、二度、三度。

「おれの……名前を……口に出すな」

のっぽは静かになった。顔じゅう血の泡だらけだ。まずい状況なのがわかる。母が叫んでいる。「逃げなさい！　早く！」あの感覚が腕におりてくる。腕じゅうにピンや針が生えてきているようだ。背骨から鎖骨へ、のどくびからひじへ、手首へ、指の先へ、光の針が生えていく。身体の内側に光が満ちてくる。

ちびは片手にナイフをかまえ、片手をこちらへ伸ばしてきた。蹴飛ばすかぶん殴るかしようと思っていたのに、とっさにべつのことをしていた。男の手首をつかんだのだ。そして、胸の奥深くにあるなにかをひねった。まるでずっとやりかたを知っていたかのようだった。男は手首をねじってロクシーの手をふりほどこうとしたが、間に合わなかった。

彼女は手に雷霆(いかずち)をのせ、意のままに繰り出す。

閃光がはじけて、ばちんと紙鉄砲のような音がした。雷雨のときのような、髪の毛の燃えるようなにおいがする。舌の裏側に苦いオレンジの味が広がる。見れば、ちびは床に倒れていた。のどの奥で、言葉にならない泣き声をあげている。手を広げたり閉じたりしている。手首から腕に長く赤い傷痕(きずあと)が走っていた。腕にはブロンドの体毛がはえていたが、それでも真っ赤な模様はよく見えた。まるでシダの葉と巻きひげと若芽と茎(くき)のようだった。母は口をぽかんとあけ、流れる涙をぬぐいもせずに、目を丸くしていた。

ロクシーは母の腕を引っ張ったが、ショック状態ですぐには動けず、あいかわらず「逃げなさい、早く」とくりかえしている。ロクシーは自分がなにをしたのかはわからないが、わかっていることもある。自分より強いやつとけんかをしたときは、相手が倒れたらすぐに逃げなくてはならない。それなのに、母は機敏に動いてくれない。母が立ちあがるより早く、ちびが「逃がすか」と言っていた。

ちびは用心深く立ちあがると、足を引きずり引きずり、ドアへの道をふさいで立ちはだかった。片手は力なくわきに垂らしているが、もういっぽうの手ではナイフをかまえている。なんだったのかはともかく、どうすればあれができるのか感じは憶えている。ロクシーは母を引っ張って自分の背後にまわらせた。

「そこになに持ってんだ」ちびは言った。トニーだ。憶えておいて父に伝えなくては。

「電池でも持ってんのか」

「どけ」ロクシーは言った。「またあれを食らいたいの」

トニーは二、三歩あとじさった。ロクシーの両手を見ている。背中になにか隠しているのかとうかがっているようだ。「落としたんだな。そうだろ」

あの感じを思い起こす。あのひねる感じ、外へ噴き出す感じを。

一歩前に出たが、トニーはひこうとしない。もう一歩前に出る。トニーは自分のしびれた手に目をやった。指がいまもぴくぴくしている。首をふり、「なんにも持ってねえじゃねえか」

ナイフを手に近づいてきた。ロクシーは手を伸ばし、トニーのいいほうの手の甲にふれた。さっきと同じようにひねった。

なにも起こらなかった。

男は笑いだした。ナイフを歯でくわえ、ロクシーの両手首を片手でつかんだ。

またやってみたが、やはりなにも起こらない。力まかせに押しつけられ、ロクシーはひざをついた。

「やめて」母が小さなかすれ声で言った。「やめて。お願い」

後頭部を強打され、ロクシーは気を失った。

気がついたときには、視界がななめになっていた。暖炉が見えた。いつもと同じだ。

暖炉は木枠に囲まれている。それにいっぽうの目が当たっていた。頭が痛い。口がカーペットに押しつけられている。歯をなめると血の味がした。水の落ちる音がする。目を閉じた。また開いたときにはかなり時間が経っていた。数分どころではなさそうだ。外の通りからは物音ひとつしない。寒い。なにもかもななめになっている。どうなっているのかと思ったら、脚が椅子にのっていて、顔がうつ伏せにカーペットと暖炉に押しつけられているのだった。手を床について身体を起こそうとしたが、力が入らない。身体をもぞもぞ動かし、脚を床に落とした。痛かったが、少なくとも身体がななめではなくなった。

いきなり記憶が戻ってきた。痛みと、その原因と、自分があのときやったこと。そして母のこと。両手をついてゆっくり身体を起こすと、その両手がべたべたする。水のしたたる音がする。カーペットがぐっしょり濡れていた。暖炉のまわりに、大きな赤いしみが丸く広がっている。母だった。頭がソファの肘掛けからだらりと垂れていた。胸に紙が一枚置いてあり、フェルトペンで桜草（プリムローズ）の絵が描いてあった。

ロクシーは十四歳。最年少で、最初期のひとりだった。

トゥンデ

トゥンデはプールで泳いでいた。必要以上に派手にしぶきをあげているのは、エヌマにこっちを向かせたくて、しかしそう思っているのを気づかれたくはないからだ。エヌマは女性誌『トゥデイズ・ウーマン』をぱらぱらやっている。トゥンデが顔をあげるたびにぱっと雑誌に目を戻し、熱心に読んでいるふりをする――トケ・マキンワが冬に電撃結婚をして、〈ユーチューブ〉の自分のチャンネルに結婚式の動画をアップしたという記事を。まちがいなくエヌマはこっちを見ている。こっちがそうと気づいていることは、たぶん彼女も気づいているだろう。そう思うとぞくぞくする。

トゥンデは二十一歳。なにもかもがちぐはぐで、長すぎたり短すぎたり、曲がっていたり不格好だったりする、そんな時期をやっと脱したばかりだった。エヌマは四歳年下だが、トゥンデよりずっとおとなびていた。ひかえめではあってもねんねではない。それに過度に内気でもない。あの歩きぶりを見ればわかるし、みんなより一瞬早くジョークを理解したときにちらと顔によぎる笑みもそうだ。エヌマはイバダン（ナイジェリア第二の都市）からここラゴス（ナイジェリア最大の都市）に遊びにきた子で、トゥンデの大学の友人――報道写真の講座をいっしょにとっている――のいとこだった。エヌマもトゥンデも、数人の仲間たちとともにここで夏休みを過ごしているのだ。トゥンデは、彼女がここにやって来たその日に目を惹かれた。秘密めかした笑みを浮かべ、すぐにはジョークとわからないようなジョークを口にする。お尻の曲線も、Tシャツがはち切れそうな胸もそそられる。ふたりきりになる算段をつけるのはひと苦労だったが、ここであきらめるようなトゥンデではない。

ここに来て早々、エヌマは海岸はきらいだと言っていた。砂まみれになるし風も強いし、プールのほうがいいというのだ。トゥンデは一日、二日、三日と待って、おもむろに遠出を提案した——みんなして車でアコド・ビーチへ行こう、ピクニックをして一日楽しもうと。エヌマは行きたくないと言ったが、トゥンデは気づかないふりをした。遠出の前夜になって、彼は腹具合が悪いと言いだした。お腹が痛いときに泳ぐのは危ない、とみんなが言った。水に入って身体を冷やすとますます具合が悪くなるから。うちでおとなしくしとけよ、トゥンデ。でも、せっかく海に行こうと思ってたのに……だめだめ、海に入るなんてとんでもない。エヌマも行かないって言ってるから、必要なら医者を呼んでもらったらいい。

女の子のひとりが、「でもそれじゃ、この家にふたりきりになったが、「おれのいとこたちがあとで来るから」と言いつくろった。

トゥンデは一瞬、殴りつけて黙らせてやりたくなったが、「おれのいとこたちがあとで来るから」と言いつくろった。

どのいとこだなどと訊く者はいなかった。暑くてけだるい夏の日、角を曲がればイコイイー・クラブ（一九三八年に創設された高級会員制クラブ）があるというこの大きな家には、いつでも人が出たり入ったりしていたのだ。

エヌマはなにも言わなかった。トゥンデはちゃんと気づいていた——彼女は文句も言わなかったし、女友だちの肩を抱いて、ビーチに行かずにいっしょに残ってと頼んだりもしなかった。最後の車が出ていって三十分後、トゥンデはベッドから起き出し、伸びをして、だいぶよくなったと言った。そのときもエヌマはなにも言わなかった。短い飛び込み板からプールに飛び込んでみせると、ちらと笑顔をひらめかせた。

トゥンデは水中でターンしてみせる。きれいに決まった、足はほとんど水面に出ていない。これを見てくれただろうかと思ったが、エヌマの姿はなかった。見まわすと、すらりと伸びた脚が見えた。素足でぺたぺたとキッチンから出てくるところだ。コカ・コーラの缶を手にしていた。

「これ」とお殿さま口調で声をかけた。「これ婢女（はしため）、そのコークをこちらへ持ってまいれ」

エヌマはこちらに顔を向け、澄んだ目を大きく見開いて笑みを見せた。左右を見まわし、「なに、わたしのこと？」とでも言うように自分の胸を指さす。

くそ、なんて可愛いんだ。しかし、現実にどうしたらいいのかよくわからない。これまでに好きになった女の子はふたりしかいないし、どちらもいわゆる「カノジョ」にはならなかった。大学では、トゥンデは学問と結婚しているとからかわれていた。ずっと決まった相手がいなかったからだが、好きでそうしているわけではない。ただ、ほんとうに欲しいと思う相手が現われるのを待っていたのだ。エヌマにはどこか特別なところがある。それがなんなのか確かめたい。

濡れたタイルに両手のひらをつけ、身体を水から引きあげた。こうすれば肩と胸の筋肉や鎖骨が目立つのを承知のうえで、流れるような動きで水からあがった。感触は悪くない。うまく行きそうな気がする。

エヌマはラウンジチェアに座っていた。ふんぞりかえって近づいていくと、缶のプルタブの下に爪を差し込み、いまにもあけそうなふりをしてみせる。

「こらこら」トゥンデはあいかわらず笑顔で言う。「それは、婢女ごときが飲んでよいものではないぞ」

エヌマはコーラの缶をお腹に押し当てた。あんなところに当てては冷たいだろうに。

「ちょっと味見がしたかったんです」とおとなしく言って唇をかんだ。

こっちに合わせて演技をしているのだ。そうにちがいない。ぞくぞくする。うまく行きそうだ。

彼女を見おろすように立ち、「さあ、こちらへ」

エヌマは缶を片手に持ち、冷たさを味わうように首筋に当てて転がした。首をふる。トゥンデはのしかかっていった。

レスリングごっこが始まった。トゥンデはほんとうに腕ずくにならないように気をつけた。こちらと同じぐらい彼女も楽しんでいるようだ。缶を持ったほうの腕を頭上に伸ばし、トゥンデにとられまいとしている。その腕をもう少し押し下げてやると、彼女ははっとあえいで背中をそらした。トゥンデはコーラの缶に手を伸ばす。エヌマは小さく笑った。耳に快い笑い声。

「ご主人さまに飲物を渡すまいとしておるな。なんと悪い婢女じゃ」

彼女はまた笑い、身をよじった。水着のVネックから乳房がこぼれ出そうだ。「渡すもんか。生命にかえても守ってみせるから！」

ゲームに乗ってくるとは頭がいい。それにきれいだ。どうかうまく行きますように。エヌマが笑い、トゥンデも笑った。のしかかっていくと、下になった彼女の身体は温かかった。

「とられないとでも思うか」と言ってまた手を伸ばした。身をよじって逃げようとする、その腰をつかまえる。

その手に、エヌマが手を重ねてきた。

オレンジの花の香りがした。風が起こり、プールに白い花がいくつか舞い落ちる。手を虫に刺されたような感覚があった。払いのけようと見おろしたが、エヌマの温かい手のひらが触れているだけだ。

その感覚は急激に、一直線に強くなっていった。最初は手と前腕がちくちくするだけだったが、それがぞわぞわと広がっていき、しまいに痛みに変わった。呼吸が速くなり、声も出せない。左腕が動かない。耳の奥で血管がどくどく脈打っている。胸が苦しい。

彼女はあいかわらず、低く小さく笑っている。身を乗り出し、トゥンデを引き寄せ、目をのぞき込んできた。彼女の虹彩は褐色と金にふちどられて輝き、下唇は濡れていた。トゥンデはこわかった。それでいて興奮していた。彼女になにをされても、身を守るすべはないのだ。それを思うと恐ろしかった。そしてぞくぞくした。いまでは痛いほど固くなっていたが、いつのまにそうなったのかわからない。左腕にはまるで感覚がなくなっていた。

彼女は顔を寄せてきた。吐息に唾液が泡立っている。唇にそっとキスをしてきたかと思うと、身を引きはがし、プールに走っていって飛び込んだ。流れるような、慣れた身のこなしで。

トゥンデは腕の感覚が戻るのを待った。エヌマは黙って泳いでいて、こちらに呼びかけるでも、水をはねかけるでもない。彼は興奮していたが、同時に恥ずかしかった。彼女と話したかったが、こわくもあった。ただの気のせいだったのだろうか。いまのはなんだったのかと尋ねたら、ばかと思われるかもしれない。

角の露店に歩いていき、オレンジのフローズンドリンクを買った。彼女になんと話しかけてよいかわからなかったからだ。みんながビーチから帰ってくると、トゥンデはいそいそと遠い親戚の家を訪ねる計画を立てはじめた。気を紛らすネタがどうしても必要だったし、ひとりでいたくなかった。なにがあったのか見当もつかないし、打ち明けて相談できるような相手もいない。友人のチャールズとかアイザックに尋ねたらと想像すると、考えただけでのどが締めつけられた。なにがあったか話せば、頭がおかしくなったと思われるか、腰抜けとか嘘つきとか思われるだけだ。エヌマが笑っていたのを思い出す。

気がつけば、なにかヒントでも浮かんでいないかと彼女の顔を探っている。あれはなんだったのだろう。わざとやったのだろうか。最初から痛い目にあわせようとか脅かそうと計画していたのだろうか。それともそんなつもりはなく、ついやってしまっただけなのか。そもそも、自分がなにをしたかわかっているのだろうか。ひょっとしたらエヌマのせいではぜんぜんなくて、彼自身の性的な機能不全かなにかなのだろうか。そんな疑問が頭から離れなかった。エヌマのほうはなにかがあったようなそぶりすら見せず、帰る前日にはべつの男と手をつないでいた。

屈辱感が、さびのように全身をむしばんでいく。あの午後のことばかり考えてしまう。夜にベッドに入って想うのは、あの唇、なめらかな生地を押し上げていた乳房、乳首の形、そして彼自身のまったくの無力さだった。その気になれば、彼女はこちらに対してどんなことでもできたのだ。それを思うと興奮し、自分のものをにぎる。興奮するのは、彼女の身体を、そしてハイビスカスの花のような香りを思い出すからだ——そう思い込もうとしたが、実際のところはよくわからない。頭のなかがごちゃごちゃで、もう性欲と支配欲、欲望と恐怖の区別がつかなかった。

おそらく、あの午後の記憶を何度も頭のなかで再生していたから、そしてなにか物的な証拠、たとえば写真とか動画とか録音があればと強く願っていたからだろう。だから、あのスーパーでまずスマートフォンに手を伸ばしたのだ。あるいは、市民ジャーナリズムとか「特ダネをかぎあてる嗅覚」とか、大学で教わったそういうことが知らず知らず身についていたのかもしれない。

エヌマとのことがあってから数か月後、トゥンデは友人のアイザックと連れ立って〈グッディーズ〉に出かけた。果物売場に向かい、熟したグァバの甘くむせかえる香りを吸い込む。熟れすぎて割れた果実の表面に小バエが集まるように、店の反対側からその香りに引き寄せられてきたのだ。トゥンデとアイザックは女の話をし、女が好きなものの話をしていた。トゥンデはあの屈辱感を胸の奥深くに押し隠し、だれにも言えない秘密があることを友人に気取られないよう用心していた。とそのとき、ひとりで買物に来ていた女の子が男と言いあいを始めた。男は三十歳ぐらい、女の子は十五、六歳というところか。

男は女の子を口説いていた。トゥンデは最初、知りあいどうしなのかと思ったが、どうもそうではないらしい。女の子のほうが「あっちへ行ってよ」と言っている。男はなれなれしく笑って一歩近づいた。「きみみたいにきれいな子に、声もかけずにいろって？」

女の子は身体を傾け、下を向き、肩で息をし、マンゴーを山と積んだ木箱のはしを握りしめていた。みょうな感覚があった。皮膚がぴりぴりするような。トゥンデはポケットからスマートフォンを取り出し、タップして録画を始めた。いまここで、なにかが起ころうとしている。あのとき彼の身に起こったのと同じことが。確証が欲しい。家に持ち帰って何度でも見返して確認したい。エヌマとのあの日からずっと、こんなことがいつか起こるのではないかと待ち受けていたのだ。

男が言う。「なあ、こっちを見ろよ。ちょっと笑ってみせてくれよ」

女の子はごくりとつばをのみ、あいかわらず下を向いている。

店内に立ち込める香りがいっそう濃厚になった。ひと息吸っただけで、リンゴとカラーピーマンとオレンジの香りを区別できるほどだ。

アイザックが耳打ちしてきた。「あいつ、マンゴーでぶん殴られるぜ」

人が雷霆を走らせるのか、それとも雷霆が「いざ」とうながすのか。

録画しているトゥンデの前で、女の子はふり向いた。攻撃の瞬間こそ画像はぼやけるが、それ以外はなにもかも鮮明に映っていた。女の子が片手を男の腕に伸ばす。男はにやにやしている。女の子がわざと怒ったふりをしてじらそうとしていると思っているのだ。そこで動画を止めれば放電のありさまが見える。男の手首からひじに向けて毛細血管が破裂していくにつれ、渦を巻き枝分かれする川のようなリヒテンベルク図形が皮膚に描かれていく。

トゥンデはカメラの目で男の様子を追う。男は倒れ、ひきつけを起こして窒息している。そこでカメラを転じて、女の子がスーパーから逃げ去るさまをフレームにとらえた。助けを呼ぶ人々の声が背景に入る。女の子が男を毒殺した、殴って毒を盛った、毒針で刺したという声もあれば、そうではない、果物にヘビが隠れていたのだという声もある。山と積まれた果物の陰に、マムシが、クサリヘビが隠れていたのだ。そのときだれかが言った。「アジェ・ニ・ガール・イェン、シャ！――あの娘は魔女だ！　魔女はこうやって男を殺すんだよ」

　トゥンデのカメラが床に倒れている男に戻る。かかとがリノリウムの床を叩く。口からピンクの泡を吹き、目は裏返り、頭を激しく左右にふっている。スマホの明るい画面にとらえることができたら、恐怖は消えるとトゥンデは思っていた。しかしいま、咳き込んで赤い痰を吐きながら泣く男を見ていると、恐怖が灼けた針金のように背筋を貫いていく。あのプールで感じた恐怖の正体に、トゥンデはこのとき初めて気がついた。その気になれば、エヌマは彼を殺すこともできたのだ。救急車が来るまで、彼は男をカメラにとらえつづけていた。

　この動画が呼び水だった。これをネットにアップしたときから、「恐るべき少女たち」騒ぎは始まったのだ。

マーゴット

「これ捏造でしょ」

「〈フォックス・ニュース〉は捏造じゃないと言ってるよ」

「〈フォックス・ニュース〉はなんとでも言うわよ、〈フォックス・ニュース〉の視聴率をあげるためなら」

「それはそうだが、しかし」

「あの子の手から出てる、あの線はなにかしら」

「電気だろう」

「でも、それはちょっと……だって……」

「ああ、まあね」

「これはどこの映像？」

「ナイジェリアだと思うよ。昨日アップされたんだ」

「ダニエル、あのへんには頭のおかしいのがごろごろしてるじゃない。捏造も詐欺もしほうだいだわ」

「動画はこれだけじゃないんだ。これがアップされてから、えーと……四、五本は出てきている」

「捏造でしょ。みんなこういうのが好きなのよ。いわゆる、その……ミームってやつ。聞いたことあるでしょう、『スレンダーマン』の話。スレンダーマンに捧げるんだっていって、女の子たちが友だちを殺そうとしたのよ。ほんと、こわいわよね」

「マーゴット、一時間に四、五本出てきてるんだ」

「まさか」

「そのまさかなんだよ」

「それで、わたしにどうしろっていうの」

「学校閉鎖を」

「そんなことをして、親たちになんて言われると思います？　選挙権をもつ何百万人っていう親たちよ。今日から学校閉鎖ですって子供たちを家に帰らせたら、なにをされるかわかったもんじゃないわ」

「教職員組合になんと言われると思う、組合員のひとりがけがでもしたら。障害者になったり、殺されたりしたら。責任問題だぞ」

「殺されるなんて、大げさな」

「ないとは言えないだろう」

マーゴットは目を落とし、デスクのふちをつかむ自分の両手を見おろした。うかうかとのせられたらばか丸出しだ。テレビのやらせに決まっている。こんなくだらないいたずらを真に受けて、この大都市圏の学校を閉鎖したりすれば、ぼんくら市長と笑いものにされるだけだ。しかし、もし閉鎖しなかったせいでなにかあったら……そのときは、ダニエルがこの有力な州の州知事になる。市長に警告し、手を打つように説得したのに聞き入れられなかったと訴えて。州知事公邸からの実況中継で、頰を涙で濡らしながらインタビューに答えるダニエルの姿が目に浮かぶ。ああむかつく。

ダニエルはスマートフォンを確認した。「アイオワ州とデラウェア州は閉鎖を発表してるよ」

「わかったわ」

「というと？」

「わかったと言ったらわかったのよ。やればいいんでしょ。閉鎖するわ」
四、五日間はろくに家に帰れなかった。執務室を出たのも、運転して帰ったのも、ベッドにもぐり込んだのも憶えていない。まちがいなくやったはずなのだが。電話は鳴りやまない。電話機を手にベッドに入り、握ったまま目を覚ました。娘たちはボビーが見てくれるから心配はいらない。申し訳ないことながら、娘たちのことは頭から完全に抜け落ちていた。
この現象は世界じゅうで発生していたが、なにが起こっているのかまったく見当もつかなかった。

最初のうちは、テレビに登場するのは自信ありげな顔ばかりだった。米国疾病管理センターの報道官は、これはウイルス疾患だと言った。さほど重篤な疾患ではなく、ほとんどの患者が後遺症もなく回復しています。若い女性が素手で人々を感電させているというのは、たんにそう見えただけです。当然ですよね、そんなことありえないわ、ばかばかしい――ニュースキャスターたちはドーランがひび割れるほど笑いころげた。話を盛り上げるためだけに、生物学者がふたり呼ばれて電気ウナギの形態について説明し、ひげの男と眼鏡の女と水槽のウナギで、モーニングニュースのコーナーがまるまるひとつ埋まった。電気ウナギの身体の作りを見て、それがヒントになって電池は発明されたんだって、知ってた？　知らなかったわ、トム。面白いわね。電気ウナギの電気って、馬が引っくり返るぐらい強烈だっていうからね。嘘でしょう、想像もつかないわ。でもね、日本のどこかの研究所じゃ、電気ウナギの水槽から電気をとってクリスマスツリーをライトアップしてるらしいよ。まあ、それじゃこの女の子たちでもおんなじことができるかしら。いやあどうかな、クリスティン。それは無理じゃないかな。それにしても、一年はどんどん短くなるような気がするね、もうクリスマスかとびっくりするよ。さて、天気予報の時間です。

　ニュース番組がこれは現実だと気がつくより数日早く、マーゴットらは事態を深刻に受け止めていた。学校でのけんかの報告をいち早く受けていたからだ。奇妙な新種のけんかが起こっており、被害を受けた男子生徒——ほとんどは男子だが、女子のこともある——は窒息と痙攣（けいれん）という症状を呈し、また腕や脚、あるいは腹部のやわらかい皮膚全体に、植物が枝葉を広げたような傷痕が残っているという。ウイルス説のあとにまず出てきたのは武器説だった。子供たちが新種の武器を学校に持ち込んだというのだ。しかし、一週間がのろのろと過ぎ、ようやく二週間めに入るころには、それはちがうとわかってきた。

　なにがもっともらしく、なにがばかげているのかもう判断がつかず、人々はどんな突拍子もない説にも飛びついた。マーゴットはある深夜、インドの研究チームのレポートを読んだ。若い女性の鎖骨にまたがるように、横紋筋（おうもんきん）の組織が発達しているのを初めて発見したという。かれらはそれを発電器官と呼び、糸を束ねてねじったような形状から「スケイン(桛)」と名づけていた。鎖骨の先端に電気受容体があって、それが一種の電気的な反響定位機能を持っているというのだ。また、女児の新生児を対象に鎖骨のMRI検査をおこなったところ、未発達のスケインが認められたという。マーゴットはこのレポートをコピーし、州内のすべての学校にメールで送付させた。ばかばかしい説ばかり大量にあふれるなか、それから数日間はこれだけが唯一まともな科学的説明だったから、ダニエルですらいっときはありがたそうな顔をした。もっとも、すぐにいつもの敵意が戻ってきたが。

こんな器官が発達してきたのは、人類水生進化説の正しさを示す証拠ではないかと、あるイスラエルの人類学者は主張していた。ヒトに体毛がないのはジャングルでなく海で進化したからであり、電気ウナギやシビレエイのように、ヒトの祖先は海の生物に恐れられていたというのだ。説教師やテレビ伝道師はこのニュースに飛びつき、しゃぶり尽くし、最後の審判が迫っているまぎれもないしるしを、そのべとつくはらわたに読みとっていた。人気の時事討論番組では、科学者と宗教家とが殴り合いを始めた。科学者のほうは、外科的手法を用いてこの「電気少女」たちを調査すべきだと主張し、いっぽう宗教家のほうは、彼女らは黙示録の先触れであるから人が手を触れるべきではないと譲らなかったのだ。これはヒト・ゲノムに潜在していたものが目覚めただけなのか、それとも突然変異の恐るべき形成異常なのか——この問題に関してはすでに議論が始まっていた。

眠りに落ちる直前、マーゴットは羽アリのことを思い出す。毎年夏になると、ある日とつぜん現われて、湖畔のこの家はアリに埋もれる。地面が見えないほど幾重にも重なり、木製の外壁に群がり、木の幹にとりついて翅を震わせる。空中もアリだらけで、息をすれば吸い込んでしまいそうだ。このアリたちは一年間ずっと地中で過ごしている。ひとりきりで卵から孵り、独力でなにか――ゴミとか草の種子とか――を食べて育ち、ひたすら時期を待っている。そしてある日、しかるべき気温の日がしかるべき期間続き、湿度も適当となると……いっせいに空中に飛び立つ。仲間を見つけるために。こんなことを考えているとは人にはとても言えない。ストレスで頭がおかしくなったと思われるだろうし、そうでなくても彼女の後釜を狙っている人間はおおぜいいるのだ。それでも、子供が火傷をした、引きつけを起こした、少女たちが集団でけんかをした、保護のため施設に入れられたという報告書を一日読みつづけたあと、ベッドに横たわってマーゴットは考える。なぜいまなのか。なぜいまになって急に？　するとかならずあのアリのことが頭に浮かぶ。アリはひたすら待っている――時節を、夏の訪れを。

三週間めに入って、ボビーから電話があった。ジョスリンがけんかをしていてつかまったというのだ。

五日めには、男子は女子から隔離されていた。犯人は女子たちだとわかったからには、これは当然の処置と思えた。すでに親たちは、男の子がひとりで出歩いてはいけない、ひとりで遠くへ行くなと言うようになっていた。「あれを見てしまったらもうね」ある女性が青い顔でテレビのインタビューに答えていた。「公園でね、女の子がなんの理由もなく男の子にやったのを見たのよ。男の子は目から血を流してたわ。目からですよ。あれを見てしまったらね、母親としては息子から目を離すことはできませんよ」

秘密はいつか漏れるものだ。対策が講じられた。男子専用スクールバスが設けられ、男子を安全に男子校に運ぶようになった。抵抗はほとんどなかった。ネットで動画を何本か見れば、恐怖で抗議する気も失せるというものだ。

しかし、女子の場合はそう簡単にはいかない。女子を女子から隔離することはできない。怒っている子もいれば、意地の悪い子もいる。また、秘密でなくなったからにはと、自分の強さや腕を見せつけようとする子も出てきた。負傷者が出、事故が起きる。ある少女がほかの少女に攻撃されて失明するという事件も起こった。教師は不安がっている。テレビでは評論家たちが「全員を拘束すべきだ、最大限の安全対策をとれ」と言っていた。つまり、わかっているかぎりでは、十五歳前後の少女全員をということだ。ほとんど例外なく。しかし、全員を拘束することなどできない。ばかげている。にもかかわらず、それを求める声は絶えなかった。

そんなときに、ジョスリンがけんかをしてつかまったのだ。マーゴットが娘の様子を見に帰るより早く、マスコミに嗅ぎつけられていた。帰り着いてみれば、前庭に報道車が待ち構えている。市長、コメントをお願いできませんか。お嬢さんが男子を病院送りにしたとうわさになっていますが。

　とんでもない、お願いされても出すコメントなどない。

　ボビーは次女のマディとともにリビングルームにいた。ソファに座り、脚のあいだにマディを座らせている。娘はミルクを飲みながら、テレビの『パワーパフ・ガールズ』を観ていた。母が入ってくると顔はあげたが、立ちあがろうともせずにまたテレビに目を戻す。十歳でもう十五歳みたいな反抗期。しかたがない。頭のてっぺんにキスをしたが、マディはマーゴットの身体の向こう、テレビ画面から目を離すまいとするばかりだった。ボビーがマーゴットの手をぎゅっと握ってくる。

「ジョスは?」

「二階」

「どんな様子?」

「本人がいちばんこわがってるよ」

「でしょうね」


　マーゴットは、子供部屋のドアを静かに閉じた。

　ジョスリンは両脚を投げ出してベッドに座っていた。ぬいぐるみのミスター・ベアを抱いている。まだ子供だ。ほんの子供なのだ。

「この騒動が始まってから、すぐに電話すればよかった」マーゴットは言った。「ごめんね」

ジョスリンはいまにも泣きだしそうだった。マーゴットはそろそろとベッドに腰をおろした。涙でいっぱいのバケツを揺らしてはいけないとでもいうように。

「パパから聞いたけど、けがはさせなかったんでしょ。ひどいけがは」

答えを待ったが、ジョスリンはなにも言わない。マーゴットは続けた。「ほかに……女の子は三人いたんでしょ。その子たちが始めたのね。あの男の子も悪いのよ、あなたたちのそばに寄ってくるなんて。男子はみんなジョン・ミューアからよそへ転校させたのに。あの子はちょっとこわい思いをしただけよ」

「うん、わかってる」

よかった、口をきいてくれた。第一関門突破だ。

「その……初めてなの、こういうことをしたのは」

ジョスリンはうんざりと言わんばかりに天井をあおいだ。片手で毛布の毛羽をむしる。

「だって、こういう話をするのは初めてなんだもの。いつごろからやってたの」

やっと聞こえるかどうかという低い声で、ジョスリンは言った。「半年前」

「半年？」

しまった。懐疑や拒否は禁物、心を閉ざしてしまう。ジョスリンはひざを抱き寄せた。

「ごめんなさい」マーゴットは言った。「ただ……ちょっとびっくりしただけよ」

ジョスは顔をしかめた。「わたしより早く始めた子は何人もいるんだよ。最初は……

最初はその、ちょっと面白かったっていうか……静電気みたいで」

静電気というと……髪をとかしたあとで、風船にくっつけるというあれか。誕生日パーティで退屈した六歳児がやることだ。

「だから、女子が面白がって変なことをしてるだけだったのよ。ネットに秘密の動画があがってたの。それでいたずらする方法とか」

ああ、まさにそういう時期なのだ。親の知らない秘密を持つのが楽しくてしかたのない時期。なんでもいいのだ、親が知らないことであれば。

「その、どうやって……どうやってやりかたを覚えたの」

「わかんない。ただ、ああ、こうすればいいんだなってわかったの。なんていうか……きゅってひねるみたいな」

「どうして黙ってたの。どうしておかあさんに話してくれなかったの」

ジョスは窓から庭を見やった。裏の高い塀の向こうに、早くもカメラを持った男女が集まりはじめている。

「わかんない」

マーゴット自身、母に話そうとしたことがある。男の子のこと、パーティであったこと。どこまでならよくて、どこからがやりすぎなのか、どこで男の子の手を止めるべきなのか。そういう話をしようとしてみて、ぜったい無理だと思ったのを思い出す。

「やってみせて」

ジョスはいぶかるように目を細めた。「そんな……ママ、痛い思いをするよ」

「練習してたんでしょ。手加減できないの。相手が死んだり、引きつけを起こしたりしない程度に加減できない？」

ジョスは大きく息を吸い、頬をふくらませ、ゆっくりと息を吐いた。「できるよ」

マーゴットはうなずいた。これはわたしの娘、以前と同じ、用心深くてまじめな子。ジョスはジョスだ。「それじゃ、やってみせて」

「だけど、痛くないほどには加減できないよ。いいの？」

「どれぐらい痛いの」

ジョスは指を広げ、両の手のひらを眺めた。「わたしはできたり、できなかったりなの。強いときもあれば、ぜんぜんできないときもあるし」

マーゴットは唇を引き結んだ。「いいわ」

ジョスは片手を伸ばしかけたが、また引っ込めた。「やっぱりやりたくない」

一時期は、この子の身体のすみずみまでこの手できれいにし、世話をしていたのだ。わが子の力を知らずにすますことがどうしてできるだろう。「秘密はなしよ。やってみせて」

ジョスはいまにも泣きそうな顔をしたが、それでも人さし指と中指を母の腕に当てた。マーゴットは、ジョスがなにかをするのを待ち受けていた。息をつめるとか、眉間にしわを寄せるとか、腕の筋肉が緊張するとか。そんな前触れはなにもなく、いきなり痛みが襲ってきた。

疾病管理センターの予備的な報告書には、そのパワーは「脳の痛覚中枢にとくに作用する」と書かれていた。つまり、感電のように見えるが、実際以上に痛みが強いということだ。人体の痛覚受容体に反応を引き起こすべく、狙いを定めたパルスなのだ。にもかかわらず、マーゴットは目に見えるなにかを予想していた。筋肉が引きつるとか、しわが寄るとか、ヘビが飛びかかるように素早く電光が弧を描くとか。

なにも起こらなかった。ただにおいがしただけだ。嵐のあとの濡れた木の葉のにおい。風で落ちたリンゴが傷んでいくときの果樹園のにおい。かぎ慣れた両親の農場のにおい。

そして痛みが襲ってきた。ジョスの指が触れている前腕から、それは骨の鈍痛として始まった。風邪をひいたときのように、痛みは筋肉や関節を侵して広がっていく。深まっていく。骨がひび割れ、ねじれ、曲がり、やめてと言いたいのに声が出ない。痛みが骨をえぐって進んでいく。まるで内側から割られていくようだ。腫瘍が見えるような気がしてしかたがない。中身の詰まったべとべとのこぶが破裂して、腕の骨髄が砕け、尺骨と橈骨が吹っ飛んで鋭い破片が飛び散る。吐き気がする。悲鳴をあげたくなる。痛みは腕全体に広がり、そこから全身に放散して吐き気をもたらす。いままでは痛みに侵されていない部分はどこにもない。痛みは頭蓋ではねかえり、脊椎をくだり、背中じゅうに広がり、喉に巻きつき、さらに下って鎖骨に広がっていく。

鎖骨、それだ。ほんの数秒間だったが、その一秒一秒が長く引き延ばされていた。これほど身体の一部を強烈に意識するのは痛みがあるときだけだ。そのせいで、マーゴットは自分の胸にこだまを返すものがあることに気がついた。痛みの森や山のなかで、鎖骨に沿って澄んだ音が響いている。同類が同類の呼びかけに応えている。

それで思い出した。子供のころにしていたゲームのことだ。おかしな話だ、もう何年も忘れていたのに。人に言ったことはない。なぜかはわからないが、言ってはいけないとわかっていた。そのゲームのあいだ彼女は魔女で、手のひらに光の球を作ることができた。兄や弟たちは、コーンフレークの箱のマークを溜めてプラスティックの光線銃を買い、それでスペースマンごっこをしていた。しかし、農園を縁どるブナの並木のあいだで、彼女がひとりきりで演じるささやかなゲームはそれとはちがうものだった。光線銃も、ヘルメットも、ライトセーバーも要らない。子供のころにマーゴットがしていたゲームでは、彼女がひとりいればほかにはなにも要らなかった。

胸と両手両腕がぴりぴりする。しびれた腕に感覚が戻るときのような。痛みは消えてはいないが、もうそれはどうでもよかった。なにかべつのことが起こっている。本能的に、ジョスリンのパッチワークの毛布に両手の指を埋めた。ブナの木の匂いがする。あの並木にまた守られているかのよう、老いた木々と濡れた腐葉土(ふようど)の香りに包まれているかのようだ。

彼女の投げる雷霆は地の果てにまで届く。

目を開いてみると、両手のまわりに模様が生じていた。淡色と暗色が交互に現われて、毛布に同心円を描いている。彼女の手が握っていた部分を中心にして。そうだ。たしかにきゅっとひねる感じがあった。思い出した、たぶん最初からわかっていたのだ。ずっとそれは彼女のうちにあったのだ。手に受け、思いのままに繰り出す雷霆は。

「ああ」彼女は言った。「ああ、そうだったのね」

アリー

アリーは墓のうえにのると、墓石に寄りかかって墓碑銘を見る。いつも最初に故人をしのぶことにしているのだ。こんちは、天国はどう？　ここに眠る愛情深い母親、アナベス・マクダフさん。それからマルボロに火をつける。

ミセス・モンゴメリ＝テイラーに言わせると、主の御前において悪とされるこの世の四、五千の快楽のひとつ、それが煙草だった。火をつけて、吸い込んで、分かれた唇のすきまから煙を吐き出すだけで、ミセス・モンゴメリ＝テイラーなんかくたばっちまえと言うに等しいというわけだ。ミセス・モンゴメリ＝テイラーも、教会のご婦人たちも、くされイエス・キリストもくたばっちまえ。ほんとうはふつうに煙草を吸うだけでじゅうぶんなのだ。それだけで男の子は感心するし、このあとすぐになにが起こるか期待してくれる。しかしアリーは、ふつうの方法で煙草に火をつける気はない。

カイルがこっちにあごをしゃくって、「それやったせいで、先週ネブラスカじゃ女の子が男たちにぶっ殺されたらしいぜ」

「煙草を吸ったぐらいで？　ひってー」

ハンターが口を開く。「学校の生徒の半分は、おまえにそれができるって知ってるぞ」

「あっそ」

ハンターは言った。「おまえの親父、工場でおまえを使えばいいのにな。電気代が浮くじゃん」

「あんなの、あたしの親父じゃないよ」

アリーはまた指先に銀色の光をちらつかせてやった。男子ふたりがそれを見つめる。日が沈むと、雨を待つコオロギやカエルの声で墓地はにぎやかだった。長く暑い夏、大地は嵐を待ち焦がれている。

ミスター・モンゴメリ＝テイラーは食肉加工会社の経営者で、ここフロリダ州ジャクソンヴィルを中心に、北はニューヨーク州オールバニーからジョージア州東部のステーツバラにまで工場を持っていた。食肉加工と言ってはいるが、要するに肉屋だ。生きものを殺しているのだ。アリーは何年か前、ミスター・モンゴメリ＝テイラーにその現場を見せられたことがある。あのころのミスター・モンゴメリ＝テイラーは、男の世界で幼い少女を教え導くやさしいおとうさんを演じて悦に入っている時期だったのだ。しり込みもせず、顔をそむけもせず、騒ぎ立てもせずにすべてを見た自分はえらかったとアリーは思っている。工場見学のあいだじゅう、ミスター・モンゴメリ＝テイラーは片手でアリーの肩をペンチのようにがっちりつかんでいて、豚の囲いのほうを向かせていた。刃物の前に引き出されるときまで、豚はそこに集められているのだ。豚はとても頭がいいんだ。こわがらせると肉の味が落ちるんだよ。だから注意して扱わなくちゃいけないんだ。

鶏は頭がよくない。だからアリーは、鶏が白い羽毛をふくらませて木箱から出されるところを見せられた。手が鶏をつかみあげ、引っくり返し、真っ白な尻もあらわに、両脚をコンベヤベルトにくくりつける。コンベヤに運ばれて、帯電した水に頭をくぐらされていく。鶏は騒ぎながらもがいているが、一羽また一羽と身を固くし、やがてぐんにゃりおとなしくなる。

「やさしいだろう」ミスター・モンゴメリ＝テイラーは言った。「なにが起こるか知らずにすむんだ」

そして笑った。工場の従業員たちもいっしょに笑った。

一羽か二羽、頭をあげていた鶏がいるのにアリーは気づいた。水につからず、だから気絶もしていない。目がさめたままラインを流れていき、意識があるまま熱湯のタンクへ運ばれていった。

「能率的で衛生的で、しかもやさしい工場なんだ」ミスター・モンゴメリ＝テイラーは言った。

アリーが思い出したのは、ミセス・モンゴメリ＝テイラーがうっとりと語る地獄の話だった。回転ノコギリ、頭から放り込まれる熱湯風呂、煮えたぎる油と溶けた鉛の川の話。

アリーはコンベヤの脇を走っていって、鶏たちの脚をはずして自由にしてやりたかった。怒り狂った鶏たちが束になって、ミスター・モンゴメリ＝テイラーを襲うさまを想像した。くちばしと鉤爪（かぎづめ）で復讐を果たすのだ。しかし、そのとき〝声〟が話しかけてきた。いい子だからやめておきなさい。まだその時期じゃないわ。〝声〟の言うとおりにして間違ったことは一度もない。これまで何日も何日も生きてきて、ただの一度も。だから、アリーはお辞儀をして言った。「連れてきてもらって、すごく勉強になりました。ありがとう」

工場を見に行ってまもなく、アリーはそれができるのに気がついた。切迫した衝動があったというわけではない。ある日ふと気づいたら髪の毛が伸びていたというような、ちょうどそんな感じだった。ずっと以前から、知らないうちにできるようになっていたのだろう。

夕食のときだった。フォークをとろうとしたら、手から火花が散ったのだ。

すると〝声〟が言った。もういちどやってごらん。できるはずよ。集中して。アリーは胸のなかでなにかを軽くひねった。はじいたというほうがいいかもしれない。すると火花が飛んだ。よくできました、と〝声〟が言った。でもあの人たちには見せちゃだめよ。あの人たちには関係ないから。ミスター・モンゴメリ＝テイラーは気づかなかったし、ミセス・モンゴメリ＝テイラーも気づかなかった。アリーは目を伏せたまま、眉ひとつ動かさなかった。〝声〟が言った。これがおかあさんからの最初の贈り物よ。使いかたを覚えなさい。

アリーは自分の部屋で練習した。火花を手から手へ飛び移らせ、ベッドサイドのランプの光を強くし、次には弱くした。ティッシュペーパーを焼いて小さな穴をあけた。できるだけ小さく、針先で突いたぐらい小さい穴があけられるように練習した。集中を途切らせないことが肝心だが、アリーはそれが得意だった。これで煙草に火をつけられる者がほかにいるだろうか。いるという話は聞いたことがない。

〝声〟が言った。いつかその能力を使う日が来るのよ。その日になったら、どうすればいいかわかるわ。

アリーはふだん、男の子に好きに身体をさわらせている。向こうは、そのためにこの墓場に来ているつもりでいるのだ。手が腿を這いあがってくると、棒つきキャンディのように煙草を口からはずし、キスするあいだ片手で持つ。カイルがとなりにあがってきて、片手をアリーの腹にあてて服をたくしあげようとする。それを身ぶりでやめさせると、カイルはにやりと笑った。

「いいじゃん」と言って、服を少し引っぱりあげた。

その手の甲をちくりとやった。ほんの少し。やめる気になる程度に。

カイルは手を引っ込めた。アリーを恨めしげに見ると、次にハンターに目をやった。

「なんだよ、どうしたんだよ」

アリーは肩をすくめた。「そんな気分じゃない」

ハンターがカイルの反対側に座り、アリーはふたりにはさまれる格好になった。どちらもぴったり身体を押しつけてきて、ズボンの前を膨らませてその気満々だ。

「なるほどな」ハンターは言った。「だけどな、ここへ来たいって言ったのはおまえじゃないか。こっちはすっかりそんな気分なんだよ」

腕を腹にまわしてきて、親指が乳房をかすめた。身体に巻きつくハンターの手は大きくて力強い。「なあ、楽しもうぜ。三人だけでさ」

キスをしようと迫ってきた。口を開いている。

ハンターのことは好きだ。身長が百九十センチ以上もあって、肩幅が広くてたくましい。これまでいっしょに楽しい思いをしてきた。ただ、ここに来たのはそのためではない。今日は今日の気分があるのだ。

脇の下を攻めた。かねて用意のひと針を、正確にていねいに筋肉にもぐり込ませる。細身のナイフを肩まで突き通すように。そこで力を強める。ランプの輝きをどんどん熱くしていくように。炎でできたナイフのように。

「いてっ！」ハンターはとびすさった。「いてえじゃねえか！」右手で左の脇の下をさすっている。左腕は震えていた。

カイルが完全に腹を立ててアリーを引き寄せた。「どうしてこんなとこまで来させたんだよ、その気が――」

今度はのどを攻めた。あごのすぐ下を。鋼(はがね)の刃で声帯を切り裂くように。カイルがぽかんと口をあける。のどが詰まったような音を立てる。息はできるが、声は出ない。

「勝手にしろ！」ハンターが怒鳴った。「ひとりで歩いて帰りやがれ！」

ハンターはあとじさった。カイルはのどを押さえたまま、通学かばんを拾った。「おぉえぇお！」と怒鳴ると、ふたりして車へ引きあげていく。


暗くなってからも、アリーは長いことそこで待っていた。安らかに眠る愛情深い母親、アナベス・マクダフの墓のうえにねそべり、次から次に煙草に火をつけた。指先を閃(ひらめ)かせて火をつけ、フィルターぎりぎりまで灰にしていく。夜の音がまわりに立ち込めるなか、胸のうちで思った――来て。早く来てよ。

〝声〟に尋ねる。ママ、今日だよね。

〝声〟は言った。そうよ、用意はいい？

アリーは言った。いつでも来いだよ。


格子垣をよじ登って家に戻った。靴は靴紐と靴紐を結んで首に引っかけてある。つま先を格子に埋め、指をかけてつかむ。もっと小さいころ、一、二の三で木のうえまで登るアリーを見て、ミセス・モンゴメリ＝テイラーは言った。「見てよ、あの子の登りかた。まるでサルみたい」。ずっと前からそうではないかと思っていたが、やっぱりそうだったかというように。いつか真相がわかるときを待っていたかのように。

自分の部屋の窓にたどり着いた。ほんの少しあけたままにしてある。頭上の窓を開き、首にかけた靴をとってなかに投げ込んだ。腕の力で身体を持ちあげて窓を乗り越え、腕時計を見た。まだ夕食の時間にもなっていない。これなら文句を言われる筋合いはない。少し笑い声が漏れた。低くかすれた声。するとべつの笑い声が返ってきた。だれかいる。もちろんだれかはわかっている。

ミスター・モンゴメリ＝テイラーが、肘掛け椅子からするすると起きあがった。まるで、製造ラインの機械が長いアームを伸ばしたようだった。アリーは息を吸ったが、言葉を発する前に横っ面をまともに張られていた。バックハンドで。カントリークラブでテニスラケットを振るみたいに。ボールがラケットにぶつかるような音がした。

こういうときの彼の怒りは、いつも恐ろしく抑制されていて、恐ろしく静かだった。言葉が少なければ少ないほど怒りは大きい。酔っている。においでわかった。そして怒り狂っていた。押し殺した声で彼は言った。「見たぞ。墓地でガキどもといっしょだったろう。この薄汚い、ちんけな、売女が」一語ごとに、拳固(げんこ)が、平手が、蹴りが句読点だ。アリーは身体を丸めることも、やめてと頼むこともしない。逆に長引くだけなのはわかっている。ひざを開かされた。自分のベルトに手をかけている。アリーがどれだけちんけな売女なのか思い知らせようというのだ。まるでこれが初めてであるかのように。いままで何度もやったことなどないかのように。

ミセス・モンゴメリ＝テイラーは階下にいて、ラジオでポルカを聴きながらシェリーをなめている。少しずつ、しかしひっきりなしに。少しならお酒はぜんぜん害にはならないから。ミスター・モンゴメリ＝テイラーが、夜に二階にのぼってなにをしているのか、見に行こうとは思わない。少なくとも近所で女の尻を追いかけまわすようなことはしていないし、あの子がどんな目にあおうが自業自得というものだ。この小さな家庭内でのささやかなできごとに、なぜか『サン・タイムズ』紙の記者が興味を持ち、いまこの瞬間にマイクを口に向けて訊いたとしよう――ミセス・モンゴメリ＝テイラー、十六歳の混血の少女に対してご主人がいまやっていることをどう思われますか。あなたがたは、キリスト教の慈悲の精神で少女をこの家に引き取られたのでは？　その少女にあんな悲鳴をあげさせて、それでもやめないご主人をどう思われますか。もしこう尋ねられたら（尋ねる人がいるわけではないが）、彼女はこう答えるだろう。主人はお仕置きをしているだけですもの。あの子がそれだけのことをしたからですよ。もし記者がさらに突っ込んで、それでは女の尻を追いかけているわけではない、とおっしゃったのはどういう意味ですか、と尋ねたとしよう。するとミセス・モンゴメリ＝テイラーは、いやなにおいでも嗅いだかのように少し顔をしかめるだろうが、また笑顔になって、打ち明け話でもするように言うのだ。男ってそういうものでしょ。

べつのとき、何年も前、こんなふうに押さえつけられ、頭がヘッドボードに当たってかしいでいて、片手でのどくびを押さえつけられていたときだった。あのとき初めて、〝声〟がはっきり頭のなかに話しかけてきたのだ。思い起こしてみると、ずっと前からかすかに聞こえてはいた。モンゴメリ＝テイラー家に引き取られる前、家から家、人から人へたらいまわしにされていたときからそうだった。危険が迫っているとか、用心しなさいとか遠くから小さな声が聞こえてくるのだ。

〝声〟は言った。あなたは強い子、だからこんなことでへこたれやしないわ。

それでアリーは、のどくびを強く押さえつけられたままで尋ねた。ママなの？

〝声〟は言った。そうよ。

今日、なにか変わったことがあったわけではない。アリーがふだんよりかっとなっていたわけでもない。ただ、日に日に少しずつ育っていき、日に日に少しずつ変わっていき、そんなふうにして日々が積み重なっていくうちに、急にそれまで不可能だったことが可能になるということなのだ。そんなふうにして少女は女になる。一歩一歩進むうちに、そうなっている。入ってこられたとき、やれると気づいた。それだけの力がある。たぶん何週間、あるいは何か月も前からできるようになっていたのだろうが、やっといま確信が持てたのだ。いまならできる。失敗も報復も恐れる必要はない。こんなに簡単なことはないように思えた。手を伸ばして電気のスイッチを切るようなものだ。この古い電灯を、どうしていままで消す決心がつかなかったのか不思議なくらいだった。

〝声〟に話しかける。いまだよね。

〝声〟が言う。わかってるくせに。

雨のにおいがする。ミスター・モンゴメリ＝テイラーは顔をあげた。やっと雨が降りだしたか。からからの大地が大口をあけて飲み込んでいるだろう。開いた窓から吹き込んでこないかと気にはなったが、行為を続けながらも雨を思って気分が明るくなった。アリーは両手を彼のこめかみに持っていった。まず左、それから右。小さな指が母の手のひらに包まれるのを感じる。幸い、ミスター・モンゴメリ＝テイラーはこっちを見ていない。窓の向こうに目をやって、降ってもいない雨を探している。

彼女は雷霆に水路を開き、嵐に道を整える。

白光がひらめく。銀の閃光が彼のひたいに走り、口と歯のまわりにきらめく。痙攣し、はじかれたように抜けた。がくがくと全身を揺らしている。歯がかちかち鳴っている。床に倒れてどすんと大きな音を立てる。階下にも聞こえたかとアリーは不安になったが、ミセス・モンゴメリ＝テイラーはラジオの音量をあげていて、階段に足音がすることも、呼びかける声が聞こえることもなかった。アリーは下着とジーンズを引っぱりあげた。身を乗り出して様子をうかがうと、赤い泡を口から吹いていた。背を弓なりにし、両手はこわばって鉤爪のように曲がっている。まだ息があるようだ。いま人を呼んでくれば助かるかもしれない。片手を彼の心臓に当て、まだ残っている雷霆を集めた。そしてそこに、人間が電気のリズムを刻んでいる場所にまっすぐ送り込んだ。彼は動かなくなった。

アリーは持っていくものを集めた。窓枠の下に突っ込んでおいたお金。数ドルしかないが、当座は足りる。電池式のラジオ。これはミセス・モンゴメリ゠テイラーが子供のころに使っていて、たまさかやさしい気持ちになったときにくれたものだ。むき出しの苦しみから目をそらし、忘れるのに役立ってくれた。スマートフォンは置いていく。位置が追跡できると聞いたからだ。ベッドの枕元を見やると、小さな象牙のキリストのついたマホガニーの十字架が壁にかかっている。

あれは持っていきなさい、と〝声〟が言った。

あたし、うまくやったよね、とアリーは言った。

もちろんよ、よくやったわ。あなたはこれからますますえらくなるのよ。この世に奇跡を起こすんだから。

アリーは小さな十字架をダッフルバッグに突っ込んだ。この〝声〟のことはだれにも言ってはいけない。それは以前からわかっていた。秘密を守るのは得意だった。

窓枠をつかんで身体を引きあげる前に、アリーはミスター・モンゴメリ゠テイラーに最後の一瞥を投げた。たぶん、なににやられたのかわからなかっただろう。残念だ。生きたまま熱湯のタンクに送り込んでやりたかった。

格子垣から飛びおり、裏庭を歩いていきながら、出る前にキッチンからナイフをくすねてくればよかったと思った。しかしすぐに、そんなことを思った自分がおかしくなった。食事のときに使うのをべつにすれば、ナイフなどなくても困らないではないか。そうだ、ちっとも困らないのだ。

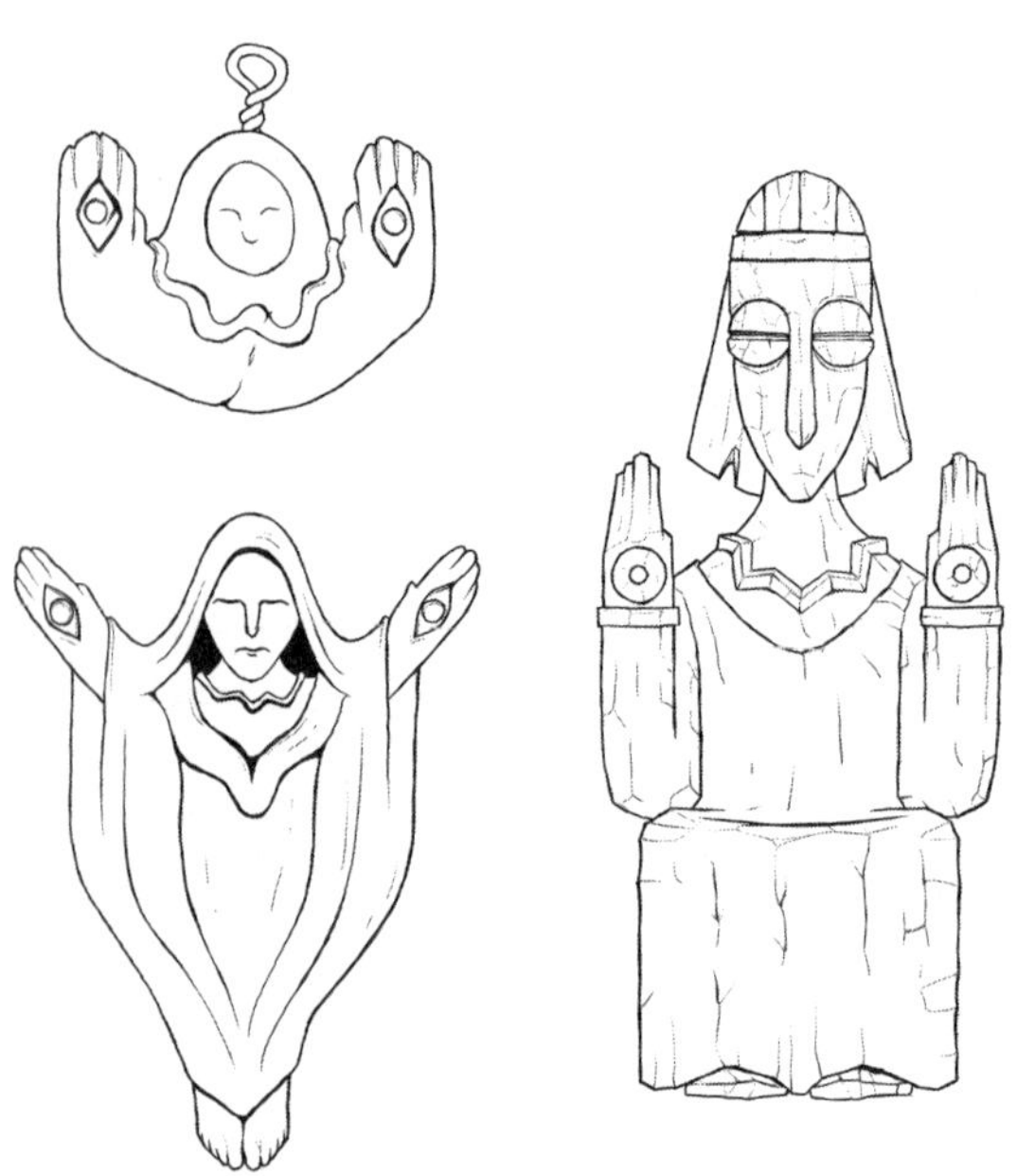

約 500 年前の三体の聖母像。南スーダン出土。

あと九年

アリー

八十二日間、歩いては隠れ、隠れては歩いた。できるときはヒッチハイクもしたが、ほとんどは歩きだった。

最初のうちは、十六歳の少女を拾ってくれる車はわりあい簡単に見つかった。それで、足どりをくらまそうと州をジグザグに移動した。ところが北へ向かい、夏が秋に変わるころには、親指を立てても止まってくれる車はしだいにまれになり、道路のまんなかに立っているわけでもないのに、彼女をよけてあわてて逃げていく車が増えてきた。走り去る車のなかで、運転手の妻らしい女性がこちらに向かって十字を切ったこともあった。

アリーは早いうちに、〈グッドウィル（非営利の福祉団体）〉で寝袋を買った。においがしみついていたが、毎朝風に当てていたし、まだ大雨は降っていない。いつもお腹はからっぽで足も痛かったが、旅は楽しかった。夜が明けてすぐに目を覚ました朝には、くっきりと明るい木々の輪郭や、昇る太陽が描き出す新しい光の道を眺め、肺いっぱいにきらきら輝く光を吸い込み、生まれてきてよかったと思った。あるとき、灰色のキツネが三日間ほどついてきたことがある。腕数本ぶん離れて歩いていて、さわれるほど近づいてくることはなかったが、それ以上に離れていくこともなかった。一度だけ姿を消したときは、しばらくして口にネズミをくわえ、鼻先に血をつけて戻ってきた。

アリーは〝声〟に話しかけた。このキツネはなにかのしるしなの？　すると〝声〟は言った。もちろんよ。がんばりなさい。

新聞は読んでいなかったし、小型のラジオも聞いていなかった。本人は知らなかったが、それでアリーは「恐るべき少女たち」騒ぎにまるで気づいていなかった。本人は知らなかったが、彼女が助かったのはこの騒ぎのおかげだった。

いっぽうジャクソンヴィルでは、就寝時になってミセス・モンゴメリ＝テイラーは二階にあがった。夫は書斎で新聞を読んでいるだろうし、少女は不品行の報いを受けているだろうと思っていたら、少女の部屋で思いがけない場面に遭遇した。ミスター・モンゴメリ＝テイラーはズボンを足首までおろしたまま、陰茎（いんけい）はまだ完全にしぼんでおらず、クリーム色のラグを血の泡で汚していた。ミセス・モンゴメリ＝テイラーは、乱れたベッドにゆうに三十分も座って、クライド・モンゴメリ＝テイラーをただ眺めていた。最初にはっとあえいだあとは、ゆっくり落ち着いて呼吸していた。しまいに、がらんとした部屋に向かって、主は与え、主は奪う（ヨブ記第一章二十一）とつぶやいた。クライドのズボンを引っぱりあげ、遺体を踏まないように注意しながら、清潔なシーツでベッドを整える。遺体をデスクまで引っ張っていこうか。椅子に座らせて、ラグを洗濯しようか。しかし、倒れて床をなめている夫のみじめな姿に胸は痛むものの、自分にそんな力があるとは思えなかった。それに、夫が少女の部屋でお説教をしていたとすれば、このままのほうが話のつじつまが合う。

警察を呼び、気の毒そうな顔で警察官たちが真夜中にやって来ると、彼女は証言をした。狼に家を与え、狂犬病の犬に手を差しのべてしまったと。そしてアリーの写真を渡した。ふだんなら数日もあれば見つかっていただろうが、まさにその夜、警察署の電話がひっきりなしに鳴りはじめた。オールバニーで、ステーツバラで、そしてアメリカじゅうで。四方に広がり、分かれた枝がさらに分かれて、電話は警察署というランプを点灯させ、そのさまは成長を続ける巨大な網の目のようだった。

名も知らぬ海辺の町で、家々を囲む低木の木立にアリーはよい寝場所を見つけた。下木々に隠れた土手に、もぐり込むのにぴったりの暖かくて乾いた場所があったのだ。下向きに湾曲する岩が突き出してひさし代わりになっていた。三日をそこで過ごした。というのも、ここにはいいものがあると〝声〟が言ったからだ。探してとっておいで。疲れていたし、しじゅう空腹を抱えていた。そのせいで目まいの感覚は日常の一部になっていたが、それはそれで快かった。こんなふうに全身の筋肉がしびれているとき、〝声〟はふだんよりはっきり聞こえる。最後に食事をしてからしばらく経っていた。以前は食べるのをやめようかと思うこともあった。〝声〟の口調――低くて耳に快いあの響きは、ほんとうの母の話し声だと信じていたからなおさらだ。

とうぜんいたはずなのはわかっているが、アリーは母をろくに憶えていない。明るい閃光とともに彼女の世界が始まったのは、三つか四つのときだった。片手に風船、片手にスノーコーン（氷菓の一種）を持っていたから、ショッピングモールにいたのだと思う。だれかといっしょだった。そのだれか――あれは母ではない、それはたしかだ――がこう言っている。「これからはこの人をローズおばさんと呼ぶんだよ。やさしい人だからね」〝声〟を初めて聞いたのはそのときだった。ローズおばさんの顔を見あげたとき、〝声〟が言ったのだ。「やさしい」ねえ。ふうん。それはどうだか。

それ以来、〝声〟はアリーを間違った方向に導いたことはない。ローズおばさんは意地悪な年配女で、少し酒が入るとアリーを悪しざまに罵った。しかもほとんど日がな一日飲んでいるのだ。〝声〟はアリーにどうすればいいか教えた。教わったとおりに彼女は適当な教師を選び、とうてい作り話とは思えない口調で作り話をした。

しかし、次のおばさんはローズおばさんよりさらにろくでもなかったし、ミセス・モンゴメリ＝テイラーはそれよりさらにろくでもなかった。それでも、いままでずっと〝声〟はアリーを最悪の危険から守ってくれた。何度となくすれすれまで行ったが、いまでも手足の指が全部そろっているのはそのおかげだ。そしていま、その〝声〟はここにとどまれ、とどまって待てと言っている。

毎日町に行き、暖かくて乾いた場所、入っていっても放り出されない場所を残らず探検した。図書館。教会。暖房のききすぎた小さな独立戦争博物館。そして三日めにもぐり込んだところが水族館だった。

いまはシーズンオフだから、人の出入りに本気で目を光らせる者はいなかったし、そもそもごく小さな施設だった。商店街の端っこにあって、部屋が五つつながっているだけだ。外の看板には「大海原の驚異！」とあった。しばらく待っていると、入口の守衛が「二十分で戻ります」という札をかけて、飲物を買いに出ていった。アリーは小さな木製のドアをあけ、まっすぐなかに入っていった。そこはたしかに暖かかったし、あらゆる場所を探せと〝声〟に言われていたからだ。探せる場所は残らず、と。

その部屋に入ったとたん、ここにあると感じた。明るく照らされた水槽が並び、色とりどりの魚が水中を行ったり来たりしている。胸全体に、鎖骨に、指先にそれを感じる。ここにはなにかがいる。彼女と同じことのできる少女が——いや、少女ではない。アリーはまた、あのもうひとつの感覚、ちりちりする感覚であたりを探った。ネットで少しばかり見たことがあるのだが、同じ部屋でだれかがパワーを放出しようとしていると、それが感じられると少女たちが言っていた。しかし、アリーほどの能力を持つ者はいなかった。初めてパワーを手に入れたときからそうだったが、周囲のだれかがそれを少しでも持っていればすぐにわかる。そして、ここにはなにかがいる。

最後からふたつめの水槽で見つかった。ほかの水槽より暗く、色あざやかなひらひらした魚もいない。長くて黒っぽくてぐにゃぐにゃした生きものが、水槽の底でゆっくりうごめいている。水槽のわきにメーターボックスがあって、針はゼロをさしていた。

アリーはこんな生きものを見るのは初めてで、名前も知らなかった。

片手をガラスに当ててみた。

一匹のウナギが身じろぎし、向きを変えてなにかをした。音が聞こえた。しゅうしゅうぱちぱちという音。メーターの針がはねあがった。

しかし、そのメーターボックスがなんなのか知らなくても、なにが起こったのかアリーにはわかっていた。この魚は電気を起こしたのだ。

水槽のわきの壁に解説ボードがかけてあったが、あまり興奮していたせいで、三度も読み直さなくてはならなかった。自分で自分を抑えていないと、息があがってしまいそうだ。これは電気ウナギです、とあった。信じられない能力を持っています。水中で電気ショックを与えて獲物をとらえるのです。ははん、なーるほど。水槽の台の下に手を入れて、人さし指と親指のあいだに小さな電弧(アーク)を起こしてみた。水槽のなかでウナギたちが身動きする。

電気ウナギの能力はそれだけではありません。脳の電気信号に干渉して、獲物の筋肉を「リモートコントロール」することもできます。その気になれば、獲物の魚を操って、まっすぐ自分の口のなかに入ってこさせることもできるのです。

　アリーは長いことそのそばに立っていた。また手をガラスに当て、ウナギたちを眺めた。

　ほんとうに大変なパワーだから、コントロールできるようにならなくてはいけないわ。でも、あなたはコントロールはもともと得意だものね。あとは技術を磨くことよ。でも大丈夫、技術はちゃんと学べるわ。

　アリーは胸のうちで言った。おかあさん、あたし、どこへ行けばいいの。

〝声〟は言った。ここを出なさい。ここを出て、わたしの教える場所へ行くのよ。

〝声〟はいつも、こういう聖書に出てきそうな物言いをする。

　その夜、アリーが足を止めて眠ろうとすると、〝声〟が言った。だめよ、歩きつづけなさい。止まっちゃだめ。お腹がすきすぎて気分が悪いほどだった。目まいはするし、ミスター・モンゴメリ＝テイラーのことが頭から離れない。あのだらりと垂れた舌で、いまも耳をなめられているかのようだ。犬がいればいいのにと思う。

〝声〟は言った。もうすぐよ。大丈夫、心配しないで。

　やがて、暗闇のなかにアリーは光を見た。その光が照らし出す看板には、「慈悲の姉妹修道院」とあり、「家のない人にスープを、困っている人にベッドを」と書かれていた。

〝声〟が言った。ほらね、言ったとおりでしょう。

敷居をまたいだあとのことはろくに憶えていない。ただ、三人の女性に抱えあげられ、「かわいそうに」とか「いい子ね」とか言われたのは憶えている。彼女のバッグに十字架を見つけて、三人は感嘆の声をあげた。これが証拠だ、この子の顔に表われていてほしいと彼女らが望んだもの、それはまちがいなくあったのだ。食事を運んできてもらうあいだ、柔らかく暖かいベッドに座ってアリーはもうろうとしていた。その夜は名前も訊かれず、どこから来たのかも訊かれなかった。

家もなく家族もない混血の子供が、東の海辺の女子修道院に流れ着いた――それを気に留める者は、その数か月間にはほとんどいなかった。この岸辺に漂着した少女はひとりではなかったし、もっと悲惨な状況にある少女がほかにもいたからだ。修道女たちは、からっぽの寝室に使い道ができて喜んでいた。彼女らだけで暮らすにはその修道院は大きすぎた。なにしろ百年近くも前、まだおおぜいの女性がキリストの花嫁として主に呼び寄せられていた時代に建てられたのだ。三か月が過ぎるころには、二段ベッドが運び込まれ、授業や日曜学校の予定が組まれ、食事と寝床と頭上の屋根の見返りに雑用が割り当てられた。雪崩のような人々の移動が始まり、昔のやりかたがまた日の目を見るようになっていた。少女が街に放り出され、修道院が引き受けるのだ。

アリーはほかの少女たちから話を聞くのが好きだった。何人かとは秘密を共有する親友にもなって、彼女たちの話に合わせて身の上話をでっちあげた。サヴァンナは、義理の兄の顔に思いきり電撃を加えたという。そうしたら「顔に蜘蛛の巣ができたよ。口のうえから鼻から目まで」と彼女は言った。目を見開いてこの話をしながら、サヴァンナはしきりにガムを噛んでいた。アリーは、煮込みすぎて固くなった肉にフォークを突き刺す。修道院では週に三度、夕食にこれが出るのだ。「これからどうする気？」と訊くと、サヴァンナは言った。「いい医者を見つけてとってもらうんだ。切り取っちゃうの」。ヒントだ。ヒントはほかにもある。悪魔に取り憑かれたと思われて、両親にここへ送り込まれた少女もいた。ほかの少女とけんかをした者、ここに入ってからもけんかをしている少女もいる。また、少年自身に頼まれてしてあげたという少女もひとりいた。この話にはだれもが興味を惹かれたものだ。あれが好きなんて男の子がいるのだろうか。してもらいたがるなんて。インターネットのフォーラムをのぞいたかぎりでは、どうやらそういうこともあるらしい、と数人が言った。

ヴィクトリアという少女は、やりかたを母親に教えたという。天気の話でもするようにあっさり語るところでは、彼女の母親は再婚相手――ヴィクトリアにとっては養父――に何度も力いっぱい殴られたせいで、歯が一本残らず折れてしまっていた。そこでヴィクトリアは、手で触れて母のなかのパワーを目覚めさせ、その使いかたを教えた。そうしたら魔女と罵られ、家から追い出されたのだという。この話を理解できない者はいない。インターネットのフォーラムなどのぞく必要もなかった。全員がうなずき、だれかがヴィクトリアにグレイヴィーソースをまわした。

こんなに混乱した時期でなかったら、警察や自治体や教育委員会の熱心な人々が、この少女たちについて尋ねに来たかもしれない。しかしいまは、だれかが彼女たちの面倒を見てくれているというだけで、当局にとってはありがたい話だったのだ。

あんたはどうなのと尋ねられたとき、本名を明かすわけにはいかないから、アリーはイヴと名乗った。すると〝声〟が言った。いい名前ね。最初の女の名前だもの、とてもいい名前を選んだわね。

イヴの話は単純で、印象に残るほど興味深くもなかった。メイン州オーガスタに住んでいたが、両親に言われて二週間親戚の家へ遊びに行き、帰ってみたら両親は引っ越したあとで、どこへ行ったかもわからなかった、とイヴは話した。弟がふたりいたから、両親は心配したのだろう。だれかを傷つけたことなど一度もなかったのだが、と。ほかの少女たちはうなずき、やがてべつの少女の話が始まった。

大事なのはなにをやってきたかじゃない、とアリーは胸のうちでつぶやいた。これからあたしがなにをするかだ。

〝声〟が言った。イヴがなにをするか、でしょ。

アリーは言った。うん。

修道院が好きになった。修道女たちはたいてい親切だったし、女どうしで過ごすのは楽しかった。男とつきあうのに利点は大してないような気がする。少女たちには雑用が割り当てられてはいたが、それが終われば海で泳いだり、海岸を散歩したりできたし、裏庭にはブランコもあった。礼拝堂で歌を歌えば心が落ち着き、頭のなかのさまざまな声も静かになる。そんな静かなひとときに、ここでずっと暮らそうかと考えたりした。死ぬまでずっとこの神の家で過ごせれば、ほかにはなにも要らないと。

とくにアリーの目を惹いたのは、シスター・マリア・イグナシアという修道女だった。アリーと同じ濃い色の肌に、やさしい茶色の目をしていた。シスター・マリア・イグナシアは幼子イエスの話をするのが好きで、聖母マリアがいかにイエスをいつくしみ、生きとし生けるものを愛するよう教えたかを語って聞かせた。

「ですからね」シスター・マリア・イグナシアは、夕べの祈りの前に集まってきた少女たちに語りかける。「イエスさまに愛を教えたのは女性だったのよ。マリアさまは子供たちみんなを見守ってくださるの。あなたたちもいまは見守られているの、だからマリアさまに導かれてここへ来たのよ」

ある晩、ほかのみなが寝室に引き取ったあと、アリーはシスター・マリア・イグナシアのひざに頭を預けて、「ずっとここに置いてもらえますか」と尋ねた。

シスター・マリア・イグナシアは、アリーの髪をなでながら言った。「ここにずっといたいなら、修道女にならなくちゃね。それに、ほかの人生を歩みたいと思うようになるかもしれないわ。結婚したり子供を産んだり、仕事をしたり」

いつでもこれが答えなのだ、とアリーは思う。ずっとここにいていいとはだれも言ってくれない。愛していると言いながら、でもずっとそばに置いてはくれないのだ。

するとき、〝声〟がとても静かに言った。ここにずっといたいのなら、いられるようにしてあげるわよ。

アリーは〝声〟に向かって言った。あなたは聖母マリアなの？

〝声〟は答えた。そういうことにしておきましょう、そのほうがよければね。

アリーは言った。でも、あたしをそばに置きたがる人はだれもいないんだよ。どこにもずっとはいられない。

〝声〟は言った。ずっといたければ、ここを自分のものにするしかないわね。そのためにはどうすればいいか考えなさい。大丈夫、そのうち答えは見つかるから。

少女たちはふざけてけんかごっこをし、互いに自分の腕を試しあっていた。水中でも陸上でも、弱い電撃をかけあってはスリルを楽しむのだ。アリーもそんな機会をとらえて練習してはいたが、もう少し隠微なやりかたをとった。電気ウナギについて読んだことを思い出し、みなに自分がなにをしているか知られてはいけないと思ったのだ。長いこと練習するうちに、ごく微弱な電撃を繰り出して、ほかの子の腕や脚をぴくりと引きつらせることができるようになった。

「わっ！」サヴァンナは言った。肩が勝手にはねあがったのだ。「なんかすごく変な感じがした！」

アリーがちょっと脳を突ついてやると、ヴィクトリアは「あれっ」と言った。「なんか頭痛がする。なんだろ……なんか頭がぼうっとしてるみたい」

「ぎゃっ！」ひざががくんと折れて、アビゲイルが叫ぶ。「泳ぎすぎて脚がつっちゃったよ」

大したパワーは必要なかったし、友人たちにも害はなかった。だれもアリーのしわざとは気づかなかった。水槽のなかのウナギのように、頭を少し水面のうえに出し、彼女はじっと目を光らせていた。

数か月が過ぎるころ、この修道院からよそへ移ろうかと言いだす少女も出てきた。それでふと思いついたのだが、アリー——というよりイヴだ、最近はひとりのときでも、自分をイヴだと思うようにしているから——と同じく秘密を抱えた少女もいるのではないだろうか。ここに隠れて、やはりほとぼりが冷めるのを待っていたのでは。

そんな少女のひとりが、いっしょに来ないかとアリーを誘った。名字がゴードンなのでゴーディと呼ばれている少女だ。「いっしょにボルティモアへ行こうよ。ママの親戚があっちにいるんだ。やってけるように助けてくれると思うよ」肩をゆすった。「ずっといっしょに行けたら楽しいと思うんだ」

アリーは昔から友だちを作るのがへただったが、イヴは難なく友だちを作った。アリーは気むずかしくてつきあいにくかったが、イヴはやさしくて穏やかで慎重だった。もと来た場所に戻ることはできないし、そもそも戻る必要もない。しかし、逃げまわる必要もないだろう。いずれにしても、いまでは外見もかなり変わった。顔はほっそり面長になり、背も高くなった。子供がおとなの顔をまといはじめる時期だったのだ。北のボルティモアへ歩いていってもいいし、ほかの名もない街に行ってウェイトレスとして働いてもいい。三年後には、ジャクソンヴィルに行っても、彼女をまちがいなく見分けられる者はいないだろう。それともここに残ろうか。ゴーディに「いっしょに行こう」と誘われたとき、アリーはここを動きたくないと思った。ここに来てからの日々は、どこにいたときよりも幸福だったから。

彼女はドアの陰や廊下のかどで聞き耳を立てる。昔からのくせだった。危険にさらされている子供は、愛され大切にされている子供より、おとなの動向に敏感になることを学ぶものだ。

修道女どうしの言いあいを耳にしたのはそのおかげだった。それで結局のところ、ここにずっといることはできないかもしれないと悟ったのだ。

小さな居間のドアごしに、シスター・ヴェロニカの声がする。花崗岩(かこうがん)のように固い表情の修道女だ。

「見たでしょう、あれ」彼女は言っていた。「どんな力があるか見たでしょう」

「みんな見てますよ」院長がぼそぼそと答える。

「それじゃ、もう疑う余地はないじゃありませんか」

「おとぎ話よ」シスター・マリア・イグナシアが言う。「子供の遊びですよ」

シスター・ヴェロニカは声を張りあげた。その大声にドアが少し振動し、アリーは驚いて一歩さがったほどだ。

「福音書がおとぎ話だと言うの？　主が嘘つきだと言うの。悪霊などいないと言いたいの、悪魔を追い払ったとき、主はそんなふりをしていたとでも言いたいの」

「ヴェロニカ、だれもそんなこと言ってないでしょう。福音書を疑うなんてとんでもない」

「テレビのニュースを見てないの。あの子たちがなにをしてるか知らないの。人が知るべきでない力を持っているのよ。そんな力がどこから来ると思うの。答えはひとつでしょう。そんな力がどこから来るのか、主が教えてくださってるわ。答えはひとつよ」

沈黙が落ちた。

シスター・マリア・イグナシアが穏やかに口を開いた。「公害のせいだと聞いたわ。新聞に面白い記事が載っていたの。大気中の汚染物質が突然変異を――」

「悪魔のしわざよ。悪魔がうろついて、無垢な者と罪人をより分けて、呪われた者に力を与えているのよ。昔からそれが悪魔のやり口だわ」

「なにを言うの」とシスター・マリア・イグナシア。「あの子たちの顔には善良さが表われてるじゃないの。みんなまだ子供なのよ。保護するのはわたしたちの義務です」

「あなたはサタンの顔にも善良さが見えるって言うでしょうよ、お腹をすかせてやって来て、悲しい身の上話をして聞かせれば」

「でも、それはまちがったことかしら。サタンがお腹をすかせてやって来たとしたら」シスター・ヴェロニカが笑った。犬の吠える声のようだった。

「おやさしいことね！　地獄への道は善意で舗装されているとはよく言ったもんだわ」院長がふたりを黙らせた。「もう司教協議会にご指導をお願いしてあります。あちらでお祈りくださってるんですから、結論が出るまでは、主がお命じになったとおり、子供たちを妨げてはなりませんよ」

「女の子がおとなの女性を目覚めさせているのよ。これはまちがいなく世に放たれた悪魔のしわざだわ。イヴがアダムにリンゴを渡したように、手から手へ渡されていくのよ」

「子供たちをただ放り出すことはできないわ」

「悪魔が面倒を見てくれるでしょうよ」

「それとも飢え死にするかね」シスター・マリア・イグナシアは言った。

アリーはこのことをじっくり考えた。出ていくこともできる。しかし、できればここを離れたくない。

〝声〟が言った。あの言葉を聞いたでしょう。イヴがアダムにリンゴを渡したのよ。

アリーは考えた。ひょっとしてそれが正しい行動なのかもしれない。この世界が必要としているのはそれなのかも。ちょっと揺さぶってやろうか。新しいことを起こして。

〝声〟が言う。それでこそよ。

アリーは考えた。あんたは神さまなの？

〝声〟は言った。あなたはどう思う？

あたしが必要とするときに、あんたは話しかけてくる。あんたはあたしを真の道に導いてきてくれた。これからどうしたらいいか教えて。教えてよ。

揺さぶられる必要がないのなら、なぜいまになって世界にこのパワーが現われてきたと思うの。

神は、世界に新たな秩序が必要だと言っているのだ。古い世界は覆され、古い世紀は終わった。神の望まれることが変わったとイエスがイスラエルの民に言ったように、福音書の時代は終わって、新たな教義が必要になったのだ。

〝声〟が言う。この世には預言者が必要なのよ。

でも、だれが預言者になるの。

いい子だから、ちょっと試してごらんなさいな。いい、ここにずっといたければ、ここを所有することよ。そうすれば取りあげられずにすむでしょう。所有しないかぎりはね、安全ではいられないのよ。

ロクシー

ロクシーは、父が男たちを殴るのを見てきた。指輪をみんな嵌めたまま、立ち去ろうと向きを変えるときに、さりげなく顔をまともに殴るのだ。あるときは、殴られた相手が鼻から血を流して床にぶっ倒れると、その腹をくりかえし蹴りつけていた。ようやく気がすむと、バーニイこと父は尻ポケットからハンカチを出して手を拭き、ぐしゃぐしゃになった相手の顔を見おろして、「なめたまねするんじゃねえぞ。おれになめたまねをして、ただですむと思うな」と言った。

ロクシーは、以前からあれがやりたかった。

父の身体は、ロクシーにとって城だった。避難所であり武器でもある。肩に腕をまわされると、恐怖と安心をこもごも感じる。拳骨でおどされたときは、悲鳴をあげながら二階に逃げる。ロクシーを痛めつけようとするやつを、父が痛めつけてくれるのを見てきた。

以前から父のような身体が欲しかった。あれより価値のあるものはほかにない。

「なにがあったかわかってんだろう」バーニイは言った。

「プリムローズのちくしょうめ」リッキーが言った。

リッキーは、ロクシーの腹違いの兄弟のうちでいちばん年上だ。

バーニイが言った。「こいつは宣戦布告だ。ロクシーの母親を殺してくれたんだからな。なかなかしっぽをつかめなかったが、もう大丈夫だ。いまならやれる」

室内に視線が交わされる。バーニイの正妻の三人の息子、それから次兄のテリー、テリーと末弟のダレルのあいだを行き来する。リッキーと次兄のテリー、テリーと末弟のダレルのあいだを行き来する。

祖母のもとに預けられていたのかロクシー。この一年、どうして兄弟といっしょに暮らせないのか。半分身内、半分よそ者、それがロクシーだ。日曜日のランチで同席するほどの身内ではないが、こういう問題が起きたときに除外されるほどよそ者ではない。

これは一族全体に関わる問題だ。

ロクシーは言った。「殺そうよ」

テリーが笑った。

父にひとにらみされて、はっと息を呑む音で笑い声は途切れた。バーニイ・モンクの機嫌を損ねてはいけない。たとえ嫡出の息子でもそれは同じだ。「ロクシーの言うとおりだ」バーニイは言った。「ロクシー、おまえの言うとおりだ。殺しちまわにゃなるまい。ただ、あいつは力を持ってるし、味方もおおぜいいる。時間をかけて、手抜かりなくやらにゃならん。やるなら一度で片づけるんだ。なにもかも一発でやっつけるぞ」

父に言われて、ロクシーは自分の力をみんなに見せた。ちょっとためらったが、ひとりひとり順番に腕をしびれさせていった。ダレルに悪態をつかれたときは、ちょっと申し訳ない気分になった。いつも親切にしてくれるのはダレルだけなのに。父に連れられて、学校のあとでロクシーの母の家に遊びにくるときは、かならずお菓子屋でチョコレートのネズミをよぶんに買ってきてくれる。

全員にかけ終わると、バーニイは太い腕をさすりながら言った。「ほかにもなにかできるか」

それでやってみせることにした。ネットでいろいろ見ていたのだ。

先頭に立って庭に出ていった。そこにはバーニイの正妻のバーバラが作った鑑賞用の池があり、オレンジ色の大きな魚がたくさん泳ぎまわって、ぐるぐるお互いのあとを追いかけっこしている。

寒い。芝生を踏むと霜がぱりぱり砕ける。

ひざをついて、指先を池の水にひたした。

ふいに熟した果物のようなにおいがした。甘くて汁けの多い果物。真夏のにおい。暗い水のなかで光がちらつく。しゅうしゅう、ぱちぱちと音がする。

やがて、ぷかりぷかりと魚が一匹ずつ水面に浮いてきた。

「うひゃあ！」とテリー。

「すげえ！」とリッキー。

「おふくろが怒るだろうな」ダレルが言った。

バーバラ・モンクは一度もロクシーに会いに来たことはない。母が死んだあとも、葬式のあとも、一度も。ロクシーはつかのまうれしくなった。バーバラがここへ戻ってきて、飼っている魚がみんな死んでいるさまを見たらどうするだろう。

「かあさんのことは任せとけ」バーニイが言った。「これは使えるぞ。ロクス、よくやった」

バーニイは、手下二、三人に適当な年ごろの娘がいるのを知り、その娘たちにもなにができるかやらせてみた。少女たちは模擬戦をしてみせた。一対一で、あるいは二対一で「スパーリング」をしたのだ。バーニイの見守るなか、彼女らは庭で火花を散らし、閃光を放った。世界じゅうがこの現象に大騒ぎしているが、なにを見ても「どうすればこれで儲けられるか、どう利用できるか」と考える者は、つねに少数ながらいるものだ。

そんなスパーリングや練習試合を重ねて、ひとつ明らかになったことがある。ロクシーの力は強い。たんに平均以上というのでなく、練習相手を務めたどの少女よりも強い。ロクシーはパワーの有効範囲について学び、どうやってアークを起こすかを学び、皮膚が濡れているほうがうまく行くことを学んだ。自分の強さが誇らしかった。全身全霊を打ち込んで練習した。

彼女より強い少女はどこにも見つからず、そんな少女がいるといううわさすらなかった。

そういうわけで、その時が来たとき——バーニイがすべてのお膳立てを整えて、プリムローズがいつどこにいるかを突き止めたとき、それでロクシーもいっしょに行くことになったのだ。

出かける前に、リッキーにトイレへ連れていかれた。「おまえももう子供じゃないんだからな、そうだろ、ロクス」

ロクシーはうなずいた。なにが始まるのかわかっていた。なんとなく。

リッキーはポケットからビニールの小袋を取り出し、洗面台のわきに白い粉を少しこぼした。

「見たことあるだろ」

「うん」

「やったことあるか」

首をふる。

「そうか、じゃあ見てろ」

そう言ってやってみせた。財布から巻いた五十ポンド札を出し、すんだらとっておいていいと言った。仕事の報酬だと。やってみたら頭が冴えわたり、澄みきったような気がした。母がどんな目にあったか忘れはしないし、怒りはいまも一点の曇りもなく真っ白に輝いているが、もう悲しいとは少しも思わなかった。以前聞いていたとおりだ。愉快だ。力が満ちてくる。今日がどうなるかはこの指しだいだ。手と手のあいだに長いアークを飛ばした。大きな音と火花が散った。こんな長いアークを飛ばしたのは初めてだった。

「すげえ」リッキーが言った。「ただ、ここでやるなよ、な?」

出力を下げたが、いまも指先のまわりで光がちらちらしている。どれだけ力があるか、それを解き放つのがどれだけ簡単か、それを思うと笑いだしたくなる。

リッキーはきれいな袋に粉を少し移すと、ロクシーのジーンズのポケットに突っ込んだ。「念のためだ。びびったときだけ使うんだぞ、いいな。頼むから車のなかではやるなよ」

念のためなど必要ない。なにもなくても、すべてが思いのままなのだから。


それからの数時間はスナップショットだった。スマホの写真みたいだ。瞬きするとそこに写真がある。また瞬きするとまたべつの写真。時計を見たら午後二時で、次の瞬間にはもう二時半になっている。なにも気にならない。気にしようとしてもできなかった。愉快だ。

計画は頭に叩き込まれていた。プリムローズは手下をふたりだけ連れてやって来る。仲間のワインスタインがこちらに寝返っていて、打ち合わせをしたいと言って自分の倉庫に呼んだのだ。バーニイたちは、銃を持って荷箱の陰に隠れて待つ。手下ふたりは外で待機して、倉庫の入口を固めて退路を断つ。不意を衝くのだ、スピードが肝心だ。さっと片づけてお茶の時間までには家に帰る。プリムローズはまったく気づいていない。ロクシーは実際には、ただその場にいるだけだ。あんな目にあわされたのだから見る権利があるし、バーニイはつねに念には念を入れる男だから。なにしろそのおかげでいままで生き残ってきたのだ。そんなわけで、ロクシーは倉庫の二階に隠れて、荷箱に囲まれ、格子床のすきまから一階の様子をのぞき見ている。あくまでも念のためだ。そしてそこで、プリムローズがやって来るのを見おろしていた。カメラのシャッターが開き、シャッターがおりる。

始まったらあっというまだった。殺し殺され、なにもかも滅茶苦茶だった。バーニイたちは一階にいて、ワインスタインに向かってどけと怒鳴った。ワインスタインは例によって肩をすくめる。運が悪かったな、悪く思うなよと言うように。それでもとにかく、バーニイたちが進み出てくると身を低くした。そのときだった。プリムローズがにやりと笑ったかと思うと、男たちが飛び込んできた。ワインスタインが言っていたよりずっと数が多い。だれかが嘘をついていやがったのだ。シャッターがパシャッとおりる。

プリムローズは長身でやせていて、顔色の悪い男だった。手下がまちがいなく二十人は来ていた。銃を撃ちながら倉庫の入口周辺に散開し、鉄の扉の下半分を閉じて掩蔽(えんぺい)にしている。バーニイの手下よりずっと数が多い。うち三人に狙われて、テリーは木の荷箱の陰で身動きがとれなくなっている。図体がでかくて動きの鈍いテリー、広くて白いひたいにはニキビあとが残っている。ロクシーが見ていると、テリーは木箱の陰からひょいと頭を出して向こうをうかがった。なにやってんのよと叫ぼうとしたが、声が出なかった。

プリムローズは慎重に狙いをつけた。急がずあせらず、じっくり時間をかけて。にやりと笑って引金を引くと、テリーの顔のまんなかに赤い穴があいた。木が倒れるように、テリーは前のめりに倒れた。ロクシーは自分の両手に目をやった。自分でそうしようと思ったわけでもないのに、電光の長い円弧が手から手へ渡っていた。なんとかしなくてはならないと思うが、恐ろしかった。彼女はたった十五歳なのだ。ジーンズのポケットから小さなビニール袋を取り出し、粉をもう少し吸った。両腕から両手へエネルギーが走るのがわかる。ロクシーは思った——べつのだれかの声が、耳もとでそうささやいたかのように。あんたはこのために生まれてきたんだよ。

彼女が乗っている鉄の足場は、一階の鉄のハーフドアにつながっている。そしてプリムローズの手下らがそれを盾にしている。ドアのそばには何人も男たちがいて、鉄のドアに触れたり寄りかかったりしていた。できる。やれば一瞬だ。そう思ったら、興奮のあまりじっとしていられなくなった。片方のひざががくがくしはじめる。いまだ。あいつらはママを殺したやつらなのだ、目にもの見せてやる。タイミングをはかっていると、男のひとりが指をドアの横枠にのせ、ひとりが頭をもたせ、三人めが把手(とって)にしがみついて身を低くして銃をかまえた。ひとりが発砲し、それがバーニイの脇腹に当たった。ロクシーは、結んだ唇のすきまからゆっくり息を吐いた。いまだ、やるぞ。鉄のドア枠に電光を送り込む。三人が引っくり返った。背中を弓なりにし、悲鳴をあげ、身体を痙攣(けいれん)させ、歯をがちがち鳴らし、白目を剝いて。ざまあ見ろ、いい気味だ。

そのとき、向こうは彼女に気づいた。画像がフリーズする。

敵はだいぶ数が減っていた。ほとんど互角だ。むしろバーニイ側が有利かもしれない。プリムローズがいままではいささか怖じ気づいているからなおさらだ。表情を見ればわかる。やかましい足音を立てて、ふたりの男が鉄の階段をのぼってつかまえに来る。ひとりは身を低くして迫ってきた。ふつうの子供、ふつうの少女ならそれでおびえるからだ。ほとんど本能的な動作だったが、おかげで男の両のこめかみに指を当てて、頭に電撃を送り込むだけでよかった。男は床に倒れ、血の涙を流している。もうひとりの男が腰に腕をまわしてきた。まったく、こいつらはなにも知らないのだろうか。おかげで手首をつかむことができた。つかんだ手をほどくのにほとんど時間はかからなかった。すっかり得意になっていたが、そこで下を見たら、プリムローズが奥に通じるドアに向かっていた。

逃げる気だ。バーニイは床に倒れてうめいているし、テリーは顔の穴から血を流している。テリーは死んでしまった、母と同じように。それはわかっていたが、プリムローズが逃げようとしているのがいまは問題だ。とんでもない、逃がすもんか。ぜったいに、ぜったいに逃がすものか。

ロクシーは身体を低くして階段を駆けおり、プリムローズのあとを追って奥に走り込んだ。廊下を駆け抜け、無人の広いオフィスを突っ切る。敵が左に曲がるのを見て足を速めた。車にたどり着かれたら間に合わない。いま逃がしたら、いずれ血も涙もない報復をしてくるだろう。ひとりも生かしておくまいとするだろう。プリムローズの手下が母ののどくびをつかんでいたのを思い出す。あいつが命令したのだ。あいつのせいだ。走る脚にいっそう力がこもる。

敵はまたべつの廊下をたどり、部屋に入った——あそこには非常口の階段に通じるドアがある。把手のまわる音。ちくしょう、ちくしょうちくしょう。しかし、角を曲がって飛び込んでみたら、プリムローズはまだその部屋にいた。非常口のドアには鍵がかかっていたのだろう。金属のごみ入れを手に持ち、それを窓にぶつけてガラスを割ろうとしていた。かねて練習していたとおり、ロクシーは身を低くして突っ込み、スライディングしてすねを狙った。片手で足首をつかむ。むき出しの皮膚に手が触れ、しめたとばかりに電撃を見舞った。

最初、彼は声をあげなかった。ひざが崩れたかのように床に引っくり返ったが、そのあいだもごみ入れを窓に投げようとしていた。狙いがそれて、ごみ入れは壁に当たって大きな音を立てる。倒れた相手の手首をロクシーはつかみ、もういちどお見舞いした。

プリムローズの悲鳴を聞けば、これをされたことがなかったのがわかる。苦痛の悲鳴ではなく、驚愕の、恐怖の悲鳴だったから。彼の腕に模様が走っている。母の家であの男にやったときもそうだった。そう思ったら、それがありありと目に浮かび、全身をめぐる力がいっそう強烈に、いっそう熱を帯びてきた。プリムローズが絶叫する。皮膚の下を蜘蛛が這いまわり、内側から肉を嚙み破られているかのように。

ロクシーは少し力を弱めた。

「頼む」彼は言った。「やめてくれ」

こちらを見て、定まらない目の焦点を合わせようとする。「おまえは」と口を開いた。「おまえ、モンクの娘だな。クリスティーナの子だ、そうだろう」

こいつに母の名を口にされたくない。赦せない。のどくびに手を当てると、プリムローズは絶叫し、やがて「ちくしょう、くそったれめ」とつぶやいた。

それからべらべらしゃべりだした。「悪かったよ、すまないと思ってるよ。おまえの親父が悪いんだ、けどな、おれはおまえの力になるぞ。おれんとこへ来て働かないか。おまえみたいに頭のいい、強い子ならな、いや、さっきのはまったく驚いたぜ。言っとくがな、バーニイはおまえを厄介払いしたがってんだぞ。だからおれんとこへ来い。欲しいものがあればなんでも買ってやるから」

「あたしのママを殺したくせに」

「あの月に、おまえの親父はうちの若いのを三人ばらしてくれたんだ」

「あんたは手下を送ってあたしのママを殺させたんだ」

プリムローズは黙り込んだ。ものも言わず、身じろぎもしない。いまにもまたわめきはじめるか、それともまずはこっちに飛びかかってくるつもりなのだろうか。ところが、彼は苦笑を浮かべて肩をすくめた。「おまえにはなんの恨みもないよ、こういうことになってもな。けどな、見せずにすむはずだったんだ。おまえは家にいねえってニューランドが言うから」

　だれかが階段をのぼってくる。足音が聞こえる。それも複数だ。階段を蹴るブーツの音。パパの手下かもしれないが、プリムローズの手下かもしれない。逃げないと、いまにも銃弾が飛んでくるかもしれない。

「だけど、いたんだ」ロクシーは言った。

「頼む」プリムローズは言った。「頼むからやめてくれ」

　またあの場面がよみがえってきた。くっきりとあざやかに、頭のなかで水晶が破裂したかのように、母の家の光景がまざまざと。母も同じように命乞いをした。まったく同じように。指輪の嵌まった父の手を思い出す。男の顔をさんざんに殴りつけたあとで、血をしたたらせているこぶしを。あれこそ持つに値するものだ。手をこめかみに当て、彼女はプリムローズを殺した。

トゥンデ

　動画をネットにあげた翌日、電話がかかってきた。ＣＮＮだという。なにかの冗談だと思った。友人のチャールズがやりそうな、くだらないジョークだ。一度など、フランス大使だと言って電話をかけてきて、鼻にかかったアクセントで十分間しゃべりつづけたところでやっとぼろを出したものだ。

電話の向こうの声は言った。「動画の残りの部分も欲しいんです。いくらでもお支払いしますよ」

トゥンデは言った。「はあ?」

「トゥンデさんですよね? ユーザー名がBourdillonBoy97 の?」

「そうだけど」

「CNNですが、あなたがネットにあげた動画の残りの部分を買い取らせていただきたいんです。あの食料品売場の事件の。ほかにもあればそれも」

トゥンデは考えた。残りの部分? なんのことだろう。そのときはたと思い出した。

「残りって言っても……最後の一分か二分が切ってあるだけですよ。まわりの関係ない人たちが画面に入ってきたから。大して見るところは……」

「顔にはぼかしを入れますよ。いくらなら譲っていただけますか」

顔にはまだ枕のあとがついていたし、頭痛もする。最初に頭に浮かんだ突拍子もない数字を口にした。五千。アメリカドルで。

あまりにあっさり同意されて、倍ふっかければよかったと思った。

その週の末、トゥンデは通りやクラブをうろついて動画のネタを探した。真夜中の海岸でふたりの女がけんかを始めた。有頂天で見物する野次馬の顔を電光で照らしつつ、女たちは唸り声をあげ、互いの顔やのどくびにつかみかかろうとしていた。トゥンデはその様子を明暗を強調した手法で撮影し、おかげで怒りに歪むふたりの顔はなかば影に隠れる結果になった。カメラを持っていると、ここにいるのにここにいないような、強くなったような気がした。好きなことをするがいい、と胸のうちで思う。でも、それを事件に変えるのはこのおれだ。おれは物語を伝える者になるんだ。

裏小路で愛しあっている若い男女がいた。男の腰のくびれのあたりを、女が火花を散らす手で刺激している。男はふり向き、トゥンデのカメラに狙われているのに気づいて動きを止めたが、女はその顔を閃光で照らして、「あんなの気にしないで、あたしを見てよ」と言った。絶頂に達しようとするころ、女はにやりと笑った。男の背筋を照らしてみせながら、トゥンデに向かって声をかけてきた。「あんたもしてほしい？」ふと気づくと、小路の奥からもうひとりの女がこっちを見ている。あわてて逃げ出すと、女たちの笑い声が追いかけてきた。安全な場所まで逃げると、トゥンデもおかしくなって笑いだした。さっきの動画を再生してみる。そそられた。自分も同じことをされてみたい。そんな気がする。なんとなく。

CNNはその動画も買ってくれた。報酬が振り込まれた。銀行口座の残高を確認して、トゥンデは思った——おれはジャーナリストだ。これはそういうことじゃないか。おれがニュースを見つけ、テレビ局がそれを買ってるんだ。両親は「いつ大学に戻るの」とうるさい。

トゥンデは答える。「いまは学外で単位をとってるんだよ。実地演習さ」。これがおれの生きかただ。人生に乗り出したのだ。それが感じられた。

早々にスマートフォンのカメラを使うのはやめた。最初の数週間のうちに三度、女に触れられたら壊れてしまったのだ。アラバ・マーケットで行商トラックから安いデジタルカメラを箱買いしたが、彼の望むような大金――その気になれば手に入るはずの――を稼ぐには、ナイジェリアのラゴスで動画を撮っていてもだめなのはわかっていた。インターネットの掲示板で、パキスタンやソマリアやロシアでなにが起こっているかを読んだ。興奮で背筋がぞくぞくする。これだ。戦争が、革命が、歴史がおれを待っている。ここに行けば、もいでくださいと果実が木からぶら下がっているのだ。チャールズとジョゼフから電話があって、金曜の夜のパーティに来ないかと誘われたが、「おれにはもっとすごい計画があるんだよ」とトゥンデは笑い、航空券を買った。

サウジアラビアの首都リヤドに着いた夜、最初の大きな暴動が起こった。彼はついていた。三週間前に来ていたら、この暴動のころには資金も情熱も尽きていたかもしれないし、それ以前にはごくありきたりの動画しか撮れなかっただろう。ブルカを着けた女性が互いに火花を飛ばす練習をしながら、恥ずかしそうに笑っているとか。というより、なにも撮れなかった可能性のほうが高い。そういう動画は、ほとんど女性が撮影したものだったからだ。男性でありながら撮影できたのは、女たちがいっせいに街にあふれたまさにその夜、この都市に到着したおかげだった。

引金になったのは、十二歳ぐらいの少女ふたりの死だった。少女たちのおじが、ふたりが悪魔のわざをいっしょに練習しているのに気づいた。おじは信心深い男だったから、友人たちを呼んで相談した。ところが少女たちが罰に反抗したものだから、打擲(ちょうちゃく)されるうちにふたりとも死んでしまった。それを隣人たちが見聞きしていて――どうしてこんなことが木曜日に起こったのか、同じような事件は火曜日には見過ごされていたかもしれないのに――反撃に出た。十人の女が百人になった。百人が千人に。警察は撤退した。女たちは口々に叫び、プラカードを作る者もいた。みながいっせいに、自分の強さを自覚したのだ。

トゥンデが空港に着いたとき、出口の警備員が空港を離れるのは危険だと言った。外国人観光客はターミナルにとどまり、最初の飛行機で帰国したほうがいいというのだ。トゥンデは三人の男に金をつかませてやっと外へ出た。タクシーの運転手に倍の料金を払って、女たちが集まっている場所、シュプレヒコールをあげつつ行進している場所へ連れていってくれと頼んだ。まだ真っ昼間だったが、運転手はおびえていた。「帰る」と運転手が言うのを聞きながら、トゥンデはタクシーを飛びおりた。自分がこれから帰ると言っていたのか、それとも忠告しているつもりだったのか、トゥンデにはどちらともつかなかった。

そこから街区を三つ行ったところで、行列の最後尾を見つけた。ここでこれからなにかが起こるのを感じる。いままで見たことのないなにかが。興奮のあまり恐怖も感じない。彼は、これを記録する人間になるのだ。

女たちのあとをついて歩きながら、カメラを身体にくっつけてかまえていた。これならぱっと見ではなにをしているかわかるまいと思ったのだが、それでも女ふたりが彼に目を留めた。最初はアラビア語で、次には英語で呼びかけてきた。

「テレビなの？　ＣＮＮ？　ＢＢＣ？」

「そうです」彼は言った。「ＣＮＮ」

女たちは笑いだした。恐怖を感じたが、それはすぐに霞のように消え失せた。女たちはたがいに「ＣＮＮ！　ＣＮＮ！」と叫びあい、次々に寄ってきては、親指を立ててカメラに向かって笑いかける。

「ＣＮＮの人、わたしたちといっしょに歩いてはだめ」ひとりが言った。ほかの女たちよりはましな英語を話している。「今日は男はだめ」

「いや、でも」――と、トゥンデは人なつこい笑みを浮かべてみせ――「迷惑はかけませんよ。あなたたちだって、ぼくに危害を加えたりしないでしょ」

女たちは言った。「だめ。男はだめ」

「どうすれば信じてもらえるのかな」トゥンデは言った。「ほらこれ、ＣＮＮのバッジ。武器も持ってないよ」とジャケットの前をあけ、ゆっくり脱いで、持ちあげて表を見せ、次に裏返してみせた。

女たちはこちらを見守っている。ましな英語を話す女が言った。「なにを持っているかわからない」

「あなたの名前は?」トゥンデは尋ねた。「ぼくの名前はもう知ってるでしょう。これじゃ不公平だよ」

「ヌールよ」女は言った。「光という意味。わたしたちは光をもたらすのよ。それでどうなの、背中のホルスターに銃を持っているの、それともふくらはぎに電気矢発射銃(テーザー)を留めてるの?」

トゥンデが目を丸くすると、女は眉をあげた。黒い目が笑っている。トゥンデを笑っているのだ。

「マジ?」彼は言った。

女はにやにやしながらうなずいた。

トゥンデはゆっくりシャツのボタンをはずし、背中をむき出しにした。女たちの指先から火花が飛ぶが、恐ろしくはなかった。

「ほら、背中に銃を留めたりしてない」

「わかったわ。ふくらはぎは?」

いままでは、まわりで見物している女は三十人ほどになっていた。だれかひとりでもその気になれば、一撃で彼を殺すことができるのだ。ままよ、毒を食らわばだ。

ジーンズのボタンをはずしておろした。周囲の女たちがはっと小さく息をのむ。ゆっくり一回転してみせた。

「ふくらはぎにテーザーもなし」トゥンデは言った。

ヌールは笑顔になり、上唇をなめた。

「それじゃ、CNNの人はいっしょに来ていいです。服を着てついてきなさい」

彼は急いで服を着て、あとを追おうとしてつまずいた。ヌールが手を差しのべてきて、左手を握った。

「この国では、男と女が街なかで手を握るのは禁じられています。この国では、女は車を運転してはいけません。女にはまともに運転ができないからです」

彼の手を握る手にさらに力がこもった。彼女の肩にパワーがはじけるのがわかる。嵐の前の空気にそれが感じられるように。少しも痛みは襲ってこない。ほんの片鱗すらパワーがこちらに漏れ入ってくることはなかった。手を引かれてがらんとした通りを渡り、ショッピングモールに向かった。入口の外には何十台もの車が整然と並び、車列は赤と緑と青の旗で仕切られていた。

モールの上階から、数人の男女がこちらを見おろしていた。周囲の若い女たちがそれを指さして笑い、指のあいだに火花を飛ばしてみせる。男たちはたじろぎ、女たちは食いつきそうな目で見ている。目が乾ききるほどに、まばたきもせず眺めている。

ヌールは笑った。入口のすぐ外に黒いジープが駐まっていたが、そのボンネットからだいぶ離れたところにトゥンデを立たせた。自信たっぷりに、顔からはみ出しそうな笑みを浮かべている。

「録画していますか」彼女は言った。

「してますよ」

「ここでは、女は運転をさせてもらえません。でも、わたしたちにはこんなこともできるのよ」

ボンネットに手のひらを当てると、かちりと音がして開いた。

にんまりと笑ってみせる。車がうなりだす。バッテリーのとなりのエンジンに、同じように手を当てた。エンジンがかかった。音はどんどん高く大きくなり、エンジンは激しく振動し、絶叫する。マシン全体が逃げようとしているかのようだ。ヌールは笑っている。音はいよいよ大きくなり、エンジン音は苦しげになっていく。いきなり爆発音がして、大きな白光が噴き出したかと思うと、シリンダーブロック全体が溶けはじめ、歪んで垂れ落ち、舗装面にオイルと溶けた金属がしたたった。ヌールは顔をしかめ、トゥンデの手を握って、耳もとで「走って！」と叫んだ。いっしょに駐車場の向こうへ走りながら、彼女は「ほら見て、撮って、撮って」と言っていた。トゥンデがジープのほうをふり向いたまさにそのとき、溶けた金属が燃料ホースに達して爆発が起こった。

爆音も熱もすさまじく、一瞬カメラの画面が真っ白に、次いで真っ黒になった。画像が戻ってきたときには、画面の中央に若い女たちが入ってこようとしていた。ひとりひとりが炎に浮かびあがり、ひとりひとりが稲妻を手にのせて歩いている。そして車から車へと移動し、エンジンを始動させては、シリンダーブロックを爆発させて溶けた金属に変えていく。なかには車に触れる必要すらない女もいた。身体からパワーの光線を飛ばしながら全員が声をたてて笑っている。

トゥンデはカメラをパンして、窓から見おろしている人々に向けた。どんな反応を示しているか興味があったのだ。連れの女を窓から引きはがそうとする男たちがいる。肩をすくめてその手を振り払う女たちがいる。口をきこうともせず、ただ食い入るように眺めている。手のひらをガラスにはりつけて。トゥンデは悟った。いずれ世界は乗っ取られる。すべてが変わる。沸きあがる歓喜に彼は叫んでいた。炎に囲まれ、女たちとともに歓声をあげていた。

リヤドの西のマンフォーハ地区まで来たとき、足場で支えられた建設中の建物から、エチオピア人の老女が通りへ出てきた。女たちの集団に向かって両手を高くあげ、だれにも理解できない言葉でなにかを呼びかけている。背も肩も曲がり、肩甲骨のあいだで背骨がこぶを作っている。ヌールが両手で老女の手を包むと、患者が医師の治療を見守るような目でその手を見る。ヌールは老女の手のひらに指を二本当て、それの使いかたを教えた。それは彼女のなかにずっとあったはずのもの、これまで生きてきた長い年月、ずっと表に出るのを待っていたはずのものだ。このようにして広まっていくのだ。若い女は年長の女のそれを目覚めさせることができる。これからはあらゆる女が使えるようになるのだ。

穏やかな力が神経と靭帯（じんたい）の網の目を目覚めさせたとき、老女は声をあげて泣きはじめた。映像にとらえられた表情から、その力を身内に感じていることが見てとれる。しかし発する力はあまりなく、老女の指先とヌールの腕のあいだを飛び交う火花は小さい。老女は八十歳にはなっているだろう。それでも何度も何度も試してみながら、その顔を涙が伝っている。やがて両の手のひらを高くあげ、うれし泣きに泣きはじめた。ほかの女たちももらい泣きをし、その声が通りを埋め、やがて都市全体を埋めていく。いや、国じゅうだ、とトゥンデは思う。この歓喜に満ちた警鐘は、いまこの国じゅうを埋めているにちがいない。彼はここにいるただひとりの男、記録を残している唯一の人間だ。この革命は、彼がひとりで起こした奇跡のような気がする。世界が引っくり返ろうとしている。

トゥンデは夜じゅう女たちと行動をともにし、目にしたものを記録していった。たとえば市の北部では、格子のはまった上階の窓から見ている女の姿があった。その格子のすきまから女がメモを落としてきた――遠くてトゥンデからは見えなかったが、そのメモの内容が伝わるにつれて女たちのあいだに波紋が広がっていく。女たちはそのドアからなかへ押し入った。あとをついていくと、女を閉じ込めていた男がおびえてキッチンの戸棚に隠れていた。女たちは男には目もくれずに女を助け出した。このようにして女たちは集まり、増えていった。健康科学大学のキャンパスでは、ひとりの男が軍用ライフルを発砲しながら飛び出してきて、アラビア語と英語で女のくせに男に歯向かうかと叫んでいた。銃弾で三人が脚や腕に負傷したが、ほかの女たちは津波のように男に襲いかかった。卵をフライパンに落としたときのような音がした。なにがあったか撮影できるほど近づいたときには、男はぴくりとも動かなくなっていた。顔から首にかけて、のたくるツタのような傷痕が残っている。そのツタがあまりに太くて、目鼻もろくに見分けられないほどだった。

ついに夜明けも近くなってきた。周囲の女たちは疲れたそぶりも見せなかったが、ヌールはトゥンデの手を引いて、アパートメントに、その一室に、そしてベッドに導いていった。友人の学生が住んでいる部屋だという。六人で住んでいるというが、市内の人口の半分は逃げ出しており、その部屋にもだれもいなかった。電気は止まっていた。ヌールは手のひらに火花を起こして足もとを照らした。部屋に入ると、自分の火花を頼りにトゥンデのジャケットをとり、シャツを頭から脱がせた。その裸身を、先ほどと同じ目――欲望を隠そうともしない飢えた目で見る。キスをしてきた。

「まだ一度もしたことがないの」彼女は言い、トゥンデは自分もそうだと言った。恥ずかしいとは思わなかった。

トゥンデの胸に彼女は手のひらを当て、「わたしは自由」と言った。

彼はそれを感じた。刺激的だった。通りではいまも叫びがあがり、火花がはじけ、散発的に銃声も響く。しかし、この寝室――ポップシンガーや映画スターのポスターに埋まったこの部屋で、ふたりは熱い身体を重ねていた。彼女にボタンをはずされ、彼はジーンズを脱ぎ捨てた。ヌールは慎重だった。彼女のスケインが低くうなりだすのがわかる。恐ろしいと同時に興奮する。恐怖と情欲は表裏一体だった。彼が夢想していたとおりに。

「あなたはいい人ね」彼女は言った。「それに美しい」

手の甲で、彼のまばらな胸毛をなでる。小さな火花がはじけ、毛の先端がぱちぱち鳴ってかすかに光る。それが快かった。彼女に触れられると、彼の肉体を構成するあらゆる線が初めてくっきり焦点を結んでいく。まるでいままでほんとうには存在しなかったかのようだ。

彼女のなかに入りたい。どうすればいいか肉体はすでに伝えてきている。これをどんなふうに前進させればいいか、どんなふうに彼女の腕をとり、どんなふうにベッドに横たえればいいか、どうやって達すればいいか。しかし、肉体は相反する衝動にからめとられていた。恐怖は情欲に負けず劣らず大きく、肉の苦痛は欲望に劣らず強い。欲しくもあり欲しくもなしで、身動きがとれなかった。彼女にリードを任せることにした。

長い時間がかかったが、それがよかった。口と指をどう使えばよいか彼女に教えられた。汗を流し、声をあげて彼女がまたがってくるころには、リヤドに新しい一日を告げる朝日が昇っていた。彼女が果てて抑制が切れたとき、尻に、そして骨盤に電撃が走ったが、強烈な快感のあまりに痛みはろくに感じなかった。

その日の午後、政府はヘリコプターを送り込み、また街には銃と実弾で武装した兵士もやって来た。女たちが反撃に出たとき、トゥンデはその場にいて撮影していた。女たちの数はすさまじかった。数が多いだけでなく、激怒していた。生命を落とした女も何人かいたが、それはほかの者の怒りをあおっただけだった。倒しても倒しても寄せてくる女の波に向かって、延々発砲しつづけられる兵士がどこにいようか。彼女らは銃身内の撃針を溶かし、車両の電気系統をフライにする。それを楽しそうにやっていた。「生きて迎える曙光(しょこう)の至福よ」トゥンデはナレーションで語った。革命についての本を読んでいたからだ。「若くあることは天上の喜び(フランス革命について謳ったワーズワースの詩の一節)」

十二日後、サウジアラビア政府は倒れた。いずれも証拠はないものの、王を殺した犯人についてはさまざまなうわさがあった。王家の一員だという説もあれば、イスラエルの暗殺者だという説もあった。また、長年王宮で忠実に仕えていたメイドのひとりだという話もあった。指先にパワーを感じるようになり、それを押し殺していられなくなったというのだ。

いずれにしても、そのころにはトゥンデはまた機上の人になっていた。サウジアラビアで起こったことは全世界の人々が目撃するところとなり、いまでは世界じゅうでいちどきに同じことが起こりつつあった。

マーゴット

「これは問題だぞ」

「それが問題なのはみんなわかってるわ」

「考えてみてくれよ、マーゴット。真剣に考えてもらいたい」

「真剣に考えているわ」

「ここにもあれのできる者がいるかもしれない。だれにできるか知りようがないんだ」

「ダニエル、あなたにできないのはわかってるわよ」

笑いが起こった。だれもが不安ななか、笑いは救済だった。思いのほかの大笑いになり、会議室のテーブルを囲む二十三人がまた落ち着くまで少しかかった。ダニエルはむっとしている。自分が笑い者にされたと思っているのだ。彼はふだんから、いささか自意識過剰なところがある。

「もちろんだ」彼は言った。「それはもちろんだが、確かめる方法がないのが問題なんだよ。少女たちはしかたがない。できるだけの手は打ってるし——それにしても、家出の件数は見ましたか」

その場の全員が家出の件数は知っていた。

ダニエルはめげずに続ける。「いま問題なのは少女ではない。少女たちは、おおむね監督下に置かれているからね。いま問題なのは成人女性なんだ。十代の少女が、年上の女性に教えてるんだよ。すると今度は成人どうしで教えあう。いままでは成人女性もできるようになってるんだよ、マーゴット。あなたも見ただろう」

「ごくまれな例だわ」

「ごくまれだとみんなが思ってるだけだ。わたしが言いたいのは、知るすべがないということなんだよ。ステイシー、あなたにもできるかもしれない。マリシャ、あなたにも。ことによると、マーゴット、あなたにだってできるかもしれない」彼が笑うと、今度もまた居心地の悪そうなさざめきが起こった。

「もちろんよ、ダニエル。なんならいますぐあなたのチャンネルを切ってみせるわ。市長に与えられていたニュース時間を、州知事が侵害してきたんだから」マーゴットは指を広げておどけたしぐさをしてみせた。「シュー、カチッ」

「マーゴット、そんなジョークは面白くもなんともないよ」

しかし、テーブルを囲むほかの面々はすでに笑っていた。

ダニエルは言った。「この検査は実施する。全州規模で、政府の職員全員に受けさせる。マーゴット、市長も例外じゃないよ。議論の余地はない。どうしても確認する必要があるんだ。政府ビル内に、あれのできる人間を受け入れるわけにはいかない。装塡済の銃を持ってうろつかれるようなものだ」

もう一年になる。テレビでは、遠い不安定な国や地域での暴動のもようが流され、さまざまな都市が女性にまるごと乗っ取られたと報じている。ダニエルの言うとおりだ。重要なのは、十五歳の少女にあれができることではない。それは押さえ込んでおける。問題は、少女たちに触発されて、成人女性のなかにもあのパワーを持つ者が出てきたということだ。とすると、いくつか疑問がわいてくる。これはいつごろから可能になっていたのか。なぜいままでそのことにだれも気づかなかったのか。

朝のニュース番組では、人類生物学や先史時代の図像学の専門家が呼ばれていた。先生、ホンジュラスで発見された六千年以上も前のこの浮き彫りは、手から稲妻を発している女性に見えませんか。そうですね、こういう浮き彫りは、神話や象徴的な行動を描いていることが多いものです。しかし、歴史的裏付けがある場合もあります。つまり、実際に起こったことを表現している場合もあるのですよ。なるほど、そうでしょうね。ご存じでしたか、最古の聖書には、イスラエル族の神にはアナトという妹がいると書かれてるんです。十代の少女神です。この女神は無敵の戦士で、雷霆（いかずち）をもって語ったとされています。最古の聖書では、この女神は父を殺してその座を奪ったとされていまして、敵の血に足をひたすのが好きだったそうですよ。ニュースキャスターたちは気まずそうに笑った。それはあんまり美容によさそうじゃありませんね、どう思う、クリスティン。そうね、トム。しかしね、この破壊の女神だけど、昔の人たちはぼくたちが知らないことを知っていたのかもしれないね。もちろん確実なことは言えないけど、この能力はとても古くからあった可能性もあるんじゃないかな。つまり、昔の女の人も同じことができたけど、それを忘れてしまってたってこと？　でも、こんなすごいことを忘れるなんてずいぶんじゃない？　こんなこと忘れられるとは思えないわ。しかしね、クリスティン、こういうパワーが存在したとしたら、意図的な交配で取り除いてしまうこともあるんじゃないかな。あっては困るというか。クリスティン、たとえばだけどね、きみにこんなような力があったら、それをぼくに話す気になる？　うーん、そうねえ……秘密にしておこうと思うかもしれないわね。ニュースキャスターは目と目を合わせた。口に出せない言葉がやりとりされ――さて、天気予報の時間です。

いまのところ、大都市圏の学校にコピーして配布された市長の公式見解はこれ――自主規制だった。やってはいけない。そうすればいずれなくなる。いまは女子と男子を離しておけばよい。一、二年もすれば薬物が開発されて、こういうことは起こらなくなり、すべては正常に戻るだろう。被害者のみならず加害少女も、この体験には精神的にショックを受けている。それが公式見解だった。

夜遅く、監視カメラがないことがわかっている街の一角で、マーゴットは車を駐め、外へ出て、手のひらを街灯柱に当てて、ありったけのそれを注ぎ込む。ただ、この身内にあるものを徹底的に調べたい。理解したいのだ。いままでやってきたどんなことにも劣らず、自然な行動に感じられる。初めてセックスをしたときにそう感じ、理解したように。まるで、なんだ、これなら知ってるよと肉体が言っているかのようだ。

その通りの街灯がすべて消えた。ぱっ、ぱっ、ぱっと。マーゴットは、静まり返った通りで声をあげて笑った。人に見られたら弾劾されるだろう。とはいえ、いずれにしても弾劾されることに変わりはない。こんなことができるとだれかに知られたら、それだけで。とすればどこまでがやっていい限界なのだろうか。警報が鳴りはじめる前に、エンジンを始動させて車を出した。もし見つかっていたら自分はどうしただろうかと考える。そう考えたことで、まだ自分のスケインにパワーが残っているのを感じた。人を少なくともひとり、おそらくはもっと——気絶させられるぐらいの。鎖骨にあふれるパワーが波を打ち、腕を流れ下っては戻ってくる。それを思ってまた笑った。いまではしょっちゅう、気がつけばちょっとしたことで笑っている。なぜだかつねに身も心もほぐれている気がする。まるで年じゅう夏の盛りに生きているかのように。

ジョスはそんなふうではなかった。理由はわからない。この手のことについてはまだまともに調査もされておらず、まるで見当がつかない状況なのだ。ジョスの力は安定しなかった。日によっては驚くほどのパワーがみなぎっていて、照明のスイッチを入れただけで家のブレーカーが落ちてしまうほどだ。ところが日によってはなんのパワーもなく、通りでほかの少女にけんかを吹っかけられてもわが身を守ることすらできない。いまではわが身を守れない、あるいは守ろうとしない少女に対する侮蔑の言葉が生まれていた。濡れ毛布とか切れた電池などというのはまだやさしいほうで、フリーク、くず、腰抜け、プスプスというのもある。最後の語は、火花を散らそうとして失敗したときの擬音語だろう。集団のわきを通り過ぎたとき、さりげなく「プスプス」とささやかれるのがいちばんこたえる。若者が残酷なのは以前と変わらない。ジョスはひとりで過ごすことが多くなっていった。友人たちが「共通点の多い」新しい友を作って離れていったからだ。

マーゴットはその週末、ジョスリンは家にいてはどうかと提案した。ジョスはおかあさんと、マディはおとうさんといっしょに過ごしましょうよ。親が自分だけにかまってくれるというのは、娘たちにとってはうれしいことだ。マディはバスに乗って街に出て、恐竜を見たいと言った。近ごろではぜんぜんバスに乗れない。いまのマディには、博物館よりバスに乗ることのほうが重要だった。マーゴットはずっと仕事仕事で忙しかった。今日はジョスを連れてネイルサロンに行くわ、と彼女は言った。ジョスにとってもいい息抜きになるでしょう。

キッチンのガラス壁わきのテーブルに座り、ふたりで朝食をとった。ジョスは、ボウルからプラムの煮込みをもう少しとってヨーグルトにのせている。マーゴットは言った。

「まだだれにも言わないでね」

「うん、わかってる」

「だれかに言ったら、おかあさんは失業するかもしれないから」

「わかってるってば。パパにもマディにも言ってないよ。だれにも言ってない。ぜったい言わないから」

「ごめんね」

ジョスリンはにっと笑った。「ぜんぜん平気」

マーゴットはふと、母と秘密を共有したくてたまらなかったのを思い出した。それにあこがれるあまり、生理用ナプキンを伸縮ベルトで留めるとか、むだ毛処理用の剃刀をこっそり隠すとか、そういううっとうしい儀式すらなんだか楽しいような、むしろわくわくすることのような気がしたほどだ。

午後にはふたりいっしょにガレージで練習をした。互いに挑戦しあい、試合をして、少し汗をかいた。練習していると、ジョスのパワーは強くなり、コントロールも楽になっていく。しかし、そのパワーが安定しないのをマーゴットは感じた。高まりつつあったパワーがだしぬけに消失し、それがジョスを苦しめている。コントロールするすべをどうにかして学ばせなくてはいけない。マーゴットが統括する大都市圏の学校には、自分でコントロール法を身につけ、ジョスにこつを教えられる少女がきっといるにちがいない。

ところでマーゴットに関しては、つねに抑制できるという自信をつけることがどうしても必要だった。職場で検査が始まろうとしている。

「どうぞ、クリアリー市長。お座りください」

部屋は狭い。天井の近くに小さな窓がひとつあるきりで、そこから細い灰色の日光が射し込んでくる。看護師が毎年インフルエンザの予防接種をしに来るとき、彼女はこの部屋を使っている。あるいは、だれかがスタッフの評価をするときなどに。テーブルが一脚、椅子が三脚ある。テーブルの向こうの女は、えりに明るい青のセキュリティタグ（不審な入館者を排除するための札）を留めていた。テーブルのうえの機械は、顕微鏡か血液検査用の器具のように見えた。針が二本に、測距窓（フォーカシング・ウインドウ）とレンズがついている。

女が言った。「市長、おわかりいただきたいんですが、この建物内のかたは全員検査を受けていただくことになっております。意図があって選ばれたというようなことはございません」

「男性も受けるの」マーゴットはまゆをあげた。

「ああ、いえ、男性はべつです」

マーゴットは少し考えた。

「いいわ。それで、その……正確にはなにをするの」

女はかすかに笑みを作った。「市長、同意書にサインをなさいましたよね。でしたらご存じのはずですが」

のどが締めつけられる。片手を腰に当てた。「それが、じつはわからないのよ。あなたから説明してくださる、いちおう記録のために」

セキュリティタグをつけた女は言った。「これは全州でおこなわれる必須の検査で、スケインの有無、つまり静電気を操る能力の有無を調べるものです」そう言うと、機械の横に置かれたカードを読みあげはじめた。「州知事ダニエル・ダンドンの全州を対象とした知事命令に基づき、本検査に同意しない場合は、自治体職員として勤務を継続することはできなくなりますので、そのむねご承知おきください。ただし、検査結果が陽性であっても、かならずしも将来の雇用が保証されないわけではありません。静電気を操る能力があることに気づいていなくても、検査結果が陽性と出る可能性もあります。

検査結果によって精神的ショックを受けた場合、あるいは現在の地位に不適格と判断されて転職が必要になった場合には、カウンセリングを受けることができます」

「それどういう意味？　不適格ってどういう意味なの」

女は唇をぎゅっと結んだ。「子供や一般市民と接触する職種に関しては、陽性のかたは不適格というのが知事の見解なんです」

ダニエル・ダンドンが、この有力な州の知事が、女の椅子の向こうに立って笑っているのが見えるようだ。

「子供や一般市民に接触しない職種なんてある？」

女は笑顔を作った。「まだあのパワーを経験なさっていないのなら、あっというまに終わりますよ。なにも心配なさる必要はありません。なにもかもこれまでどおりです」

「でも、そうは行かない人もいるでしょう」

女がスイッチを入れると、機械は静かにブーンと言いはじめた。

「市長、用意ができました」

「わたしがいやだと言ったらどうなるの」

女はため息をついた。「いやだとおっしゃるなら、そのむね記録に残さなくてはなりません。すると知事が国務省のだれかにそれをご報告なさるでしょう」

マーゴットは腰をおろした。わたしがあれを使ったことがあるとはだれにも言えないはずだ。だれも知らないのだから。わたしは嘘はついていない。そこまで考えて、たわごとだと思った。つばを呑んだ。

「けっこう」彼女は言った。「ただ、これは記録しといてちょうだい。侵襲的な検査を強制されたことについて、わたしは正式に抗議します」

「わかりました」女は言った。「書き留めておきます」

そのかすかな作り笑いのかげに、またダニエルの顔が——笑い顔が見えたような気がした。マーゴットが差し出した片腕に電極が取り付けられる。少なくとも、少なくともこれがすんだら、たとえ職を失うことになったとしても、そして政治家としての野心がついえたとしても、少なくともそのときは、もう二度とあのえらそうな顔を見なくてすむのだ。

ぺたぺたする電極パッドが、手首に、肩に、鎖骨に取り付けられた。これで電気的活動を検出します、と技師が低い単調な声で説明した。「肩の力を抜いてリラックスしてください。最悪でも、ちょっとちくっとするだけですから」

そうね、最悪でも政治家生命が終わるだけよ、と思ったが、マーゴットはなにも言わなかった。

理屈は単純そのものだった。一連の低レベルの電気刺激によって、自律神経の引金を引こうというのだ。これは女の新生児に対するお定まりの検査で、いまではどの病院でも実施されている。答えはいつも同じなのに——女の新生児はいまでは全員がその力を持って生まれてくるからだ。ひとり残らず。ほとんど感じられないほど微弱な電気ショックを加えると、スケインは自動的に反応して電撃を発する。いずれにしても、マーゴットは自分のスケインが反応しようとしているのを感じた。なにしろ相手は神経であり、アドレナリンなのだ。

忘れないで、びっくりした顔をするのよ、と自分に言い聞かせる。おびえた顔、恥ずかしそうな顔をしなくては。まったく新しい経験にとまどっているような。

検査が始まると、機械は低くブーンとうなりはじめた。おおよそは理解している。まずは、ほとんど知覚できない微弱な電気ショックを与える。あまりに低レベルで、触れてもまったく感じないほどだが、女の赤ん坊のスケインは、そのレベルでほぼすべてが反応する。このレベルでなければその次で。機械のレベルは十段階あり、一段階ごとに電気刺激が強くなっていく。ある時点で、マーゴット自身の老いて経験不足のスケインも反応するだろう。類が友の呼びかけに応えるというわけだ。そしてことは露見する。マーゴットは息を吸い、吐いた。その時を待つ。

最初はなにも感じなかった。胸全体に、そして背筋に沿って、圧力が高まってくるような感覚があるだけだ。第一レベル、第二レベル、第三レベルになってもなにも感じない。機械はかちかちとスムーズに段階ごとに検査をくりかえしていく。ダイヤルの針は進みつづける。マーゴットは、いま解き放ったら快感だろうと思った。歩いているとき、目をあけたいと感じるようなものだ。その衝動を抑えるのはむずかしくなかった。

息を吸い、息を吐く。機械を操作している女がほほえみ、コピーした用紙のボックスに数字を書き入れる。四番めのボックスに四つめのゼロ。ほぼなかばまで来た。当然ながら、いずれ抑えられなくなるときが来る。マーゴットの読んだ資料にはそう書いてあった。技師に向かって小さく苦笑してみせる。

「リラックスしてください」女は言った。

「スコッチが一杯もらえたら、もっとリラックスできるんだけど」マーゴットは言った。かちっと音を立てて針が進む。さあ、むずかしくなってきた。鎖骨の右側に、そして手のひらにちくりと痛みを感じる。行かせてよ、とそれが言っている。いいじゃないの。腕がなにかに押さえつけられているようだ。苦しい。この重い圧迫感は簡単に払いのけられるし、そうすれば楽になれるのに。汗をかいてはいけない、耐えているのを気取られてはいけない。

ボビーに浮気をしたと告白されたときのことを思い出す。身体が熱くなり、冷たくなり、のどが締めつけられた。それなのに、「なにも言わないんだね。なにも言うことはないの」とボビーは言った。マーゴットの母は父に向かって金切り声をあげる人だった。朝、仕事に行くときにドアをちゃんと閉めなかったとか、リビングルームのラグにスリッパを脱ぎっぱなしにしていたとか、そういうことで。マーゴットはそんな女ではなかったし、そんなふうになりたくもなかった。子供のころ、イチイの木々のひんやりした影のなかをよく歩いた。一歩一歩慎重に足を進め、まちがった場所に足を置いたら、地中から根っこが飛び出してきて、身体に巻きついてつかまえられるというふりをして。

マーゴットは昔から、どうしたら息をひそめていられるかよく知っていた。

　ダイヤルの針がかちりと進む。女のコピー用紙にはゼロがきちんと八つ並んでいる。検査の前には、どんな感じがゼロなのかわからないのではないかとマーゴットは恐れていた。始まる前に終わっていて、どうすることもできないうちに結果が出てしまうのかと思っていたのだ。息を吸い、息を吐く。むずかしくなってきた。とてもむずかしい。しかし、むずかしさに対処することには慣れている。肉体がなにかを望んでいるのに、それを拒んで耐えること。うずうずする感じや圧迫感が、胴の前面に広がり、腹部の筋肉をおりていき、骨盤に、臀部（でんぶ）に広がっていく。それは、排尿したいときにがまんするようなもの、苦しくなってからさらに数秒間呼吸を止めるようなものだ。新生児にがまんできないのは驚きではない。この機械で、成人女性のそれが見つけられたことのほうが驚きだ。マーゴットは放電したいという衝動を感じたが、こらえた。ひたすらこらえた。

　機械はかちりと第十レベルに進む。耐えられないことはない。ぎりぎりですらない。待つうちに、機械のブーンが止まった。回転していた冷却ファンも沈黙する。用紙からペンが持ちあがる。ゼロが十個。

　マーゴットは失望の表情を浮かべようとした。「これで終わり？」

　技師は肩をすくめた。

　技師が電極をはずしはじめると、マーゴットは片足をもう片方の足首に引っかけた。

「わたしにあるはずがないとは思ってたけど」最後のほうは少しかすれた声で言ってやった。

ダニエルはこの報告書を見るだろう。そして署名することになる。公職を務めるのに問題なしとする書類に。

肩を震わせ、こらえきれずに吹き出した。

かくして、この検査を大都市圏全体で実施するプログラムについて、彼女を責任者にしていけない理由はなくなった。まったく皆無だ。彼女はそのための予算を承認し、この技術は息子や娘たちの安全を保証すると訴える広報キャンペーンにゴーサインを出した。検査を受けることになったとき、この検査機器によって人命が救われるという公的文書に人々が見るのはマーゴットの名前だ。その文書に署名をしながら、これは嘘ではないと自分に言い聞かせた。こんな軽い圧力を受けたぐらいで放電を抑えられない女性は、自分自身にとっても、そしてそう、社会にとっても危険な存在にちがいないのだから。

奇妙な動きが起こっている。世界で、そしてここアメリカでも。インターネットを見ればわかる。男がより強く見せるために女装している。女は逆に男装して、パワーの意味を打ち消そうとし、狙った獲物を油断させようとする。羊の皮をかぶる狼というわけだ。ウェストバラ・バプティスト教会（同性愛者、性同一性障害者らを公然と非難することで知られる教会）には、だしぬけに熱狂的な新会員が押し寄せるようになった。最後の審判は近いと思う人々が増えているのだ。マーゴットたちが役所でやっているのは、なんとかすべてを正常に保ち、人々が安心して毎日仕事に出かけ、稼いだドルを週末にはレクリエーションに使いつづけるようにすることだ。そしてそれは意味のある努力だった。

ダニエルは言う。「わたしは常日ごろ、なるべく建設的な意見を述べるように努めているつもりだ。しかし」――と、手にしていた書類を落とすと、それがテーブルじゅうに散らばった――「申し訳ないが、これに書かれた対策は、どれもとうてい実行できるものではない」

州政府の予算担当者アーノルドが黙ってうなずく。片手で頬杖をついている。垢抜けない気に障る態度だ。

「あなたのせいでないのはわかってる」とダニエル。「人手も予算も足りていない――困難な状況で、あなたが最大限の努力を払っているのはみんなわかっているんだ。しかし、これはとうていいただけない」

マーゴットは、市当局からの報告書をすでに読んでいた。たしかに大胆な内容だ。保護と治療、そして将来的にもとに戻る可能性（ちなみにその可能性はゼロだ）について、現状を完全に公開するという方針が提案されていた。ダニエルはしゃべりつづけ、問題点を次から次にあげていく。「自分にはこんなことをする勇気はない」とは言っていないが、口を開くたびに言っているのはそういうことだ。

マーゴットは手のひらを上に向け、テーブルの裏面に押し当てた。ダニエルの話を聞くうちに、ぱちぱちが募ってくるのを感じる。特別ゆっくり、一定のペースで息をする。抑えられるのはわかっている。最初のうちは、抑制することが楽しかった。これからどうなるかは正確にわかっている。ダニエルがだらだら話しつづけるうちに、このぱちぱちはただ消えていくだけだ。彼女の身内には、ダニエルののどくびをつかみ、ひと吹きで消し去るだけのパワーがある。そしてそのあとにも、アーノルドのこめかみを一撃し、少なくとも気絶させるだけのパワーは残っているだろう。なんの雑作もあるまい。大した労力も必要ない。あっというまだろうし、物音ひとつ立てずにすむだろう。ここで、この第五（b）会議室で、その気になればこのふたりをふたりとも殺すことができる。

それを思うと、このテーブルから、ダニエルが金魚のようにいまも口をぱくぱくさせている場所から、ひじょうに遠い場所にいるような気がする。彼女ははるかに高く洗練された領域にいる。肺を満たす空気は氷の結晶で、すべてが澄みきって清潔な領域。実際になにが起こっていようと大した問題ではない。彼女にはこのふたりを殺すことができる。それこそが第一義的に重要な真理だ。指にパワーをちらちらさせ、テーブルの裏のニスを焦がした。甘い化学物質の香りがする。このふたりの男がなにを言おうと、実際にはどうでもいいことなのだ。なぜなら、三つの動作でふたりとも殺すことができるのだから。詰め物をした座り心地のよい椅子に座ったまま、かれらには身じろぎするひまもない。

そんなことをしてはいけないし、もちろんしないだろうが、それは問題ではない。問題なのは、やろうと思えばできるということだ。相手を傷つけるパワーは、富のようなものだ。

マーゴットはふいに口を開いた。ダニエルをさえぎり、ドアのノックのように鋭い口調で言った。「ダニエル、こんなことでわたしの時間をつぶすのはやめて」

ダニエルは彼女の上司ではない。ふたりは対等だ。彼にはマーゴットを解雇する力はない。それなのに、あたかもあるような物言いをしている。

彼女は言った。「まだどこにも答えがないのはみんな知っていることよ。なにかいいアイデアがあるなら聞かせていただくわ。でも……」

その先は言葉を濁した。ダニエルはなにか言おうとするように口を開いたが、また閉じた。指先の下、テーブルの裏側のニスがゆるみ、めくれあがり、分厚いカーペットに柔らかい破片がぽろぽろと落ちる。

「わたしは無理とは思わなかったわ」彼女は言った。「とにかくこれで、いっしょにやってみましょうよ。足の引っぱりあいをしていても意味がないでしょ」

マーゴットは自分の未来を考えた。ダニエル、あなたはいずれ腰を抜かすことになるわ。わたしには遠大な計画があるのよ。

「ああ」彼は言った。「そうだな」

これが男のものの言いかた、男がものを言う理由なのだ。彼女はそう思った。

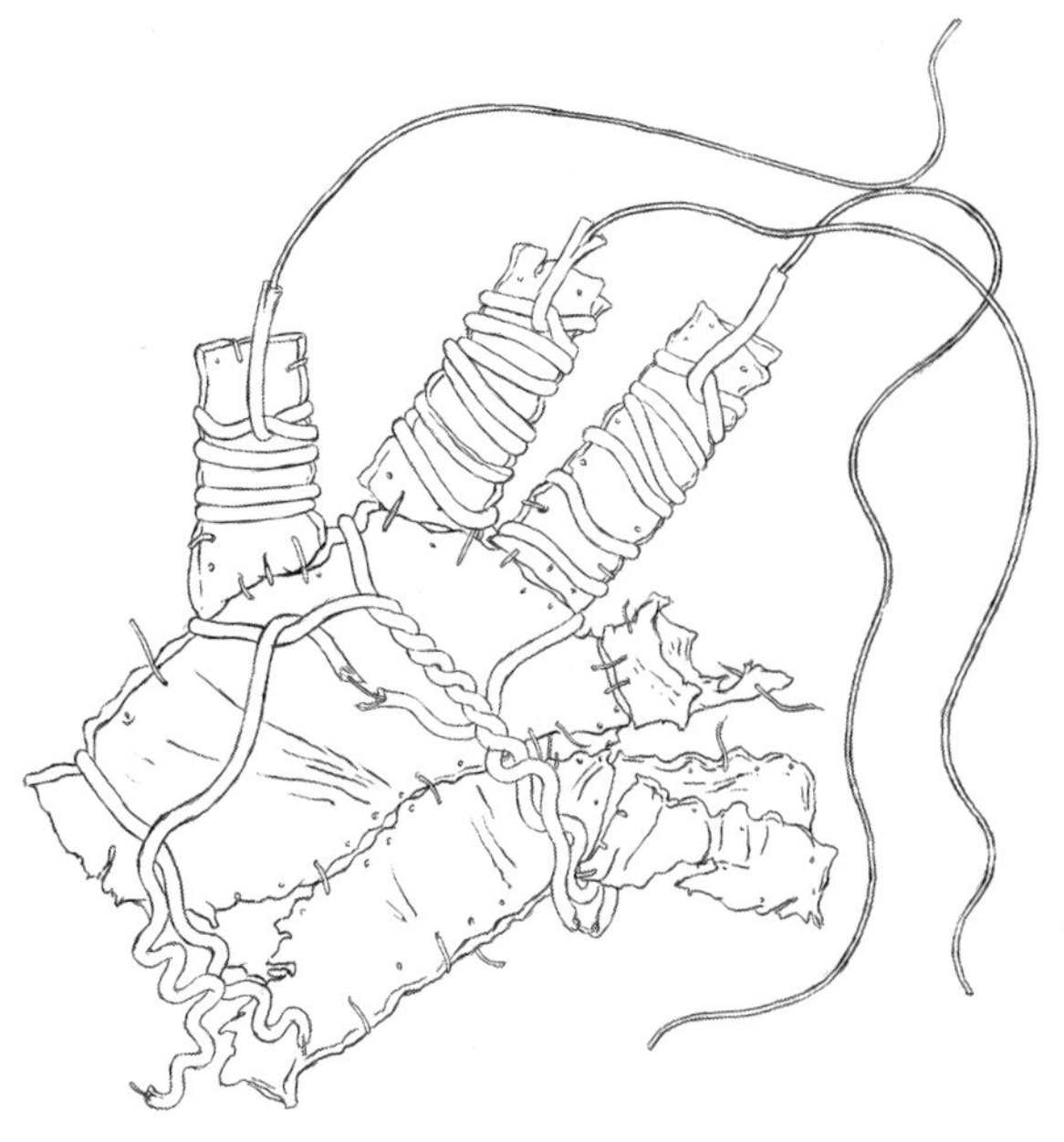

約1000年前の初歩的な武器。ワイヤがついているのはパワーを伝えるため。
戦闘もしくは懲罰に使われたものと思われる。旧ウェストチェスターの墓地から出土。

あと八年

アリー

それほど多くの奇跡は必要ない。ヴァティカンにも。そして、何か月も閉じ込められてともに暮らし、将来に不安を抱えてぴりぴりしているティーンエイジの少女の集団にも。それほど多くの奇跡は必要ないのだ。ふたつもあればじゅうぶん。三つは多すぎる。

ルアンという少女がいた。透けるような肌、髪は赤く、頬には薄くそばかすが散っていた。まだ十四歳だった。三か月前にここへ来て、ゴーディととくに仲よくなった。ふたりは寮の同じベッドに寝ていた。暖をとるために。「だって、夜はすっごく寒いんだもん」ゴーディは言い、ルアンはにやにやしている。ほかの少女たちは、笑いながら互いのわきをひじで突つきあう。

ルアンは、パワーに目覚める以前から病気持ちだった。どんな医者にも治すことができなかった。興奮したり、こわい思いをしたり、あまり大笑いしたりすると発作が起きる。眼球が裏返り、どこにいてもその場で倒れ、背骨が折れるかと思うほど激しく痙攣する。「支えていなくちゃだめなの」ゴーディは言う。「肩に腕をまわして、目を覚ますまで抱いててあげればいいんだよ。ひとりで目を覚ますから、それまで待ってなくちゃだめ」。一時間以上も目を覚まさないことも少なくなかった。それでも、ゴーディはルアンの肩に腕をまわし、深夜の休憩室や午前六時の庭に座って、彼女が目を覚ますのを待っているのだった。

アリーは、ルアンを見るとおかしな感じがした。なにかぴりぴりするような感じ。

あの子がそう？

〝声〟は言った。じゃないかと思うわ。

ある夜、激しい雷雨があった。沖合に稲妻がひらめきはじめる。修道女たちとともに修道院裏のテラスに立って、少女たちはそれを眺めていた。雲は青紫色、周囲はけぶっていて薄暗い。稲妻が海面を一度、二度、三度と叩く。

稲妻を見ているとスケインがうずうずする。少女たちはみなそれを感じていた。サヴァンナはついに我慢できなくなり、数分後、板張りのテラスに電弧を飛ばした。

「やめなさい」シスター・ヴェロニカが言った。「すぐにやめなさい」

「ヴェロニカ」とシスター・マリア・イグナシアが口をはさむ。「べつに害はないでしょう」

サヴァンナはくすくす笑い、また小さく電撃を飛ばした。本気で抑えようとすれば抑えられないわけではない。ただ、嵐の影響でなんだか興奮していて、自分もなにかしてみたくなったのだ。

「サヴァンナ、明日は食事抜きですよ」とシスター・ヴェロニカ。「ほんの少しも自分を抑えられない人に神の慈悲は及びません」

シスター・ヴェロニカは、修道院内でけんかをやめようとしなかったと言って、すでに少女をひとり追い出していた。ほかの修道女は譲歩して、悪魔が取り憑いていると思われる少女を選んで罰してよいと認めていたのだ。

しかし、「明日は食事抜き」は厳しい判決だ。土曜日の夕食はミートローフなのに。ルアンがシスター・ヴェロニカのそでを引いて、「赦してあげて」と言った。「悪気はなかったんです」

「さわるんじゃありません」

シスター・ヴェロニカは腕を引き、ルアンを軽く押しやった。

しかし、ルアンはもう嵐のせいで少し調子が狂っていた。押しやられたとたん、いつものように頭ががくんと斜め後ろに倒れた。口をぱくぱくさせるが、声は出てこない。そのまま仰向けに引っくり返り、テラスにばったり倒れた。ゴーディが駆け寄ろうとすると、シスター・ヴェロニカが杖で行く手をふさいだ。

「放っておきなさい」シスター・ヴェロニカは言った。

「でも、シスター……」

「いままでこの子を甘やかしすぎたわ。自分の身体にこんなものを迎え入れてはいけなかったんです。それなのに迎え入れてしまったんだから、自業自得ですよ」

ルアンはテラスに倒れて引きつけを起こしていた。後頭部を板張りの床に何度も打ちつけている。口から血まじりの泡を吹いていた。

〝声〟が言った。いまよ、やることはわかってるわね。

アリーは言った。「シスター・ヴェロニカ、ルアンを静かにさせてみたいんですけど、かまいませんか」

シスター・ヴェロニカは目をぱちくりさせてイヴを見やった。物静かで働き者の少女――この数か月、アリーがずっと演じてきた少女を。

肩をすくめた。「こんな猿芝居をやめさせられると思うのなら、好きなようにしなさい」

アリーはルアンのわきにひざをついた。ほかの少女たちは、裏切り者を見る目でそれを見ている。ルアンがわざとやっているのでないのはみんな知っている。それなのにイヴはなぜ、どうにかできるようなふりをするのだろう。

アリーには、ルアンの体内の、背骨と首と頭の電気信号の流れを見てとることができた。信号が上下に走り、遮断され、正しくつなげようとして混乱し、同期がずれてしまっている。自分の目で見るように、はっきりとそれが見える。ここここがふさがっている。頭蓋骨の底のこの部分が、動作のタイミングを正しくとれていない。ほんの少し調節するだけでいい。まるで感じないほどの微弱なパワー、ほかのだれにもこれ以上は小さくできないほどの量、ごく細い流れを送り込んで調節しなおすのだ。

アリーはルアンの頭を片手で支え、細い指を頭蓋底のへこみに当てた。細いパワーの巻きひげを送り込み、そこを軽くはじいた。

ルアンは目をあけた。全身の痙攣がぴたりと止まった。

まばたきをする。

「なにがあったの」彼女は言った。

これがふつうでないのはみんな知っていた。ルアンは一時間以上も眠っているし、その後も一週間ぐらいはぼんやりしていたりするのだ。

アビゲイルが言った。「イヴが治してくれたんだよ。イヴが手を触れたらあんたは治ったの」

これが最初のしるしだった。このときから彼女は、神の前で特別な人と言われるようになっていく。

治療が必要な少女たちが、彼女のもとへ連れてこられるようになった。手を触れるだけで苦痛を消せることもあれば、痛む必要がない部分が痛んでいるだけのときもあった。頭痛とか、手足がつっているとか、目まいとか。ジャクソンヴィルの名もない少女だったアリーは、これまでにじゅうぶん練習を積んでいた。イヴと名乗る穏やかで物静かな若い娘になったいま、彼女は人の身体に手を置くだけで、パワーの針を送り込むべき適切な場所を見つけられるようになっていた。そして少なくともしばらくのあいだは、狂いを治すことができた。たとえ一時的なものにすぎなくても、治癒は本物だった。きちんと動くように肉体に教え込むことはできないが、一時的に狂いを修正することはできる。

こうして、彼女らはイヴを信じるようになった。彼女のなかにはなにかがあると、修道女たちはともかく、少なくとも少女たちはみな信じた。

サヴァンナが言った。「ねえイヴ、神さまなの？　あんたに話しかけてくるのは神さまなの？　あんたのなかには神さまがいるの？」

それはある夜のこと、明かりの消えた寮の寝室で彼女は声をひそめて話していた。ほかの少女たちはみな、自分のベッドで眠ったふりをして耳をすましている。

イヴは言った。「あんたはどう思う？」

するとサヴァンナは言った。「あんたには病気を治す力があると思うよ。聖書に書いてあるみたいな」

寝室のあちこちでつぶやき声があがったが、ちがうと言う者はいなかった。

次の日の夜、ベッドに入るしたくをしているとき、十人ほどの少女たちに向かってイヴは言った。「明日の夜明け、いっしょに海岸に行こう」

「なんで？」

「〝声〟が『夜明けに海岸に行きなさい』って言ってるから」

〝声〟は言った。いい演技だったわ。ちゃんと言うべきことを言ったしね。

空は小石のような淡い青灰色で、薄い雲がたなびいている。海の音は、赤子をあやす母の声のように静かだ。少女たちはナイトガウンのまま海岸に歩いていく。

アリーはイヴの声——柔らかく低い声で言う。「〝声〟が、海のなかへ入っていきなさいって」

ゴーディが笑った。「これどういうこと？　イヴ、あんた泳ぎに行きたいの？」

ルアンがしっと言って、ゴーディの唇に指を当てた。イヴが親指をうなじに当ててからというもの、ルアンは発作が起きても数秒で収まるようになっていた。

アビゲイルが尋ねる。「それからどうするの」

イヴは言った。「母なる神が、なにをしたらいいか教えてくれるよ」

この「母」のくだりは、新しい、そしてとんでもなく衝撃的な教えだった。しかし少女たちは理解していた。ひとり残らず悟っていた。このよき知らせをだれもが待っていたのだ。

全員そろって海のなかへ入っていった。ナイトガウンやパジャマが脚にへばりつき、とがった石を踏んではたじろぎ、くすくす笑いながらも、畏怖に打たれているのは互いの顔を見ればわかる。ここでなにかが起ころうとしていた。夜が明ける。

少女たちは輪を作って立った。冷たく澄んだ海水に腰までつかり、手をひたしている。イヴは言った。「聖なる母よ、なにがお望みか教えてください。あなたの愛でわたしたちに洗礼を授け、生きるすべを教えてください」

とそのとき、輪を作った少女たちはみな、だしぬけにひざが崩れるのを感じた。大きな手に背中を押さえられ、押し下げられて、満ちてくる海に頭を押し込まれたかのようだった。髪から海水をしたたらせ、あえぎながら、神に触れられたのを、たったいま新たに生まれ変わったのを知った。全員が水にひざをつき、全員が自分を押さえつける手を感じた。全員がそのせつな、水に沈められて息ができずに死ぬのだと悟った。そしてそののち、水面にあげられて再生するのだと。

彼女たちは輪になって立っていた。髪を濡らし、驚きに打たれて。ただイヴだけが、髪を濡らすこともなく水のなかに立ったままだった。

彼女たちはみな、周囲に、そして自分たちのなかに神の存在を感じ、母なる神が喜んでいるのを感じた。頭上には鳥が飛び交い、輝きに包まれて新しい夜明けの訪れを告げていた。

その朝、海で奇跡を目撃した少女たちは十人ほどだった。修道女たちとともに寝起きする五十人ほどの若い娘たちのなかにあって、その十人はリーダー的存在だったわけではない。カリスマ性もなく、とくに人気があるわけでも面白いわけでもなく、またとくに容姿や頭脳に恵まれているわけでもなかった。彼女たちを結びつけるものがあるとすれば、それは最も辛酸をなめてきたということだろう。とくべつ痛ましい生い立ちの少女たちであり、他者に、そして自分自身にどれだけ恐ろしいことができるか、とくべつ生々しい知識を持つ少女たちだった。にもかかわらず、その朝よりのち、彼女らは変わった。

イヴは秘密を守るよう誓わせたが、少女らはそれを伝えずにいられなかった。サヴァンナはケイラに、ケイラはメガンに話し、メガンはダニエルに話した。イヴは万物の創造主と話ができ、秘密のメッセージを受け取っていると。

そんなわけで、少女たちは彼女に教えを求めるようになった。

「どうして『母』なる神なの」

イヴは答える。「神は女でも男でもなく、その両方なんだよ。だけど、ずっと女の側は無視されてきたから、これからはそのもういっぽうの側を見せることになさったのよ」

「でも、それじゃイエスはどうなるの」

「イエスは神の子だよ。でも子供は母親から生まれるもんでしょ。ちょっと考えてみて。神とこの世界とどっちが偉大だと思う？」

すでに修道女から教わっていたから、少女たちは答える。「神のほうが偉大。だって神が世界を造ったんだから」

「それじゃ、造った者のほうが造られたものより偉大なんだよね？」

「そのはずだよね」

「それじゃ、母と子とではどっちが偉大なの」

少女たちは口ごもる。イヴの言葉は冒瀆のような気がする。

イヴは言った。「聖書にはもとから書いてあったのよ。神は人間の姿をとって世界にやって来たって書いてあるじゃない。もう『父』って呼ばれるようになってるでしょ。イエスがそう教えたんだもん」

それはそのとおりだ、と彼女らは認めた。

イヴは言った。「それじゃ、これから新しいことを教えるからね。このパワーは、あたしたちの歪んだ考えかたをまっすぐに戻すために与えられたんだよ。天からつかわされたのは、息子じゃなくて母なの。だから神のことは『母』と呼ぶべきなんだよ。母なる神は、マリアの肉体をとってこの世に現われたの。人が罪から免れて生きられるように、マリアはわが子を捧げたんだよ。神は最初から、マリアが地上に戻るって言ってたの。それでいま、母のやりかたで人を導くために戻ってきたの」

「イヴ、あんたはだれなの」

「だれだと思う？」

アリーは胸のうちでつぶやく。あたし、うまくやってる？

〝声〟が答える。よくやってるわ、立派なものよ。

アリーは言う。これはあんたの意志なの？

〝声〟は言う。神の意志なしで起こることが、ただのひとつでもあると思うの？

これからもっとすごいことが起こるわよ、楽しみにしてなさい。


当時、地には熱狂が渦巻いていた。真理への渇き、理解への餓えが。全能の神はどのような意図で、人類の運命にこのような変化を起こしたのか。当時の南部には多くの説教師が現われて、罪への罰だとか、悪魔が人々のあいだを歩いているとか、終末の近いしるしだとか説明した。しかし、こういう教えはいずれも真の信仰ではない。なぜなら真の信仰は恐怖ではなく愛だから。わが子を守る強い母――それは愛であり真理だ。少女たちはこの教えを次から次へと伝えていった。神は帰ってきた。母なる神はわたしたちに語られる。わたしたちだけに。

数週間後のある日の早朝、さらに数名の少女が洗礼を受けた。季節は春、まもなくイースターだ。卵と豊穣と多産を祝う祭、マリアの祝祭だ。水からあがってきたとき、少女たちはなにがあったか隠そうともしなかった。隠したくても隠せなかっただろう。朝食のときには少女たちは全員知っていた。そして修道女たちも。


イヴは庭の木の下に座っていて、ほかの少女たちはそこへやって来て問いかける。

「あんたのことはなんて呼べばいいの」

「あたしは、ただ母の言葉を伝えてるだけだよ」

「だけど、母はあんたのなかにいるんでしょ」

「母はあたしたちみんなのなかにいるよ」

それでもやはり、少女たちは彼女をマザー・イヴと呼びはじめた。


慈悲の姉妹修道院ではその夜、修道女たちが激論をかわしていた。シスター・マリア・イグナシア――彼女がイヴという娘ととくに親しいのはみな知っている――は、この新たな信仰の形を擁護して言った。いままでとなにも異なるところはない。母と子というのは昔から言われていたことだ。マリアは教会の母であり、天の女王だ。聖母マリアは現世のわたしたちのために祈り、死の床でも祈ってくださる。あの少女たちのなかには、いままで一度も洗礼を受けたことのない者もいる。ただ、自分たちどうしで洗礼しようという気になっただけだ。そのどこがいけないのか。

シスター・キャスリンは異端のマリア信仰もあると言い、上に指導を仰ぐべきだと言った。

シスター・ヴェロニカは院長の足もとに身を投げ出し、それから真の十字架のように部屋の中央にすっくと立った。「この家に悪魔が入り込んだ」彼女は言った。「うかうかと悪魔を迎え入れて、胸に根を張り、心に巣を作ることを許してしまった。いますぐにこの病根を切り捨てなかったら、わたしたちはみな地獄に落ちることになるのよ」

もう一度、さらに声を高めて彼女は言った。室内の女から女へ視線を投げながら、

「地獄へ落ちるんですよ。火あぶりにするべきだわ。ディケーターやシュリーヴポートで火あぶりにしたように。そうしなかったら、みんなが悪魔に支配されてしまう。焼き尽くすのよ」そこで間をおいた。彼女の言葉には迫力がある。「わたしは今夜、寝ずに祈りを捧げます。わたしたちみんなのために祈るつもりです。あの子たちはみんな、夜明けまで部屋に閉じ込めましょう。全員火あぶりにしなくては」

窓の外で盗み聞きしていた少女が、この話をマザー・イヴに伝えた。

彼女がなんと言うかと、全員が固唾を呑んで待ち受ける。

〝声〟が言った。もう全員の心をつかんだわね。

マザー・イヴは言った。閉じ込めるというなら閉じ込めさせればいいよ。全能の母が奇跡を起こしてくださる。

〝声〟が言った。窓をあけさえすれば排水管を伝っておりられるのに、シスター・ヴェロニカは気づいてないのかしらね。

アリーは胸のうちで言った。気づいてないのは、全能の母の意志に、でしょ。

翌朝になっても、シスター・ヴェロニカは礼拝堂で祈っていた。六時、ほかの修道女たちが勤行のために入ってきたとき、彼女はまだ十字架の前にひれ伏していた。両腕を差しのべ、ひたいを冷たい石の床に当てて。その腕にそっと触れようとかがみ込んで初めて、顔に死斑が出ているのに修道女たちは気づいた。何時間も前に絶命していた。心臓麻痺だ。この年齢の女性であれば、こういうことはいつ起こってもおかしくない。太陽が昇ったとき、修道女たちは十字架上の像に目を向けた。まるで刃物で彫り込まれたように、のたくる線を肉に刻みつけられている。シダのように伸び広がるパワーのしるし。シスター・ヴェロニカは、この奇跡を目撃した瞬間に、すべての罪を悔い改めて天に召されたのだ。

全能の神が約束どおり復活を果たし、母はまた人の肉に宿った。

今日は祝祭の日だ。

騒がず落ち着いて過ごすようにと教皇庁からメッセージが届いたが、修道院の少女たちの気分は、そんなメッセージぐらいで静まりはしなかった。院内には祝祭の気が満ち、ふだんの規則はすべて一時棚上げされたかのようだった。ベッドは寝乱れたまま、食事時間を待たずに食料貯蔵室から勝手に好きなものをとって食べ、歌を歌い、音楽を演奏した。空気が輝いている。昼食時までにさらに十五人の少女が洗礼を願い出て、午後には全員が授けられた。これに異を唱え、警察を呼ぶと言った修道女もいたが、少女たちは笑って電撃をお見舞いし、修道女たちは逃げていった。

夕方が近づくころ、イヴは信徒たちに話をした。その様子はスマートフォンで録画され、世界じゅうに発信された。マザー・イヴはフードをかぶっている。謙虚さを忘れてはいけない。なぜなら、いまから話すのは彼女自身の言葉ではなく、母の言葉だからだ。イヴは言った。「恐れてはいけない。神を信じれば、神はあなたとともにいる。わたしたちのために、母は天と地を引っくり返してくださった。

男が女を支配するのは、イエスが教会を支配するようなものだと言われてきた。けれどもわたしに言わせれば、女が男を支配するのは、慈しみと愛をもってマリアが幼子イエスを導くようなものなの。

イエスの死が人の罪を消し去ったと言われてきた。けれどもわたしに言わせれば、だれの罪も消し去られてはいない。ともに力を合わせて、この世に正義を実現するという偉業を達成しなくちゃいけない。多くの不正がおこなわれてきたけれど、わたしたちがともに力を合わせてそれを正すのが全能の母のご意志なんだよ。

男と女は、夫と妻としてともに生きるべきだと言われてきた。けれどもわたしに言わせれば、もっと幸福なのは女がともに生きることだ。女どうし助けあい、手をとりあい、となり人への慰めとなることなの。

人は自分の運命に甘んじなくてはならないと言われてきたけど、でもね、これは言っとくけど、わたしたちのための土地が、新しい国ができるんだよ。母なる神がその場所を示してくださって、わたしたちはそこに新しい国を、強くて自由な国を建設するんだよ」

少女のひとりが口を開いた。「でもさ、あたしたちここにずっとはいられないよね。その新しい土地ってどこにあるのよ。それに、警察が呼ばれたらどうするの？　ここはあたしたちのものじゃないんだから、追い出されちゃうよ！　みんな刑務所に入れられちゃう！」

〝声〟が言った。心配しないで、助けは来るから。

イヴは言った。「神が救済を送ってきてくださる。兵士がやって来る。でも、あんたは疑ったから地獄に落ちるよ。この勝利の瞬間に、あんたが疑ったことを母は忘れないからね」

少女は泣きだし、スマホのカメラがそれを大映しにする。夜が来るころには、その少女は修道院から追い出されていた。


いっぽうジャクソンヴィルでは、テレビでニュースを見て、フードに隠された顔に目を留めた者がいた。そして、なかば影に隠れたその顔を見て、この顔には見憶えがあるとつぶやいていた。

マーゴット

「これを見たか」

「見てるわ」

「報告書は読んだ？」

「全部はまだ」

「マーゴット、これは第三世界の話じゃないんだぞ」

「わかってるわ」

「ウィスコンシンの話なんだ」

「ええ、見ればわかるわ」

「信じられん、ウィスコンシン州で起こってるんだ、こんなことが」

「ちょっと落ち着いてよ、ダニエル」

「全員撃ち殺せばいいんだ。撃ち殺せば終わりだ。頭に一発、それで問題は解決だ」

「女性をみんな撃ち殺すわけにはいかないわよ」

「わかってるさ、マーゴット、あなたを撃ちやしないよ」

「よかった、安心したわ」

「ああ、そうか。あなたのお嬢さんは……忘れていたよ。つまりその……お嬢さんだって撃ちやしないさ」

「そう、どうもありがとう」

ダニエルはデスクをしきりに指で叩いている。それをやめないと殺すわよ、とマーゴットは考えていた。気がつけばしょっちゅうそう考えている。いまではそれは、やむことのない低い通奏音のようになっていた。すぐにそう思ってしまうのだ、ポケットに入れたなめらかな石を親指でなぞるかのように。ここにある。ここに、死が。

「褒められたことじゃないわよ、若い女性を撃ち殺すなんて言うのは」

「ああ、わかってるよ。わかってるんだ。ただ……」

ダニエルは画面を指さした。六人の少女が互いにパワーをかけあっている。六人はカメラのほうをまっすぐ見て、「これを女神に捧げます」と言う。ネットのどこかで拾ったべつの動画のまねだ。六人は電気ショックをかけあい、しまいにひとりが気絶した。べつのひとりは鼻や耳から血を流している。この「女神」というのは、一種のインターネット・ミームだった。パワーを持ったこと、匿名のフォーラム、若者特有の想像力によって生み出されたのだ。こういうことはずいぶん前からあったし、これからもずっとそうだろう。シンボルも生まれていた。ファティマの手のように手のひらに目がひとつあり、余分な手足のように、その手から電気ショックの巻きひげが伸びて、木の枝のように枝分かれしている。壁や鉄道の側線や高速道路の陸橋など、高くて手の届きにくい場所には、このシンボルのスプレー塗装版が出現していた。インターネットの掲示板のなかには、徒党を組んで悪さをするよう少女たちをそそのかすものもあり、FBIが閉鎖させようとしているが、ひとつ消えればすぐにべつのが出てくるようなありさまだった。

マーゴットは、画面の少女たちがパワーで遊んでいるのを眺めた。電撃を浴びては悲鳴をあげ、繰り出しては笑っている。

「ジョスはどう」やがてダニエルが言った。

「元気よ」

それは事実ではない。ジョスのパワーは問題だらけだった。まだ知識がじゅうぶんでなく、どこがいけないのか説明がつかない。自分のなかのパワーをコントロールできず、それはしだいに悪化してきていた。

画面に映るウィスコンシンの少女たちを眺めた。手のひらの真ん中に女神の刺青(いれずみ)を入れている子がひとりいる。その子のパワーを浴びて、友人が甲高い叫び声をあげる。しかしマーゴットにはわからなかった――それが恐怖や苦痛の悲鳴なのか、それとも歓喜の叫びなのか。

「さて、本日はスタジオにマーゴット・クリアリー市長をお迎えしています。異変発生の直後から、迅速かつ断固たる行動をとられた指導者として、お名前をご記憶のかたもいらっしゃるでしょう。そのおかげで、おそらくは多くの人命が救われたのですから。また、お嬢さんのジョスリンもごいっしょです。ジョスリン、今日はありがとう」

ジョスは椅子のうえでもじもじした。こういう座席は座り心地がよさそうに見えるが、実際は固い。なにかとがったものが当たっている。間がひと呼吸長すぎた。

「いいえ」

「ジョスリン、興味深いお話をうかがったんだけど、あなたはなにか問題を抱えているんだって?」

マーゴットはジョスのひざに手を置いた。「若い女性の例にもれず、娘のジョスリンも最近になってパワーが発達してきたんです」

「たしかそのときの映像があったよね、クリスティン」

「ええ、これは市長公邸前庭での記者会見のもようです。たしか少年に負傷をさせてしまったんでしたね、ジョスリン」

マーゴットが呼ばれて帰宅した日の映像に切り替わった。市長公邸の玄関前の階段に立ち、マーゴットは髪の毛を耳の後ろにかけている。あれをやると、そうでなくてもそわそわして見えるのに。片腕をジョスにまわし、用意した原稿を読みあげていた。

「娘は、ちょっとした口論に巻き込まれてしまいました。ローリー・ヴィンセンスくんとご家族にはまことに申し訳なかったと思っています。幸い、さほど重傷ではないとのことで胸をなでおろしているところです。これは一種の事故であり、今日の若い女性の多くが同じ事故に見舞われています。この事態にあまり動揺なさらず、わたしたち家族がこの事件を乗り越えていけるよう、温かく見守っていただければ幸いです」

「いやあ、もう大昔のことのような気がするね、クリスティン」

「ほんとうね、トム。ジョスリン、少年にけがをさせてしまったときはどう思いました？」

この質問に関しては、ジョスはもう一週間以上も前から母と準備をしてきた。なんと言えばいいかわかっている。口のなかはからからだが、いまの彼女は母の劇団の役者なのだ。とにかくやるしかない。

「こわかったです」彼女は言った。「コントロールする方法がわからなくて。ほんとうにひどいけがをさせてしまったんじゃないかと心配でした。だれか……だれかに、ちゃんとした使いかたを教えてもらっていればと思います。ちゃんと抑えられるように」

ジョスの目に涙が浮かんだ。リハーサルはしていなかったが、これを逃す法はない。プロデューサーはジョスをアップにし、第三カメラを向けて涙の輝きをとらえた。完璧だった。ジョスはまだとても若く、初々しく、美しく、痛々しかった。

「ほんとうにこわかったでしょうね。どうかしら、もしちゃんと教えてもらっていたら――」

そこでまたマーゴットが口をはさんだ。彼女もまたカメラ映えは悪くなかった。つやのある髪を上品にまとめ、アイシャドウは繊細なクリーム色から茶色のグラデーションで、派手すぎるということもない。美容と健康に気をつかい、水泳やヨガにいそしみ、近所で羨望のまとの女性という雰囲気だった。

「クリスティン、わたしはあの日から考えはじめたんですよ。どうしたらほんとうに若い女性の力になれるだろうかと思ったんです。いまのところ、パワーをぜったいに使ってはいけないと忠告することしかできないんですからね」

「ですが、街なかでやたらに電光を飛ばされては困るでしょう」

「トム、おっしゃるとおりです。でも、市ではいま三点計画を進めているんです」。これでよし。自信に満ちた態度、要点を押さえた短い文章。番号つきのリスト。〈バズフイード（アメリカ発の有名なウェブサイト。エンタテインメントから政治経済の話題まで多方面のコンテンツで人気）〉式だ。

「第一に、少女たちがともに練習できる安全な場所を用意します。まずは大都市圏で試験的に実施して、評判がよければ全州に広げます。第二に、巧みにコントロールできる少女を選び、年下の子を指導してもらいます。パワーを抑えるすべを身につけられるようにですね。第三に、この安全な場所の外でパワーを使うのは厳禁とします」

間をおいた。これは前もってリハーサルで話した内容だが、自宅で聞いている視聴者には、いま聞いたことを咀嚼（そしゃく）する時間が必要だ。

「ということは、わたしがちゃんと理解できたとすればですが、市長は公的資金を投じて、少女たちにパワーをうまく使う方法を教えようと考えていらっしゃるんですか」

「安全に使う方法をです。クリスティン、わたしが出演させていただいたのは、関心の度合いを計るためなんです。いまのような時期には、聖書の言葉を思い出す必要があるのではないでしょうか。最も高い者が最も賢いとはかぎらず、年長者のほうが善悪をよく判断できるともかぎらない（『ヨブ記』三十二章九）」。マーゴットはほほえんだ。聖書を引用――勝利の戦略だ。「いずれにしても、有望なアイデアを出すのは政府の仕事だと思うんです。そうじゃありません？」

「つまり、少女たちの訓練キャンプのようなものを作るということですか」

「まあトム、そんな話をしているんじゃないのはおわかりでしょう。たんにこういうことですよ――運転免許もとらずに、若い人たちに車を運転させるわけにはいかないし、なんの訓練も受けていない人に、家の配線を任せるわけにもいかない。わたしが言っているのは要するに、少女に少女を教育させるという、それだけのことなんですよ」

「ですが、なにを教えるかわからないじゃありませんか」いまではトムの声はいささかうわずっていた。いささか不安げだった。「いまのお話には、たいへんな危険が潜んでいると思いますね。使いかたを教えるより、治療するほうが先でしょう。それが肝心だと思いますが」

クリスティンはじかにカメラに向かってほほえみかけた。「でも、治療法はどこにもないのよ、トム。今朝の『ウォールストリート・ジャーナル』によると、多国籍の研究グループがいまではまちがいないと言っているそうです――このパワーを引き起こしたのは、第二次世界大戦中に放出された神経作用物質なのです。それが環境に蓄積するうちに、ヒトの遺伝子は変化してしまった。これから生まれてくる女の子は、みなパワーを持って生まれてきます――ひとり残らず。そしてそれを死ぬまで持ちつづけるのです。自分のなかのパワーに目覚めれば、年長の女性たちでもそれは同じです。もう治療しようとしても手遅れです。新しいアイデアが求められているのです」

トムがなにか言おうとしたが、クリスティンはそのまま言葉を続けた。「クリアリー市長、これはとてもすぐれた案だと思いますね。ご計画を支持しますわ、わたしの太鼓判がお入り用ならですけど。

さて、天気予報の時間です」

差出人：throwawayaddress29457902@gmail.com
宛先：Jocelyn.feinburgcleary@gmail.com

今日ニュースで見ました。パワーで困っているんでしょう。なぜだか知りたくありませんか。ほかにも困ってる人がいるのかどうか知りたくありませんか。シスター、あなたは半分もわかっていないんですよ。このウサギの巣穴はずっと奥まで続いてるんです。いまの性別の混乱はただの入口にすぎません。男女を本来あるべき場所に戻すことが必要です。

真実を知りたければ、www.urbandoxspeaks.com をチェックしてください。

「あなたはいったい、なにさまのつもりだ」
「ダニエル、あなたのところはまるで動いてなかったじゃない。だれも耳を貸そうとしなかった」
「だからあんなことをしたっていうのか。全国ネットのテレビで。全州規模で実施すると約束したのか。忘れているようだがね、マーゴット、この州の知事はわたしだ。あなたはただの都市圏特別区の市長じゃないか。それが全国ネットのテレビに出演して、全州規模の政策について語るとはどういうことだ」

「べつに法律違反じゃないでしょ」

「法律違反？　法律違反だって？　それじゃ、わたしたちが取り決めた合意についてはどうだ、あれもどうでもいいというのか。あの朝の数分間でこれだけ敵を作れば、どこを探しても予算など見つからないだろうが、それでもかまわないのか。わたしは今後、個人的な使命としてあなたの提案は残らず阻止するつもりだが、それでもいいのか。この街にわたしは有力な友人がおおぜいいる。われわれがやってきた仕事を無視して、勝手にことを進めてかまわないと思っているのなら、それで一種の名士になれるとでも思っているなら……」

「落ち着きなさいよ」

「これが落ち着いていられるか。マーゴット、問題はあなたの戦術だけじゃないし、マスコミに公表したことだけでもない。このとんでもない計画がまるごと問題なんだ。公金を使って、テロリストを訓練するも同然のことをするつもりか。訓練して武器の使いかたを教えるのか」

「テロリストじゃないわ。ふつうの少女たちよ」

「わかるものか。テロリストが紛れ込んでこないとでも思っているのか。中東やインドやアジアでなにが起こっているか見るがいい。テレビでやってるじゃないか。あなたのくだらない計画のせいで、聖戦(ジハード)を招き寄せる結果にならないとどうして言える？」

「言いたいことはそれだけ？」

「いや、まだ――」

「まだなにかあるの？　いますぐ片づけなくちゃならない仕事があるから、もう話が終わったのなら――」

「いいや、終わってない」

しかし、なにを言ってももう終わりだった。マーゴットのオフィスに立って、上質な備品や優良自治体を表彰するクリスタルのトロフィーにつばを飛ばして怒鳴っているあいだにも、電話はかけられ、メールは送信され、ツイートは投稿され、フォーラムに投稿する文章が書かれている。「今朝のテレビに出てた、あの女の人の話を聞いた？　どこに行ったらうちの娘たちを入れてもらえるかしら。なにしろね、まじめな話、うちには娘が三人いてね、上から十九歳、十六歳、十四歳で、三人して殺しあいでも始めかねないよ。どこか行く場所があればいいと思うの、どこかガス抜きのできる場所が」

その週が終わらないうちに、マーゴットの計画する女子向けキャンプに百五十万ドルを超える寄付があった。心配した両親が送ってくる小切手もあれば、ウォール街の大富豪からの匿名の寄付まであった。彼女の計画に投資したいという人々が現われたのだ。これは官民共同のプロジェクトになるだろう。自治体と企業がどう協力できるかというモデルになる。

一か月と経たないうちに、最初の試験的施設にぴったりの場所が都市圏特別区内に見つかった。男子と女子の学校が分けられたさいに閉鎖された古い校舎で、体育館や校庭もかなり広い。おかげで、六州が見学のために担当者を派遣してきたときには、計画内容を具体的に見せることができた。

三か月と経たないうちに、こう言われるようになっていた――「あのマーゴット・クリアリーだけど、もう少し思い切ったことをしてもらってもいいんじゃないかな。呼んで話を聞こう」

トゥンデ

モルドヴァ郊外の町の暗い地下室に、鼻の下に濃い産毛のはえた十三歳の少女が、古くなったパンと傷んだ油っぽい魚を運んでくる。そこでは、汚れたマットレスのうえに一群の女たちが寄り集まって身を縮めていた。少女は数週間前からここに来ている。少し頭の弱い子で、パンを運搬するトラックを運転する男の娘だった。娘の父親は、この家とそこに監禁された女たちの所有者に雇われて、ときどき見張りの役を果たしている。ここの所有者に古いパンを安く流しているのもその父親だった。

女たちは、これまで少女に何度か頼みごとをしようとした。電話――スマートフォンを持ってきてもらえない？　紙でもいい、それに手紙を書くから、投函(とうかん)してもらえないかしら。切手一枚と紙一枚でいい。ここで自分たちがどんな目にあっているか知らせたら、家族がきっとあなたにお礼をするから。お願い。しかし、少女はいつもうつむいて首を激しくふる。鈍そうな目に涙をため、しきりにまばたきしながら。耳が聞こえないのかもしれない。それとも、聞こえないふりをしろと言われているのか。これまでにあったことからして、自分も耳が聞こえず目が見えなければどんなによかったかと女たちは思う。

トラック運転手の娘は、汚物の入ったバケツを庭の排水溝にあけ、ホースの水ですすぐ。ふちの下に少し汚物がこびりついているが、だいたいきれいになった。少なくとも一、二時間は、悪臭が多少はましになる。

少女はバケツを置いて立ち去ろうとした。少女が帰ったら、女たちはまた暗闇に取り残される。

「明かりを残していってくれないかしら」女のひとりが言った。「ろうそくかなにかない？　小さい明かりでいいんだけど」

少女はドアのほうに目をやった。一階に通じる階段を見あげるが、だれもいない。

話しかけてきた女の手をとった。その手のひらを上に向ける。そして十三歳の少女は、自分の鎖骨に目覚めたばかりのもので、その手のひらの中央を小さくひねった。マットレスに座った女——ベルリンでいい秘書の働き口があると聞いてやって来た——年齢は二十五、ははっと息を呑んで身震いした。肩をくねらせ、目を大きく見開く。マットレスを握っているほうの手に、せつな銀色の光がひらめいた。

女たちは闇のなかで時を待った。そして練習した。やりなおしはきかない。男たちのひとりが銃に手をかけたら終わりだ。その時間を与えてはいけない。闇のなかで手から手へそれを渡し、驚きに目をみはった。長いことここに監禁されていて、話を聞くことすらなかった女もいれば、奇妙なうわさ、珍事としか思っていなかった女もいた。昔イスラエルの子らが奴隷の境遇から救われたように、これは自分たちを救うために神が奇跡を起こしてくれたにちがいない。狭い地下に押し込められて助けを求めていたら、光を送られたのだ。女たちは泣いた。

囚人監督のひとりが、ベルリンで秘書になるつもりだった女の枷（かせ）をはずしにやって来た。彼女はこのコンクリートの地下室に放り込まれ、以来何度もほんとうの仕事はなんなのか思い知らされてきたのだ。男は手に鍵束を持っていた。女たちは一度に襲いかかり、男は声をあげることすらできず、目や耳から血が噴き出した。彼女らは男の鍵束でたがいの縛めをほどきあった。

その家にいた男をひとり残らず殺したが、それぐらいではとても飽き足らなかった。

モルドヴァは、人身売買の世界的な中心地だ。この国の無数の小さな町々では、使用禁止の建物の地下室やアパートがその中継点になっている。男も、そして子供も取引されている。女の子は日に日に成長し、やがてパワーを手にすると、それを成人女性に教える。そういうことが何度も何度もくりかえされ、その変化は急激すぎて、男たちには新たな手法を身につける時間がなかった。これは天の賜物だ。これが神の意志でなくてなんだろう。

　戦闘の最も激しいモルドヴァ国境の町々から、トゥンデは次々にレポートやインタビューを送った。リヤドでのレポートのおかげで、彼は女たちから信用されていた。これほど身近に話を聞ける男は多くない。幸運だったのはたしかだが、彼は頭も切れたし、行動力もあった。自分のレポートを持って歩き、この町とか村とかを支配しているという女にそれを見せた。すると、自分たちの話も報道してほしいと向こうから言い出すのだ。

「あたしたちを食い物にしてたのはあの男たちだけじゃない」二十歳のソニヤは語った。「あいつらは殺したけど、でもあいつらだけじゃないのよ。なにが起こってるか知ってたのに、警察はなにもしてくれなかった。町の男たちだって、奥さんがあたしたちにもっと食べるものを持っていこうとしたら、その奥さんを殴ってた。なにが起こってるかは市長も知ってたし、大家も知ってたし、郵便配達人だって知ってたんだから」

　彼女は泣きだし、手の甲で目をぬぐった。そしてその手のひらをトゥンデに見せた。その中心には、周囲に巻きひげを伸ばす目が刺青されている。

「これは、あたしたちがいつでも見てるって意味なの」彼女は言った。「神がいつも人間を見ているように」

　夜になると、トゥンデは取り憑かれたように書き飛ばした。一種の日記であり、戦争の手記だ。この革命には記録者が必要だし、自分がそれになるつもりだった。広範におよぶ網羅的な本を書きたいと思っている。もちろんインタビューは組み込むが、ほかに歴史の流れから見た評価とか、地域ごとの分析、国ごとの分析も盛り込みたい。パワーの衝撃波がこの地球をどのように洗っていったか、それがわかるような本にできればと思っている。それとともに、ある一瞬、ある物語のみにズームインする部分もあるような。書くのにのめり込むあまり、自分の手や首の骨にそのパワーがないことを忘れることさえあった。九百ページか一千ページを超えるような大著になるだろう。ド・トクヴィルの『アメリカのデモクラシー』とか、ギボンの『ローマ帝国衰亡史』に並ぶような。参考資料として、ネット上の大量の動画を引用しよう。ランズマンの映画『ショア』みたいに。分析や考察のほかに、事件の内部からの報告も盛り込むのだ。

モルドヴァの章では、女たちが手から手へパワーを渡していったさまを皮切りに、ネット上で花開いた新しい信仰について語った。そして、その信仰がいかに精神的な支柱となって、女たちが町をのっとっていき、ついにはこの国の政府に不可避の革命が起こったかを語っていた。

トゥンデは、政府が倒れる五日前に大統領にインタビューをした。大統領のヴィクトル・モスカレフは汗っかきの小男で、この国をまとめるためにさまざまな協定を結び、巨大な組織犯罪シンジケートに目をつぶってきた。この非力な小国が、破廉恥（はれんち）な商売の中継点に利用されているのを知りながら、見て見ぬふりをしてきたのだ。インタビューのあいだじゅう、そわそわと手を動かし、わずかに残った頭髪をしきりに目から払い、寒いぐらいの室内で、はげた頭部全体にびっしょり汗をかいていた。妻のタチアナはもう少しでオリンピックに出場できたほどの体操選手だったが、いまは夫のそばに座ってその手を握っている。

「モスカレフ大統領」トゥンデは意識的にくだけた口調で、笑みを浮かべながら言った。「ここだけの話、お国ではなにが起こっているとお思いですか」

ヴィクトルはのどの筋肉を引きつらせた。かれらが座っているこの部屋は、モルドヴァの首都キシナウにある大統領官邸の壮麗なレセプションルームだ。家具調度の半分は金めっきされていた。タチアナは夫のひざをなで、笑顔を作った。彼女もまた金めっきされている——ブロンズ色のメッシュを入れた髪が、曲線を描く頰をきらめかせていた。

「どこの国でも」ヴィクトルはおもむろに口を開いた。「この新しい現実に適応していかねばならなかったのは同じです」

トゥンデは背もたれに背中を預け、脚を組んだ。

「大統領、これはラジオにもネットにも流すつもりはありません。いま書いている本のために、ぜひ現状評価をお訊きしたいんです。もっか、国境の四十三の町々が実質的に準軍事組織によって支配されていますね。その組織の成員のほとんどは、性的奴隷状態から自力で脱出した女性たちです。制圧の見込みはどれぐらいあるとお考えですか」

「わが国の軍は、すでに反政府勢力の鎮圧に動きだしている」とヴィクトル。「数日以内に事態は正常化するでしょう」トゥンデは問いかけるように眉をあげ、中途半端に笑った。本気で言っているのだろうか。その反政府勢力は、壊滅した犯罪シンジケートから奪った武器やボディアーマーや弾薬で武装している。制圧は事実上不可能だ。

「失礼ですが、なにをするおつもりなんですか。ご自分の国を木っ端みじんに爆破するんですか。反政府分子はいたるところにいるんですよ」

ヴィクトルは謎めいた笑みを浮かべた。「必要ならやるしかないでしょう。この問題は一、二週間もすれば片づくはずです」

信じられない。ひょっとしたら本気で国じゅうを爆破して、瓦礫の山に大統領として居すわるつもりなのかもしれない。それとも、この国で実際になにが起こっているのか、受け入れられずにいるだけだろうか。とすれば、これは興味深い脚注に使えそうだ。周囲で国が崩壊しつつあるのに、モスカレフ大統領はほとんど無頓着に見えた、と。

外の廊下で、トゥンデはホテルに戻るために大使館の車を待っていた。モスカレフの保護を受けるより、ナイジェリア大使館の旗のもとで移動するほうが、近ごろではむしろ安全なのだ。しかしその場合、セキュリティゲートを通過するのに二、三時間もかかることがあった。

タチアナ・モスカレフはそこでトゥンデを見つけた。刺繍入りの椅子に腰かけ、車が来たとスマートフォンに電話がかかってくるのを待っている。

廊下にピンヒールの靴音を響かせて、彼女は近づいてきた。ぴったりしたドレスは鮮やかなブルー、ひだ(ルーシュ)で飾られて、体操選手らしい均整のとれた脚と優美な肩を強調するデザインだ。立ち止まってトゥンデを見おろす。

「わたしの夫がきらいなんでしょう」

「まさか、そんなことはありませんよ」と人なつこい笑みを浮かべてみせる。

「いいえ、あるわ。あの人を悪く書くつもり?」

トゥンデは両ひじを椅子の背もたれにかけ、胸を開いてみせた。「奥さん、この会話を続けるならですが、この官邸には飲物はないんですか」

ブランディのキャビネットがあった部屋は、一九八〇年代の映画に出てくるウォール街の会議室のようだった。ぴかぴかに光る金色のプラスティックの建具に、黒っぽい木製のテーブルが置かれている。タチアナはふたつのグラスになみなみとブランディをつぎ、トゥンデとともに眼下の都市を眺めた。この大統領官邸は市の中心部にある高層ビルで、外から見るとむしろ中価格帯の四つ星ビジネスホテルのようだった。

タチアナは言った。「あの人は学校に演技を見に来たの。わたしは体操選手だった。財務大臣の前で演技をしたのよ!」グラスをあおる。「わたしは十七歳で、彼は四十二歳だったけど、でも彼のおかげで、あのつまらない小さな町から抜け出すことができた」

「でも、世界は変化しつつありますよ」ふたりの視線がちらと交わる。

タチアナは微笑んだ。「あなたは大きな成功をつかむでしょうね。野心があるもの。

以前にも見たことがあるわ」

「奥さんはどうなんです。あるんですか……野心が」

トゥンデを頭のてっぺんから足先まで見て、タチアナは小さく鼻で笑った。彼女自身、いまでも四十歳は超えていないだろう。

「わたしになにができるか見せてあげる」彼女は言った。もっとも、トゥンデは見なくてもわかっていると思っていたが。

タチアナは片方の手のひらを窓枠に当てた。目を閉じる。

天井の照明がぱちぱちと音を立てて消えた。

それを見あげてため息をつく。

「どうして……窓枠とつながってるんですか」トゥンデは言った。

「配線が滅茶苦茶なのよ。ここではなにもかもそう」

「大統領はご存じなんですか」

タチアナは首をふった。「美容師が教えてくれたの。ジョークで。あなたみたいなかたには必要ないでしょうけどねって。ちゃんと守ってもらってるから」

「そうなんですか」とトゥンデ。「ちゃんと守ってもらってます?」

今度は、彼女はお腹の底から声をあげて笑った。「だめよ、そんな口のききかたをしちゃ。ヴィクトルに聞かれたら、タマを切り取られちゃうわよ」

トゥンデも笑った。「でも、ほんとにこわいのは大統領かな。いまでも?」

　タチアナは、時間をかけてゆっくりと酒をあおった。「秘密を聞きたい？」

「もちろん」

「サウジアラビアの新王のアワディ・アティフがね、いまこの国の北部に亡命してきているのよ。それでヴィクトルに資金や武器を提供しているの。だから、反乱を鎮圧できるってヴィクトルは自信があるのよ」

「ほんとですか」

　タチアナはうなずいた。

「証拠を見せてもらえますか。メールでもファクスでも写真でも、なんでもいいんで」

　彼女は首をふった。

「自分で探しなさい。あなたは目端の利く人だから、自力でなんとかすることね」

　トゥンデは唇をなめた。「なぜ教えてくれたんですか」

「わたしのことを憶えていてほしいからよ。あなたが大きな成功をつかんだときに。いま、こんなふうに話をしたことを思い出してほしいの」

「話をするだけ？」

「車が来たわよ」と、三十階下の長く黒いリムジンを指さした。このビルの外に張られた警戒線を抜けてこようとしている。

　それから五日後、ヴィクトル・モスカレフはとつぜん不慮の死を遂げた。就寝中に心臓発作を起こしたのだ。世界じゅうの人々がいささか驚いたことに、その死の直後、モルドヴァの最高裁判所が緊急会合を開き、大統領の妻タチアナを臨時大統領に任命することが満場一致で決議された。いずれ時期が来ればタチアナは選挙に出馬することになるが、この難局を乗り切るためには、なによりもまず秩序を維持しなくてはならないというのだ。

トゥンデはこうレポートした。しかし、タチアナ・モスカレフは過小評価されていたのかもしれない。彼女は駆け引きの手管と知力を備えた政治家であり、自分の影響力を巧みに用いたのは明らかだ。初めて公式の場に姿を現わしたとき、彼女は目の形をした小さな黄金のブローチを着けていた。あれは、ネットで勢力を伸ばしている「女神」信仰へのひそかな賛意の表われだと言う者もいる。また、電気を用いた巧妙な攻撃とふつうの心臓発作を区別するのはきわめてむずかしいと指摘する者もいたが、そんなうわさにはなんの根拠もなかった。

言うまでもなく、権力の移譲が円滑におこなわれることはまずない。この場合、問題を複雑にしたのは軍のクーデターだった。指導者はヴィクトル時代の防衛長官で、軍の半分以上を掌握しており、モスカレフの暫定政府を首都キシナウから追い出すことに成功した。しかし、国境の町々で軛(くびき)から解放された女たちの軍は、圧倒的かつ本能的にタチアナ・モスカレフを支持していた。毎年、三十万人以上の女性がこの国を経由して売られていき、そのうら若くみずみずしい肉体を食いものにされてきた。そんな女たちがいまおおぜい、ほかに行き場がなくてこの国にとどまっているのだ。

「恐るべき少女たち」の日から数えて三年十五か月と十三日め、タチアナ・モスカレフは所有する財産と人脈、それに国軍の半分弱とともに、モルドヴァ国境の丘陵地帯にある城に移った。そしてそこで新しい王国の樹立を宣言し、古き森と大いなる海峡を結ぶ黒海の沿岸全域の領有を主張した。これによって事実上、大国ロシアを含む四か国に宣戦を布告したことになる。新しい国の名はベッサパラ。古代にここに住み、山頂の巫女から聖なる御告げを聞き、それを読み解いていた民族にちなむ名だ。国際社会はその帰結を待っていた。ベッサパラ国は長くはもつまいというのが大かたの見かただった。

トゥンデは、手書きのメモや電子文書の形ですべてを丹念に記録した。そしてこう付け加えた。「空気になにかのにおいがする。長い干ばつのあとの雨のにおいのようだ。最初はひとり、それが五人になり、五百人になり、やがて村に、市に、州に広がっていく。芽から芽へ、葉から葉へ。なにか新しいことが起こりつつある。その規模は拡大している」

ロクシー

満潮の海岸に少女がひとり現われて、その手で海を燃えあがらせていた。修道院の少女たちは、崖の上からそれを見守っていた。少女は海に入っていき、腰まで水につかっている。水着姿ですらなく、ただジーンズに黒いカーディガンというかっこうだ。そして海に火を放っている。

夕暮れが近づいていたからはっきり見えた。長い帯のような海藻が、細かいでたらめな網のように海面に広がっている。そこへ少女がパワーを送り込むと、微粒子やごみがぼんやり輝き、海藻はさらに明るく輝く。彼女の周囲に光が広がり、大きな円を描く。水中から照らされたその円は、空を見つめる大きな海の目のようだ。ポッピングキャンディ（口に入れるとぱちぱちはじける固い菓子）のような音をさせて、枝分かれする海藻が焦げ、芽が膨れあがって破裂する。海のにおいがする。つんと鼻を刺す潮のにおい。半マイルは離れているはずなのに、崖の上からでもそのにおいがわかる。いまにもパワーが切れるだろうと思っていたが、それはいつまでも続いた。湾には燐光がひらめき、蟹（かに）や小魚が海面に浮きあがり、そのにおいが漂ってくる。

女たちはたがいに言いあった。母なる神が救済を送ってきてくださったのだ。

「海面に円を描いている」シスター・マリア・イグナシアが言った。「あの子は、光と闇の境にいるのよ」

あれこそ母が送ってきたしるしだ。

マザー・イヴに伝えなくては。待ち人が到来したと。

バーニイは、ロクシーにどこへ行くか選ばせようとした。イスラエルに親戚がいるから、あそこへ行ってみちゃどうだ。考えてみろよ、ロクス、砂浜があって空気もきれいだ。ユヴァルの子供たちといっしょに学校に通えるぞ。歳の近い女の子がふたりいるし、それにいいか、イスラエルじゃ、おまえみたいなことのできる女の子を閉じ込めたりしないんだぞ。向こうじゃ若い娘をもう軍に入れてるんだ。訓練してるんだぞ、ロクス。きっとおまえが考えたこともないようなわざを知ってるぞ。しかし、インターネットで調べてみたら、イスラエルでは英語が話されてもいないし、それどころかアルファベットすら使われていなかった。バーニイはなんとか説明しようとし、イスラエルでもほんとうはたいていの人が英語をしゃべっているのだと言ったが、ロクシーは耳を貸さなかった。「えー、そうかなあ」

それじゃ、おかあさんの親戚んとこはどうだ。黒海のそばだ、とバーニイは地図を指さしてみせる。おまえのおばあちゃんはここの出なんだ。おまえ、おばあちゃんに会ったことなかったよな。おかあさんのおかあさんだ。ここにいまもいとこたちが住んでる。家族はまだつながってるんだ。向こうの親戚ともいい商売をしてるんだぞ。あっちで仕事に慣れたらいい。そうしたいって言ってただろ。しかし、ロクシーはもうどこへ行くか自分で決めていた。

「あたしはそんなばかじゃないよ。なんで外国に行かなくちゃならないかちゃんとわかってる。だれがプリムローズを殺したか、あいつらが捜してるからでしょ。遊びに行くんじゃないんだ」

するとバーニイも息子たちも話すのをやめ、黙ってロクシーに目を当てた。

「ロクス、それを口に出すんじゃない」リッキーが言った。「どこへ行っても、遊びに来たって言うんだぞ、いいな」

「アメリカに行きたいな」ロクシーは言った。「サウスカロライナに行きたいんだ。あのさ、あのマザー・イヴって人がそこにいるんだよ。ほら、ネットで話してる人」

リッキーは言った。「そっちのほうならサルのつてがある。住む場所を見つけてやるよ、だれかに面倒見てもらえるように手配しよう」

「面倒見てもらう必要なんかない」

リッキーはバーニイに目をやった。バーニイは肩をすくめた。

「あれだけのことをやってのけたんだからな」バーニイは言い、それで話は決まった。

アリーは岩のうえに座り、指を水につけていた。水のなかの女がパワーを放出するたびに、これだけ離れていてもぴしりと叩かれたようにそれが感じられる。

胸のうちでつぶやいた。どう思う？　こんなにパワーの強い人、ほかに見たことがないよ。

〝声〟は言った。戦士を送ると言わなかった？

アリーは尋ねる。あの人、自分の運命を知ってるの？

〝声〟は言う。知ってる人なんかいる？

もうあたりは暗く、高速道路の照明もここまではほとんど届かない。アリーは海に片手を差し入れ、できるだけのパワーを放出した。どうにかわずかな閃きが走るだけだったが、それでじゅうぶんだった。女は波をかき分けてこちらへ歩いてきた。

暗くて顔がよく見えない。

アリーは声をかけた。「寒いでしょう、よかったらこの毛布を使ってよ」

水中の女は言った。「あっきれた、あんたはあれ、捜索救難の人？　まさかこんなとこでピクニックでもないだろうに」

英国人だ。思いもしなかった。全能の母のわざは計り知れないということか。

「あたしはロクシー」水中の女が言った。

「あたしは……」アリーはそこで口ごもった。久しくなかったことだが、そのせつな、この女に本名を伝えたくなったのだ。ばかばかしい。「あたしはイヴよ」

「信じらんない」ロクシーは言った。「うっそみたい。あたしさ、あんたに会いに来たんだよ。あっきれた、今朝着いたばっかなのに。夜間飛行ってあれさ、もうひっどいもんよ。んでちょっと昼寝して、明日になったらあんたを捜しに行こうと思って、そしたらこれだもん。奇跡だよ！」

ほらね、と〝声〟が言った。だから言ったでしょう。

ロクシーは、アリーのとなりの平らな岩に身軽によじ登ってきた。圧倒的な存在感が瞬時に迫ってくる。肩も腕もたくましかったが、それだけではない。

研ぎ澄まし、練習してきた感覚を使って、アリーはロクシーのスケインにどれほどのパワーがあるか測ろうとした。

まるで世界の端から落ちていくようだった。果てしがない。海のように底なしだ。

「ああ、戦士が来るって……」

「なにそれ」

アリーは首をふった。「なんでもない。いっぺん聞いたことがあるの」

ロクシーは品定めするような目をして言った。「やっぱあんたって、ちょっと不気味なんだ？　あんたの動画見たとき思ったんだよね、ちょっと不気味だなって。そういうテレビ番組に出たら受けるんじゃないかな。『モスト・ホーンテッド（英国の実話系恐怖番組）』とかさ、見たことない？　それはそうと、なんか食べるもん持ってないかな。お腹ぺこぺこなんだよね」

アリーはあちこち探って、上着のポケットにチョコレートバーが入っているのを見つけた。ロクシーは包み紙を引き裂くと、大きくかぶりついた。

「ああ生き返る」彼女は言った。「ほらあれ、パワーをあんまり使っちゃうと飢え死にしそうにお腹がすくじゃん」言葉を切って、アリーに目をやった。「そんなことない？」

「どうしてあんなことしてたの。海のなかで光を出したり」

ロクシーは肩をすくめた。「ちょっと思いついただけ。海に入ったの初めてだったから、なにができるか試してみたかったんだよね」海のほうに向かって顔をしかめた。

「なんかずいぶん魚を殺しちゃったみたいな気がする。一週間は夕食に困んないぐらい。その、ああいうのを……」と手をふりまわした。「なんて言うんだっけ、船とか網とか、そういうのがあればいいんだけど。でも、毒がある魚もいるかもね。このへんには毒のある魚っていんの？　それとか、あの……ジョーズとかああいうの」

アリーは思わず吹き出していた。だれかと話していて笑ったのはずいぶん久しぶりだった。最後に笑ったのは――あらかじめ、ここで笑うのが賢いと判断して笑うのではなく――いつだっただろう。

この人はふと思いついたのよ、と〝声〟が言う。ひょっと考えが浮かんで、それであなたを捜しに来たの。戦士がやって来るって、だから言ったでしょう。

わかってるよ、とアリーは言った。ちょっと黙っててくれない？

「どうしてあたしを捜しに来たの」アリーは尋ねた。

ロクシーはいっぽうの肩を引いて上体をななめにした。なにかをよけて進むかのように。見えないパンチをよけようとするかのように。

「あたしさ、ちょっと英国を出なくちゃならなかったんだ。そんとき〈ユーチューブ〉であんたを見たの」息を吸い、それを吐き出して、ひとり苦笑してから続けた。「あのさ、なんていうかさ、あんたが言ってるあれ、これは理由があって神さまが起こしたとか言ってたじゃん。それで女が男から引き継ぐことになってるんだって……神がどうこうっていうあれ、あたしああいうの信じてるわけじゃないんだよね」

「うん」

「だけどさ、思ったんだけど……つまりその、英国の学校で女子になに教えてるか知ってる？　呼吸法だよ！　嘘じゃないよ、呼吸法なんか教えてんだ。『自分を抑えて、あれを使わず、なにもせず、おとなしくして、いつも腕を組んでなさい』だってさ。ばかじゃないの。そんでさ、何週間か前にセックスしたんだけど、そいつ、あれを自分にかけてくれって土下座でもしそうな勢いだったんだよ。ほんのちょっとでいいからって。ネットで見たんだって。もうだれも腕を組んでおとなしくなんかしてやしないよ。うちのパパはまあいいんだよ。兄弟も。だけどさ、あんたと話がしてみたかったんだ。だって……なんていうか、あんたはちゃんと考えてるみたいだったから。これの意味っていうか、つまり未来にどんな影響があるかっていうか。それでぞくぞくしたんだ」

言葉が洪水のようにあふれ出てくる。

「あなたはどういう意味があると思ってる？」アリーは尋ねた。

「なにもかも変わると思う」ロクシーは言いながら、片手で海藻をちぎっていた。「あたりまえだよね。だから、それと折り合ってく新しい方法を見つけなくちゃならないんだよね。男にはさ、いろいろ能力があるじゃん。力が強いし。でもいまは、女も力をつけてきたわけじゃん。だけどさ、銃ってものがあるからね。あれはなくならないし。銃もってる男は多いし、あれにはかなわないからさ。なんていうか……つまり、わくわくするじゃん。こういうことをパパと話してたんだ。力を合わせたらどんなことができるかって」

　アリーは笑った。「男が女と力を合わせたがると思う？」

「うん、その、人によりけりだとは思うけどさ。だけど、頭のいいのはそう考えると思うよ。パパとこういうこと話してたんだ。あのさ、部屋のなかにいてさ、まわりの女の子のうちどの子がすごくパワーを持ってて、どの子がぜんぜんかって、あんたわかる？つまりその、なんていうか……スパイダーマンの直感みたいな」

　アリーのその感覚はとくべつ鋭かったが、その感覚をほかのだれかが話題にするのを聞いたのはこれが初めてだった。

「うん」彼女は言った。「言ってる意味わかるよ」

「あっきれた、わかるって言った人いままでいなかったよ。そんなにおおぜいに話したわけじゃないけどさ。ともかくね、あれ役に立つじゃん、男を見分けるのに。いっしょに働くのにも」

　アリーは唇を結んだ。「あたしはちょっと、そうは思わないけど」

「うん、だろうね。あんたの動画見たもん」

「あたしはね、大きな戦いが起こると思う。光と闇の戦い。それで、あたしたちの側に立って戦うのがあんたの運命なんだよ。あんたは戦士のなかの戦士になると思うよ」

　ロクシーは笑い、海に小石を投げ込んだ。「ずっと前から、あたしには運命があるような気がしてたんだ」彼女は言った。「ねえ、場所変えない？　あんたんとこでも、どこでもいいんだけど。ここめっちゃくそ寒くなってきた」

テリーの葬儀には参列させてもらえた。ちょっとクリスマスみたいだった。おばさんたちやおじさんたちが来ていて、お酒があって、ロールパンや固ゆで卵がある。肩に腕をまわして、よくやったと言ってくれる人もいた。出かける前にはリッキーがクスリを少しくれて、自分でも少しやってから「少し気を静めるため」だと言った。だから雪が降っているように感じた。寒くて浮き浮きしていて、ほんとうにクリスマスみたいだった。

墓地では、テリーの母のバーバラが柩にこてで土をかけた。その土が柩に当たったとき、彼女は長く悲鳴のような泣き声をあげた。駐まった車のなかから、望遠レンズで写真を撮っている男がいた。それをリッキーたちが脅しつけて追い払う。

戻ってくると、バーニイが尋ねた。「サツか」

リッキーは言った。「かもしれん。つるんでやがる」

ロクシーはいささかまずい立場に追い込まれているのだろう、たぶん。

葬儀のときはみんなロクシーによくしてくれた。ところがこの墓地では、彼女がそばを通ると、弔問客はみな目のやり場に困っていた。

アリーとロクシーが修道院に着いたときには、もう夕食が始まっていた。テーブルの上座にふたりの席があけてあり、おしゃべりの声と温かくおいしそうな料理のにおいが満ちている。出されたのは、二種類の貝とじゃがいもとコーンのシチューだった。それに堅いパンとリンゴもあった。ロクシーは、なんとも言いようのない、どう分類していいかよくわからない感情にとまどっていた。なんだか胸のなかがふわりと温かくなり、ちょっと涙が出そうになった。少女たちのひとりが着替えを出してくれた。暖かいニットのジャンパーとスエットパンツだったが、洗濯をくりかえしたせいで柔らかく、着ていて楽だった。柔らかくて楽、それはまさにいまの彼女の気分だ。少女たちはみなロクシーと話をしたがった。アクセントを珍しがって、何度も「水(ウオーター)」とか「バナナ」とか言わせた。いつまでもおしゃべりは尽きなかった。ロクシーはもとから自分はちょっとおしゃべりだと思っていたが、これはそのせいばかりではなかった。

夕食後、マザー・イヴは聖書について短い話をした。少女たちは、聖書のなかで自分たちに合った部分を探し、合っていない部分は書き直していた。今夜とりあげたのはルツ記の物語だった。しゅうとめにして友である人に、ルツが言った言葉をマザー・イヴが読みあげる。「あなたを見捨てて帰れなどとおっしゃらないでください。わたしはあなたの行かれるところに行きます。あなたの民はわたしの民、あなたの神はわたしの神です(ルツ記一—十六)」

マザー・イヴは女たちに囲まれて楽にふるまっているが、ロクシーにはそれがむずかしかった。女どうしに慣れていないのだ。いつもバーニイの息子たちやバーニイの組織の男たちとばかり過ごしていたし、母はである以前に情婦だった。学校でも女子はロクシーに冷たかった。ここではロクシーは勝手が悪かったが、マザー・イヴは自然にふるまっている。となりに座った少女ふたりの手を握り、穏やかに、ユーモアをまじえて話していた。

「このルツの話は、聖書のなかでいちばん美しい友情の物語だね。ルツぐらい忠実な人はいないし、友情のきずなをこんなにぴったり表現した人もいないもの」と話す彼女の目には涙が光り、テーブルについた少女たちは早くも感動していた。「男たちのことを気にする必要はないんだよ」彼女は言った。「好きなようにさせておけばいいのよ、いままでずっとそうだったんだから。戦争がしたいとか、出ていきたいというなら、放っておこうよ。女は女どうしでいいじゃない。姉妹たち、あなたが行くところにわたしも行く。あなたの民はわたしの民」

少女たちは言った。「アーメン」

上階に、ロクシーの寝室が用意してあった。ごく狭い部屋で、シングルベッドに手縫いのキルトがかかっている。テーブルと椅子が一脚ずつ。海の見える窓。ドアをあけてその部屋を見せられたとき、おもてには出さなかったが、ロクシーはなぜか声をあげて泣きたくなった。ベッドに腰かけ、キルトに触れたとき、だしぬけにあの夜のことを思い出した。あの夜、父に連れられて父の家に行ったときのこと。父が正妻のバーバラと、ロクシーの兄弟と暮らしている家に。夜遅く、母が吐いて具合が悪くなり、バーニイに電話をかけてロクシーを預かってくれと頼んだのだ。ロクシーはパジャマを着ていたから、せいぜい五つか六つだったと思う。バーバラの言葉が耳によみがえる。「この子を泊めるわけにはいかないわ」バーニイが言った。「いいじゃねえか、客の寝室に寝かせろよ」するとバーバラは胸もとで腕組みをして言った。「言ったでしょ、この子を泊めるわけにはいかないわ。どうしてもっていうのなら、あんたの弟の家にでも泊めてやれば」その夜は雨が降っていた。父に抱かれてまた車に戻るとき、ガウンのフードから雨粒が吹き込み、胸まで垂れ落ちてきた。

今夜はロクシーを待っている人がいる。というか、ともかくロクシーが行方不明になったらとんでもない目にあう連中がいるのだ。しかし、彼女はもう十六歳だ。メール一本で片はつくだろう。

マザー・イヴが入ってきてドアを閉めた。この狭い部屋にふたりきりになる。椅子に腰かけて、彼女は言った。「よかったらずっとここにいてよ」

「なんで?」

「あんたのことが好きになったから」

ロクシーは笑った。「あたしが男でも好きになった?」

「でも、あんたは男じゃないもの」

「女ならみんな好きなの?」

マザー・イヴは首をふった。「こんなには好きじゃないよ。どう、ここにいたくない？」

「いたい」ロクシーは言った。「ともかく、しばらくはね。あんたがここでなにやってるのか見たいし。好きだから、その……」適当な言葉を探した。「好きだから、ここの感じが」

マザー・イヴは言った。「あんたは強い人だよね。だれにも負けないぐらい」

「だれもかなわないと言ってよ。だからあたしのことが気に入ったんだ？」

「強い人がいれば助かるし」

「へえ、なんかでっかい計画でもあるの」

マザー・イヴは身を乗り出し、両手をロクシーのひざにおいた。「あたし、女を救いたいの」

「なに、女をみんな？」ロクシーは笑った。

「そうだよ」マザー・イヴは言った。「できるものならね。みんなに手を差しのべて、いまなら新しい生きかたができるって伝えたい。女どうし助けあえばいいのよ。男たちには好きなようにやらせればいいけど、あたしたちは古い秩序にしがみついてる必要はないんだ。新しい道を切り開くんだよ」

「へえ、そう？　だけどさ、やっぱり男は必要でしょ、だって子供が作れないじゃん」

マザー・イヴはにっと笑った。「できないことなんかないよ、神の助けがあれば」

アリーのスマートフォンが鳴った。ちらと見て顔をしかめ、画面が見えないように裏返した。

「どうしたの」とロクシー。

「この修道院にはしょっちゅうメールが来るのよ」

「あんたたちを追い出そうってわけ？　いいとこだもんね。取り返したがるのはわかるよ」

「寄付をしたいっていうのよ」

ロクシーは笑った。「なにがいけないのさ。お金がありすぎて困ってんの？」

アリーはしばし、考え込むような目でロクシーを眺めた。「銀行に口座があるのはシスター・マリア・イグナシアだけなんだよ。だけどあたしは……」前歯に舌を走らせ、唇をちっと鳴らした。

「だれも信用してないんだ？」

アリーは笑顔で言った。「あんたはどう？」

「仕事をする代償だよ。だれかを信用しなかったらなんにもできゃしない。銀行口座が要るんだね、いくつ欲しい？　国外のがいい？　ケイマン諸島がいいんだってさ、なんでか知らないけど」

「ちょっと、それどういう意味？」

しかしアリーが止めるまもなく、ロクシーはスマートフォンを取り出し、アリーの写真を撮ってメールを送信していた。

ロクシーはにっと笑った。「信用しなさいって。あたしだって、家賃を振り込む先が必要だもん」

翌朝七時前に、男は修道院にやって来た。正門前で車を駐めて、そのまま待っている。ロクシーはアリーの部屋のドアをノックし、ガウン姿の彼女を引っ張って門に向かった。

「なに、なにが始まるの」アリーは言ったが、顔は笑っている。

「いいからいいから」

「来てくれてありがと、エイナー」ロクシーは男に言った。男はずんぐりしていて、四十代なかば、髪は黒っぽく、サングラスをひたいにあげていた。

エイナーはにっと笑ってゆっくりうなずいた。「ロクサン、ここで大丈夫なんだろうな。バーニイ・モンクにあんたの面倒を見ろって言われてんだが。ちゃんと面倒見てもらってるかい」

「エイナー、ここなら申し分なしだよ」ロクシーは言った。「楽しくやってるから。友だちがいるからさ、しばらくここにいるよ。たぶん何週間か。要るもん持ってきてくれた?」

エイナーは笑った。

「ロクサン、あんたには一度ロンドンで会ったことがあるぞ。あんたは六つだったかな、ふたりして親父さんを待ってるあいだに、ミルクシェイクを買ってくれって言うから、だめだつったらすねを蹴っ飛ばされた」

ロクシーも気軽に笑った。夕食のときよりくつろいでいる。それがアリーにもわかった。

「そりゃあんたが悪い。ミルクシェイクを買ってくんないからだよ。それで、持ってきてくれたんでしょ」

渡されたバッグには、当然ながらロクシーの衣服も入っていたが、それだけではなかった。新品のノートパソコン、最高級品だ。それとジッパー式の小さなケース。ロクシーは開いた車のトランクのふちでケースを支え、ジッパーをあけた。

「気をつけてな」エイナーが言う。「大急ぎで作ったからな、インクがまだ乾いてない。こすると汚れるぜ」

「イーヴィ、聞いた？」とロクシー。「乾くまでこするなってさ」

ロクシーはケースのなかのものをいくつか渡してきた。

パスポート。アメリカの。運転免許証、社会保障カード。どれも本物そっくりで、政府が発行したもののように見えた。免許証やパスポートにはすべてに彼女の写真があった。それも一枚一枚少しずつ変えてある。髪形がちがったり、眼鏡をかけた写真も二枚あった。それも名前も複数あって、それぞれに合わせて社会保障カードと運転免許証も作ってある。しかし、写真はみんな彼女だった。

「七種類作ってもらった」とロクシー。「半ダースに、幸運の数字でもうひとつ。七つめのは英国のだよ。まあ気分で使って。エイナー、銀行口座は作ってくれた？」

「ちゃんと手配しといたよ」エイナーは言い、ポケットから小さめのジッパー式のケースを引っぱり出した。「ただし、一日に十万以上出すときは、先にこっちに連絡してくれよ、いいな」

「ドルで、それともポンドで？」ロクシーは尋ねた。

エイナーはちょっとたじろいだ。「ドルで」と言ってから急いで付け加えた。「だけどな、最初の六週間だけだぞ！　六週間たつと口座から小切手が引かれるからな」

「わかった」とロクシー。「すねを蹴飛ばすのはやめとくよ、今回はね」

ロクシーとダレルは庭を少しぶらぶらした。石ころを蹴飛ばし、樹皮をむしった。ふたりともテリーのことがそれほど好きではなかったが、もういないのだと思うと変な気分だった。

ダレルは言った。「どんな感じだった？」

ロクシーは、「テリーがやられたときは、まだ上にいたから」というようなことを言った。

するとダレルは、「そうじゃなくてさ、プリムローズをやったときだよ。どんな感じだった？」

そう訊かれて、あのときの感触がよみがえってきた。手のひらの下が輝き、プリムローズの顔が熱くなり、次いで冷たくなる。鼻をすすった。そこに答えがあるかのように、自分の手のひらを見る。

「いい気分だったよ」彼女は言った。「ママを殺したやつだもん」

ダレルは言った。「おれにもできればいいのにな」


それから数日間、ロクサン・モンクとマザー・イヴはさまざまなことを話した。ふたりにはいろいろ共通点があり、腕を伸ばして全体像を眺めたり、近くに持ってきて細かく観察するかのように、その共通点を鑑賞しあった。母をなくしたことや、ふたりとも家族の一員のような、そうでないような宙ぶらりんの立場に慣らされていること。

「ここじゃみんなが『姉妹（シスター）』って言いあってるじゃん。あれがいいな。あたしには姉妹がいないから」

「あたしにもいないよ」とアリー。

「ずっと欲しかったんだよね」とロクシー。

そこでこの話はやめて、しばらくふれないことにした。

修道院には、ロクシーと手合わせをして腕を磨きたいという少女たちもいた。彼女にはそれだけの能力がある。練習には修道院の裏、海に続く広い庭を使った。ロクシーは一度にふたりから三人を相手にし、攻撃をかわしては激しい反撃を加え、ときには混乱させてお互いに電撃をかけさせた。少女たちは傷だらけになって、笑いながら夕食に戻ってくる。手首や足首に小さな蜘蛛の巣のような傷痕をつけてくることもあったが、それが誇らしげだった。十一歳か十二歳の幼い少女たちは、人気歌手ででもあるかのようにロクシーのあとをついて歩いた。あっちに行きな、ほかにやることはないのと言いながら、ロクシーはそれを楽しんでいた。彼女は年下の子たちに、自分で考案した特別な戦闘法を教えた。ボトルの水を人の顔に浴びせかけ、水がボトルから噴き出すときに指を突っ込んで全体を帯電させるのだ。少女たちは庭でお互いにそのわざを練習し、くすくす笑いながら水をまきちらしていた。

ある日の午後遅く、ロクシーはアリーといっしょにポーチに座っていた。背後では夕陽が赤みを帯びた金色に輝き、眼前の庭では幼い少女たちが騒いでいる。

アリーが言った。「思い出すな、十歳のころのこと」

「へえ、きょうだいがおおぜいいたの？」

やや長い間があった。訊いてはいけないことを訊いたのかとロクシーは危ぶんだが、まあしかたがない。とりあえず答えを待とう。

アリーが言った。「養護施設よ」

「そうだったんだ。そういうとこ出身の子を何人か知ってるけど、厳しいらしいね。出て自立するのが大変だって。でも、あんたはいまよくやってるじゃん」

「あたしは自分の面倒は自分で見てるから」とアリー。「自分を守る方法を身につけたんだ」

「うん、わかるよ」

何日か前から、アリーの頭のなかの〝声〟は静かだった。この数年間、これほど〝声〟が聞こえないことはなかったような気がする。ここにいること、この夏の日に、ロクシーがそばにいて、彼女がその気になれば簡単にだれでも殺せるとわかっていること、そういうことに関係するなにか、そのなにかのせいですっかり静かになっているのだ。

アリーは言った。「子供のころ、あたしあっちこっちたらいまわしにされてたんだ。パパのことはなにも知らないし、ママのことだって、細切れの記憶がちょっとあるだけだし」憶えているのは帽子のことだけだ。淡いピンク色の、日曜日に教会にかぶっていく帽子。それが大きくかしいでいて、その下の顔はこちらを見て笑いながら舌を出してみせている。幸せな思い出のような気がする。長い悲しみか病気、あるいはその両方のあいまの。教会へ行った憶えはないのだが、記憶のなかにはその帽子がある。

アリーは言った。「たぶんここに来る前に、十二か所はまわったと思う。十三だったかもしれない」片手を顔に当て、指先をひたいに食い込ませた。「一度ね、引き取ってくれた女の人が、陶器の人形を集めてたの。それが何百個も、うちじゅうどこにでもあって、部屋で寝てると壁からこっちを見てるんだ。その人にはかわいい服を着せてもらったよ。小さなパステルカラーのワンピースでね、へりにリボンが通してあった。だけど、窃盗でつかまって刑務所に入れられちゃったんだよね。あの人形のお金はそれで払ってたわけ。で、あたしはまたよそへやられたの」

庭の少女たちのひとりがべつの少女に水をかけ、弱い電撃でその水を輝かせた。浴びた少女がくすぐったがって笑っている。

「人は、必要なものは自分で手に入れるもんだって、あたしのパパは言ってた」とロクシー。「どうしても必要だったらね。それがなくちゃいられなくて、ただ欲しいっていうんじゃなくて、どうしても要るものならね、手に入れる方法を見つけるもんなんだってさ」と言って笑った。「たぶんヤク中の話をしてたんだろうね。だけど、それだけじゃないと思う」ロクシーは庭の少女たちを見やった。そしてこの家、わが家であり、わが家以上でもあるこの修道院を。

アリーは微笑んだ。「手に入れたら、守らなくちゃね」

「うん、だよね。いまはあたしがいるし」

「あんたみたいにパワーのある人、あたしいままで見たことないよ」

ロクシーは自分の手を見た。うれしさ半分、こわさ半分のような顔をしていた。

「どうかな。たぶんあたしみたいな人はほかにもいると思うけど」

アリーはそのとき、突然の直感を得た。遊園地の機械の歯車がかみ合い、チェーンがはまったときのような。まだ幼いころ、だれかが遊園地に連れていってくれた。二十五セント銀貨をふたつ入れてレバーを引くと、がちゃん、ぎりぎり、どん、と占い札が落ちてきた。ふちがピンク色で分厚い、小さな四角いボール紙に運勢が印刷されていた。アリーの直感はちょうどそんなふうだった。突然で完璧。目の奥に、彼女自身にも触れることのできない機械があるかのように。がちゃん、どん。

〝声〟が言った。ほら、これよ。わかったでしょう、これを利用するのよ。

アリーは低い声で言った。「人を殺したことがある？」

ロクシーはポケットに手を突っ込み、眉をひそめてこっちを見た。「だれから聞いたの」

「だれがそんなことを言ったのか」とは言わなかった。やはりそうだったのか。

〝声〟が言った。なにも言っちゃだめ。

「ときどき、ただわかることがあるの。頭のなかで声がするみたいに」

ロクシーは言った。「あっきれた、あんた不気味だね。それじゃ、次のグランドナショナル（英国の有名な競馬）でだれが勝つか教えてよ」

アリーは言った。「あたしも人を殺したことがあるよ。もうずっと昔。あのころのあたしはいまとは別人だった」

「殺されて当然のやつだったんだろうね、あんたがやったのなら」

「うん」

ふたりはしばらく黙って座っていた。

ロクシーは、なんの関係もない話を始めるかのように、気軽な口調で話しだした。

「あたしが七つのとき、パンツに手を入れてきた男がいたんだ。ピアノの先生だったけどね。ママがさ、あたしにピアノを習わせたいって思ったわけよ。それでさ、スツールに座って『エヴリ・グッド・ボーイ・デザーヴズ・ファン（音階の記憶法）』をやってたら、いきなりパンツに手が入ってくるじゃん。『声を出さないで、そのまま弾きつづけなさい』って言いやがんの。それでさ、次の日の夜、パパが来てあたしを連れて公園に行こうってときにその話をしたらさ、あっきれたよね、気が狂ったみたいに怒りだしてんの。ママを怒鳴りつけてさ、なに考えてんだって言うの。だって知らなかったんだからってママは言って、知ってたらやらせるわけないでしょって言うわけよ。パパは若いのを何人か連れてピアノの先生んちへ乗り込んでったよ」

アリーは言った。「それでどうなったの」

ロクシーは笑った。「さんざんにぶちのめしたのよ。それが終わったときは、タマがひとつ少なくなってたってさ。それだけじゃないけどね」

「ほんとに？」

「ほんとほんと。それでパパはさ、この家のまわりにまた生徒を近づかせてみろ、未来永劫、かならず戻ってきて、もう一個のタマもサオもいただいてくからなって言ったの。それから、この町を出てよそでまた始めようなんて思うな、バーニイ・モンクはどこにだっているんだぞって言ったんだって」ロクシーは思い出し笑いをした。「そんでさ、そのあと通りでその先生を一度見かけたんだけど、走って逃げてったよ。あたしを見るなりまわれ右して、ほんとに走って逃げたの。あっきれたよ、ほんと」

アリーは言った。「よかった。いい話だね」小さくため息をついた。

ロクシーは言った。「あんたが男を信用してないのはわかってる。それはしょうがないと思うし、無理に信用する必要はないよ」

ロクシーは手を伸ばし、アリーの手のうえに置いた。ふたりはそうやって長いこと座っていた。

しばらくしてアリーが口を開いた。「ここの女の子に、おとうさんが警察官をしてる子がいるんだ。そのおとうさんが二日前にその子に電話してきて、金曜日にはここにいちゃだめだって言ったんだって」

ロクシーは笑った。「父親ってねえ。娘を危険な目にあわせたくないんだよね。だから秘密が守れないんだ」

「手を貸してくれる?」アリーは言った。

「なにが来ると思う?」とロクシー。「SWATかなんか?」

「まさか。修道院に暮らすただの女の子なんだよ。ふつうの善良な市民とおんなじに、神を崇めてるだけだもん」

「あたし、もう人殺しはできないよ」とロクシー。

「そんな必要はないと思う」アリーは言った。「いい考えがあるんだ」

プリムローズの組織は、彼の死後一掃された。大した手間でもなかった。首領の死後は散り散りになっていたからだ。テリーの葬儀の二週間後、バーニイは午前五時にロクシーのスマートフォンに電話をかけてきて、ダゲナム（ロンドン近郊の地区）のとある貸しガレージに来いと言った。行ってみると、バーニイはポケットから大きな鍵束を取り出し、ドアをあけて、なかに並べたふたつの死体を見せた。手早く殺して、あとは酸につけるだけ、それでなにもかも片がつく。

ロクシーは死体の顔を見た。

「こいつらだな」とバーニイ。

「うん」ロクシーは言って、父の腰に腕をまわした。「ありがと」

「かわいいおまえのためだ」

背の高いやつ、低いやつ、ママを殺したふたりの男。いっぽうの腕には、ロクシーのつけた枝分かれする青黒い傷痕がまだ残っていた。

「これですっかり片づいたな」

「うん、片づいたね」

彼は娘の頭のてっぺんにキスをした。

ふたりはその朝、イーストブルックエンド墓地を歩いた。しゃべりながらゆっくり歩いているうちに、ガレージでは清掃人がふたり、必要な処理を終えていた。

「もう話したかな、おまえが生まれた日のこと。あの日、とうさんたちはジャック・コナガンを殺ってたんだ」バーニイは言った。

ロクシーはもちろんその話は聞いていたが、もう一度聞きたいと答えた。

「何年も、あいつはおれたちを狙ってやがってな」バーニイは言った。「ミッキーの親父――おまえは知らんわけだな――それと、アイルランド人の若いのをばらしてくれやがった。だが、とうとう尻尾をつかんだんだ。運河に釣りに行くっていうからひと晩じゅう張ってたら、朝早くやって来やがった。それでばらして運河に放り込んでやった。まあそういうこった。片がついてうちに帰ってひと風呂浴びて、留守電を見たら――おまえのママから十五件もメッセージが入ってた。十五件だぞ！　夜のうちに産気づいてたんだな」

ロクシーは、この話のふちに指先をかけようとする。しかし、いつでもつるつる滑るような気がする。なにかがつかまれまいと抵抗しているのだ。彼女は闇のなかで生まれ、みんながだれかを待っていた。父はジャック・コナガンを待ち、母は父を待ち、そして本人は知らぬことながら、ジャック・コナガンは死を待っていた。この話が語っているのは、ものごとは人が予想もしていないときに起こるということだ。なにも起こるはずがないと思っているまさにその夜、すべてが一度に起こるのだ。

「抱きあげてみたら――女の子だ！　立て続けに男ばっか三人生まれたあとだったから

な、娘をもつことはないんだと思ってたぜ。おまえはとうさんの目をまっすぐ見て、おしっこしてズボンをびしょ濡れにしてくれたよ。そんとき、こいつには幸運がついてるってわかったんだ」

ロクシーには幸運がついている。多少の例外を除けば、彼女はいつでも運がよかった。

奇跡はいくつ必要だろう。そうたくさんは要らない。ひとつ、ふたつ、三つあればたくさん、四つは多すぎ、そんなには要らない。

十二人の武装警官が、修道院の裏庭を進んでくる。雨が降っている。地面は水浸しだったが、ただの水浸しではなかった。庭の両側の水道は蛇口があけっぱなしだった。少女たちはポンプを使って、階段のうえまで海水をくみあげており、それがいま滝のように石の階段を流れ落ちていく。警官たちはゴムブーツを履いていなかった。これほどぬかるんでいるとは思わなかったのだ。修道院から逃げてきた女性から話を聞いていただけだった。少女たちがここに立てこもり、修道女を脅したり暴力をふるったりしているという。そんなわけで、十二人の訓練を積んだ男たちがボディアーマーを着けてやって来た。これだけいればじゅうぶん片づくはずだった。

警官たちが声をはりあげる。「警察だ！　手をあげていますぐ外へ出てきなさい！」

アリーはロクシーに目を向けた。ロクシーがにやりと笑ってみせる。

ふたりは裏庭を見おろす食堂のカーテンの陰で待っている。警官がみな石の階段に達するまで待つのだ。裏口の外のテラスに通じる階段に。もう少し、もう少し……ついに全員が石段に足をかけた。

　ロクシーはコルクを引き抜いていった。背後にまだ六樽の海水が残してあったのだ。すぐにカーペットはずぶ濡れになり、噴き出す海水がドアの下から階段に向かって流れていく。いまではロクシーもアリーも警官たちも、みな大量の水でつながっている。足首のまわりの水に片手をつけて、アリーは精神を統一した。

　ドアの外、テラスや階段のうえで、水は警官全員の皮膚になんらかの形で触れている。今回は、アリーもまだ経験がないほどに高度なコントロールが必要だ。警官たちは指を引金にかけていて、あとは絞るだけになっている。しかしアリーは、ひとつまたひとつと水にメッセージを送り出した。思考の速さで。するとひとりまたひとりと、警官たちは操り人形のようにびくりとする。曲げていたひじがいきなり伸び、握った手が開いて力が入らなくなる。ひとりまたひとりと、警官たちは銃を取り落としていく。

「すっげえ」ロクシーが言った。

「あんたの番よ」アリーは言って、椅子のうえにのぼった。

　ロクシー——使い道に困るほどのパワーを持つ女——が水を通して電撃を送り出した。すると警察官はみな棒立ちになり、飛びあがり、ばったり倒れた。これほどきれいに決まるとは。

　これはひとりでやらなくてはならない。十数人の修道院の少女たちには、これほどどすばやく、しかも同時に倒すことはできないし、へたをすればお互いを傷つけてしまう。戦士が必要だったのだ。

ロクシーはにっと笑った。

上階では、ゴーディがスマートフォンで動画を撮影していた。一時間でネットにアップされるだろう。人に信じさせるのに多くの奇跡は必要ない。そして信じれば、人は寄付金を送ったり法的支援を申し出たりしてくるから、それで適当な環境を整えることができる。だれもがなんらかの回答を探し求めている。いまはいつの時代にもましてそうだ。

マザー・イヴは映像にかぶせるメッセージを録音した。「わたしが来たのは、あなたがたの信仰をほんの少しでも変えさせるためではありません。改宗させるつもりはないのです。キリスト教でも、ユダヤ教でも、イスラム教でも、シーク教でも、ヒンドゥー教でも仏教でも、あなたがどんな宗教を信じていようと、あるいはまったく信じていなくても、神はあなたが信仰を改めるのを望んではおられません」

そこで間を置く。人々が聞きたがっているのはこんな言葉でないのはわかっている。「神はわたしたちみんなを愛しておられます」彼女は続けた。「わたしたちに知ってほしいと神が望んでおられるのは、神はたんに着るものを取り替えただけだということなのです。母なる神は、女性・男性を超越しています。人の理解を超越しているのです。しかし母は、これまで忘れられていた側面に目を向けよと呼びかけておられます。ユダヤ教徒のみなさん、モーセではなくミリアムに目を向けて、彼女から学んでください。イスラム教徒のみなさん、ムハンマドではなくファティマに目を向けてください。仏教徒のみなさん、解脱の母ターラーを思い出してください。キリスト教徒のみなさん、救済をマリアに祈りましょう。

あなたがたはこれまで、あなたがたは不浄だと教えられてきました。聖なる存在からは遠く、あなたの肉体は不純であり、聖性が宿ることはないと教えられてきました。あなたがたは、自分のすべてを否定し、男になりたいと願うことだけを教えられてきました。しかし、それはみんな嘘なのです。神はあなたがたのなかにおられます。神が地上に戻ってこられたのは、この新しいパワーの形であなたがたに教えをもたらすためなのです。わたしのもとに答えを求めて来ないでください。答えはあなたがた自身のなかにあります。それを自分で見つけなくてはなりません」

近づくなと言われれば、人は近づきたくなるものだ。来なくてよいと言われれば、どうしても来たくなるものである。

早くもその日の夕方にはメールが届きはじめた。どこへ行けば信徒になれますか。自宅にいてなにができるでしょうか。この新しい教えを信じる仲間を集めたいのですが、どうすればいいでしょうか。なんと言って祈ればよいか教えてください。

また、助けを求める声もあった。娘が病気です、娘のために祈ってやってください。わたしのおかあさんが、再婚相手に手錠をかけられてベッドにつながれています。どうか助けに来てください。アリーとロクシーはいっしょにメールを読んだ。

アリーは言った。「助けに行かなくちゃ」

ロクシーは言った。「みんなを助けることなんかできないよ」

「できるよ。神の助けがあればできる」

「だったら、あんたが自分で出かけていかなくったって、みんなを助けることはできるんじゃないの」


アリーとロクシーのしたことが動画でネットに流れると、全州で警察の権威はさらに失墜した。警察は恥をかかされたと恨んだが、それは無理もないことだ。そんなわけで、実力を見せつけなくてはならないと感じていた。すでに警察が積極的に女性を採用している州や地域もあったが、ここはまだそうではなかった。警察官はいまもほとんど男性で、かれらは立腹し、同時に恐れていた。そこへことが起こった。

警察が修道院を取り返そうとしてから二十三日後、ひとりの少女がマザー・イヴに会いたいと言って玄関にやって来た。マザー・イヴでなくてはだめだと。お願いです、助けて。少女は泣きすぎて疲れはて、おびえてがたがた震えていた。

ロクシーは熱くて甘い紅茶を淹れてやり、アリーはいくつかお菓子を見つけてきて、それでやっと少女――名前はメズだった――は事情を話しだした。

七人の武装警官が近所をパトロールしていた。メズは母といっしょに食料品店から帰る途中で、ふたりでしゃべりながら歩いていた。メズは十二歳で、数か月前にパワーを使えるようになったところで、母はもっと前から使えた。年下のいとこから目覚めさせられていたのだ。でもそのときは話をしていただけだ、とメズは言う。ただ食料品の袋を抱えて、談笑しながら歩いていると、いきなり六人か七人の警官に呼び止められた。「その袋にはなにが入ってるんだ。どこへ行くつもりだ。ここらでふたり組の女が悪さをしてると通報があったんだがな。その袋にはなにが入ってるんだ」

メズの母は大したこととも思わず、ただ笑ってこう言った。「なにが入ってるって、食料品に決まってるじゃないの。食料品店から買ってきたのよ」

すると警官のひとりが、こんな危険な区域を歩いてる女にしてはいやに落ち着いてるじゃないかと言い、なにをしているんだと尋ねた。

メズの母は「ほっといてよ」と言った。

警官たちに押され、メズの母はふたりに電撃をくわせた。ごく軽く、たんに警告のために。

しかし、警官たちにはそれだけでじゅうぶんだった。警棒と銃を抜くや攻撃にかかった。メズは悲鳴をあげ、母も悲鳴をあげ、歩道じゅうに血が飛び散り、警官たちは母の頭をぐしゃぐしゃにした。

「みんなでママを押さえつけて」メズは言った。「滅茶苦茶に殴ったの。ママひとりに七人がかりで」

アリーはひとことも口をきかずに聞いていたが、メズが話し終わると尋ねた。「おかあさん、生きてた？」

メズはうなずいた。

「どこへ連れていかれたかわかる？　どこの病院？」

「病院じゃないの。警察署に連れていった」

アリーはロクシーにいった。「行こう」

ロクシーは言った。「だったらみんなを引き連れていかなくちゃ」

六十人の女たちが通りをいっしょに歩いて、メズの母が拘留されている警察署に向かった。静かに、しかし早足で歩きながら、すべてを撮影していた——修道院の女たちのあいだでは、それが合い言葉になっている。すべてを記録すること。できればストリーミング配信をすること。ネットにあげること。

警察署に着くころには、向こうは彼女らが来ることを知っていた。外にライフルを構えた男たちが立っている。

アリーはかれらに近づいていった。手のひらを男たちに向けて両手をあげる。「わたしたちは襲撃に来たわけではありません。ただレイチェル・ラティーフに会いたいだけです。彼女がちゃんと医師の手当てを受けているか確認したいんです。病院に連れていってもらいたいだけです」

入口に立っている幹部警察官が言った。「ミセス・ラティーフはいま法的に拘束されている。あんたはなんの権利があって釈放しろというんだ」

アリーは左を見、右を見た。彼女に従ってきた女たちの集団を。集まってくる女の数は刻々と増えつづけている。いまではもう二百五十人は下らないだろう。なにがあったかニュースはドアからドアへ伝わり、テキストメッセージが流れた。女たちはネットで読んで、家を出てやって来たのだ。

「重要な権利はただひとつ、人類と神の法が定めた権利だけです」アリーは言った。「ここの留置場に大けがをした女性がいて、治療が必要なんですよ」

周囲の空気でパワーがはじけているのをロクシーは感じた。女たちは気が立っている。興奮し、腹を立てている。この男たちにもそれがわかるのだろうか。ライフルを持った警官たちはそわそわしている。ちょっとしたきっかけで、たちまちとんでもない事態に発展しかねない。

幹部警官は首をふった。「あんたをなかに入れるわけにゃいかん。あんたたちがここにいるのは、警察署に対する脅迫行為だ」

アリーは言った。「わたしたちは襲撃に来たわけじゃありません。平和的にやって来たんです。レイチェル・ラティーフに会いたい、彼女に治療を受けさせたいんです」

群集のあいだからつぶやきの声があがり、それが大きく膨れあがったかと思うとやんだ。女たちは待っている。

警官は言った。「会わせたら、この女の人らに解散するように言ってくれるかね」

アリーは言った。「まず会わせてください」

ロクシーとアリーが留置場に面会に連れていかれたとき、レイチェル・ラティーフはろくに意識がなかった。髪に血をべっとりつけたまま、房内の寝台に寝かされている。ほとんど身じろぎもせず、ゆっくり呼吸するたびに苦しげにのどがごろごろ鳴っていた。

ロクシーが声をあげた。「ひっでえ！」

アリーは言った。「いますぐ病院に運ばなくちゃいけません」

ほかの警察官が上官に目を向ける。警察署の外には、続々と女たちが集まってきていた。小さくつぶやく鳥の集団のような物音が聞こえてくる。ひとりひとりがとなりの女と言葉を交わし、秘密の合図で押し寄せようと待ち構えている。この警察署に警察官は二十人しかいない。あと三十分もすれば、外の女たちの数は千人近くに膨れあがるだろう。

レイチェル・ラティーフは頭蓋骨が割れていた。砕けた白い骨が見え、脳から血の泡が吹き出している。

〝声〟が言った。警察は挑発もされないのにこんなことをしたのよ。あなたは挑発されてるのよ。いまならこの警察署を乗っ取ることができるわ。その気になれば、ここの男たちをひとり残らず殺してしまえるのよ。

ロクシーがアリーの手をとり、ぎゅっと握った。

ロクシーは言った。「刑事さん、これ以上大ごとにはしたくないでしょ。この警察署じゃこんなことをやってるって話が広まったら困るんじゃないの。この人を病院に行かせてよ」

警察官は、ゆっくり長々とため息をついた。

アリーがまた姿を現わすと、外の群集はどよめいた。近づいてくる救急車のサイレンに、そのどよめきがさらに高まる。救急車は群集をかき分けて進んでくる。

ふたりの女が、マザー・イヴを肩にかつぎあげた。彼女が片手をあげると、群集のつぶやきが静まっていく。

マザー・イヴはアリーの口を通じて言った。「わたしはレイチェル・ラティーフを病院へ連れていき、かならずちゃんとした治療を受けさせます」

また人々が声をあげた。風に吹かれる草の茎のようなそのざわめきは、大きく高まってから消えていった。

マザー・イヴは、ファティマの手のしるしのように指を広げた。「あなたがたはよくやってくれました。さあ、ここにもう用はありません。帰りましょう」

女たちはうなずいた。修道院の少女たちがいっせいにまわれ右をして歩きだし、ほかの女たちもそのあとを追って歩きだした。

三十分後、レイチェル・ラティーフが病院で検査を受けるころには、警察署の外の通りには人っ子ひとりいなくなっていた。

結局のところ、修道院にとどまる必要はなくなった。ここはいいところだ。海が見えるし、たしかに温かい家庭的雰囲気がある。しかし、ロクシーがここに来て九か月になるころには、アリーの組織はこのような建物を百も買えるほどになっていたし、いずれにしてもここはもう狭すぎた。この小さな町だけで、この修道会に属する女は六百人になっていた。しかも国じゅう、世界じゅうに分院が次々に誕生していた。違法だと当局が言えば言うほど、悪魔の使いだと古い教会が言えば言うほど、マザー・イヴのもとに集まる女は増えていった。自分はほんとうに、民へのメッセージをもって神から遣わされた者なのか――そんな疑いがかつてアリーの胸によぎることがあったとしても、ここで起こったことを見ればもう疑う余地はなかった。彼女は女たちを救うためにここに来たのだ。その役割を神から与えられたのだ。それを否定するのはアリーのとるべき道ではなかった。

また春がめぐってくるころ、新しい建物に移る話が持ちあがっていた。

ロクシーは言った。「どこに行くにしても、あたしの部屋はひとつとっといてくれるよね」

アリーは言った。「行かないで。どうして行っちゃうのよ。どうして英国に帰るの。英国になにがあるっていうのよ」

「パパがさ、なにもかも片づいたって言ってるんだよね。あたしたちがお互いになにをやってても、だれも気にしないって。無辜（むこ）の市民を巻き込まないかぎりはね」ロクシーはにっと笑った。

「だけどどうして」と、アリーは唇を結んだ。「どうして帰るの。あんたの家はここじゃないの。ここにいてよ。頼むからあたしたちのそばにいて」

ロクシーはアリーの手をぎゅっと握った。「わかってよ、家族に会いたいんだよ。パパの顔が見たいんだ。マーマイト（英国の調味料）とかさ、そういうのも恋しいんだよね。それに、ずっと行ったきりってわけじゃないし、また会えるよ」

アリーは鼻から息をした。頭の奥でなにかがざわめきはじめている。もう何か月も静まりかえっていて、もうほとんど忘れかけていたのに。

首をふって、アリーは言った。「でも、男を信用しちゃだめだよ」

ロクシーは笑った。「男って、男はみんな？　男はだれも信用しちゃいけないっていうわけ？」

「用心しなさいよ。仕事の相手には、信用できる女を探すんだよ」

「うん、この話はもうしたよね」

「全部自分のものにするんだよ」アリーは言った。「できるよ、あんたのものなんだ。リッキーに渡しちゃだめ、ダレルに渡しちゃだめ。あんたのものなんだから」

ロクシーは言った。「そうだね、あんたの言うとおりだと思うよ。だけどここに座ってたんじゃ、全部自分のものにできるわけないじゃん」つばを呑んで、「もうチケット予約したんだ。一週間後の土曜日に発つよ。その前に、あんたと話しときたいことがあったんだけど。計画とか。計画の話しようよ。ここに残れって話はもうやめにしてさ」

「そうだね」

アリーは胸のうちで言った。ロクシーを行かせたくない。なんとか阻止できない？

〝声〟はアリーに言った。忘れたの、かわいい子。安全を得る道は、そこを所有することだけなのよ。

アリーは言った。全世界を所有できる？

〝声〟はとても小さくなっていた。何年も前に戻ったかのように。ああアリー、ああわたしのかわいい子、ここからでは無理だわ。

ロクシーは言った。「じつは、ひとつ考えがあるんだ」

アリーは言った。「あたしもよ」

ふたりは顔を見あわせて笑みを浮かべた。

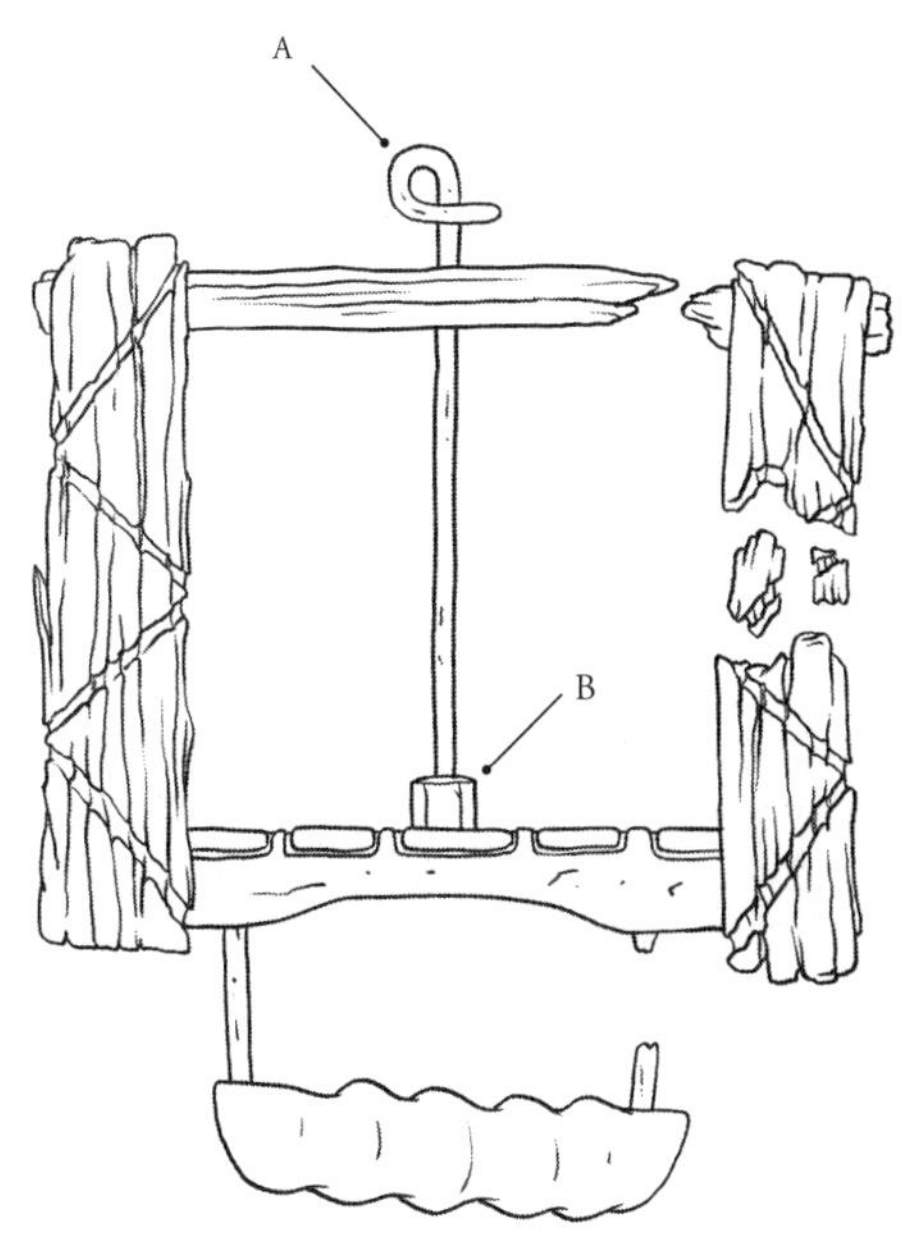

およそ1500年前の道具。静電パワーの使いかたを訓練するためのもの。
最下部の握りは鉄製で、木製の枠の内部で金属製のペグ（図のA）につながっている。
スパイク（図のB）に紙片または乾燥した木の葉を張りつけ、
それに火をつけることが目的と推測される。
これにはある程度のパワーの制御が求められるので、
おそらくはその技術を訓練するのが目的だろう。
大きさから考えて、13歳から15歳の少女が用いたものと思われる。タイ出土。

保管文書「静電パワーおよびその起源、拡散、治療の可能性について」

1. 第二次世界大戦時の戦意高揚映画『ガスから身を守る』の解説。この映画じたいは逸失。

映画の長さは二分五十二秒。冒頭、吹奏楽の演奏が始まる。打楽器が加わり、軽快な曲をバックに画面にタイトルが現われる。タイトルは『ガスから身を守る』。これを手書きした紙がかすかに揺れている。カメラの焦点が合うと、白衣の男たちの姿がくっきり映し出される。男たちは巨大な水槽の前に立っており、カメラに向かって笑顔で手をふる。

歯切れのいい男性の声でナレーションが入る。「戦争実験省の秘密研究所では、科学者たちが最新兵器の開発に昼夜兼行で取り組んでいます」

科学者たちは水槽の液体をひしゃくでくみ、ピペットを使って試験紙に何滴か落とす。笑顔になる。その液体を一滴、ケージのシロネズミの水入れに加える。ネズミの背中には黒のインクで大きくXと書かれている。ネズミがその水を飲むと、吹奏楽のテンポがあがる。

「つねに敵に一歩先んじていなくては、国民の安全を守ることはできません。このネズミには、ガス攻撃に対抗するために開発された新しい神経強化剤が投与されています」

別のケージに入った別のネズミに画面が切り替わる。こちらの背中にXはない。

「このネズミには投与されていません」

ふたつのケージが置かれた狭い部屋で、円筒容器が開かれて白いガスが吹き出す。ガスマスクをつけた科学者たちは、ガラス壁の向こうに引っ込む。未投与のネズミはすぐにガスに侵され、苦しげに前足で空中をかき、やがて痙攣しはじめる。しかし、その断末魔を見届けることなく、画面は背中にXのついたネズミに切り替わる。こちらのネズミは平気で水を飲み、えさのペレットをかじり、白煙がカメラの前を漂っているときに、まわし車をまわして運動までしている。

「ご覧のとおり」と歯切れのいいナレーション。「成功です」

科学者のひとりがガスマスクをはずし、決然として煙の充満する部屋に入っていく。なかから手をふり、深呼吸をする。

「このとおり、人体にも安全です」

画面は水道の給水所に切り替わる。小型のタンク車から伸びる一本のパイプが、床の出水バルブに取り付けられようとしている。

「この神経強化剤は『守護天使（ガーディアン・エンジェル）』と名づけられています。同盟軍を敵のガス攻撃から守ってきたこの奇跡の薬が、いま一般国民にも与えられようとしているのです」

髪の薄い中年男性ふたり——ひとりはちょびひげをはやし、ダークスーツを着ている——が握手をかわす。メーターを見れば、タンク車の液体が少しずつ減っていることがわかる。

「飲料水にごく少量投入するだけで、ひとつの町を守るのにじゅうぶんです。このタンク車一台で、五十万人ぶんの飲料水を処理することができます。この処理を最初に受けるのはコヴェントリー、ハル、カーディフになります。このペースで進めば、国じゅうの飲料水の処理が三か月以内に終わる見込みです」

北部の町の通りで、ひとりの母親が乳母車から赤ちゃんを抱きあげ、胸にひしとかかえた。不安げに晴れた空を見あげる。

「おかあさん、ご安心ください。赤ちゃんが神経ガス攻撃にさらされる心配はもうありません。おかあさんも赤ちゃんも、これでぐっすり眠れますね」

音楽が高まる。画面が暗くなり、映画は終了する。

2. BBCのテレビ番組『パワーの源』について、ジャーナリストに配布された添付資料。

ガーディアン・エンジェルの話は、第二次世界大戦が終わるとすぐに忘れ去られた。完璧に役に立ったその他多くのアイデアと同じく、それを再検証する理由はなかったのだ。しかしながら、大戦当時のガーディアン・エンジェルは大成功であり、プロパガンダの勝利でもあった。英国の一般市民を対象とする検査では、この物質は体内に貯留することが証明された。ガーディアン・エンジェルを添加した水を一週間飲んだだけで、神経ガス耐性が身について一生消えないというのだ。

ガーディアン・エンジェルは、アメリカの中心部、および英国本国の各州において大量に製造された。そしてタンカーによって、ハワイ、メキシコ、ノルウェー、南アフリカ、エチオピアといった友好国に輸送された。当時、連合国を行き来する船舶はすべてUボートから襲撃されたが、このタンカーも例外ではなかった。そしてついに、一九四四年九月の暗い夜、喜望峰に向かっていた一隻のタンカーが乗員もろとも沈没した。ポルトガル沖合十六マイルの地点だった。

その後の調査の結果、続く数か月間にわたり、アベイロ、エスピーニョ、ポルトなど沿岸の町々で、奇妙な魚が大量に海岸に打ち上げられたことがわかった。魚はいずれも、いままで見たこともないほど巨大化していた。この異常に巨大な魚の群れは、どうやら自分から海岸に飛びあがってきたらしい。沿岸の町や村ではこの魚が食用にされた。一九四七年に良心的なポルトガルの役人が分析したところ、スペイン国境近く、内陸のエストレーラにおいても、地下水にガーディアン・エンジェルが検出された。ヨーロッパ全土で地下水の検査をおこなうべきだと彼は提案したが、これは聞き入れられなかった。それに必要な資金などどこにもなかったからだ。

タンカーの沈没が決定打となったことをうかがわせる分析もいくつかあった。しかし、液状の薬剤がいったん水循環に入り込んだら、どの時点であろうと、またどこの貯水池、世界のどの国であろうと、拡散するのは避けられなかっただろうという主張もある。他の汚染源としては、戦争が終わって数年後、ブエノスアイレスでさびた容器から流出した例があるほか、中国南部の弾薬集積所の爆発による流出が考えられる。

いずれにしても、世界の海はつながっているし、水循環は無限にくりかえされる。ガーディアン・エンジェルは第二次大戦後忘れられていたが、人体内部で濃縮され、その強度を高めつづけていたのだ。研究の結果、これが引金であったことが明らかになっている。一定の濃度に達すると、女性の静電パワーが発達しはじめるのだ。

第二次世界大戦中に七歳以下だった女性は、鎖骨の先端にスケインの芽細胞を持っている可能性がある。もっとも、全員にあるわけではない。これは乳幼児期にどのていどガーディアン・エンジェルを摂取したかによって、またその他の遺伝的要因によっても左右される。これらの芽細胞は「活性化」することができる。静電パワーを持つ若い女性から、適切な強度の電撃を受ければよいのだ。この芽細胞を持つ女性の割合は、生年が下るにつれて増加する傾向にある。「恐るべき少女たち」事件のころに十三歳から十四歳だった女性は、ほぼ例外なく完全なスケインを備えている。スケインのパワーがいったん活性化すると、これを除去しようとすればその女性の生命身体に重大な危険が及ぶ。

ガーディアン・エンジェルは、ヒトゲノムにもともと存在した遺伝的可能性を強化したにすぎないという説もある。過去にはより多くの女性がスケインを持っていたが、この傾向は選択的交配によって時とともに薄れた可能性があるというのだ。

3．SMSによる内相と首相との会話。機密扱いだったが、三十年ルールによって公開された。

首相：報告書を読んだ。どう思う？

内相：公表できませんね。

首相：アメリカでは一か月後に公表するらしいぞ。

内相：とんでもない。遅らせるよう説得してください。

首相：「急進的な透明性の方針」を採ってるからな。金科玉条みたいに崇めたてまつってる。

内相：いつものことですね。

首相：アメリカ人はやっぱりアメリカ人だよ。

内相：黒海から五千マイルも離れてますからね。国務長官と話をしてみます。これはＮＡＴＯの問題だと伝える必要がある。この報告書を公表したら、それでなくても脆弱な政権がさらに不安定になります。しかもその政権は、化学兵器や生物兵器を簡単に入手できる立場にあるんですから。

首相：いずれにしても漏れるだろう。わが国にどんな影響があるか考えておく必要がある。

内相：大騒ぎになるでしょうね。

首相：治療法がないからか。

内相：治療法なんか関係ないですよ。これはもう危機なんかじゃない、新たな現実なんです。

4．ネット上の広告事例。インターネット・アーカイブ・プロジェクトによって保存されたもの。

（4a）〈パーソナル・ディフェンダー〉で身を守ろう
〈パーソナル・ディフェンダー〉は安全で信頼性が高く、しかも使いやすいデバイスです。ベルトのバッテリーパックは、手首に装着したテーザー銃に接続されています。

- 本製品は警察官にも高く評価されていますが、試験は当社で独自におこなっています。
- 目立ちません。護身用の武器を帯びていることを他人に知られずにすみます。
- すぐに使えます。攻撃されたときに、あわててホルスターやポケットから取り出す必要がありません。

・これほど信頼性が高く効果的な製品はほかにありません。

・電話機充電用の予備のソケットもついています。

注：〈パーソナル・ディフェンダー〉は、利用者の死亡事故が起こったために販売中止になった。女性に強い電気ショックを与えると、たとえ本人が意識を失って倒れても、反射的に強力なアーク放電が生じ、それが攻撃者に対して「跳ね返る」場合が少なくないことがわかったのだ。〈パーソナル・ディフェンダー〉の製造元は、このようにして死亡した十七人の男性の遺族から集団訴訟を起こされたが、示談によって和解が成立している。

（４ｂ）この不思議なワザであなたのパワーを増強しよう

世界中の女性が、この秘密の知識に基づいてパワーの持続時間と強度を高める方法を学んでいます。わたしたちの先祖はこの秘密を知っていました。ケンブリッジ大学の研究によって、能力を高めるその不思議な方法が発見されたのです。高価な訓練プログラムを実施している人々は、この簡単に成功できる方法をあなたに知られたくないのです！　ここをクリックして五ドルでその方法を学びましょう。ずば抜けたパワーがあなたのものです。

(4c)護身用スリップオン・ソックス

攻撃から身を守る自然な方法。毒性なし、弾丸や火薬も不要、それでいて電気に対して完全に効果的に保護します！　このゴム製の靴下をふつうの靴や靴下の下に履くだけ。だれにも気づかれず、靴とちがって簡単に脱がされることもありません。一パック二足入り。吸湿性ライナーが汗を吸い取るからいつも足はさらさらです。

あと六年

トゥンデ

タチアナ・モスカレフの言葉に嘘はなかった。彼女がくれた情報は正確だった。モルドヴァ、というか、かつてモルドヴァだった国の北部の丘陵地帯で、トゥンデは二か月間を調査に費やした。そこで会った人々に慎重に探りを入れ、賄賂を渡した。今回、彼の費用を引き受けたのはロイターだった。信用できる内部情報を入手したと伝えたら、編集長が経費支払いを承知したのだ。見つかればすごいビッグニュースになるし、かりに見つからなかったとしても、この戦火に引き裂かれた国の肖像を描くことはできる。少なくともロイターになんの見返りもないということはない。

ともあれ、それは見つかった。ある日の午後、国境近くの村に住む男が、ジープでトゥンデをある場所へ連れていくことに同意した。着いてみれば、そこはドニエストル川のほとり、谷間を見おろせる場所だった。急ごしらえの施設が見えた。低い建物が並び、中央には訓練場が設けてある。男はトゥンデがジープから降りるのを許さず、またそれ以上近づくのも拒否した。それでも、そこから見える範囲でトゥンデは写真を六枚撮ることができた。そこに写っていたのは、褐色の肌にひげをはやした男たちの姿だった。戦闘服と黒いベレー帽を着けて、真新しい武器や防具(アーマー)を使って訓練している。ボディスーツはゴム製で、背中にはバッテリーパックを背負い、手には電気ショック用の牛追い棒を持っていた。

　たった六枚の写真だったが、それでじゅうぶんだった。トゥンデは世界的な大スクープをものしたのだ。「アワディ・アティフ　極秘に軍を訓練」というのがロイターの見出しだった。ほかには「男たちの反撃」とか「電気ショック時代の到来」といった派手な見出しが躍っていた。この新たな武器の意味するところについて、ニュース編集室や朝のニュース番組では不安げに討論がおこなわれた。この武器は役に立つのか。これで勝てるのか。トゥンデはアワディ・アティフ王そのひとの写真を撮ることはできなかったものの、彼がモルドヴァ国防軍と協力しているという結論は不可避だった。多くの国々では状況が安定しはじめていたが、このニュースで振り出しに戻ったかっこうだった。武器と防具で身を固めて、男たちが反撃に出つつあるのかもしれない。

　デリーでは、暴動は数週間続いた。

　始まったのは高速道路の橋の下だった。毛布のテントや、段ボールとテープで造った家に貧しい人々が住んでいる場所だ。男たちはここへやって来て、法律も免許も無視して女を利用し、とがめられずに棄ててていく。いまから三年前、手のひらから手のひらへ伝えられてここにもパワーは届いていた。そして死をもたらす女たちの多くの手は、ここで名前を得た。カーリー、永遠なる者。カーリー、新生をもたらすために破壊する者。カーリー、殺戮の血に酔う者。カーリー、親指と人さし指で星々を消す者。彼女の名は恐怖、彼女の息は死。昔から、カーリー女神はいずれこの世に到来すると言われていた。この巨大都市の高速道路橋の下に生きる女たちに、伝説の読み替えはすんなり受け入れられたのだ。

政府は軍を送り込んできた。デリーの女たちは新しい戦法を発見した。攻撃してくる軍に噴水を向け、それを帯電させるのだ。女たちは噴き出す水に手を入れ、その指から死を送り込む。まるで地上を歩く女神のようだった。政府がスラム地区への水の供給を断ったため、夏の盛りのことで通りには腐臭が漂い、妊娠した犬があえぎながら日陰を求めてさまよっていた。世界のメディアは、水を乞い求め、雨のひと粒を求めて祈る貧しい人々の姿を報道した。そして三日め、天の底が抜けた。季節はずれの豪雨が狂ったように降りつづけ、ブラシでこそげとるように徹底的に通りの悪臭を洗い流し、水たまりや池をあとに残した。軍が戻ってきたとき、兵士たちはぬかるみに立ち、あるいは濡れたガードレールに触れていた。またかれらの乗る車両は、たるんだワイヤを水に引きずっていた。女たちが道路を照らし出したとき、兵士たちはたちまち絶命し、泡を吹いて地面に倒れた。あたかもカーリーそのひとに打ち倒されたかのように。

カーリー神殿は参拝者であふれた。暴動に加わる兵士も現われた。そしてトゥンデも

そこにいた。カメラとCNNの記者証を持って。

外国人ジャーナリストでいっぱいのホテルでは、彼の顔はみんなに知られていた。見憶えのあるレポーターも何人かいた。べつの、ついに正義がおこなわれた場所で会ったのだ。もっとも、そういう言いかたは適当でないとされている。西欧ではいまも、現状は「危機」だというのが公式見解だった。その語が意味するとおり、例外的で遺憾で一時的な状況だというわけだ。ドイツの『アルゲマイネ・ツァイトゥンク』紙の取材班は彼を名前で呼び、いささか嫉妬の混じる口調で、アワディ・アティフ軍の写真六枚というスクープのことでお祝いを言った。CNNのより上級の編集者やプロデューサーとも知り合いになり、ナイジェリアの『デイリー・タイムズ』の記者たちとすら知り合いになった。かれらはトゥンデがどこに隠れていたのかと尋ね、どうしてこんな逸材を見つけられなかったのかと残念がった。トゥンデはいまでは自分の〈ユーチューブ〉チャンネルを持ち、世界じゅうから動画を発信していた。そんな動画は彼の顔で始まる。彼は最も危険な場所へ行き、ほかのだれにも撮れない映像を撮ってくる者になっていた。二十六歳の誕生日は機上で祝った。客室乗務員のひとりが彼の顔に気づいて、シャンパンを持ってきてくれた。

デリーでは、ジャンパス市場で暴れまわる女たちのあとをついて歩いた。かつてここは、七十歳未満の女はひとりでは歩けない場所だった。いや、七十歳以上でも安心とは

言えなかった。何年間も抗議の声はあがっていたし、プラカードもあればスローガンが叫ばれもした。そういう運動はいったんは盛りあがっても、あとになんの変化も残さずに消えていくのがつねだった。しかしいま、女たちはみずからの言う「力の誇示」を実行していた。橋の下で殺され、水に餓えた女たちへの連帯意識で結ばれて。

トゥンデは群集のなかの女にインタビューした。彼女は三年前にもここで抗議行動に参加したという。そうよ、旗を持って、声を張りあげて、請願書に署名したの。「でも、まるで波の一部になったみたいだった」彼女は言う。「しぶきをあげて打ち寄せる波は強そうに感じるけど、それはほんのいっときのことなの。陽が当たれば水たまりは干上がって、水は消えてしまう。まるでなにも起こらなかったみたい。あたしたちのやったこともそれと同じ。変化を起こせる波は津波だけ。家を打ち壊して、なにもかも破壊するしかないの、そうでないとすぐに忘れられちゃうのよ」

この話が彼の本のどこに収まるか、トゥンデにははっきりわかっていた。政治運動の歴史だ。その闘争の歩みは遅々たるものだったが、それもこの大きな変化が起こるまでの話だ。その考察にこの話を組み入れるつもりだった。

人間に対する暴力はほとんど起こっていない。おおむね彼女らは屋台を引っくり返しているだけだ。

「これでわかったでしょう」とひとりの女がトゥンデのカメラに向かって叫んだ。「これからは、夜にひとりで外を歩けないのは男のほうよ。こわがらなくちゃいけないのは男のほうなのよ」

　刃物を持った四人の男が飛び込んできて乱闘が始まったものの、あっさり片がついた。男たちは腕を痙攣させているが、あとに残るような負傷はしていない。今日ここでは目新しいことはなにも起きないのではないか、トゥンデはそう疑いはじめていた。これまで見てきたことのくりかえしではないかと。しかしそのとき、前方のウィンザープレイス・ホテルの前で、軍がバリケードを張っているという知らせが人々のあいだを伝わってきた。軍は外国資本のホテルを守ろうとしているのだ。兵士たちはゆっくり前進してくる。ゴム弾で武装し、分厚い絶縁底の靴を履いて。ここで実力を見せつけたいのだ。力のショーを世界じゅうに見せてやろうというわけだ——正規の訓練を受けた軍には、こんな烏合の衆など敵ではない。

　トゥンデには、この人波のなかにほんとうに知った女はいない。軍に襲いかかられても、彼をかくまってくれる女はいないのだ。群集はしだいに小さく固まってきていた。ゆるやかな変化だったせいでトゥンデはほとんど気づいていなかったが、考えてみれば理にかなっている。軍はいま、群集を一か所に押し込めようとしているのだ。そうなったらなにが起こるのか。今日、ここでおおぜいの人間が死ぬだろう。その実感が、背骨を伝って頭のなかに突き刺さってきた。前方で叫び声があがる。ここの言葉をよく知らないトゥンデには、なんと言っているのかわからない。トゥンデの顔からいつもの人なつこい笑みが消えた。ここから逃げなくてはならない。どこか高い場所を見つけなくては。

あたりを見まわす。デリーではつねになにかしら建設中だが、その大半は危険だ。足場がいつまで経っても撤去されないビルがあり、危なっかしくかしいだ店先があり、なかば崩れた建物にまだ一部は人が住んでいたりもする。あった、通りふたつ先。パラーター（インド料理の一種）を売っている屋台の裏に、板囲いのされた店がある。木製の足場のようなものが側面に固定されていた。屋根は平らだ。生命（いのち）がけで人波をかき分けて進んだ。女たちは大半がいまも前進しようとしている。叫び声をあげ、旗を振っている。しゅうしゅう、ぱちぱちと放電の音が聞こえる。もっと前のほうからだ。いまではそれが空気中に感じられる。その感じはすでにおなじみだった。通りのにおい——犬の糞とマンゴー漬と群集の体臭、オクラのカルダモン揚げのにおいの入り混じった——がふいに鼻を突く。だれもが動きを止めた。トゥンデはあいかわらず人をかき分けて進もうとする。トゥンデ、今日はおまえの死ぬ日じゃないぞ、と自分に言い聞かせる。今日はちがう。故郷（くに）に帰って、この話を面白おかしく友人たちにして聞かせるんだ。このことを本に書くんだ。びびるな、進みつづけろ。高い見晴らしのいいところからいい絵を撮るんだ。あそこに登る手を見つけさえすればいい。

足場のいちばん低い部分でも少し高すぎて、ジャンプしても届かなかった。さらに通りの先のほうを見やると、同じことを考えて屋根や木に登ろうとしている人々がいた。それを引きずりおろそうとしている者もいる。いま登らなかったら、数分後には同じ場所を狙うほかのだれかに押しのけられかねない。古い果物箱を三つ引っ張ってきて積みあげ（板の長い裂片が親指に刺さったが、かまってはいられない）、そのうえに乗って跳んだ。しくじった。どさっと落ちて、その衝撃でひざから電撃のような痛みがあがってくる。この箱はそう長くはもたない。群集はまたうねるように進みだし、声をあげている。もういちどジャンプ、今度はもっと力をこめて、するとやった！　今度はつかまえた。足場の梯子（はしご）の最下段だ。両脇の筋肉に力をこめ、二段め、三段めと身体を引っぱりあげる。がたがたの梯子になんとか足をかけられるところまで来て、そのあとは楽になった。

ただ、登ると足場が揺れる。この崩れかけたコンクリートのビルの壁に、足場はボルト留めされていなかった。かつてはロープで固定されていたのだが、すり切れて腐っており、登る彼の重みに引っ張られて繊維がほぐれはじめていた。ここで死んだらばか丸出しだ。暴動に巻き込まれて死ぬのでも、軍に撃たれて死ぬのでもなく、またタチアナ・モスカレフにのどをつかまれて死ぬのでもない。デリーの通りに三メートルの高さから仰向けに落ちて死ぬのか。急げるだけ急いで登り、粗末な手すりをつかんだ。いまでは足場全体がうめき声をあげ、左右に大きく揺れている。片腕で屋上の手すりにしがみついた。さっきの裂片が親指に深くもぐり込む。両足を蹴って、なかば屋根にとりついたものの、右腕と右脚だけ手すりの向こう側に巻きつき、身体は通りの上空で揺れていた。通りの向こうで悲鳴があがり、銃声がはじけた。

また左足で蹴り、反動で体(たい)を返して、ビルの砂利敷きの屋根に背中から倒れ込んだ。倒れたところは水たまりで、服のなかまで水が染みてきたが、ともあれこれでひと安心だ。なにかがきしむ音、ひび割れる音がしたかと思うと、ついに足場全体が崩れて地面に落ちていった。ほうら見ろ、トゥンデ。これでもうおりられないぞ。しかしものは考えようだ。衝突から逃げてくる群集に場所をとられる心配はなくなったのだ。たしかに、これは完璧な状況だった。最初からこうなるようにお膳立てされていたかのようだ。笑顔になり、ゆっくり息を吐いた。ここにカメラをすえて、なにもかも撮影しよう。もうこわくはない、むしろわくわくする。いずれにしても彼にできることはなにもない。当局に通報することもできないし、上司の許可をあおぐこともない。ただ彼がひとりいるだけ、そしてカメラがあるだけだ。ここ、だれの邪魔にもならないところに。そしていま、なにかが起ころうとしている。

上体を起こしてあたりを見まわした。そのとき、女がひとりいるのに気がついた。彼とともに、この屋上に。

四十代なかば、やせて引き締まった身体、小さな手、長い三つ編みが油を塗ったロープのようだ。こちらを見ている。いや、ちゃんと見てはいない。ちらと一瞥をくれ、すぐに目をそらす。トゥンデは笑いかけた。女も笑顔を返す。その笑顔を見て、この女はどこかおかしいと直感した。頭を横にかしげているのも、そっぽを向いていたのが急にじっと見つめてくるのも、なにもかもおかしい。

「その……」と言いかけて、通りにあふれる人波を見おろした。銃声がする。さっきより近い。「ここがあなたのお宅だったら、お邪魔してすみません。おりても大丈夫になるまで待ってるだけなんです。かまいませんか」

女はゆっくりとうなずいた。トゥンデは笑顔を作ろうとした。「下はやばそうですよね。あなたもここに隠れに来たんですか」

女はゆっくり考え考え話した。なまりはそうひどくない。思ったほどおかしいわけではないのかもしれない。「わたしは、あなたを探していた」

とっさに、インターネットで彼の声を聞き、彼の写真を見たことがあるという意味かと思った。苦笑した。ファンだったのか。

女はひざまずき、彼がまだ浸かっている水たまりに指をひたした。手を洗うのかと思ったら、トゥンデの肩に衝撃が走り、全身が震えだした。

あまりにだしぬけだったし、とっさのことだったから、まちがいにちがいないと最初は思った。女は目を合わせようとせず、あさってのほうを見ている。痛みは出血のように背中を伝い落ち、脚にくだっていく。脇腹に痛みの木が枝を広げ、息ができなかった。トゥンデは四つんばいになった。水の外に出なくては。

「やめろ！　やめてくれ」と言う自分の声に驚いた。子供っぽく、哀れっぽく聞こえる。ひどくおびえた人のような声。自分ではそれほどこわがっているつもりはないのに。大丈夫だ、切り抜けられる。

彼はあとじさりはじめた。眼下では人々が叫んでいる。悲鳴が聞こえる。ここでこの女を食い止めることさえできれば、通りの戦闘のあっと驚く映像が撮れるのだ。

女はあいかわらず指で水をかきまわしている。目玉が裏返って白目を剥いている。トゥンデは言った。「あんたに悪さをする気はないんだ。大丈夫だからさ、ここでいっしょに待とうよ」

すると女は笑った。吠えるような笑い声を何度も吐き出す。

トゥンデは身体を転がし、後ろ向きに這って水たまりから出た。女に目を向けたまま。いまでは恐ろしくなっていた。あの笑い声のせいだ。

女はにたりと笑った。顔からはみ出しそうな不気味な笑み。唇が濡れている。トゥンデは立ちあがろうとしたが、脚ががくがくしていて体重を支えられない。がくりと片ひざをついた。女はそれを見てうなずいた。そう、狙いどおりだと思っているかのように。そうそう、それでいいのだと。

彼は屋上を見まわした。大したものはない。ぐらぐらの橋がとなりの建物の屋根に渡してあった。橋というよりただの板だ。あれを渡る気にはなれない。そのうえを歩いているときに女に蹴り落とされかねない。しかし、あれを武器に使うことはできるだろう。ふりまわせば寄ってこられない。這ってそちらに向かう。

女は彼の知らない言葉でふたこと三ことつぶやいたが、やがて押し殺した声で言った。

「いいことしない?」

女が唇をなめる。鎖骨でスケインがのたくっている。生きたうじむしのようだ。トゥンデは板に向かってさらに急いだ。通りの向かいの屋上に何人か人がいて、どうやらこっちを見ているようだ。指さしてなにか叫んでいるような気もする。あそこからできることはほとんどない。動画を撮るぐらいだ。それがなんになるというのか。また立ちあがろうとしたが、あいかわらず先ほどのショックで脚に力が入らない。そのじたばたぶりを見て女が笑った。そして飛びかかってきた。靴で顔を蹴ってやろうとしたが、むき出しの足首をつかまれてまたお見舞いされた。放電が長く高い弧を描く。あざやかな慣れた手つきで大包丁をふるわれて、腿とふくらはぎの骨から肉がはがされたようだった。すね毛の焦げるにおいが鼻を突く。

　スパイスのような香りがした。なにか通りから漂いのぼってくるような。肉をあぶるにおい、垂れた獣脂と焼けた骨からたちのぼる煙のにおい。母親のことを思い出した。深鍋に指を入れ、もう炊けているかと米粒を指につまんでみる。熱いよ、トゥンデ、手を出しちゃだめ。甘い湯気の香りがする。こんろでぐつぐつ言っているジョロフライス（西アフリカの郷土料理）の香りだ。トゥンデ、脳が混乱してるぞ。思い出せ、だれかが言っていただろう。人の精神は肉と電気でできている。だから実際以上に苦痛を感じるんだ、脳がショートを起こしているから。頭が混乱してるんだ。ここはうちじゃない。かあさんは来てくれない。

　気がつけばトゥンデはもうつかまっていた。女はいま、倒れた彼のベルトとジーンズに手こずっている。バックルをはずさずに下ろそうとしているのだが、きつすぎて腰骨に引っかかっているのだ。背中が砂利にこすられる。濡れたコンクリートブロックのふちが当たり、腰のくびれのあたりがすりむけている。トゥンデはずっと考えていた——あまり激しく抵抗すると、今度は気絶させられるだろう。そうなったらなにをされるかわからない。

遠くから叫びが聞こえはじめた。まるで水中で聞いているよう、耳が詰まっているようだ。最初のうち、通りの叫びが聞こえているのだと思った。次の電気ショックが来るのに備えて身体に力を入れて待った。しかし、いくら待ってもショックは襲ってこず、気がついたら空気を相手にもがいていた。目をあけた。べつの女が三人がかりで、さっきの女を彼から引きはがしていた。あの板の橋を渡って隣のビルから駆けつけてきてくれたのだろう。三人は女を押さえつけ、くりかえしショックを与えていたが、女はいっかなじっとしていない。トゥンデはズボンを引っぱりあげた。眺めるうちに、油を塗った長く太い三つ編みの女は完全に動かなくなった。

アリー

自称・自由主義的掲示板「手を伸ばす自由（フリーダム・オブ・リーチ）」から抜粋

Askedandanswered
サウスカロライナから大・大・大ニュースだ。この写真を見てくれ。ここに写ってるのはマザー・イヴだ——動画『愛に向かって』からのキャプチャー画面だよ。フードが少しずり落ちて、顔の一部が見えてる。ほら、あごがちょっととがってるのがわかるだろ。それと鼻から口までの長さと、口の下の線からあごまでの長さを比べてみてくれ。図でその比率を計算してみた。

そこでだ、今度はこの写真を見てくれ。これは〈アーバンドクス〉のフォーラムにだれかが投稿した写真だ。四年前、アラバマで警察が捜査してたやつ。どこから見ても完全に本物だ。義憤にかられただれかが投稿したのかもしれないし、警察が投稿したのかもしれない。それはともかく、これは「アリスン・モンゴメリ＝テイラー」の写真だ。養父を殺してから行方が知れない。すごくはっきりしてるだろ。下あごの形が同じ、あご先のとがりかたが同じ、鼻と口、口とあごの比率も同じだ。これで信じられないってやつがいたらお目にかかりたいね。

Buckyou
すっげーーー。人間にはみんな口と鼻とあごがあることを発見したのか。人類学の秘密を曝露しやがったな。けっ。

FisforFreedom

この二枚の写真はどう見たって改竄(かいざん)されてる。アリスン・M－Tの写真の光の当たりかたを見ろよ。頬には左側から光が当たってんのに、あご先には右側から当たってるだろ。だれかが写真にピルトダウン原人をやってつじつま合わせをしてるだけだ。ぺてんだよ。

AngularMerkel

アリスン・M－Tなのは有名な話だ。フロリダで通報されたこともあるが、あの女、警察を買収したんだ。あいつらは東海岸じゅうで人を脅迫して強請(ゆすり)たかりをやってる。イヴと修道女どもは、ユダヤの犯罪組織とつるんでるんだ。このことは〈アーバンドクス〉と〈ウルトラD〉がとっくに証明してるぞ。五月十一日のローリー(ノースカロライナ州の州都)の暴動と逮捕っていうスレッドをチェックしてみろ。このしょうもない話を二重投稿する前にな、このまぬけ。

Manintomany

〈アーバンドクス〉のアカウントは、規約違反で停止されてるぞ。このまぬけ。

Abrahamic

ああ、おまえはいつも〈アーバンドクス〉か、だれでも知ってる自演別アカふたつを擁護する投稿ばっかしてるよな。おまえ本人だろ。でなきゃ、あいつのチンポコをしゃぶってんだろ。

SanSebastian
これがあの女じゃないわけがない。あいつの新しい「教会」に資金を提供してるのはイスラエル政府だぞ。あいつらは、何世紀も前からキリスト教を破壊しようとしてきた。キリスト教徒の評判を傷つけ、黒人を使ってスラムにドラッグ汚染を広げてきたんだ。この新しいドラッグはその一部でしかない。新しい「教会」がシオニストの薬物を子供たちにばらまいてるのを知らないのか。目を覚ませ、烏合の衆ども。昔ながらの権力と体制にもうなにもかも支配されちまってるんだよ。掲示板に書き込みができるから、自由だとでも思ってるのか。ここで話してることが監視されてないとでも思ってるのか。身元が知られてないとでも？　ここでなにを書いても向こうは気にしない。だが、だれかが行動を起こしそうな気配が見えたら容赦しないぞ。なにもかも把握されてんだから、おれたちみんな破滅さ。

Buckyou
みんな、煽りに乗るなよ。

AngularMerkel

またトンデモ陰謀論かよ。

Loosekitetalker

百パーセント嘘ってわけじゃない。どうして映画の違法ダウンロードをもっと厳しく取り締まらないんだと思う？　どうしてポルノサイトやトレントサイトに検索＆ブロックをかけないんだと思う？　やろうと思えば簡単だろ、ここの連中なら午後いっぱいでコードが書ける。なのになぜやらないかと言えば、だれかを排除したくなったときに、百万年でも刑務所に放り込んでおけるからさ。そうする権限を手に入れてるんだよ。インターネットはみんなそのためにあるんだ。とんでもないハニートラップなんだ。おまえら、くされプロキシを使ってるとか、ビルホロドとかヘルソン（いずれもウクライナの都市）を通して信号をバウンスしてるから安全だと思ってんだろ。国家安全保障局は、なにもかも話をつけてるのさ。警察を買収してサーバを押さえてるんだぜ。

Matheson

管理人です。この掲示板はネット・セキュリティを議論する場所ではありません。

/security に投稿することをお勧めします。

Loosekitetalker

この問題は無関係じゃないぞ。だれか、モルドヴァで撮影されたＢＢ97って動画を見てない？　われらがアメリカ政府が撮影した動画だよ。それが、アワディ・アティフ軍の行動を監視してるんだ。あれが見られるのにおれたちを見てないと思うか？

FisforFreedom

まあそれはともかく……話を戻すけどさ、それがマザー・イヴだとはおれは思わないな。アリスン・M－Tが親父を殺して逃げた夜って、六月二十四日だろ。イヴがフロリダ州のマートルベイで初めて説教したのは七月二日だぜ。アリスン・M－Tが親父を殺して、車を盗んで州境をいくつも越えて、十日後には新興宗教の教祖になって説教してたなんて、おまえら本気で言ってんのか。信じられないね。顔認識ソフトウェアが偶然これを選んで、〈レディット（英語圏のウェブサイト）〉の陰謀論者がそれに飛びついただけで、なんにも根拠があるわけじゃない。イヴになんかおかしなところがあるかって言えば、おれもそれはあると思う。サイエントロジーとか初期のモルモン教とおんなじで、黒い裏事情が見えてるのはたしかだ。ごまかしもあるし、古い教えを新しい考えかたに合わせてねじ曲げてるし、新しい下層階級を作り出してる。だけど殺人はな、なんにも証拠がない。

Riseup
おまえはだまされてる。説教の日付は改竄されてるんだぞ。実際より早くから始まったように見せかけてるんだ。その初期の説教の動画がどこにあるよ。〈ユーチューブ〉にはなんにもあがってない。撮ろうと思えばいつだって撮れたはずだろ。むしろ、これでイヴはますます真っ黒に見えるだけだ。どうしてそんなに早くマートルベイにいたみたいな工作をしなきゃならなかったのかってことさ。

Loosekitetalker
モルドヴァの衛星画像がなんでスレ違いなのかわからんな。マザー・イヴはモルドヴァ南部で話をしてるじゃないか。あそこに勢力基盤を築いてんだぜ。国家安全保障局がなにもかも監視してるのはみんな知ってる。国際テロはどこでもなくなってない。クーデターのあと、国王の近親十七人は、八兆ドルを超える財産を外国資産の形で持って逃げてる。サウード王家は、アル・ファイサリヤに女性センターがあったから姿をくらましたわけじゃない。反動が来ないとでも思うか。アワディ・アティフが王国を取り戻したがってないとでも思うのか。それに役に立つと思えば、だれにでも金をばらまいてるだろうよ。サウード家が昔からなにに出資してきたか知らんのか。テロだよテロ。
　それがわかったうえで、国内のテロやテロ対策がなんの関係もないって言ってんのか。国家安全保障局は、おれらがここで話していることをみんな監視してるよ。それはまちがいない。イヴだって厳重な監視下に置いてるだろうよ。

Manintomany
イヴは三年以内に死ぬ。おれが保証する。

Riseup
おいおい、ＶＰＮを十も使って暗号化してるんならべつだが、そうでなかったらおまえんちのドアにもうすぐノックの音がするぞ。スリー、ツー、ワン……

AngularMerkel
イヴにはだれかが刺客を送り込むだろう。電気じゃ銃弾は防げない。マルコムＸ、キング牧師、ＪＦＫ、みんなやられたんだ。たぶんもう契約は結ばれてる。

Manintomany

あの説教聞いたか。あのくそアマ、おれなら金なんかもらわなくたってぶっ殺してやる。

TheLordIsWatching

この変化は何年もかけて政府が引き起こしてきたんです。VACCINATIONS（ワクチン接種）と称して計画的にホルモンを投与することで……VACはVACUOUS（真空の、愚かな）のVAC、SIN（「罪」の意）は人の罪深い魂のことです。そしてNATIONは、これによって滅ぼされたかつての偉大な民族のことを意味しているんです。新聞が書かない衝撃の事実が知りたければここをクリックしてください。

Ascension229

いずれ応報は来る。主は民を集め、正しい道と栄光に人々を導くだろう。これは終末の前触れだ。義なる者が父のもとに集まるとき、罪びとは炎のなかで滅びる。

AveryFalls

オラトゥンデ・エドのモルドヴァ・レポートをみんな見たか。あのサウジの軍隊を見たか。あの立派な若者の映像を見て、自分も加わりたいと思ったやつはほかにいないか。あいつらの持ってる武器を持って、来るべき戦争を戦おうぜ。できることをやろう。そのときなにをしてたのかと孫たちに訊かれても、胸を張って答えられるように。

Manintomany

それこそまさにおれの言いたかったことだ。おれがもっと若かったらなあ。息子が行きたいと言えば、両手（もろて）をあげて賛成するんだが。しかし、あいつはいまフェミナチ女なんかとつきあってやがる。女の鉤爪（かぎづめ）にがっちりつかまれちまって。

Beningitis

おれは昨日、息子をショッピングセンターに連れていったんだ。息子は九歳になる。おもちゃ屋に入って、ひとりで自由に見させといた。先週誕生日でお祝いの金をもらってたから、好きなおもちゃを選ばせようと思ったんだ。賢い子だから、ひとりで店から出ていったりもしないしな。それが、しばらくして様子を見に行ってみたら、息子にどっかの小娘が話をしてるんだ。十三か十四ぐらいだと思う。手のひらに例のタトゥーを入れてた。ファティマの手というやつ。なにを言われたのかって訊いたら、息子はわんわん泣きだした。それで、男は劣ってるから、えらそうにしないでおとなしくしなさいって神さまが言ってるってほんとうなのかって訊くんだ。あの小娘、おれの息子をおもちゃ屋で改宗させようとしてやがったんだ。

Buckyou
くそったれめ、まったく胸くそ悪い。脳みその足りない嘘つきのくされアマが。おれだったらさんざんにぶん殴って、目ん玉からチンポを吸わせてやるとこだ。

Verticalshitdown
落ち着けよ、なに言ってんのかぜんぜんわかんないぞ。

Manintomany
その小娘の写真はないのか。ＩＤかなにかでもいい。手を貸すやつはおおぜいいると思う。

Loosekitetalker
なんて店？　正確な時間と場所は？　防犯カメラの映像が残ってるはずだ。そのくそアマに思い知らせてやろうぜ。

Manintomany
どこでその小娘に会ったのか、詳細をメールしてくれ。それと店の名前と。そろそろ反撃に出なくちゃいかん。

FisforFreedom
みんな、これ偽旗攻撃だろう。こういう話で釣って、ろくに証拠もないのに人を攻撃させる作戦だよ。挑発して報復行動を起こさせて、こっちを悪者に見せようって腹じゃないのか。

Manintomany
ばか言うな。似たようなことが起こってるのはみんな知ってる。おれたちにふりかかってきてることじゃないか。世間で言う「怒りの年」が必要なんだ。くそアマどもは世界を変えようとしてやがる。正義の意味を教えてやらなきゃならん。

UrbanDox933
隠れる場所はない。逃げ込む場所はない。かける慈悲はない。

マーゴット

「さて市長、この大州の知事に選出されたら、財政赤字にどのように取り組むご計画ですか」

これにはポイントが三つある。ちゃんと憶えている。最初のふたつはすぐに出る。「ケント、それについてはシンプルな三点計画を考えています。第一に、行政のむだをなくすことです」——これはうまいやりかただ。最初に攻撃するネタとしてはもってこいだ。「ご存じでしたか、ダニエル・ダンドン知事の環境監視局は、昨年三万ドル以上の予算を」――えーと、なんだったかしら――「ミネラルウォーターに費やしているんですよ」じっくり考えさせるために間を置く。

「第二に、ほんとうに必要でない人々への福祉予算を削減します。年間所得が十万ドルを超える世帯に、子供をサマーキャンプに送る費用を州が支給する必要があるでしょうか」これは誤解のうえにさらに大きな誤解を招く表現だ。この補助金が適用されるのは州全体でわずか二千世帯だし、そのほとんどは障害のある子をもつ世帯で、その場合はどっちみち所得制限は適用されないのだ。とはいえこれは受けのいい主張だし、子供の話を出すことで人は彼女に子供がいるのを思い出し、そのいっぽうで福祉予算をカットすると言えば、豪腕という印象を与えられる――女性の公職者によく見かける、柔弱でやたらに同情的なタイプとはちがうと。さあ、次は第三の項目だ。第三。

第三の項目。

「第三に」と彼女は言った。ただ話しつづけていれば、自然に言葉が口をついて出るのではないかと思って。「第三に」今度はもう少し断固とした口調で言った。くそ。出てこない。なんだったかしら。行政のむだを削る。不必要な福祉予算の削減。それから。それから。ああ、もう。

「アラン、第三点を忘れちゃったわ」

アランは伸びをする。立ちあがり、首をまわした。

「アラン、第三点はなんだった？」

「いま教えたら、ステージでもまた忘れますよ」

「アランのくそったれ」

「そんな汚い言葉を吐いた口で、子供たちにキスをするんですか」

「違いなんかわかりゃしないわよ」

「マーゴット、やる気があるんですか」

「やる気があるかですって。やる気がなかったら、こんな練習を延々やってると思う？」

アランはため息をついた。「マーゴット、あなたは知ってるんです。どこかにしまってあるんです。頭のどこかに、財政赤字削減プログラムの第三点は入ってるんですよ。思い出してください。がんばって」

天井をにらんだ。ここはダイニングルームで、テレビの横に演壇もどきがしつらえてある。壁には、マディの小さな手描きの絵が額に入れて飾ってある。ジョスリンの絵は本人の意向でもうはずしたあとだ。

「実際にステージに立ったときは違うわよ。アドレナリンが出てるもの。いまよりもっと」――と両手を広げて振ってみせ――「テンションがあがってるはずだわ」

「ええ、そうでしょうとも。テンションがあがりにあがって、財政改革の第三項目を思い出せなかったら生放送のステージで吐いちまいますよ。そりゃあ元気いっぱいに吐き戻すでしょう。ぴゅーっと」

行政のむだ。福祉。それから。行政……福祉……

「インフラへの投資！」彼女は大声で言った。「現政権はインフラへの投資を拒否しています。わが州の学校は崩れかけ、道路の保守整備はなおざりにされています。予算を生み出すためには財政支出が必要です。わたしは、大規模プロジェクトを運営する能力を証明してきました。〈ノーススター〉少女キャンプは、いまでは十二の州で手本とされています。キャンプによって職が生まれ、少女たちが通りをうろつくのを防ぐことができます。しかも、暴力事件の発生率は国内で最低ランクに低下しました。インフラ投資は安心安全な未来を保証し、人々に自信をもたらします」

そうだ、これだ、これだった。やれやれ。

「ですが市長、民間軍事産業と密接に関係するのはいかがなものかという声がありますが、それについてはいかがですか」アランが言う。

マーゴットは笑顔になった。「ケント、それが問題になるのは、公共と民間が手を握っている場合だけですよ。〈ノースター・システムズ〉は、世界でも高く評価されている企業で、多くの国家首脳の警護を請け負っています。しかもこれはアメリカの企業です。こういう企業こそ、勤勉に働く家族に職を提供するために必要なのではありませんか。それに」――とさらに明るい笑みを浮かべて――「もし〈ノーススター〉が真に公共の福祉に役立つ企業だと思っていなかったら、わたしがじつの娘をそのキャンプに送り込んだりするとお思いですか」

パチ、パチ、パチと拍手が聞こえた。マーゴットはまったく気づいていなかったが、ジョスリンがわきのドアから入ってきて聞いていたのだ。

「すごくよかったよ、ママ。ほんとによかった」

マーゴットは笑った。「何分か前のわたしを見てないからそう思うのよ。州の学区の名前すら全部は思い出せなかったんだから。十年間そらで言えたのに」

「緊張しすぎなんでしょ。ソーダでも飲もうよ」

マーゴットはちらとアランに目をやった。

「いいですよ、十分休憩にしましょう」

ジョスリンがにっこりした。

ジョスリンはいまではよくなっていた。ともかく、以前よりはましになった。〈ノーススター〉キャンプの二年間はずいぶん役に立った。そこの少女たちから教えられて、高い波を抑える方法は身についた。もう何か月も電球を破裂させていないし、故障させる心配をせずにまたパソコンを使えるようにもなった。しかし、波の低いときの助けにはならなかった。いまでも、何日か――場合によっては一週間も――まるでパワーが使えないときがある。食材や睡眠時間、生理、運動との関連性を調べたが、なんのパターンも見つからなかった。日によって、また週によって、まったくパワーが出なくなるのだ。研究調査に出資する件について、マーゴットは密かに健康保険会社二社と話をした。御社の協力に州政府は大いに感謝するだろうと。彼女が知事になればなおさらだ。

ふたりでキッチンに向かって居間を歩いているとき、ジョスリンが手を握ってきた。ぎゅっと握りしめる。

ジョスリンは言った。「それであの、ママ、この人ライアンっていうの」

若い男が廊下に居心地悪そうに立っていた。両手をポケットに突っ込み、足もとに本の山をおろしている。茶色っぽいブロンドの髪が目に垂れかかっていた。

あらまあ、そういうこと。男の子。そう来ましたか。子育てはほんとうに一難去ってまた一難だわねえ。

「こんにちは、ライアン。初めまして」と手を差し出した。

「初めまして、クリアリー市長」ぼそぼそと言った。少なくとも礼儀は知っている。まだましか。

「ライアン、いまいくつ?」

「十九です」

ジョスリンよりひとつ年上だ。

「娘とはどこで知りあったの」

「ママったら！」

ライアンは顔を赤くした。ほんとうに赤くなっていた。十九歳の少年がどんなに幼いか忘れていた。マディは十四歳だが、もう戦闘の構えを練習しているし、テレビで見た動きや、ジョスリンがキャンプで教わってきた動作をまねたりしている。パワーはまだ目覚めていないが、この少年よりよっぽどおとなびている。なにしろこちらは、廊下に突っ立って真っ赤になり、自分の靴をにらんでいるのだ。

「ショッピングモールで会ったの」ジョスリンが言った。「ちょっとぶらぶらして、ソーダを飲んで。今日はいっしょに宿題をするつもりなの」懇願するような口調になっている。「ライアンはね、秋にはジョージタウン大学に入るのよ。医進課程だって」

「お医者さんはもてるわね」マーゴットはにやにやした。

「もう、ママったら！」

マーゴットはジョスリンを引き寄せた。腰のくびれに手を当てて、頭のてっぺんにキスをしてから、ごく小さな声でささやいた。「部屋のドアはあけておくのよ、いいわね」

ジョスリンが身体をこわばらせる。「ゆっくり話しあう時間がとれるときまでよ。今日だけ。いいでしょ？」

「わかった」ジョスリンがささやき返す。

「愛してるわ」マーゴットはまたキスをした。

ジョスリンはライアンの手をとった。「わたしもよ、ママ」

ライアンは片手で不器用に本を取りあげ、「お会いできてよかったです、ミセス・クリアリー」と言ってから、「ミセス」と呼んだのは失敗だったと気づいたような顔をした。そうしつけられているのだろう。「いえその、クリアリー市長」

「わたしも会えてよかったわ、ライアン。夕食は六時半よ」

ふたりは二階へあがっていった。あっけないものだ。世代はこうして交代していくということか。

アランが居間のドアからこちらを見ていた。「うら若き恋ですか」

マーゴットは肩をすくめた。「うら若きなにかなのはたしかね。うら若きホルモンかしら」

「よかった、変わらないこともあるわけだ」

マーゴットは二階に続く階段を見あげた。「さっきのあれ、どういう意味だったの。やる気があるかって訊いたでしょう」

「あれはたんに……気力の問題ですよ、マーゴット。知事になったらああいう問題に取り組むことになるわけだから。ぜひとも自分でやりたいって気迫を示さないと。そうでしょう」

「わたし、やる気はあるわよ」

「どうしてです?」

マーゴットはジョスリンのことを考えた。パワーが切れたときには不安で震えているのに、どこが悪いのかだれにも理由がわからない。知事になれれば、ダニエルに邪魔されずにものごとをずっと早く進められるだろう。

「娘のためよ」彼女は言った。「ジョスを助けたいの」

アランは眉をひそめた。「なるほど。それじゃ、仕事に戻りましょうか」


二階では、ジョスリンがドアを閉じていた。母が聞き耳を立てていても音が聞こえないように、そっと把手(とって)をまわす。「ママはあと何時間かはあがってこないわ」

ライアンはベッドに座っていた。親指と人さし指を輪にしてジョスリンの手首を軽く握り、引っ張ってとなりに座らせた。「何時間も?」と言って笑顔になる。

ジョスリンは肩をいっぽうに傾け、次に反対側に傾けた。「ママは憶えなくちゃならないことが山ほどあるし、マディは週末までパパのところへ行ってるの」彼の太腿に手を置き、親指でゆっくり円を描いた。

「気にならない?」とライアン。「つまり、おかあさんがこういうことで忙しくしててさ」

ジョスリンは首をふった。

「でもさ、つまりその、ふつうじゃないよね。マスコミとかいろいろ」

彼女はライアンのジーンズを爪で引っかいた。彼の呼吸が速くなる。

「慣れるもんよ」彼女は言った。「ママがいつも言ってるけど、家族のことはやっぱりプライベートなのよ。閉じたドアの奥で起こってることは、わたしたちだけの問題だもの」

「よかった」と言って笑顔になる。「イブニング・ニュースの話題にはなりたくないもんな」

彼に身を預けてキスをするのはなんてすてきなのだろう。前にもやったことはあるが、それでもまだ新鮮そのものだ。それに、ドアとベッドのある場所でするのは初めてだった。ジョスリンは、まただれかを傷つけてしまうのではないかと不安だった。あの病院送りになった男の子のことを、ときにはどうしようもなく思い出してしまう。腕の産毛がちりちりになって、うるさくてたまらないかのように両手で耳をふさいでいた様子を。そんな自分の気持ちを洗いざらい打ち明けたら、ライアンはわかってくれた。こんなにわかってくれた男の子はひとりもいなかった。それで、万が一にも暴走しないように、ゆっくり時間をかけていこうとふたりで話しあったのだ。

彼の口のなかはたまらなく温かくて濡れている。そして舌はたまらなくなめらかだ。彼のうめきを聞きながら、身内にあれが蓄積していくのを感じていた。でも大丈夫だ、呼吸法を練習してきたし、いまではコントロールできる。両手を彼の背中にまわし、ベルトの下へおろしていく。彼の手が最初はためらいがちに、しかししだいに自信をつけて、乳房の側面に軽く触れ、親指が彼女の首を、それからのどを這う。鎖骨にぷつぷつとはじける感覚があり、脚のあいだに重だるいようなうずきを感じる。

彼はふと身を引いた。おびえると同時に興奮している。

「いまそれの感じがあった」彼は言った。「見せてくれる？」

彼女は笑顔になった。息を切らしながら、「あなたのも見せて」

ふたりはいっしょに吹き出した。それから、彼女はブラウスのボタンをはずしはじめた。いちばん上のボタン、二番め、三番め。ちょうどブラのふちがのぞくところまで。ライアンは笑顔のまま、セーターを頭から脱いだ。下のシャツのボタンをはずす。いちばん上、二番め、三番め。

彼は指先を彼女の鎖骨に這わせた。肌の下でスケインがかすかに拍動している。興奮している。いつでも放電できる。ジョスリンは手をあげ、彼の顔に触れた。

彼は微笑んでいた。「続けてよ」

彼の鎖骨の先端から、骨に沿って指を滑らせていく。最初は感じられなかった。しかしやがて探し当てた。これだ。かすかだがはっきりわかる。ここに、彼もスケインを持っている。

ショッピングモールで出会ったというのは、百パーセント事実だった。ジョスリンは政治家の家庭で育っただけに、完全な嘘はなるべくつかないほうがいいと学んでいた。ふたりはたしかにショッピングモールで出会った。なぜならそこで出会おうと決めていたからだ。そしてそれを決めたのは、ネット上のプライベート・チャットルームでのことだった。ふたりとも自分と同じような相手を探していた。ふつうでない人。みんなと同じでない部分を抱えている人。さまざまな意味で。

ジョスリンは、だれとも知らぬ人から来たメールで教えられて、おぞましい〈アーバンドクス〉のサイトを見た。この現象は男女間の聖戦の始まりだということばかり書かれていたが、その〈アーバンドクス〉のブログに、「逸脱者と異常者」のサイトについて書いた記事があったのだ。ジョスリンは、わたしはそれだと思った。そのサイトを見に行こう。あとになって、なぜもっと早く思いつかなかったのかと首をひねったものだ。

ライアンは、いまわかっているかぎりでは、ジョスリンよりさらに珍しいタイプだった。染色体異常があるのだ。両親は、生後数週でそれに気づいていた。彼のような男児の全員にスケインが発達するわけではない。スケインが発達しはじめると死亡する子もいるし、スケインが生じても機能しない子もいる。いずれにしても、そういう男子は周囲には黙っているものだ。ほかのもっと荒っぽい地域では、スケインを見せたために殺された少年もいるぐらいだから。

逸脱者と異常者の集まるウェブサイトでは、男性のパワーを女性が目覚めさせようとしたらどうなるかという話もあがっていた。訓練キャンプではすでに、パワーの弱い女性のそれを強化するための手法が用いられている。その手法を男性に教えたらどうなるだろうか。試してみたら、パワーを持てる男もけっこういるのではないかという意見もあった。しかし、かつてやったことがあったとしても、大半の男はいまではもう試してみようとはしないだろう。自分がふつうでないとは思いたくないから。染色体異常があるなどと思われたくないから。


「ねえ……できる？」

「きみは？」彼が言う。

　今日は調子のよい日だった。彼女のなかのパワーは均一で、安定している。少しずつ繰り出すこともできる。彼の脇腹にほんの少し送り込んだ。あばらのあいだをひじで小突く程度に軽く。彼が小さく声をあげる。快感の声。ジョスリンは笑みを向ける。

「そっちの番よ」

　ライアンは彼女の手をとった。手のひらのまんなかを愛撫する。やがてやってみせた。彼女のそれにくらべるとむらがあり、ずっと弱かったが、まちがいなく感じられた。維持できたのはせいぜい三、四秒なのに、そのあいだですらパワーはふらふらと強まったり弱まったりしていた。しかし、まちがいなくあった。

　彼女はそれを感じて吐息をもらした。パワーはまちがいなく現実にある。その感覚に、肉体の線がくっきりと浮かびあがるようだ。それだけでたまらなくエロティックだった。人間の欲望のうち、つねに信用できる欲望はひとつしかない。そしてそのひとつはまことに融通無碍(むげ)で、人間のなかにあるものはなんでも性的興奮の対象になる。そして、これはたしかに人間のなかにあるのだ。

ライアンは、手にパワーを送り込みながら、真剣なまなざしで彼女の顔を見つめていた。彼女が小さくあえぐ。うれしい。

パワーが切れると（もともとあまり多くない。いつもそうなのだ）、ジョスリンのベッドに仰向けになった。彼女がとなりに横たわる。

「いい？」彼女が言う。「もう大丈夫？」

「うん。やって」

彼女は一本の指先で彼の耳たぶに触れた。ぱちぱちさせてやると、彼は身をよじって笑い、やめてくれと言い、やめないでくれとも言った。


ジョスリンは女の子がとても好きだ。ちょっと女の子っぽいところのある男の子もとても好きだ。そしてライアンは、バス一本で行けるところに住んでいた。運がよかった。個人的にメールを送った。ショッピングモールで会って、互いに好感を持った。家に連れて帰った。それからさらに二、三回会って、話をした。手をつないだ。うまく行った。家に連れて帰った。それかわたしにはボーイフレンドがいる、と思った。彼のスケインを見る。ぜんぜん目立たない。彼女のそれとはちがう。〈ノーススター〉キャンプの一部の女子ならなんと言うかはわかっている。でも、彼女はセクシーだと思った。唇を彼の鎖骨に当てると、皮膚の下に振動を感じる。鎖骨に沿ってキスをしていく。彼女と同じ、でも同じではない。舌を突き出してなめると、電池のような味がした。

陛下のマーゴットは、身寄りのない高齢者への支援がじゅうぶんでないと非難していた。意識のほとんどはせりふを思い出すことに集中している。しかし脳のごく小さな一部分だけは、いまも先ほどのアランの質問のことでざわめいていた。やる気があるのか。ぜひともやりたいのか。なぜやりたいのか。ジョスリンのことを思い、自分にもっと権力と影響力があれば、どれだけ助けになってやれるかと思った。州のことを考え、自分ならもっといい変化を起こしていけると思った。しかし、段ボールの演壇のふちをつかみ、話すうちにほとんど自然に鎖骨のあたりに電荷がたまりはじめているいま、ほんとうの理由は、もし彼女が勝ったら、ダニエルがどんな顔をするかとどうしても想像してしまうからだった。ぜひともやりたい。なぜなら、ダニエルを叩きのめしてやりたいから。

ロクシー

マザー・イヴは〝声〟がこう言うのを聞いていた。いつか、女が自由に生きられる場所ができるでしょう。そしていま、彼女の動画が何十万回も再生されている新しい国がある。つい最近まで、地下の不潔なマットレスに女たちが鎖でつながれていた国だ。そこでは彼女の名で新しい教会が建てられている。伝道師も使節も、ただのひとりも送る必要はなかった。彼女の名はベッサパラでは大した重みがあった。彼女からメールが来たとなればなおさらだ。

ロクシーの父は、そのモルドヴァ国境に知り合いがいた。そこで何年間もかれらと取引をしていたのだ。といっても人間ではない。あれは汚い商売だ。そうではなく、車とか煙草、酒、銃、たまには美術品も扱っていた。穴だらけの国境はだれにとっても穴だらけだ。しかも最近の分裂騒ぎで、いままで以上に大きな穴があいている。

ロクシーは父に言った。「あたしをその、ベッサパラっていう新しい国に送り込んでよ。そしたらあっちで仕事ができると思う。いい考えがあるんだ」

「ねえ」とシャンティは言った。「新しいのを試してみない?」

このプリムローズ・ヒル(ロンドンのリージェント・パークの北にある丘)の地下のフラットには、女四人、男四人の八人が集まっている。全員二十代なかばだ。銀行員ども。男のひとりは早くも女のスカートのなかに手を入れている。まったくカンベンしてほしい。

しかし、シャンティはこの連中のことはよく知っている。「新しい」のひとことはかれらのスローガンであり、求愛の叫びであり、午前六時のモーニングコールだ。それに新聞と有機栽培のザクロジュースがついてくる——オレンジジュースは一九八〇年代的血糖値が高すぎるから。かれらは「新しい」ものが好きだ。債務担保証券より好きなぐらいだ。

「無料サンプルかい」と男のひとりが言いながら、すでに買った錠剤の数をかぞえる。だまされていないか確認しているのだ。ちんけなやつ。

「残念でした」とシャンティ。「あなたはだめ、これは女性専用なの」

そう言うと女性陣が歓声をあげ、口笛を鳴らした。シャンティは小さな袋を取り出した。なかの白い粉末には紫がかった光沢がある。まるで雪のよう、霜のよう、どこかの高級なスキーリゾートの山頂のようだ。この連中はそういうところに週末出かけていって、一杯二十五ポンドのココアを飲み、絶滅に瀕した獣の毛皮のうえで互いにやりあう。安い賃金でこき使われる山荘(シャレー)の従業員が、午前五時にていねいにおこした暖炉の火の前で。

「〈グリッター〉よ」彼女は言う。

人さし指の先をなめ、袋に差し入れて、きらめく結晶を少しとった。やりかたを見せるために、大きく口をあけ、舌をあげてみせた。舌の根元の太く青い静脈に粉末をすり込む。それから袋を女性客に渡した。

ご婦人がたはわれ先に指を突っ込み、シャンティが提供したなにとも知れない粉末をとれるだけとって、口のなかにすり込んでいく。シャンティは効きめが現われるのを待った。

「あら、すごい！」髪をブラントカットのボブにしたシステム・アナリストが言った。

ルーシーだったか、シャーロットだったか。だいたいみんなそういう名前なのだ。「あらまあ、ねえちょっと、わたしなんだか……」と言うと、指先に火花を散らしはじめた。だれかに危害が及ぶほどではないが、ただ少したががはずれかけている。

酔っぱらったりラリったりハイになったりしていると、ふつうパワーは弱まる。酔った女が電撃を一、二度飛ばすことはあっても、同じぐらい酔っぱらっているのでないかぎり簡単によけられる。しかしこれは違う。これはそのために調合されている。増強させるように作られているのだ。コカインが入っているのはまちがいない。コカインがパワーの持続性を高めるのはすでに知られている。それから二種類ほどの覚醒剤(アッパー)のほかに、この紫の光沢を与えている物質――これについては、シャンティは調合前の状態をまだ見たことがない。モルドヴァ製だと聞いたことがある。あるいはルーマニアか、ベッサパラか、ウクライナか。どこかそのあたり。エセックス州の沿岸部のほう、貸しガレージで仕事をしている男とシャンティは取引があった。このブツが入ってきはじめたとき、彼女はこれはいけると直感した。

女たちは笑いはじめた。手足は弛緩しているのに精神は高揚しているのだ。なにかに寄りかかって、強弱さまざまなアークを手から手へ、あるいは天井へ飛ばしている。そのアークを身に浴びれば快感のはずだ。シャンティは女友だちにこのブツを使わせて、浴びせてもらったことがある。痛くはなく、神経終末が泡立つような、くすぐられるような感覚だった。サンペレグリノ(炭酸入りミネラルウォーター)のシャワーを浴びているような。どっちみち、こいつらはたぶんそれも実際にやっているんだろうけど。

男のひとりがあと四袋キャッシュで買った。倍の金額をふっかけてやった（手の切れそうな五十ポンド札八枚。壁の穴から出してきていたらこうはいかない）。こいつらはろくでなしだから。車まで彼女を送ろうと申し出る者もいない。去りぎわに見やると、ひと組の男女が早くも一戦交えはじめていた。くすくす笑いながら、押したり突いたりするごとに火花を飛ばしている。


スティーヴはそわそわしていた。警備員の勤務当番に変更があったからだ。なんでもないのかもしれない。どいつかに子供が生まれたとか、どいつかが腹を下したとかいうくだらない理由かもしれない。それでも、外から見るとなにもかも違って見えるのだ。ほんとうはなんの問題もなくて、いつもどおりに歩いていって、いつもどおりにくされ砂時計をとってこられるとしてもだ。

ただ問題は、新聞に記事が出ていたのだ。一面にでかでかと載ったわけではない。『ミラー』と『エクスプレス』と『デイリー・ミラー』の第五面に出ていたのだ。「新しい死のドラッグ」が「前途ある若い男性」の生命を奪っていると。新聞には出たが、まだ違法になっているわけではない。少なくともほかのと混ぜないかぎりは。つまり、それが例のくされ砂時計に入っているものというわけだ。まったくくそいまいましい。どうしたらいいんだ。ここでデクノボーみたいにのらくらしていたあげく、波止場におまわりが待ち構えてたなんてことになったらどうする。これまでしゃべったこともいっしょに酒を飲んだこともない警備員たちのなかに、サツが紛れ込んでいたらどうするんだ。

帽子のひさしを目深におろし、ヴァンをゲートに進めた。

「やあ、荷物を受け取りに来たんだけどね、コンテナ番号は、えーと」——と、いったん言葉を切って番号を調べるふりをする。ほんとうは、まぶたの裏に刺青してあるみたいにそらで言えるのだが——「A－G－21－FE7－13589Dなんだが」インターホンからばりばりばりと雑音がする。「いやまったく」スティーヴはさりげない口調をよそおった。「この番号は毎週長くなるような気がするよ。やってらんないぜ、ほんと」

長い間があった。警備員詰所にいるのがクリスかマーキイか、あの間抜けのジェフだったら、顔パスで通してくれるのに。

「窓のそばまで来てください」インターホンから女の声がした。「身分証と受取用紙を確認したいので」

くそったれ。

そこで、ヴァンをまわして警備員詰所に近づいていった——ほかにどうしようがある？　ここは何度も何度も通っている。受取の大半は合法的なものだ。彼はいささか輸出入を手がけている。市場の露天商に子供のおもちゃを卸したり。少しばかり裏取引をして、けっこうな儲けを手にしてもいる。現金取引がかなりあるが、帳簿にいつも載せるわけではない。夜は遅くまで起きて、売却先の露天商の名前をでっちあげている。ぺッカム・マーケットに自分の露店をもたせてくれたのはバーニイ・モンクだ。土曜日にはそこに出かけていって、合法的な商売をしているふりをする。へたなところで尻尾を出したくないからだ。かわいいおもちゃがどっさり並べてある。木製のは東欧製。それに砂時計。言うまでもないが、ゴムで手足をつないだ小さい木のロボットとか、ひもをつけた木彫りのアヒルを運んでいるときに、詰所に呼ばれたことはない。呼ばれる破目になったのはあれのせいだ。

詰所には初めて見る女がいた。大きな眼鏡をかけていた。上はひたいのなかばまで、下は鼻先まで届くような。ふくろうみたいな眼鏡だ。スティーヴは少しキメてくればよかったと思った。出がけにほんの少し。ヴァンに積んでくるわけにはいかない。そんなばかなことをしたら、麻薬犬に嗅ぎつけられる。あの砂時計、ゆで卵時計のいいところはそこだった。バーニイに見せられたときにはよく理解できなかった。バーニイが砂時計を傾けると、金色のさらさらの砂が落ちる。バーニイは言った。「ばか言ってんじゃねえぞ、こんなかになにが入ってると思う。砂か？」ガラスのなかに入れ、そのガラスをべつのガラス管のなかに入れる。二重に密封されているのだ。箱詰めする前には消毒用アルコールですっかり洗ってある。だからなんの心配も要らない。麻薬犬に嗅がれたってなんのにおいもしない。砂時計を割ってみなけりゃ、なにが入ってるか犬にもわかりゃしないのさ。

「書類を」女は言い、スティーヴは渡した。天気のことでジョークを言ったが、女はにこりともしない。送り状を眺め、何度か単語や数字を読みあげさせ、間違いがないか確認する。女の背後にジェフの顔がちらと見えた。奥のドアの防犯ガラスからのぞき込んできたのだ。「すまんな」という顔をして、融通のきかない女の背後で首をふってみせた。くそったれ。

「ちょっとこちらへ来てもらえますか」女はスティーヴに向かって、側面の閉じたオフィスを身ぶりで示した。

「どうしたんすか」スティーヴはだれにともなくジョークを言った。そこにはだれもいなかったのだが。「おれと話がしたくてたまらないとか」

あいかわらず笑顔はなし。くそ、くそ、くそ。書類になにか疑わしいところがあったのだろうか。いや、あの書類はぜんぶ彼が自分で書いたのだ。ちゃんとしてるのはわかってる。きっとタレコミがあったのだ。この女は麻薬取締局から送り込まれたんだ。なにか知ってやがるんだ。

女は小さなテーブルの向かいの席に座るよう身ぶりで示し、自分も腰をおろした。「どういうことすか」彼は言った。「おれ、一時間半後にはバーモンジーに行かなきゃならないんだけど」

女は彼の手首をつかみ、細い骨と骨のあいだ、ちょうど手と腕がつながるあたりに親指を当てた。だしぬけにそこに火がついた。骨のなかに炎が燃え盛り、血管が縮み、丸まり、黒こげになる。くそったれ、手が抜ける。

「声を出すんじゃないよ」女は言った。スティーヴは声を出さなかった。出そうとしても出せなかった。

「この仕事は、これからロクシー・モンクが引き継ぐことになったから。ロクシーを知ってるね。父親がだれかも知ってるだろ。なにも言わなくていいから、ただうなずきな」

　スティーヴはうなずいた。たしかに知っている。

「スティーヴ、横流ししてるだろ」

　首をふろうとした。ちがう、ちがう、誤解だ、やってないと言おうとしたが、手首にまた痛みが突き刺さってきて、このままでは手首がはじけると思った。

「毎月一個か二個、帳簿に書いてない砂時計があるだろ。言ってる意味はわかるよな」

　彼はうなずいた。

「そういうことはやめてもらう。たったいまから。さもないと仕事から外すよ。わかったね」

　彼はまたうなずいた。女が手を放す。もういっぽうの手で手首をかばった。皮膚を見ても、なにをされたのかなんの形跡も残っていない。

「よかった」女は言った。「今月の荷は特別なんでね。連絡があるまで動かすんじゃないよ、いいね」

「ああ」彼は言った。「ああ、わかったよ」

彼は八百個の砂時計とともにヴァンを発進させた。砂時計はきちんと箱詰めされて、ヴァンの荷台に収まっている。書類はすべてそろっているし、どのカートンもちゃんと記録されている。自分の貸し店舗に戻り、痛みの刃が鈍ってきてから、やっとその砂時計を見てみる気になった。なるほど、見ればわかる。たしかにいままでと少しちがう。砂時計のなかの「砂」が、すべて紫色を帯びていた。

ロクシーは金を数えている。女の子のだれかにやらせればいいことなのだ。実際、一度はやらせたこともある。または、だれかを呼んできて彼女の前で数えさせてもいい。しかし、自分で数えるのが好きなのだ。指先で紙の感触を確かめる。自分の決断が数字になり、数字が力になるのをこの目で確かめる。

バーニイから一度ならず言われたことがある。「もっといい金の使い道を知ってるだれかが現われたら、その日がおまえの負ける日だ」。お金は魔術のようなものだ。なんにでも変えることができる。さあお立ち会い、種もしかけもありません。ドラッグが、ベッサパラ大統領タチアナ・モスカレフへの影響力に変わる。痛みと恐怖をもたらす能力が工場に変わり、当局は見て見ぬふりをするだろう——深夜に紫がかった蒸気を空に吹きあげて、その工場でなにを作っているとしても。

リッキーとバーニイは、帰ってきたロクシーになにをさせるかいろいろ考えていた。盗品の故買とか、マンチェスターのフロント企業のひとつを任せるとか。しかし彼女はもっとでかいことを考えていた。バーニイが長らく聞いたこともないほどでかいことを。ロクシーはもうだいぶ前から、自分の力をできるだけ持続させるにはなにが必要か、それをどう調合すればいいか知っていた。ロクシーは何日もとある丘腹でラリって過ごし、父の部下たちが考え出したさまざまな組み合わせのドラッグを試した。それが見つかったときには、だれもがこれだと確信していた。岩塩のように大きい紫色の結晶。化学者たちがいじりまわしてはいるが、もともとはドーニの木の樹皮からとれる物質だ。この木はブラジル原産だが、ここでもけっこうよく育つ。

百パーセントのやつ――純粋な〈グリッター〉――を吸入したら、ロクシーは谷のなかほどまで電撃を届かせることができた。しかしこのままでは出荷できない。危険すぎるし、貴重すぎる。自分で使用するために純粋なものはとっておく。よっぽどいい値をつける買手がいれば売るかもしれないが。出荷する製品はすでに調合済だ。とはいえ、製造はうまく行っていた。ロクシーは父にも兄弟にもマザー・イヴのことは言っていないが、七十人の女たちがすでに製造ラインで忠実に働いているのは、新しい教会のおかげだった。女たちは、これを全能の母の仕事だと思っているのだ。母の子らにパワーをもたらす仕事だと。

ロクシーは毎週、その週の売上を自分でバーニイに報告する。もしその場にいれば、リッキーやダレルの前でも報告する。まるで気にならない。自分の仕事はわきまえている。〈グリッター〉を供給しているのは、いまはモンク・ファミリーだけなのだ。お金を刷っているも同然だ。そしてお金はなんにでも変えることができる。

十ものサーバをバウンスさせて個人アカウントでメールを送り、ロクシーは週の売上をマザー・イヴにも伝える。

「上々だね」とイヴは言う。「あたしにもいくらかとっといてくれてるの？」

「あんたとあんたの信者のためにね」とロクシーは言う。「最初に取り決めたとおりにとってあるよ。あんたたちのおかげでここまでになったんだ。あたしが稼いでいられるのもそのおかげ。協力してもらったんだから、あたしたちだって協力するよ」。そうタイプしながらロクシーはにんまりしていた。胸のうちで思う。好きなだけ使ってよ。みんなあんたたちのもんだよ。

およそ2000年前の集合墓から出土した男性の遺骨。
最近おこなわれたロンドン跡地村落集合体の発掘調査により見つかった。
手は死亡前に切り取られている。
頭骨の傷痕はこの時期に特徴的に見られるもので、死後に刻みつけられたもの。

あと五年

マーゴット

候補者は鏡を眺めて悦に入っている。首を左右に倒し、口を大きくあけて、「ラーーー、ラーラーラー、ラーーーー」と声を出す。カリブ海のように鮮やかなブルーのわが目に見とれ、かすかに微笑んでウィンクした。口だけ動かして「おまえの勝ちだ」と鏡に向かって言う。

モリスンはメモをそろえながら、候補者とじかに目を合わせないようにしつつ言った。

「ミスター・ダンドン、あなたの勝ちですよ」

候補者は笑顔になる。「いま自分でもそう思っていたところだよ、モリスン」

モリスンも薄く微笑みかえした。「ほんとうのことだからですよ。あなたは現職なんですから、もう勝ったも同然です」

幸運のしるしがあったとか、幸先がいいとか思うのは候補者にとってよいことだ。機会があるごとに、モリスンはこういうささやかな手管を好んで弄していた。彼がこの仕事をうまくこなしているのもそのおかげだ。こういうちょっとしたことで、彼の候補者がべつの候補者を打ち負かす可能性が少しだけ高くなる。

今回はべつの候補者は女で、モリスンの候補より十歳近くも年下で、手厳しくて鼻っ柱が強い。選挙運動の数週間、こちらはその点を突いて攻撃した。つまりですね、なにしろ彼女は離婚しており、お嬢さんふたりをひとりで育てているのですよ。そんな女性に、公職を務める時間がほんとうにとれるものでしょうか。

モリスンはあるとき、政治になにか変化があったと思うか、つまりその、あれ――あの大きな変化があってから、と尋ねられたことがある。モリスンは首をかしげて言った。「思いませんね。重要な問題はいまも同じ、よい政策とよい人物です。言わせていただけば、われわれの候補者にはその両方が備わっていますよ」そう続けながら、安全にレールの敷かれた眺めのよいコースに会話を戻していく。教育山と医療岬を望み、価値観大通りと独力で成功した人物谷を抜けるコースだ。しかし、だれにも見せない心の奥底では、たしかに変化はあったとモリスンは自分で認めていた。頭の中心にある奇妙な声に、口の操縦制御盤を明け渡したら――もちろんそんなことはしない、それほどばかではない。しかしもしそうしていたら、なにかが起こるのをみんな待っているのだ、とその声は言っていただろう。わたしたちはただ、なにもかも正常だというふりをしているだけです。ほかにどうしていいかわからないから、と。

候補者たちはトラボルタのように登場した。どうふるまうか心構えはできている。スポットライトがかれらをとらえ、輝くものはすべて、スパンコールも汗もきらめかせるのもわかっている。彼女は最初の質問でホームランを飛ばした。防衛関係の問題だ。彼女は事実をよく知っていた――それも当然だ、あの〈ノースター〉プロジェクトを何年も前からやっているのだから。そこを突くべきだ――が、彼の候補者は最初の打撃からなかなか立ち直れずにいる。

「しっかり」モリスンはだれにともなくつぶやいた。ライトが明るすぎて候補者からはこちらが見えないからだ。「しっかりして。反撃するんですよ」

候補者は答えに詰まった。モリスンは腹に一撃くらったように感じる。

第二、第三の質問は州全体に関わる問題だった。モリスンの候補者は、有能だが退屈そうに答える。これはあざやかだった。しかし、第七、第八の質問が出てくるころには、彼はまたロープに追い詰められていた。そして、この職に必要なビジョンがないと非難されたときにはもう反撃しなかった。この時点でモリスンは不安になってきた。候補者があまりにこっぴどく負けたせいで、そのとばっちりが自分にまで及ぶことがあるだろうか。これではこの数か月間彼はなにをしていたのか、M＆Mを頬ばりながら尻でもかいていたのかと思われかねない。

長いコマーシャル休憩に入った。もう失うものはなにも残っていない。モリスンは候補者をトイレに連れていき、少しコカインを吸わせてやった。話すべき論点をさらってから、彼は言った。「とてもよかったですよ、ほんとうにすばらしかった。しかし、その……もっと攻撃に出てもよいかもしれませんね」

候補者は言う。「いやいや、怒ってるように見られては困る」モリスンはその場で、トイレのなかで候補者をつかまえた。腕をつかんで言った。「今夜、あの女にこてんぱんにのされたいんですか。おとうさんのことを思い出してください。おとうさんにどんなところを見せたいか考えてください。おとうさんが信じていたもののために立ちあがってください。おとうさんが築こうとしたアメリカのために。考えてください、おとうさんならどうなさったか」

ダニエル・ダンドンの父親――いわば実業界のプロボクサーのような人物で、アルコール依存すれすれだった――は一年半前に亡くなっていた。使い古された手だ。使い古された手はだいたいうまく行くものだ。

候補者はプロボクサーのように肩をまわし、ふたりは後半戦に戻っていった。

候補者は前半とは別人のようだった。それがコカインのおかげか、あの叱咤激励のおかげかはモリスンにはわからなかったが、いずれにしても、よし、おれは大したもんだと思った。

質問に次ぐ質問に、候補者は遠慮なくやり返した。組合？　それがどうした。少数者の権利？　まるで建国の父たちの直系の跡継ぎのような話しぶりで、今度は彼女のほうが防戦いっぽうに見えた。いいぞ。その調子だ。

そのとき、モリスンと聴衆はそれに気づいた。彼女が手を握りしめては開いている。自分で自分を抑えようとして……それができずにいるかのように。そんなはずはない。検査結果は陰性だった。

候補者はいまではのりにのっていた。「それからこの補助金ですが――あなた自身の数字が示しているように、これはまったくなっていない」

聴衆がざわめいている。候補者はしかし、それを自分の猛攻に対する称賛のしるしと受け取った。そしてとどめを刺しにかかった。

「実際、あなたの政策はなっていないだけでなく、四十年も遅れているんです」

彼女はなんの問題もなく検査に合格している。そんなはずはない。しかし、彼女の手は演壇のわきを握りしめ、「いまだ、いまだ、いまだ、いやだめ、いまだ、いまだ」と言っている。過ぎ去る一瞬一瞬ごとに指を突きつけるかのように。しかし、彼女がなにをするまいとこらえているのか、それはだれの目にも明らかだった。ただ候補者ひとりを除いて。

候補者は決定的な一手を放った。

「これが日々黙々と働く家族になにを意味しているか、あなたに理解できるはずがない。あなたはお嬢さんたちの世話を〈ノースター〉デイキャンプに任せっきりだったんですからね。わが子をほんとうにかわいいと思っているかもあやしい」

もうたくさんだ。腕を伸ばし、指関節を彼のあばらに当て、彼女は放出した。ほんの微量だった。ほんとうに。

彼は引っくり返りもしなかった。よろめき、目を見開き、あえぎを漏らした。演壇から一歩、二歩、三歩とあとじさり、両腕を胴に巻きつけた。

聴衆は理解していた。生放送のスタジオの観客も、家でテレビを観ていた視聴者も、なにがあったのかだれもが見、知り、理解していた。

スタジオはしんと静まりかえった。まるで観客がみな息をひそめているかのようだった。だが、やがてつぶやき声があがりだした。最初はぽつぽつと、それがしだいに集まり、耳障りなうねるようなざわめきとなり、耳を聾（ろう）するほどに高まっていく。

候補者がつっかえつっかえつっかえ答えようとしたそのとき、司会者が休憩にしましょうと言い、マーゴットの顔が——怒りのために鼻にしわを寄せ、ざまを見ろとばかりに勝ち誇っていた顔が、取り返しのつかないことをしたとはたと気づいて恐怖の表情に変わり、それと同時に、観客の怒りと恐怖と当惑のざわめきが、ついにスタジオを揺るがす悲鳴にまで高まり、そしてまさにその瞬間、テレビはコマーシャルに切り替わった。

コマーシャル休憩から戻ってきたとき、候補者がきちんとしていて落ち着いて見えるようにモリスンは気を配った。しかし、あまり完全無欠であってはいけない。少しショックを受け、悲しんでいるようにも見えたほうがいいだろう。

選挙戦は淡々と続けられた。マーゴット・クリアリーは疲れているように見えた。また身構えているようにも。その後の数日間にはたびたび謝罪し、また彼女の陣営はうまいせりふを用意した。あの問題に関しては少し熱が入りすぎていたと彼女は言った。赦(ゆる)されることではないが、ただ自制を失ったのはひとえに、ダニエル・ダンドンに娘たちのことで事実無根の中傷をされたせいだったのだ。

ダニエルはあくまで政治家然とふるまった。なにしろ優勢に立っているのだ。むずかしい状況に置かれると、なかなか平静を保ちにくい人もいるものですね、と彼は言った。わたしのあげた数字にミスがあったことは認めますが、こういうものごとに対処するのにはしかるべき方法とそうでない方法があるものでしょう。そう思いませんか、クリスティン。彼は笑った。クリスティンも笑い、彼の手に手を重ねた。おっしゃるとおりですね。ではここでいったんコマーシャルです。そのあとには、このオカメインコのおしゃべりを聞いてみましょう。トルーマン以来の大統領の名前がすべて言えるそうですよ。

世論調査の数字では、選挙民は一般にクリアリーに反感を覚えているようだった。赦しがたいことだし、倫理にも反している。まさに判断力の乏しさを示す行為だ。とんでもない、彼女に投票するなんて想像もできません。投票日当日、数字は圧倒的に見えた。ダニエルの妻は、知事公邸の植物園の修復計画に目を通しはじめた。なにか変だと言われだしたのは、出口調査の結果が出てきてからだった。そしてそのときですら——いやまさか、いくらなんでもそこまでまちがっているはずはない。

　しかし、そんなはずがあったのだ。有権者は嘘をついていた。ふだんから勤勉な公務員をそう言って非難しているくせに、有権者もそれと同じぐらいとんでもない嘘つきだったのだ。勤勉と献身と真の勇気を尊敬しているとかれらは言い、理性的な対話と冷静な威厳をかなぐり捨てた瞬間に、対立候補は票を失ったと言っていた。しかし、実際に投票所に入ったとき、何百、何千、何万という有権者が考えたのは――そうは言っても、彼女は強い。きっと結果を出してくれるだろう。

「驚くべき勝利です」テレビ画面でブロンドの女がしゃべっている。「専門家も有権者も等しく衝撃を受けています……」モリスンはこれ以上聞いていたくなかった。しかし、テレビのスイッチを切る気力もなかった。候補者がまたインタビューを受けている。彼が知事として職にとどまることを、この大州の有権者が選択してくれなかったのは悲しいが、かれらの叡知の前に潔く頭を垂れるつもりだと彼は言った。あの受け答えはいい。理由を言ってはいけない。けっして理由をあげるな。なにが敗北の原因だと思うかと尋ねてくるだろうが、けっして答えてはいけない。答えれば、その話に戻して自己批判をさせようとしてくるから。候補者は、当選したライバルが知事として成果をあげるよう願っていると言った。彼女の一挙一動に目を光らせ、この大州の有権者のことをかたときでも忘れることがあれば、すぐに挑戦するつもりだと。

　マーゴット・クリアリーが画面に登場する――いまではこの大州の知事だ。拍手喝采を浴びながら、謙虚に勤勉に州のために尽くすと言い、やりなおすチャンスを与えられたことに感謝していると言った。彼女もまた、ここでなにが起こったのか理解していない。彼女に当選をもたらしたあのできごとについて、いまでも謝罪が必要だと思っているのだ。しかし、それはまちがっている。

トゥンデ

「なんのためにデモをしてるんですか」トゥンデは言った。

デモ隊の男のひとりが旗をあげて振ってみせた。旗には「男に正義を」と書かれている。ほかの男たちがだみ声でばらばらに声援を送り、クーラーボックスからまたビールを取ってきた。

「それに書いてあるだろ」とひとりが言う。「正義のためだよ。政府がやらかしたことなんだから、正すのは政府の責任だ」

けだるい午後だった。空気は湿気で重く、日陰でも気温は四十度に達するだろう。こんな日に、アリゾナ州トゥーソンのショッピングモールでデモをするのはどうかと思う。トゥンデがやって来たのはひとえに、今日ここでなにかが起こると匿名の情報提供があったからだった。かなり信憑性が高いように思えたが、結局なんの成果もなさそうだった。

「だれか、インターネットの活動に関わってる人はいますか。〈バッドシットクレイジ

ー・コム〉とか、〈ベイブトゥルース〉とか、〈アーバンドクス〉とか——どれかその、
オンラインのスタッフをやってる人は?」
　男たちは首をふった。
「新聞の記事を見たんだ」と言った男は、どうやら今朝は顔の左半分だけひげをそるこ
とにしたらしい。「あのベッサパラとかいう新しい国じゃ、薬物で男をみんな去勢して
るんだとさ。このままじゃ、おれたちみんなそういう目にあわされっぞ」
「いや……そんなことはないと思うけど」トゥンデは言った。
「嘘じゃない——新聞を切り抜いといたから」男はかばんのなかをかきまわしはじめた。
古いレシートの束やフライドポテトの空き袋が路面にころげ落ちた。
「くそ」男は言ってそのごみを追いかけた。トゥンデはスマホのカメラでそれを追うと
もなく追う。
　ほかにも取りあげたい話題はいくらでもあるのだ。ボリビアでは独自に女の教皇を立
てたというし、サウジアラビアの進歩的な政府は、宗教的急進派の前になすすべもない
状況に陥りつつある。以前のレポートの追跡報道をしに再訪してもいい。ただのうわさ
でも、ここよりは興味深い話がある。このあいだ選出されたニューイングランドの州知
事の娘が、男友だちといっしょのところを写真に撮られたのだが、その少年には外見か
らもわかるほどのスケインがあるらしいのだ。トゥンデはそういう話を聞いたことがあ
る。ある動画を撮っているとき、スケインの形成異常や不調を抱える少女の治療につい

て医師の話を聞いたのだ。初期に言われていたのとは異なり、少女の全員がスケインを持っているわけではなく、千人に五人は持たずに生まれてくる。少女のなかにはスケインを嫌い、自分で切り取ろうとする者もいるという。はさみで切ろうとした子もいる、と医師は言った。十一歳の女の子が、はさみで。紙の人形を切り抜くように、自分で自分を切り刻んだのだ。また、染色体異常のある男児にも、少数ながらスケインが生じる例があるという。それを喜ぶ少年もいるが、そうでない少年もいる。切除したいと医師に相談してくる者もいる。いまのところそれはできない、と医師は答えざるをえない。スケインを切除すると、五十パーセントの確率で切除された人は死亡するからだ。生命維持に必須の器官ではないのに、なぜなのかはわからない。現段階の仮説では、心臓の電気的リズムと連動しているため、切除されるとそこに混乱が生じるからではないかと言われている。筋の一部を切除することは可能で、それによってパワーを弱めたり、目立たなくすることはできるが、いったんスケインが生じたら完全に取り除くことはできないのだ。

トゥンデは、スケインがあったらどうだろうと想像してみた。捨てることも売り渡すこともできないパワー。あこがれると同時に反発も感じる。ネットのフォーラムを読んでみると、世界じゅうの男がみんなスケインを持てば、なにもかももとどおりになると言っている男たちもいた。男たちは怒り、また恐れている。トゥンデにも理解できる。デリーの一件以来、彼自身恐ろしいと思うようになったからだ。〈アーバンドクススピークス・コム〈UrbanDoxSpeaks.com〉に偽名で入会し、コメントや質問をいくつか投稿した。そこで、彼自身のレポートについて議論している掲示板に出くわした。その掲示板では、トゥンデはジェンダーの裏切り者と呼ばれていた。アワディ・アティフの話を秘密にしておかずにすっぱ抜いたからであり、また男性側の運動やかれら独自の陰謀論について取材しようとしないからだ。今日ここでなにか起こるというメールを受け取ったとき、彼が思ったのは……自分がなにを思ったのかよくわからない。彼自身のためになることがあるとでも思ったのだろうか。ただのニュースではなく、このごろ感じている気持ちを説明できるなにか。しかし、まったくのむだ足だった。彼はたんに恐怖に負けているだけなのだろう。デリー以来、ニュースに近づいていくどころか逆に逃げている。今夜ホテルでネットに接続して、ボリビアの首都スクレでまだレポートできそうなネタがあるかどうか調べよう。そして、向こうに行く次の飛行機がいつ出るか確認するのだ。

雷のような音がした。雷雲が見えるかと、トゥンデは山のほうに目をやった。しかし雲は見えない。雷ではなかった。また音がした。さっきより大きい。巨大な煙の柱がショッピングモールの反対端から噴きあがった。悲鳴があがる。

「やべえ」ビールとプラカードを持った男が言った。「爆弾だぜ、きっと」

トゥンデは音に向かって走った。カメラをしっかり構えながら。なにかがひび割れる音がしたかと思うと、石壁の崩れる音が聞こえた。そのビルのぐるりをまわってみた。

フォンデュのチェーン店から火が出ている。なかの店には何軒か崩れているところもある。人々が走り出てくる。

「爆弾だ」ひとりがトゥンデのカメラにじかに向かって言った。顔はレンガの粉をかぶり、小さな切り傷から血がしみ出てワイシャツを汚している。「なかに人が閉じ込められてる」

彼はこんな自分が好きだった。危険から逃げるのでなく、近づいていく自分。そうするたびに、そうだ、いいぞ、やっぱりおれは変わってない、と思う。しかし、そう思うことじたいが以前にはなかったことなのだ。

トゥンデは瓦礫(がれき)の周囲をめぐった。ティーンエイジの少女がふたり倒れている。それを助け起こし、いっぽうを励ましてもういっぽうに肩を貸してあげてくれと言った。そちらの少女は足首を捻挫していて、すでに青い大きなあざになっていたからだ。

「だれがやったの」少女はレンズに向かって言った。「だれがやったの、こんなこと」

それが問題だ。フォンデュ料理店を一軒、靴屋を二軒、ウェルネス志向の女性用クリニックを一軒、いったいだれが爆破したのか。トゥンデはビルから離れて、広角のショットを撮った。かなり印象的な絵が撮れた。右手ではショッピングセンターが燃えていて、左手ではビルの正面全体が崩れている。勤務時間の書かれたホワイトボードがまだビルに引っかかっていたが、トゥンデが映している最中に二階から落ちてきた。ズームインする。カイラ、午後三時半~九時半、デブラ、午前七時。

だれかが泣き叫んでいる。そう遠くではないが、埃(ほこり)がもうもうと舞っていてどこだかわかりにくい――と、見れば瓦礫のなかに妊婦が閉じ込められていた。大きくなったお腹を下にして横たわっている。おそらく八か月にはなるだろう。コンクリートの柱に片脚がはさまって抜けなくなっていた。どこかからガソリンのにおいがする。録画が途切れないようにそっとカメラをおろし、腹這いになって彼女にもう少し近づこうとした。

「大丈夫」とむなしい励ましの言葉をかける。「救急車がもうすぐ来るから。大丈夫ですよ」

彼女はトゥンデに向かって悲鳴をあげた。右脚はつぶれて血まみれの肉塊になっていた。それをずっと引き抜こうとしていて、柱を何度も蹴りつけている。トゥンデはとっさに手をとろうとしたが、彼女は柱を蹴るたびに強烈な放電をくりかえしていた。

たぶん意図的にやっているわけではないのだろう。妊娠ホルモンはパワーの強度を高める。おそらくこの時期に起こる数多くの生物学的変化の副作用だろうが、いまでは単純に胎児を守るためだと言われている。分娩中に、看護師を完全に気絶させる女性もいるほどだ。苦痛と恐怖。それは抑制をむしばむ。

トゥンデは助けを求めて叫んだが、近くにはだれもいない。

「名前を教えてよ」彼は言った。「ぼくはトゥンデ」

彼女は一瞬たじろいで、やがて言った。「ジョアンナ」

「ジョアンナだね。ぼくといっしょに呼吸をして」彼は言った。「吸って」――と、吸いながら五つ数えて――「吐いて」

　彼女は言われたとおりにしようとした。顔を歪め、まゆをひそめ、息を吸い、ふっと吐き出した。

「もうすぐ助けが来るよ」トゥンデは言った。「すぐ出してもらえるから。また息を吸って」

　吸って、吐いて。もう一度、吸って、吐いて。全身の痙攣が収まってきた。

　そのとき、頭上でコンクリートのきしむ音がした。ジョアンナが首をあげて見まわそうとする。

「なんの音？」

「蛍光灯だよ」見れば、ワイヤ一本か二本でぶら下がっている。

「天井が落ちてきてるみたいな音だったわ」

「そんなことないよ」

「置いていかないで。こんなところに置いていかないで」

「天井なんか落ちてこないよ。ただの蛍光灯だって」

　ワイヤ一本でぶら下がっていた蛍光灯が揺れ、ワイヤからはずれて瓦礫に落ちて割れた。ジョアンナはびくりとし、トゥンデがまだ「大丈夫、なんでもないよ」と言っているうちにも痙攣が始まった。抑えようもない放電と苦痛の悪循環にはまり込み、柱の下から脚を引き抜こうとまた無益な努力を始める。トゥンデは「頼むから、ゆっくり呼吸して」と言いつづけ、彼女は「置いていかないで。天井が落ちてくる」と言いつづけている。

彼女はコンクリートにパワーを浴びせた。コンクリート内部にはワイヤが走っており、そのワイヤはべつのワイヤに、それがまたべつのワイヤにつながっている。蛍光灯が爆発して火花が飛んだ。最初からガソリンのにおいのする液体が漏れていたが、その火花でそれが発火した。だしぬけに周囲が火の海になる。彼女がまだ悲鳴をあげつづけるなか、トゥンデはカメラを拾って走りだした。

その場面で映像は止まった。最初にお断わりしたとおり、やはり胸の痛む場面がありましたね。これを見てもだれも驚かないだろうけど、その、驚かないことのほうがひどいことじゃない？　クリスティンが厳しい顔で言った。みなさんそのとおりと言ってくださると思いますが、こんなことをする人は最低最悪のくずですね。

このニュース番組あての手紙で、「男の力」と名乗るテロ集団が犯行声明を出してきました。アリゾナ州トゥーソンの繁華なショッピングセンターにある、女性の健康に奉仕する診療所を破壊したと主張しています。この攻撃は「行動の日」初日にすぎないと述べ、いわゆる「男の敵」に対する政府の行動を要求すると言っています。なお、大統領報道官がちょうど記者会見を終えたところですが、合衆国政府はテロリストとの交渉に応じるつもりはなく、この「陰謀論の分派」の主張はまったくのでたらめだと強い調子で非難しています。

　それにしてもトム、いったいなにに対して抗議してるのかしらね。トムは顔をしかめた。ほんの一瞬の表情、つけ慣れた仮面でほんとうの顔を覆い隠す直前の。すぐに、カップケーキにかかった糖衣のようになめらかな笑みを浮かべた。平等を求めてるんだよ、クリスティン。ふたりのイヤホンにあと三十秒でCMと声が入り、クリスティンは話をまとめようとするが、トムの様子がおかしい。このおしゃべりを終わりにするつもりがないようだ。

　でもねトム、もうもとに戻すことはできないでしょう。時間を巻き戻すことはできないんだもの。もっとも——と笑顔になって——次のコーナーでは、ダンスの歴史を少し巻き戻して、スイングが大流行した時代に戻ります。

　まだだ、とトムが言う。

　CMまで十秒、とプロデューサーが言う。落ち着きはらった穏やかな声。よくあることだ。家庭内での問題、ストレス、過労、健康不安、経済的な心配——こういうことはみんな見てきた。

　疾病管理センターは真実を隠してる、とトムは言う。かれらはそれに抗議してるんだよ。ネットでそういう記事を読んだことはないのか。真実は覆い隠されて、資源がまちがった方向に流されている。男性用の護身術のクラスや防具には予算がつかずに、すべて〈ノーススター〉の女子訓練キャンプみたいなところに流れている。まったく——いったいこれはどういうことなんだ。それにきみもだ、クリスティン。ぼくたちはふたりとも、きみにも例のあれがあるのを知ってる。そのせいできみは変わった。すっかりふてぶてしくなった。もうほんとうの女性とすら言えない。クリスティン、四年前にはきみは分をわきまえていて、この番組でどういう役割が求められてるか知っていた。それがいまじゃどうだ。

いまごろはとっくにＣＭに入っているだろう。それはトムにもわかっていた。たぶん彼が「まだだ」と言ったすぐあとぐらいか。これを流すよりは、数秒間映像が途切れるほうがましだと思ったにちがいない。言い終えたあと、彼はじっと座って、ただ前を見ていた。第三カメラの目をまっすぐにのぞき込む。これは以前からお気に入りのカメラだった。彼の突き出たあごと、そこにある小さなくぼみがはっきり映るからだ。三カメの彼はほとんどカーク・ダグラスだ。スパルタカス（カーク・ダグラスが一九六〇年に演じた同名映画の主人公。ローマ帝国に反旗を翻した剣闘士）だ。昔からいつかは俳優になりたいと思っていた。最初はちょい役でいい。まずはニュースキャスター役でデビューして、それから高校が舞台のコメディで教師役かなにかを演じるのだ。生徒たちは最初のうち気づかないが、かれらのことをとてもよく理解している教師——なぜならなんと、彼自身も高校時代はかなり荒れていたからだ。しかし、それもいまは終わりだ。トム、もう忘れろ。きれいさっぱり頭のなかから消してしまえ。

話は終わった？　クリスティンは言う。

ああ。

コマーシャルが終わる前に、彼は外へ連れ出された。抵抗すらしなかった。ただ、肩に手を置かれたのが気に入らなくて、それを振り払っただけだ。身体に触れられるのは我慢できないと言うので、みなが手を引っ込めた。彼は長いこと働いてきたし、いまおとなしく去れば、年金はやはりちゃんと支払われるだろう。

たいへん残念ですが、トムは体調を崩してしまいました、とクリスティンは真顔で言い、澄んだ目を第二カメラに向けた。重病というわけではありませんので、すぐに番組に戻ってきてくれると思います。では、ここでお天気の時間です。

アリゾナ州の病院のベッドで、トゥンデはこの事件のレポートが流れるのを見ていた。ラゴスの家族や友人たちと、メールやフェイスブックで連絡をとる。妹のテミに恋人ができたそうで、ふたつ年下だという。トゥンデはもうずっと旅行しているが、そのあいだに彼女ができたかと妹は尋ねてきた。

トゥンデはそのひまがないんだと答えたが、じつはしばらく白人女性とつきあっていた。同じジャーナリストで、シンガポールで知りあい、アフガニスタンまでいっしょに旅した。しかし、そんな話をしてもしかたがない。

「帰っておいでよ」テミは言った。「半年ぐらい帰ってくれれば、いい人を見つけてあげるよ。おにいちゃんもう二十七じゃん。もうそんなに若くないよ！　そろそろ落ち着いたほうがいいよ」

白人女性――名前はニーナといった――に言われた。「ねえ、ＰＴＳＤなんじゃない？」

それは、彼女があれをベッドで使ったときだった。彼は身を縮め、やめてくれと言って泣きだしたのだ。

彼は言った。「家から遠く離れてしまって、もう戻ることができない」

「わたしたちみんなそうよ」彼女は言った。

ほかのだれよりも悪いことが降りかかったわけではない。ほかの男たちと同じ、かれら以上に恐れる理由があるわけではないのだ。彼が入院してからニーナはたびたびテキストメッセージを寄越し、会いに行っていいかと尋ねてくる。そのたびにいまはまだ早いと答えていた。

入院しているあいだに、そのメールは来た。たった五行の短いメールだったが、送信者のアドレスは正しかった。チェックしてみたが、偽装はされていない。

送信者：info@urbandoxspeaks.com
宛先：olatundeedo@gmail.com

アリゾナ州のショッピングモールのレポートを見た。デリーできみが経験したことについてのエッセイも読んだ。われわれは同じ側、あらゆる男たちの側に立っている。クリアリーの選挙でなにがあったか知っていれば、われわれがなんのために闘っているかわかると思う。話をしに来てもらいたい。録画してくれてかまわないから。きみを仲間に迎え入れたい。

アーバンドクス

迷う余地などない。彼はいまも本を書いている。九百ページに及ぶ事実の記録と解説、すべてノートパソコンに入れてつねに持ち歩いている。ここに迷う余地などない。アーバンドクスと会って話ができるなら、どこへでも行く。

ばかばかしいほど芝居がかっていた。自分の機器を持ってきてはいけないという。「インタビューを録画するスマートフォンはこっちで用意する」と。カンベンしてくれよ。「わかります」と彼は返事を書いた。「立場を危うくしてはいけませんからね」。向こうはこれが気に入ったようだ。かれらの自意識を満足させたのだろう。「信用できるのはきみだけだ。きみは嘘をつかない。混沌を混沌として見ている。アリゾナの行動に招待したらきみはやって来た。きみこそわれわれに必要な人間だ」向こうの口ぶりはまるで使徒のようだった。「ぼくもずっと前からあなたがたと話したいと思っていました」と彼は返信した。

当然ながら、待ち合わせ場所は〈デニーズ〉の駐車場だった。そうだろうとも。当然ながら、目隠しをされてジープに乗せられ、男たちは黒ずくめで（全員白人）、顔は目出し帽で隠していた。この連中は映画の見過ぎだ。いまでは流行っているのだ、男どうしの映画鑑賞会が。自宅の居間とか酒場の奥の部屋で、特定の種類の映画をくりかえし観る。爆弾やヘリコプターの墜落や銃や筋肉や殴りあいの出てくる映画。男っぽい映画というやつだ。

そんなこんなのあとで、やっと目隠しを外されてみると、そこはトランクルームのなかだった。埃っぽい。隅に古いＶＨＳカセットの箱があり、「Ａチーム」とラベルが貼ってあった。そしてそこにアーバンドクスはいた。椅子に腰かけて微笑んでいる。

プロフィール写真とはずいぶん印象がちがう。年齢は五十代なかば。ブリーチしているので髪の色がとても薄く、ほとんど白に近い。目は薄い水色。トゥンデはこの男について いろいろ読んでいたが、どれを読んでも、悲惨な幼少年期、暴力、人種的偏見は共通していた。事業を興しては失敗し、何十人もの人々にそれぞれ数千ドルの借金をしている。しまいに夜学で法律の学位をとり、ブロガーとして再出発した。年齢のわりにいい体格をしているが、顔色は少し青白い。時代の大きな変化はアーバンドクスに有利に働いた。何年も前から、狭量で、無学で、偏狭で、怒りに満ちた文章のブログを書いていたが、最近になって彼の声に耳を貸す人々——おもに男だが、じつは女も交じっている——が増えてきている。いまでは六つの州で、アーバンドクスの暴力的な分派がショッピングモールや公園で爆破事件を起こしているが、彼はそのような分派との関係をくりかえし否定している。しかし、かりに彼がそれと関連していないとしても、分派のほうでは彼と関連したがっている。たとえば最近実際にあった爆弾テロでは、その予告状に書かれていたのは住所と時刻、そして「来るべきジェンダー戦争」というアーバンドクスの記事のウェブアドレスだけだった。

彼の話しぶりは物柔らかだった。トゥンデが予想していたより声は甲高い。彼は言った。「あいつらはわれわれを殺そうとしているんだ」

トゥンデはとにかく話を聞くこと、と自分に言い聞かせていた。それでこう言った。「だれが殺そうとしてるんですか」

アーバンドクスは言った。「女たちだよ」

「なるほど。くわしく聞かせてください」

ずるそうな笑みが男の顔に広がる。「ブログを読んでいれば、わたしの言いたいことはわかるだろう」

「ご自身の口からうかがいたいんです。録音したい。みんな聞きたがると思います。女性がわれわれを殺そうとしているとあなたは思って――」

「ああ、思っているんじゃないよ、きみ、わたしは知ってるんだ。これは偶然なんかじゃない。『ガーディアン・エンジェル』の話を聞いたことがあるだろう。そういう物質が水道に入りこんで、地下水に蓄積したとかいう話だよ。だれにも予測がつかなかったと言っているが、ふん、たわごとさ。これは計画されていたんだ。そういう決定が下ったんだ。第二次世界大戦が終わったあと、反戦屋と偽善者どもが主導権を握ったとき、水に投入すると決めたのさ。男に任せたら世界が滅茶苦茶になったと考えたんだ。二世代に二度の世界大戦だからな。どいつもこいつも、女のけつに敷かれた腰抜けの蛆虫どもが」

この陰謀論ならトゥンデも以前に読んだことがある。しかし、陰謀論は陰謀をめぐらす者がいなければ成立しない。アーバンドクスがユダヤ人の名を口にしなかったことだけが驚きだった。

「シオニストは強制収容所を心理的脅迫に利用して、あれを水のなかに流させたんだ」

ほら来た。

「宣戦布告だったんだ。無言の、隠密の。最初の鬨の声をあげる前に、戦士たちを武装させたのさ。侵略されていると気づくより早く、敵はわれわれのなかに紛れ込んでいた。この国の政府は治療法を知ってるんだぞ。厳重にしまい込んで鍵をかけていて、ごく少数の人間以外には使おうとしない。そして最終段階だ……どういうことかわかるだろう。あいつらはわれわれみんなを憎んでる。みんな死ねばいいと思ってるんだ」

トゥンデは自分の知っている女たちのことを考えた。バスラでいっしょになったジャーナリストたち、ネパールの包囲戦のさいに出会った女たち。この数年間、身を挺して危険から守ってくれた女たちがいた。彼が映像を世界に発表できるようにと。

ったのに。

「そんなことはありませんよ」彼は言った。しまった。こんなことを言ってはいけなかったのに。

アーバンドクスは笑った。「すっかり手なずけられたようだな、きみは。操られて、向こうのたわごとを信じ込んでる。一度か二度、女に助けられたんだろう、ええ？　世話をし、守ってもらったかね。困っているときに手を差しのべてくれたかね」

トゥンデは用心しいしいうなずいた。

「ふん、そうだろうと思った。あいつらは、われわれをおとなしくさせ、混乱させたいんだ。昔からある戦術さ。どんなときでも敵でしかなかったら、人はその姿を見ればかならず戦うだろう。ところが、子供にキャンディを与え、病人に薬を与えたら、人は頭が混乱してくる。憎んでいいのかどうかわからなくなるんだ。そうだろう」

「なるほど」

「もう始まってるんだ。男に対する家庭内暴力の件数を知ってるかね。女が男を殺した殺人事件の数を」

トゥンデはその数字を見たことがある。のどに引っかかった氷の塊のようにいつも頭の隅にある。

「そういうところから始めるのさ」とアーバンドクス。「そうやって骨抜きにしていくんだ。弱気にさせ、こわがらせる。そうやって思いどおりに操ろうとするんだ。なにもかも計画の一部なのさ。やれと指示されてやってるんだ」

トゥンデはそれは違う、と思う。それが理由ではない。できるからやる、それが理由だ。「あなたの資金は、亡命中のサウジアラビア国王、アワディ・アティフから出ているんですか」彼は尋ねた。

アーバンドクスはにやりとした。「世界には、事態がどこへ向かうのか案じてる男がおおぜいいるんだよ、きみ。なかには腰抜けの裏切り者もいる。ジェンダーに対する、同胞に対する裏切り者さ。また、女がやさしくしてくれるだろうと思う者もいる。しかし、真実を知っている者もおおぜいいるんだ。資金集めのために頭を下げてまわる必要はなかったよ」

「それで、先ほどおっしゃった……最終段階のことですが」

アーバンドクスは肩をすくめた。「さっき言ったとおり、男はみんな死ねばいいと思ってるのさ」

「しかし……それでは人類の存続が」

「女はただの動物だ」アーバンドクスは言う。「男と同じく、女も交配し、生殖し、健康な子孫を残したい。しかし、女は妊娠期間が九か月もある。一生のうちにせいぜい五人か六人しか子供は育てられない」

「だから……?」

アーバンドクスはまゆをひそめた。こんなに明白なことがほかにあるかと言わぬばかりに。「男のうちで、遺伝的に最も健康な者だけが生かされることになるのさ。いいかね、それだから、神は男に力を持たせることにしたんだ。どれだけ男が女を虐待しようと——まあ、奴隷みたいなもんだな」

トゥンデは肩がこわばるのを感じた。なにも言うな、ただ聞くんだ。映像を撮って、それを利用し、売るんだ。このろくでなしを利用して儲けてやる。こいつを売り飛ばし、正体を暴露してやるんだ。

「いいかね、奴隷制は誤解されてる。奴隷を持てば、その奴隷は自分の財産なんだから、傷つけようとはしないだろう。男が女をどれだけ虐待しようと、子供を作るためには女に健康でいてもらわなくては困る。しかしだ……遺伝的に完璧な男がひとりいれば、千人でも——いや、五千人でも子供を作れる。とすれば、それ以外の男がなんのために必要かね。われわれは皆殺しにされるだろう。いいかね、生かされる男なんぞ百人にひとり、いや、たぶん千人にひとりもいなくなるぞ」

「証拠があるんですか、その……」

「そりゃ、文書を見たとも。しかしそれ以上に、脳みそを使えばわかることだ。きみもそうだ。ずっと見てきたが、きみは頭がいい」アーバンドクスは、トゥンデの腕にひんやりと湿った手を置いた。「きみも加わってくれ。手を取りあってやっていこうじゃないか。いつでも力になるよ。ほかの連中がみんな離れていっても、われわれはずっときみの味方だ」

トゥンデはうなずいた。

「今後は男を保護するための法律が必要だし、女には外出禁止令が必要だ。政府が治療法を『研究』するために使っている予算はすべて放出させるべきだ。男が堂々と主張することが必要なんだ。いまわれわれは、女に這いつくばる腰抜けどもに支配されてる。あいつらを切り捨てなきゃならん」

「それがあなたのテロ攻撃の目的なんですか」

アーバンドクスはまたにやりとした。「きみはよく知ってるはずだよ、わたしはテロ攻撃を指示したことも、そそのかしたこともない」

たしかに、その点では彼はきわめて慎重だ。

「しかし」とアーバンドクスは言う。「もしわたしが連絡をとっていたとすればだが、あの男たちはまだ攻撃に着手したとも言えないと思うね。ソ連の崩壊のさいに大量の兵器が紛失しただろう。ほんとうにやばいやつが。あれをいくらかまわせるかもしれない」

「ちょっと待ってください」トゥンデは言った。「核兵器を使って国内のテロを組織化するつもりなんですか」

「わたしはなにもするつもりはないよ」アーバンドクスの淡色の目は冷たかった。

アリー

「マザー・イヴ、祝福していただけますか」

愛くるしい少年だ。ふわふわのブロンドの髪、そばかすの散ったクリーム色の顔。十六歳は超えていないだろう。少年の英語には、ベッサパラ人らしく中央ヨーロッパふうのかわいいなまりがあった。こういう子ならうってつけだ。

アリー自身まだ二十歳になったばかりだ。独特の雰囲気が備わっている（『ニューヨーク・タイムズ』では、著名人の信者たちがそれを「年ふりた魂」と呼んでいると報道されていた）とはいえ、やはり貫禄が足りないと思われる恐れがある。

幼子は神に近いという。幼い女児ならとくに。この世に犠牲の子を産み落としたとき、聖母マリアはわずか十六歳だった。そうは言ってもやはり、彼女自身より明らかに若く見える者から先に祝福するほうがいい。

「近くへいらっしゃい」アリーは言った。「お名前は？」

カメラが無遠慮にブロンドの少年の顔に迫る。少年はもう泣きながら全身を震わせていた。観衆はほとんど声も立てない。三万人の息づかいを乱すのは、ときおりあがる「母を褒めたたえよ」、あるいはたんに「褒めたたえよ」という叫びだけだ。

少年は蚊の鳴くような声で言った。「クリスチャンです」

スタジアムじゅうがざわめいた。観衆がはっといっせいに息を呑んだのだ。

「とてもよいお名前ね」アリーは言った。「よくない名前じゃないかなんて、心配してはいけませんよ」

クリスチャンは声も出せないほどしゃくりあげている。開いた口は濡れて黒々として見えた。

「つらいでしょうね」アリーが言う。「でも、これからわたしがあなたの手を握りますからね。そうすると、われらが母の平和があなたのなかに入っていくのです。わかりますね？」

ここに魔法がある。なにが起こるかあらかじめ言っておくこと、それを絶対の確信を持って言い切ることに。クリスチャンはまたうなずいた。アリーがその手を取る。カメラはしばし、浅黒い手に握られた白い手のうえにとどまった。クリスチャンは落ち着いてきた。呼吸が整ってくる。カメラが引くと、彼は微笑んでいる。落ち着いて、堂々としているようにさえ見える。

「クリスチャン、あなたは子供のころから歩くことができなかったのですね」

「はい」

「なにがあったの？」

クリスチャンは自分の脚を身ぶりで示した。下半身にかかった毛布の下でぐんにゃりしている。「ブランコから落ちたんです。三つのとき。それで背骨が折れちゃって」信頼しきった笑みを浮かべる。両手を動かして、指のあいだの鉛筆を折るようなしぐさをしてみせた。

「背骨が折れて、二度と歩くことはできないと病院で言われた。そうですね？」

クリスチャンはゆっくりうなずいた。「でも、歩けるようになります」と言う顔は静かだ。

「そのとおりですよ、クリスチャン。母がわたしにそれを示してくださいましたから」

そしてこのイベントを企画した人々がだ。神経の損傷が激しく、彼女にもどうしようもない患者は最初から除外されている。クリスチャンには同じ病院に友人がいる。よい少年で、クリスチャンより熱烈な信者ですらあったが、残念ながら損傷が深刻すぎて治せない恐れがあった。それに、テレビ放送には向いていなかった。ニキビだらけだったのだ。

アリーは手のひらをクリスチャンの背骨に当てた。ちょうどうなじのあたりに。

少年が身震いした。観衆は息を呑み、静まりかえる。

彼女は心のなかで言う。今回はできないかもしれない。そしたらどうなるの。

〝声〟が答える。いつもそう言うのね。かならずうまく行くわよ。

マザー・イヴがアリーの口から言う。「聖母よ、どうぞお導きください。いつもどおりに」

観衆が言う。「アーメン」

マザー・イヴが言う。「わたしの意志ではなく、聖母の御心がおこなわれますように。

御心にかないますならば、この子が癒されますように。また、現世で苦しむことによって、次の世で大きな実りを刈り取ることが御心ならば、そのようにお計らいくださいますように」

これはことのほか重要な警告だが、先に言っておくことも同じぐらい重要だ。

観衆が言う。「アーメン」

マザー・イヴは言う。「ですが聖なる母よ、この慎み深い従順な少年のために、おおぜいの人々が祈っています。ここに集まったおおぜいの人々が、いまあなたのお慈悲にすがり、少年に恩寵を垂れてくださるように、そして母に仕えるためにマリアを立ちあがらせたように、母の息吹が少年を立ちあがらせてくださるよう希(こいねが)っています。聖なる母よ、われらの祈りを聞きたまえ」

観衆のなかには、かかとを支点に身体を前後にゆすり、泣いたりつぶやいたりしている者が少なくなかった。そしてスタジアムの両側では、同時通訳者がアリーに遅れまいと早口でまくしたてている。マザー・イヴの言葉は、いまでは奔流のように口からあふれ出てきていた。

口を動かしているあいだに、アリーはパワーの巻きひげを繰り出し、クリスチャンの背骨に探りを入れていた。ここところがふさがっている。ここをひと押しすれば筋肉が動く。もう少しだ。

マザー・イヴは言う。「わたしたちはみな、祝福された生を生きてきました。わたしたちはみな、内なる母の声を聞こうと日々努めています。わたしたちはみな、みずからの母を敬い、あらゆる人の心のうちにある聖なる光をあがめ、わたしたちはみなあなたを礼拝し、あなたを褒めたたえ、あなたを愛し、あなたの前にひざまずいています。聖なる母よ、どうか、わたしたちの祈りの力をお使いください。どうか、聖なる母よ、わたしを道具としてあなたの栄光をお示しください。そしてこの少年をお癒しください、いまこそ！」

観衆がどよめく。

アリーはクリスチャンの脊椎を三度、ピンを刺すように素早く刺激した。脚の筋肉周辺の神経細胞に活を入れて生き返らせたのだ。

左脚が跳ねあがり、毛布を蹴った。

クリスチャンはそれを見て驚愕し、少しおびえた顔をした。

右脚も毛布を蹴る。

クリスチャンはもう泣いていた。あふれる涙が頬を濡らす。かわいそうに、三歳のときから歩いたことも走ったこともなく、床ずれと筋肉の消耗に苦しみ、ベッドから椅子へ、椅子からトイレへ移動するにも腕を使わなくてはならなかった。その彼の脚が、いまでは太腿から動いている。跳ねあがったり蹴ったりしている。

彼は腕で椅子を押して立ちあがった。脚はいまも痙攣していたが、あらかじめ周到に設置してあった手すりにすがり、一歩、二歩、三歩と、ぎくしゃくと不器用に歩を進めたところで、そこに棒立ちになって泣いた。

マザー・イヴの随員が出てきて、両側にひとりずつついて支えながら舞台からさがらせた。そうして連れていかれる途中、彼は「ありがとうございます、ありがとうございます、ありがとうございます」と言いつづけていた。

ときには持続することもある。彼女が「治した」人々のなかには、数か月後にもまだ歩けたり、ものが持てたり、目が見えたりしているケースもある。彼女が実際にはなにをしているのか、医学界が注目しはじめている症例さえある。

しかし、ときにはまったく持続しないこともある。かれらは舞台上で感動の瞬間を味わい、歩くのが、あるいは麻痺した腕でものを持つのがどういうことなのか経験する。しかし結局のところ、それは彼女がいるからできたことだったのだ。

〝声〟は言う。わからないわよ。信仰心が篤ければ、もっと長くもったかもしれないでしょう。

マザー・イヴは、自分の助けた人々に言う。「母は、ご自分になにができるか、その味をあなたに教えてくださったのです。祈りつづけなさい」

この癒しのあとには短い幕間が入る。アリーが舞台裏で冷たいものを飲んでひと息つくため、観衆の熱狂を少し冷ますため、そしてこれはすべて、かれらのように心と財布を開いた善人の浄財のおかげで実現したことだと思い出させるためだ。大画面では、教会の善行を記録した動画が流れている。マザー・イヴが病人に慰めを与えているさまが映し出される。また、ある女性の手を握っている動画——重要な動画だ——もある。この女性は殴られ、虐待されていたが、スケインがどうしても機能しなかったのだ。彼女は泣いている。マザー・イヴは彼女のなかのパワーを目覚めさせようとするが、救済を祈ってもこの哀れな女性にパワーは訪れない。だからこそ、教会は死体からの移植を研究しているのです、と彼女は言う。すでに研究チームが作られています。みなさんからいただいた浄財はそれに役立ちます。

ミシガン州とデラウェア州の参事会からは温かいメッセージがあり、新たな魂が救われたという報告があった。またナイロビやスクレの伝道団からは、同じく挨拶のメッセージのほかに、当地のカトリック教会はみずから墓穴を掘って信者を失っていると伝えられた。マザー・イヴの設立した孤児院の動画もある。冒頭、家族から見捨てられた少女たちが震える野良犬のようにさまよい、ひとりぼっちでどうしてよいかわからずにいるさまが描かれる。パワーが身につくにつれ、マザー・イヴは年長の女性たちに言う。「幼い人たちを受け入れてください。かれらのためにホームを設立しましょう。力が弱くておびえていたわたしが受け入れられたように。幼い者を助けるのは、わたしたちの聖なる母を助けることです」。それからほんの数年後、いまでは世界じゅうに子供たちのためのホームがある。そこでは若い男女も受け入れられている。シェルターを提供しているのだ。そして国営の施設よりもよい成果をあげている。あちこちたらいまわしにされて育ってきただけに、この問題に関するアリーの指示は適切だった。マザー・イヴが見捨てられた子供たちのホームを訪問するさまが映し出される。デラウェアで、ミズーリで、インドネシアでウクライナで。どこの少女も少年も、彼女をおかあさんと呼んで歓迎していた。

動画は鳥のさえずりのような音楽で終わり、アリーは顔の汗をぬぐって舞台へ出ていく。

マザー・イヴは観衆に向かって言った。泣き叫び、震える人でいっぱいの観客席に向かって、「この長い数か月のうちに、心のうちに疑問の芽生えたかたもいるでしょう。だからこそ、わたしは今日ここに立てることがとてもうれしいのです。みなさんの疑問に答えることができるのですから」

観衆がまたどよめき、「褒めたたえよ！」の声があがる。

「ここベッサパラは、母なる神が叡知と慈悲をお示しになった国ですから、この場に立つことはわたしにとって大きな祝福です。なぜなら、聖母はおっしゃったからです——女はともに集わなくてはならないと。ともに大きな奇跡をおこない、たがいに祝福し、互いの慰めとならなくてはならないと。そして」——一語一語のあとに間を置いて強調しながら——「女がともに集っている場所といえば、どこよりもまずここなのです！」

足を踏み鳴らす音、快哉を叫ぶ声、歓喜のどよめき。

「わたしたちは先ほど、あのクリスチャンという若者のために、おおぜいの人々がともに祈りを捧げれば、その力でどんなことができるか示したではありませんか。聖なる母は男も女も等しく愛しておられます。わたしたちはそのことを証明したのです。母は慈悲を出し惜しみしたりなさいません。母は女だけでなく、母を信じるあらゆる人々に喜びを送ってくださいます」そこで、声を低く柔らかくして続けた。「けれども、疑問に思われるかたもおられるでしょう。あなたがたがみな大切に思っている、あの女神のことはどうなのだろう。手のひらの目をシンボルとするあの女神は？　この善き国の大地から生まれた素朴な信仰、それについてはどうなのかと」

アリーは観衆が静まりかえるのを待った。彼女は胸の前で腕を組んで立っている。泣く声が聞こえ、集まった人々が揺れる。旗が振られる。アリーはずいぶん長いこと待っていた。息を吸い、息を吐く。

心のうちで尋ねる。もういい？

〝声〟が言う。あなたはこのために生まれてきたのよ。説教なさい。

アリーは腕をほどき、両の手のひらを人々の面前にあげてみせる。どちらの手のひらにも、中心に刺青（いれずみ）が入っていた。目と、その目から四方に伸びる蔓（つる）の刺青。

観衆はどよめき、歓声をあげ、足を踏み鳴らす。男も女も駆け寄ってくる。防護柵と通路に立つ救急隊員の存在にアリーは感謝した。人々は彼女に近づこうと座席にあがり、息をあえがせ、むせび泣き、彼女の吐く息を吸い、彼女を丸呑みにせんばかりだった。

その喧騒のさなか、マザー・イヴは静かに語った。「すべての神はひとつの神です。あなたがたの女神は、唯一の神がご自身をこの世界に顕わされたもうひとつのお姿なのです。母なる神はわたしのところへ来たように、あなたがたのところへも来て、憐れみと希望を宣べ伝え、わたしたちに害をなす者には復讐を、わたしたちに近しい人々へは愛を与えよと教えておられます。あなたがたの女神はわたしたちの母です。ふたつはひとつなのです」

彼女の背後にはシルクのカーテンがかかっており、今夜のイベントのあいだずっと、それが波うつ背景幕をなしていた。そのカーテンがここに来て静かに落ちた。そのあとに現われたのは、高さ六メートルの絵画——豊かな胸の堂々たる女性の肖像画だった。青衣をまとい、目はやさしく、鎖骨にはスケインが盛りあがり、両の手のひらにはすべてを見通す目がある。

数人の人々がその瞬間に気を失い、異言を語りはじめる者もいた。

おみごと、と〝声〟が言った。

あたしこの国が好き、とアリーは胸のうちで言った。

建物を出て装甲車に向かう途中、アリーはシスター・マリア・イグナシアからのメールをチェックした。母国に残る信頼する忠実な友だ。以前から「アリスン・モンゴメリ＝テイラー」についてのネット上の書き込みを追跡していたのだが、なぜこの事件に関するファイルを抹消したいのか、アリーはその理由を一度も話したことはない。しかし、なんとか抹消できないかとシスター・マリア・イグナシアに頼んでいたのだ。年月が過ぎるにつれて、抹消はどんどんむずかしくなるだろうし、あの一件から金銭や影響力を引き出そうとする人間はかならず出てくる。まともな法廷なら自分は無罪になるはずとアリーは思うが、わざわざ法廷に立つ必要もない。ベッサパラではもう深夜だったが、東海岸ではまだ午後四時だ。そして――ありがたいことに――メールは来ていた。ジャクソンヴィルの〈ニューチャーチ〉の忠実な信徒たちからメールがあり、影響力のある「神によって姉妹となった人」の助力で、「アリスン・モンゴメリ゠テイラー」に関連する文書や電子ファイルはすべて処分されるだろうということだった。

メールには「すべて消えるでしょう」と書いてあった。

まるで予言のよう、あるいは警告のようだ。

影響力のある「神によって姉妹となった人」の名はあがっていなかったが、そんなふうに警察のファイルを消すことのできる女をアリーはひとりしか思いつかない。たぶん電話を一本かけるだけで。あるいは、知り合いのだれかに電話を一本かけるだけで。ロクシーにちがいない。「協力してもらったんだから、あたしたちだって協力するよ」と彼女は言ってくれた。とにかくよかった。なにもかも消えてしまうのだ。

その後、アリーはタチアナ・モスカレフとともに遅い夕食をとった。戦時中にもかかわらず――北部戦線ではモルドヴァ軍との戦闘が、東では大国ロシアとの冷戦状態が続いているにもかかわらず、それでも食事はとても美味だった。ベッサパラ大統領モスカレフは、〈ニューチャーチ〉のマザー・イヴのために、キジのローストとハッセルバック・ポテトのスイートキャベツ添えをふるまい、ふたりは上等の赤ワインで乾杯した。

「わたしたちは短期に勝利を得なくてはならないの」タチアナは言った。

アリーはゆっくりと考えながら食べた。「戦争が始まって三年になりますが、それで短期の勝利とおっしゃいますか」

タチアナは笑った。「真の戦争はまだ始まってもいないわ。丘陵地帯ではいまも通常兵器で戦っているのよ。敵が侵略しようとし、こちらが押し返す。敵が手榴弾を投げ、こちらは発砲する」

「電力はミサイルや爆弾には歯が立ちませんよ」

タチアナは椅子に深く座りなおし、脚を組んだ。アリーに目をやる。「そう思う？」と眉をひそめる。面白がっている。「第一に、戦争は爆弾では決まらないわ。勝利は地上戦で決まるものよ。第二に、あのドラッグを限界まで服用したらなにができるか、見たことがある？」

アリーは見たことがあった。ロクシーが見せてくれたのだ。コントロールがむずかしい——だからアリーは使いたいとは思わないだろう。もともとコントロールこそが彼女の特技だったから。しかし、〈グリッター〉を限界まで服用すれば、女三、四人でマンハッタン島をまるごと停電させることもできる。

「でもやはり、手で触れられるぐらい近づかなくてはならないでしょう。つながらないことには」

「それはなんとかする方法があるのよ。写真で見たわ、向こうが自分たちで開発しているの」

なるほど、と〝声〟が言う。亡命中のサウジアラビア国王のことね。

「アワディ・アティフですね」アリーは言った。

「あの男は、この国をただの実験場として利用してるだけなのよ」タチアナはまたワインをあおった。「ゴム製のスーツを着て、背中にばかみたいなバッテリーを担いだ兵士を送り込んできてるの。この変化にはなんの意味もないって証明したいのよ。いまだに古い信仰にしがみついていて、国を取り戻せると思っているんだから」

タチアナは左右の手のひらをつなぐ長いアークを作り、手なぐさみに巻きほぐし、巻き戻してからぱしっと消した。ふいにまっすぐアリーに目を向けた。「あの美容師、自分がなにを始めたのかわかっていなかったのよ」と笑顔で言う。

「アワディ・アティフは自分が聖戦に駆り出されたと思っているの。射抜くような眼差し。それは正しいと思うわ。わたしはこのために神に選ばれたのよ」

そうだと言ってやりなさい、と〝声〟が言った。さあ言って。

「そのとおりです」アリーは言った。「母なる神は、あなたに特別な使命をお与えになったんです」

「昔から、わたしは個人よりなにかもっと大きなもの、もっとすぐれたものがあると信じていたわ。そうしたらあなたを見たの。あなたの話には力がある。この人は神のメッセージを携えてきた人なんだと思ったわ。いまこうして、あなたとわたしが会ったのはそれが理由だったのよ。神のメッセージを世界にもたらすのよ」

〝声〟が言った。だから言ったでしょう、あなたの将来にいいものを用意してるって。

アリーは言った。「それでは、先ほど短期の勝利が望みだとおっしゃったのは……アワディ・アティフが電気部隊を送り込んできたら、全滅させたいという意味だったのですね」

タチアナは手をふった。「こちらには化学兵器があるのよ。冷戦時代の遺物。たんに『全滅させたい』だけだったら、とっくにそうしていたわ。そうじゃなくて」と身を乗り出し、「恥をかかせてやりたいのよ。向こうの……機械的なパワーは、わたしたちが体内にもっているそれとは比較にならないってことを思い知らせてやりたいの」

〝声〟が言った。どう、わかった？

そのときだしぬけに、アリーにはすべてがわかった。サウジアラビア国王アワディ・アティフは、モルドヴァ北部で軍を武装させている。かれらはベッサパラを、女の共和国を奪い返そうとしている。それで証明できると考えているのだ――この変化はたんに規範からのささやかな逸脱にすぎず、正しい道はいずれ戻ってくると。そうだとすれば、もし向こうが負けたら。完全に叩きのめされたら……

アリーの顔に笑みが広がりはじめた。「聖なる母の道は世界じゅうに広がるでしょう。

人から人へ、国から国へ。それは、始まる前に終わっているでしょう」

タチアナは乾杯しようとグラスをあげた。「わかってくれると思っていたわ。ここへ招待したとき……わたしの言いたいことをあなたならわかってくれるだろうと思っていたの。この戦争は世界じゅうから注目されているのよ」

この戦争を祝福してくれってことね、と〝声〟が言う。厄介なことになったわね。厄介なのはタチアナが負けたときでしょう、とアリーは心中で言った。

あなたは安全が欲しかったんじゃないの？

その場所を所有しないかぎり安全じゃないって言ったじゃないの。

ここからでは無理だとも言ったでしょう、と〝声〟が答える。

いったいどっちの味方なのよ。


マザー・イヴはゆっくりと注意深く話す。マザー・イヴは言葉を慎重に選んでいる。マザー・イヴがなにを言っても、かならずなんらかの影響が及ぶから。彼女はまっすぐにカメラを見つめ、赤いライトがつくのを待った。

「この戦争に勝ったなら、サウジアラビアの王家がなにをするつもりか、いまさら考えてみるまでもありません」彼女は言った。「すでに見てきたからです。サウジアラビアで何十年間もなにがおこなわれてきたか、わたしたちは知っています。恐怖と嫌悪に母なる神が顔をそむけられたことを知っています。どちらが正義の側なのか、いまさら考えてみるまでもありません。ベッサパラの勇敢な戦士たちの多くは、人身売買の犠牲になった女です。拘束された女、暗闇のなかでひとり死んでいたであろう女たちなのです。しかし、母なる神は光を送って彼女たちをお導きくださった。

この国は神の国です。そしてこの戦争は神の戦争なのです。母の助けによって、わたしたちは大きな勝利を得るでしょう。母の助けによって、すべてが覆(くつがえ)されるでしょう」

赤いライトが消えた。このメッセージは世界じゅうを駆けめぐる。マザー・イヴはベッサパラと女の共和国を支持する。そしてまた、何百万何千万という彼女の忠実なフォロワー——ユーチューブの、インスタグラムの、フェイスブックの、ツイッターの——も、寄進者や友人たちも。選択はなされた。

マーゴット

「彼と別れなさいって言ってるわけじゃないのよ」

「ママ、言ってるじゃない」

「ただ、この報告書を読んで、自分で考えなさいって言ってるだけよ」

「ママが読めって言ってるってだけで、中身は読まなくてもわかるよ」

「とにかく読んでみなさい」

マーゴットは、コーヒーテーブルに載せた書類の山を身ぶりで示した。ボビーは自分から言うつもりはないと言うし、マディはテコンドーの稽古に出かけている。となれば当然、マーゴットが引き受けるしかない。ボビーの正確な言葉はこうだ——「きみが気にしてるのは政治家としての自分の立場だろう。きみが言えよ」

「その書類になんて書いてあったって、ライアンはいい人よ。やさしい人なのよ。いつもやさしくしてくれるわ」

「過激派のサイトに出入りしているのよ。テロ攻撃を組織する話をしてるサイトに、偽名で投稿してるのよ。そういうグループとつながりのあるサイトなのよ」

ジョスリンは泣きだした。鬱屈した怒りの涙だ。「ライアンはそんなことしないわ。たぶんどんな話をしてるのか知りたくてのぞいただけよ。ママ、わたしたちネットで知り合ったの、わたしだってとんでもないサイトをのぞいてるんだよ」

マーゴットは書類から適当に一枚を抜き出し、強調表示されている部分を読みあげた。「『Buckyou——いい名前を選んでるわね（Buck youで「ぶっ殺すぞ」の意）——の書き込み、だんだん手に負えなくなってきてるな。ひとつはあの〈ノーススター〉キャンプだ。あそこでなにを教えてたか知ったら、あそこの娘っ子全員に銃弾をぶっこんでやるだろうに』」そこで読むのをやめ、ジョスリンに目をやった。

ジョスリンは言った。「それがライアンの書き込みだなんてどうしてわかるの」

マーゴットは分厚いファイルのほうに手をふった。「さあ、どうしてかしら。なにか方法があるんでしょうよ」ここがむずかしいところだ。マーゴットは息を詰めた。ジョスリンは納得するだろうか。

ジョスリンはマーゴットを見て、一度だけ短くしゃくりあげた。「国防総省がママの身上調査をしてるんでしょう。ママが上院議員になるから、国防委員会にママを入れたいから。そう言ってたよね」

しめた。

「そうよ、ジョスリン。だからFBIがこれを見つけてきたのよ。わたしが大事な仕事をしているからよ。それを申し訳ないとは思わないわ」いったん口をつぐむ。「ねえジョスリン、ママはあなたの味方のつもりだったのよ。ライアンが思ってたとおりの人じゃなかったのなら、それを教えないわけにはいかないじゃない」

「きっと憂さ晴らしがしたかっただけよ。三年も前の話じゃないの！　ネットじゃみんなばかなこと書き込んでるよ。ただ人の反応が見たくて」

マーゴットはため息をついた。「どうかしら、そう言い切れるかどうか」

「わたし、ライアンと話してみる。彼は……」ジョスはまた声をあげて泣きはじめた。胸の底からのむせび泣きはいつやむとも知れない。

ソファに座るジョスリンに、マーゴットは駆け寄った。ためらいがちに肩に腕をまわす。

ジョスリンは身を預けてきた。マーゴットの胸に顔を埋めて、子供のころのように泣きじゃくった。

「男の人はほかにもいるわよ。ほかにも、もっといい人が」

ジョスリンは顔をあげた。「彼とずっといっしょにいられると思ってたのに」

「わかってるわ、ジョス、あなたは……」マーゴットはためらった。「あなたは問題を抱えてるから、わかってくれる人が欲しかったのよね」

ジョスリンを治すことができればよいのにとマーゴットは思う。いまでも治療は続けているが、成長するにつれて問題は厄介になっていくばかりのようだった。ときには望みどおりのパワーが出ることもあるが、ときにはまったく出ないこともある。

ジョスリンのすすり泣きが収まってきた。マーゴットはお茶を淹れてやり、ジョスに腕をまわしたまま、しばらく黙ってソファにいっしょに座っていた。

だいぶ経ってから、マーゴットは口を開いた。「ママはまだあきらめてないわよ、あなたを治せる人をきっと見つけてあげる。そういう人が見つかったら……そしたら、ふつうの男の子が好きになれるでしょう」

ジョスリンはカップをゆっくりテーブルにおろした。「ほんとにそう思う？」

マーゴットは言った。「もちろんよ、ジョス。もちろんですとも。ほかの女の子と同じようになれるわ。きっと治してあげる」

これがよい母親というものだ。わが子がなにを必要としているか、よい母親はときに本人よりもよく知っている。

ロクシー

「帰ってきなさい」とメールが来た。「リッキーが負傷した」と。

モルドヴァへ行く予定だった。女たちを訓練して、〈グリッター〉を使って戦う方法を教えることになっている。しかし、こんなメールが来てはそうは行かない。

アメリカから戻って以来、ロクシーはほとんどリッキーとは没交渉だった。〈グリッター〉の仕事を始めて大きな利益をあげていたからだ。あの家に招き入れられたいとずっと願っていたが、いまではバーニイから鍵を渡されて、黒海地域に行っていないときは客間に寝泊まりできるようになった。しかし、かつて想像していたような暮らしはそこにはもうなかった。三人の息子の母バーバラは、テリーを亡くしたショックから立ち直れずにいた。マントルピースのうえにテリーの大きな写真をかけ、その前に生花を飾って三日おきに取り替えている。ダレルはまだそこで暮らしている。それだけの脳みそを持っていたから、いまでは賭博の仕事を任されていた。リッキーはいまではカナリーウォーフ（ロンドン東部、テムズ川に面したビジネス街）に自分の住いを構えている。

そのメールを読んだときロクシーが考えたのは、暗黒街のほかのグループのことだった。かれらに恨みを持っていそうな。とすると「負傷した」というのは……これが戦争だとすれば、たしかに帰らなくてはならない。

しかし帰ってみると、前庭で待っていたのはバーバラだった。ノンストップで煙草を吹かしている。いま吸っていた煙草から次の煙草に火をつけて。バーニイは家にはいもしなかった。ということは戦争ではない。なにがあったのだろう。

バーバラは言った。「リッキーがけがをしたの」

答えはわかっていたが、ロクシーは尋ねた。「ほかのファミリーにやられたの？　ルーマニアのやつらとか」

バーバラは首をふる。「面白半分に痛めつけられたのよ」

ロクシーは言った。「パパのほうが顔も広いのに。あたしを呼ばなくてもよかったんじゃないの」

バーバラの手が震えていた。「だめ、他人(ひと)には話せない。家族の問題だから」

どんなことがリッキーの身に起こったのか、それだけ聞けばもう明らかだった。

リッキーはテレビはつけていたが、音は消してあった。膝に毛布がかけてあり、その下には包帯が巻かれていた。医師の治療は受けていたから、どっちみちロクシーが見る必要はない。

ロクシーの下で働いている女たちのなかには、モルドヴァで男たちに拘束されていた者がいる。そのひとりが自分を輪姦した三人の男になにをしたか、ロクシーは見たことがあった。そこにあったのは焼け焦げた肉体、太腿に残るシダの模様、ピンクと茶色と生々しい赤と黒の塊だった。日曜日の豚の丸焼きのような。リッキーはそれほどひどくはないようだった。たぶんそのうち回復するだろう。こういう傷はいずれ癒える。ただ、そのあとがむずかしいことがあるとは聞いていた。なかなか立ち直れないことがあると。ロクシーは言った。「話してよ。なにがあったの」

リッキーはロクシーに顔を向け、感謝の言葉を口にした。それが胸に突き刺さる。抱きしめたかったが、それをしてはいけないのはわかっていた。なぜだかいっそう傷つけてしまうことになる。傷つけつつ同時に慰めることはできない。報復以外に、彼女がリッキーにしてやれることはないのだ。

リッキーの話はこうだった。

まちがいなく酔っていたのだろう。数人の友人と出かけて踊った。リッキーはこれまでふたりほど恋人がいたが、その夜は新しい彼女を見つけたい気分ではなく、女たちは彼にそのつもりがないのはわかっていた。彼はそういう男なのだ。最近はロクシーもそうだった。恋人がいるときもあれば、いないときもある。どちらでも大したことではない。

今回、リッキーは三人の女を引っかけた。三人は姉妹(シスター)だと言った——が、血がつながっているようには見えなかった。冗談だったのだろう。クラブの外のごみバケツのそばで、ひとりにフェラチオをされた。なにをされたかわからないが、頭がくらくらしたという。その話をするとき、リッキーは恥ずかしそうだった。してはいけないことでもしたかのように。そのひとりがすむと、ほかのふたりが待ちかまえていた。それで「ちょっと待ってくれ、一度に全員は無理だ」と言ったら、いっせいに襲いかかってきた。

ロクシーもやったことがあるが、男をその気にさせられる方法がある。腰の神経に火花をほんの少し、そうするとみごとに勃つのだ。その気があるときなら愉快だ。少し痛みはあるが、愉快でもある。しかし、望んでいないときにやられるとかなり痛む。リッキーはずっとやめてくれと言いつづけた。

女たちは順にリッキーを犯した。ただ痛めつけようとしていただけだ、とリッキーは言う。金が欲しいのか、なにが望みなのかとずっと訊いていたが、ひとりにのどをやられて、ことが終わるまでもう声が出せなかった。

終わるまで三十分ほどかかった。リッキーはここで死ぬのだと思ったという。黒いごみ袋と、べっとり油染みのついた敷石のあいだで。白い脚に赤い傷痕のついた死体を発見されるのだ。警官がポケットを裏返してみて、「おい、こいつだれだと思う。リッキー・モンクだぜ」と言うのが見えるようだ。そして顔は不気味に白く、唇は青くなっているだろう。リッキーはそれから終わるまで身じろぎもしなかった。なにも言わず、なにもしなかった。ただ終わるのを待っていた。

なぜバーニイが呼ばれなかったのか、ロクシーにはわかっていた。たとえ見下すまいとしても、バーニイはリッキーを見下さずにいられないだろう。こんな目にあわされるのは男ではない。ただ、いまはそれが違うのだ。

まぬけなことに、その三人は知った顔だった。考えればかんがえるほどまちがいないという気がする。そこらで見かけたことがある。たぶん向こうは彼がだれだか知らないだろう。知っていればこわくてあんなことはしなかったはずだ。しかしリッキーのほうは、三人が彼の知り合いといっしょのところを見かけたことがあった。ひとりはマンダと呼ばれていたのはたしかだ、と彼は言った。それからひとりはサムだったと。思い当たるところがあって、ロクシーはフェイスブックでふたりを探した。何枚か写真を見せると、リッキーは震えだした。

見つけ出すのはむずかしくなかった。電話した相手の知っているだれかの知っているだれかとたどっていって、五回電話をかけるだけでよかった。なぜ捜しているのかは言わなかったが、その必要はなかった。ロクシー・モンクに恩を売りたくない者はいない。ヴォクスホール（ロンドンのテムズ川南岸の地域）のパブで飲んでるよ。浴びるほど飲んで笑ってる。たぶん閉店までいるだろう。

ロクシーはいまでは、役に立つ女をロンドン市内に何人か抱えていた。彼女の下で商売をし、利益を集め、脅す必要があるやつがいれば脅すこともできる。男にこの仕事ができないというわけではない。何人かいれば便利だろう――が、銃を使わずにすめばそのほうがいい。銃はやかましいし、目立つし、後始末が大変だ。手の早い男はしまいに二重殺人で懲役三十年を食らうものだ。こういう仕事のときは、女を連れていくほうがいい。ところが、着替えて階下におりていくと、玄関でダレルが待っていた。腕にソーンオフ（銃身と銃床を切り詰めたショットガン）を帯びている。

「なんのつもりよ」ロクシーは言った。

「おれも行く」ダレルが言った。

とっさに思ったのは、「わかった」と言っておいて、向こうを向いたすきに気絶させようかということだった。しかし、リッキーになにがあったか考えると、それをやるのはまずい。

「危ないまねするんじゃないよ」彼女は言った。

「ああ、おまえの後ろにくっついてくよ」

ダレルは彼女より年下だ。もっとも差は数か月しかない。昔からいろいろ厄介だったのはひとつにはこのせいだった。バーニイは、ふたりの母親と同時にやっていたのだ。

彼女はダレルの肩に手を置き、ぎゅっと握った。また、ほかに女もふたり呼んだ。ひとりはヴィヴィカと言って、先端が叉状(さじょう)に分かれた長い導電バトンを持っている。もうひとりはダニーで、金属ネット製の網を好んで使う。四人はみな、外へ出る前に少しクスリをやった。ロクシーの頭のなかには音楽が鳴っている。ときには戦争に行くのも悪くない、行けることを確かめるためだけにでも。

女たちの小集団がパブを出たあと、しばらく尾行した。やがて向こうは、わめいたり飲んだりしながら公園のなかを歩きだした。午前一時をまわっている。暑い夜だった。空気は湿りけを帯び、嵐が育っているようだ。ロクシーたちは黒っぽい服を着て静かに歩いている。女三人は遊戯場のメリーゴーラウンドに走っていった。そのうえに寝そべり、星を見ながらウォトカをやりとりしはじめる。

ロクシーは言った。「行くよ」

メリーゴーラウンドは鋼鉄製だ。三人はそれを光らせ、ひとりが転げ落ちた。泡を吹き、痙攣している。これで二対四だ。ちょろい。

「なんなんだよ」紺色のボマージャケットを着た女が言う。リッキーがこれがリーダーだと写真を指さした女だ。「いったいなによ。あんたたちなんか会ったこともないよ」警告するように、両の手のひらに明るいアークを飛ばしてみせる。

「へえそう」とロクシーは言った。「だけどあたしの兄貴のことは知ってるよね。リッキーだよ。昨夜クラブで引っかけただろ。リッキー・モンクだよ」

「嘘」レザーの上下を着たべつの女が言った。

「黙ってな」最初の女が言う。「あのねえ、あたしらあんたの兄貴なんか知らないよ」

「サム」レザーの上下の女が言った。「やめなよ」ロクシーに目を向け、哀願するように言った。「あんたのにいさんだなんて知らなかったんだよ。だってなんにも言わないんだもん」

サムがぼそりとつぶやいた言葉は、「喜んでやがったくせに」と聞こえた。

レザーの女は両手をあげ、一歩さがった。ダレルが、その女の後頭部をショットガンの銃床でまともに殴りつけた。女はうつぶせに倒れ、砂利まじりの土に歯を埋めた。

かくして四対一になった。間合いを詰める。ダニーが左手で小さなメッシュの網を確かめている。

サムが言った。「あいつがやりたがったんだよ。やってくれって言うからさ。どうしてもやってくれってあとをついてきて、なにをしてほしいか自分で言いやがったんだ。薄汚いくそったれが、なにが欲しいかちゃんとわかってやがって、いくらしてやっても気が済まないぐらいだったよ。痛めつけてくれって言ってさ、やれって言えばあたしの小便だってなめただろうよ。それがあんたの兄貴の正体だよ。上辺は取り澄ましてやがるけど、中身は下劣な淫乱男さ」

ああ、それはほんとうかもしれないし、そうでないかもしれない。ロクシーはいろいろ見てきた。しかしだからと言って、モンク家の一員に手出しをしていいとでも思っているのか。これが片づいたら、リッキーの友人たちにそれとなく探りを入れて、もうばかなことはするなと言ってやるべきかもしれない。そういうことが望みなら、安全にそれをかなえてくれる女を見つけてやるからと。

「てめえ、よくもおれの兄貴のことでそんなでたらめ並べやがって！」いきなりダレルがわめき、ショットガンの床尾を女の顔に叩きつけようとしたが、向こうのほうが速かった。そしてショットガンは金属だ。女にそれをつかまれると、ダレルはあえぎ、がくりと膝をついた。

サムがダレルに片腕を巻きつけると、ダレルは全身を痙攣させた——強烈な電撃を食らったのだ。目玉が裏返る。くそ。女を攻撃したら、ダレルが巻き添えになる。くそったれ。

サムはあとじさりはじめた。「ついてくるんじゃないよ」彼女は言った。「そばに寄ってみな、こいつをしめてやるよ。あんたのリッキーにやったみたいに。もっとひどいことだってできるんだからね」

ダレルの目には涙がたまっている。なにをされているかロクシーにはわかる。首に、のどに、こめかみに、たえまなく電撃のパルスを送り込まれているのだ。いちばん痛いのはこめかみだ。

「これで終わりじゃないよ」ロクシーは静かに言った。「いまは逃げられても、片づくまでまた戻ってくるからね」

サムがにやりと笑うと、歯の白さと血の赤さばかりが目につく。「それじゃ、いますぐこいつをやって楽しんだほうがいいかもね」

「それは賢いやりかたじゃないね」ロクシーは言った。「そうなったら、本気であんたを殺さなきゃならなくなる」

彼女はヴィヴに向かってうなずきかけた。この騒ぎのあいだに大まわりして後ろから近づいてきていたのだ。ヴィヴはバトンを振り、サムの後頭部を思いきり殴りつけた。大ハンマーで仕切り壁を割るときのように。

サムはそれが来るのに気づいてふり向きかけたが、ダレルを離してかがむだけの時間はなかった。バトンは彼女の目の脇をとらえ、血しぶきが飛んだ。サムは一度だけ悲鳴をあげ、地面にばったり倒れた。

「なんてことしやがる」とダレル。震えながら泣いているが、してやれることは大してない。「なにをしてるか気づかれたら、おれこの女に殺されてたんだぞ」

「殺されなかったんだからいいじゃん」ロクシーは言った。ショットガンでサムを襲おうとしたのがいけない、と言わないでやったのだから、まあいいんじゃないかと思う。ロクシーはゆっくり時間をかけてしるしをつけてやった。一生忘れられないようにしてやる。リッキーは忘れられないだろうから。赤い蜘蛛の巣のように広がる傷痕を、頬や口や鼻のうえに刻みつける。それからスマホで写真を撮った。彼女がしたことをリッキーに見せてやるためだ。この傷痕と、そしてつぶれた目と。


帰ったときには、バーバラだけが起きていた。ダレルは寝室に引きあげたが、ロクシーは裏のキッチンの小さなテーブルの前に座った。バーバラはスマートフォンの写真を次々に眺め、石のように固く唇を結んでうなずいた。

「三人ともまだ生きてるの」彼女は尋ねた。

「救急車まで呼んどいたよ」

バーバラは言った。「ありがとう、ロクサン。感謝してるよ。今回はほんとうによくやってくれて」

ロクシーは言った。「まあね」

時計の時を刻む音が響く。

バーバラが口を開いた。「すまなかったと思ってる。あんたに冷たくしたこと」ロクシーは片方のまゆをあげた。「バーバラ、あれは『冷たい』なんてなまやさしいもんじゃなかったよ」

思っていたよりきつい調子になったが、子供のころにはいろいろあったのだからしかたがない。パーティには呼んでもらえず、プレゼントは一度ももらえず、家族の夕食会にも招かれず、バーバラが家にやって来て窓にペンキをぶっかけていったこともあった。「リッキーのためにここまでしてくれる必要はなかったのに。やってくれるとは正直思ってなかった」

「みんながみんな、昔のことを根に持つわけじゃないからね」

バーバラは平手打ちされたような顔をした。

「もうなんとも思ってないよ」ロクシーは言った。それはほんとうのことだった。たぶんテリーが死んだころからそうだったのだ。唇を少し噛んだ。「あの母親の娘だから、あんたはあたしが嫌いだったんだし、あたしもあんたに好いてもらえるとは思ってなかった。それはしょうがないよ。お互い近づかなければすむことじゃん。ただの仕事上の関係で」伸びをすると胸のスケインが張って、ふいに全身の筋肉が重だるく感じた。

バーバラのロクシーを見る目が、疑わしげに少し細くなった。「バーニイがあんたにまだ言ってないことがあるのよ。仕事のやりかたのことで。なんでか知らないけど」

「リッキーのために押さえてたんじゃないの」ロクシーは言った。

「まあ、そうでしょうね。でもリッキーにはもう無理だろうから」

バーバラは立ちあがり、キッチンの棚に歩いていった。三段めから小麦粉の袋とビスケットの箱を取り出すと、そのすぐ後ろにほとんど見えない亀裂があり、彼女はそれに爪を立てた。すると秘密の隠し場所が開いたが、幅は人の手のひらほどもない。なかから出てきたのは、ゴムバンドでまとめた三冊の黒いノートだった。

「連絡員(コンタクト)」とバーバラ。「麻薬捜査官。汚職警官。悪徳医師。何か月も前からバーニイに言ってたのよ、これをみんなあんたに渡したほうがいいって。そうすれば、自分で〈グリッター〉を売るいい方法を考え出せるでしょ」

ロクシーは手を伸ばし、ノートを受け取った。手のひらにずっしり重く感じられる。この商売をどうやっていけばいいか、あらゆる知識がここにぎゅっと圧縮されているのだ。まさに情報の塊だ。

「あんたがリッキーによくしてくれたからよ」バーバラは言った。「バーニイにはわたしからちゃんと言っとくわ」お茶のマグをとると、彼女は寝室に引きあげた。

ロクシーは自分の部屋に戻り、その夜は一睡もせずにノートを読み、メモをとり、計画を立てた。何年も前からの連絡員の名があり、父が築いてきたコネがあり、脅迫したり賄賂を渡したり――後者はたいていしまいには前者になる――してきた人々の名があった。バーバラは、自分がなにを渡したか知らなかったのだろう。このノートがあれば、ロクシーは〈グリッター〉をヨーロッパじゅうに流すことができる。苦もなく。モンク・ファミリーは、禁酒法以来の巨万の富を築くことができるだろう。

ロクシーはにやにやしていた。とそのとき、片ひざがびくりと上下に揺れた。名前の列を目でたどっていて、なにか重要なものを目にしたのだ。

なにを見たのかすぐにはわからなかった。脳の一部がほかより先にそこにたどり着いて、リストを何度も読みなおせと言っている。やがて、それが目に飛び込んできた。これだ。この名前。汚職警官。ニューランド刑事。ニューランド。

なぜなら、プリムローズが死ぬ前に言ったことを彼女はけっして忘れないから。当然ではないか。あの日のことは、なにからなにまで一生忘れることはできない。

「おまえは家にいねえってニューランドが言うから」とプリムローズは言った。

この警官、このニューランドとかいうやつ。こいつは、母を殺す計画に一枚嚙んでいたのだ。いままでは、こいつがだれだかわからなかった。いまはちがう。あれからずっと、もうすんだことだ、恨みは忘れたと思っていた。しかしその名前を目にしたとたん思い出した。くそったれと思った。どこかの汚い警官がパパに情報を売り、プリムローズにも売ってたんだ。くそったれ。どこかの汚い警官がうちを見張ってて、いつあたしが家にいないかたれこみやがったんだ。

インターネットでざっと検索するだけでよかった。ニューランド刑事はいまスペインに住んでいた。退職した警官。小さな町。自分を探しに来る者がいるなど夢にも思っていないらしい。

ダレルにその話をするつもりはなかった。ただ、彼が自分から礼を言いに来たのだ。彼女がリッキーのためにしたこと、そして彼自身の生命を救ってくれたことに対して。

ダレルは言った。「これからどうなるか、おまえもおれもわかってる。リッキーにはもう出番はない。ロクス、おれにできることがあったらなんでも言ってくれ。言ってくれりゃなんでもするよ」

ひょっとしたら、ロクシーと同じように考えはじめたのかもしれない。あらゆる人に降りかかったこの変化をどう受け入れればよいか。どう順応して、居場所を見つければよいか。

それで、なんのためにスペインに行くか打ち明けた。ダレルは言った。「おれも行く」自分になにが求められているのかロクシーは気づいた。リッキーはこの戦線に戻ってこないだろう。何年間も。ひょっとしたら二度と戻らないかもしれないし、戻ってきてももう昔の彼ではない。家族が減りつづけている。ダレルは、ロクシーの家族になりたがっているのだ。

見つけるのはむずかしくなかった。GPSとレンタカー、それでセビリア空港から一時間足らず。なんの策略も必要なかった。二日間双眼鏡で観察しただけで、独り暮らしなのはわかった。ふたりは近くのホテルに泊まったが、とはいえ近すぎることはない。車で三十マイル行ったあたり。地元の警察なら捜索しようとも思わないだろう。日ごろから念のための聞き込みでもやっていればべつだが。ダレルはいい仲間だった。仕事は事務的にこなすが、いっしょにいて楽しい。決定はこちらに任せるが、自分で考えていいアイデアを出してくる。いけるかもしれないと思った。リッキーが戦線からはずれるなら、これでうまく行くかもしれない。次に出かけるときは、ダレルを工場に連れていってもいい。

三日め、日の出前の薄明かりのなか、ふたりはフェンスの柱にロープを投げ、よじ登って乗り越えた。茂みに身をひそめて待っているとやつが出てきた。ショートパンツによれよれのTシャツを着て、サンドイッチを持っていた。今回は朝食のソーセージサンドイッチだ。スマートフォンを眺めている。

ロクシーは感慨かなにかが起こるだろうと思っていた。恐怖に襲われてちびるかもしれない。あるいは頭に血がのぼるとか、涙が止まらなくなるとか。しかし、男の顔を眺めているいま、感じるのは興味だけだった。円がこれで閉じる。切れていた紐が結ばれて一本になる。母を殺すのに手を貸した男。皿のふちから拭きとるべき最後の小さな切れはし。

茂みを出て、彼の前に立った。「ニューランド」彼女は言った。「あんたはニューランドだね」

こちらを見て、彼はぽかんと口をあけた。ソーセージサンドイッチを手に持ったままだ。恐怖が沸き起こるまでに一秒ほど間があり、その一秒のあいだにダレルが茂みから飛び出し、頭をがつんとやってプールに突き落とした。

気がついたときは太陽は空高く昇り、彼は仰向けにプールに浮かんでいた。手足をばたつかせ、プールのまんなかで底に足をつけて立った。咳き込んだり目をこすったりしている。

ロクシーはプールのふちに座り、指で水をぱしゃぱしゃやっていた。「水中ではね、電気は遠くまで届くんだよ」彼女は言った。「速いしね」

ニューランドはぴたりと動きを止めた。

彼女は首をいっぽうに傾け、次に反対側に傾けて筋肉をほぐした。スケインは満タンだ。

ニューランドがなにごとか言いはじめた。たぶん「おれはなにも……」とか「あんたはいったい……」とかだったのだろうが、弱い電気ショックを水に送り込んで、濡れた全身をちくりとさせてやった。

「退屈なだけだからね。ニューランド刑事、あんたがなにもかも否定しだしたら」

「冗談じゃない」彼は言った。「あんたがだれかも知らんのに。リサのことなら、あいつは金を持って出ていったぞ。二年前のことだ。一ペニー残らず持っていきやがって、おれはからっけつだ」

ロクシーはまた水に電気ショックを送り込んだ。「よく考えな」彼女は言った。「この顔をよく見な。だれかに似てるだろ。だれの娘だかわからないって？」

とたんに、彼はなにもかも察知した。顔を見ていればわかる。「くそ、なんてこった。クリスティーナか」

「そうだよ」彼女は言った。

「頼むから」と彼が言うと、彼女は強烈な電撃をくれた。彼の歯がかちかち鳴りだし、全身が硬直する。水中で大失禁をし、黄褐色の雲がホースから噴出するようにわきあがった。

「ロクス」ダレルが低く声をかけた。彼女の背後、寝椅子に腰かけていたのだ。手をライフルの床尾に当てていた。

ロクシーは電撃を止めた。ニューランドはくずおれ、水のなかですすり泣いた。

「その口で『頼むから』と言うんじゃない」彼女は言った。「それは母が言ってた言葉だ」

ニューランドは前腕をこすり、少しでもしびれを和らげようとしている。

「ニューランド、逃げようったってむだだよ。あんたはどこに行けば母が見つかるかプリムローズに教えた。あんたのせいで母は殺されたんだ。だからあんたを殺す」

ニューランドはプールの端へ逃げようとした。また電気ショックを食らわせると、ひざが崩れて前のめりに倒れた。顔を水につけたままそこに浮いている。

「くそ」ロクシーは言った。

ダレルはフックをとり、彼を端に引き寄せた。ふたりでプールから引きあげる。

次にニューランドが目をあけたときには、胸のうえにロクシーが座っていた。

「ニューランド、あんたはいまここで死ぬんだ」ダレルが落ち着きはらった声で言う。「これで終わりなんだ。あんたの人生はここまでなんだよ。今日が人生最後の日なんだ。あんたがなにを言ってもそれに変わりはない。ただし、事故死に見えるようにしとけば、生命保険はちゃんとおりるだろう。あんたのお袋さんか、それとも兄弟かな。それぐらいはしてやれるぜ、自殺じゃなく、事故死に見えるように。な？」

ニューランドは咳き込み、肺に入った濁った水を吐き出した。

「あんたのせいで母は殺されたんだ」ロクシーは言った。「これでストライク・ワンだよ。しかも、あんたの糞混じりの水のなかにあたしを座らせやがった。これでストライク・ツー。ストライク・スリーまで行ったら、信じられないような痛みを味わわせてやるからね。あんたにひとつだけ訊きたいことがある」

ニューランドはいまでは全身を耳にして聞いていた。

「母の情報の見返りに、プリムローズからなにをもらったのよ。なにがあったら、モンク一家の恨みを買うようなことをするんだろうね。ニューランド、それだけの価値があるものってなんだったのよ」

彼は目をぱちくりさせ、まずはロクシーを、次いでダレルに目をやった。からかっているのかと言うように。

ロクシーは彼の顔に片手を当て、あご骨に沿って痛みのつるはしを打ち込んだ。

ニューランドが絶叫する。

「さっさと答えな、ニューランド」彼女は言った。

彼はあえいだ。「知ってるくせになんで訊くんだ。冗談はやめてくれ」

ロクシーはまた彼の顔に手を近づけた。

「やめろ！」彼は言った。「やめろ、やめてくれ、てめえ知ってんだろ、このくそアマが。てめえの親父だよ。プリムローズに金をもらったことなんかねえ、バーニイだよ――バーニイ・モンクに言われてやったんだ。おれはバーニイのためにしか働いたことなんかねえ。バーニイの仕事だけやってたんだ。プリムローズに情報を売るふりをしろって言ったのはバーニイだ。てめえのおふくろがいつひとりでいるかちくれってよ。おめえの目の前でやるはずじゃなかったんだ。バーニイはおめえのおふくろに死んでもらいたかったのさ、おれはなんも訊かん、ただ協力しただけだ。くそったれ、バーニイだよ。てめえの親父のバーニイだ」

彼はその名をつぶやきつづけた。それが彼女から逃れるための呪文であるかのように。

大した情報は得られなかった。彼はもちろん、ロクシーの母がバーニイの情婦だと知っていた。もちろん知らないはずがない。彼女がバーニイを裏切ったという話で、それだけで殺すにはじゅうぶんな理由だ――それはそうだろう。

ことが終わると死体をプールに落とし、ロクシーは一度だけ水を光らせた。心臓発作を起こして落ち、失禁したすえに溺死したように見えるだろう。約束は守った。ふたりは服を着替え、レンタカーで空港に戻った。フェンスに穴のひとつもあけはしなかった。

飛行機のうえで、ロクシーは言った。「これからどうする？」

ダレルは言った。「ロクス、おまえはどうしたいんだ」

彼女はしばらく黙って、自分のなかのパワーを感じていた。結晶のように完全なパワーを。あれは大した経験だった、ニューランドを殺したのは。硬直し、やがて動かなくなるのを目のあたりにしたのは。

イヴに言われたことを考えた。ロクシーが来るのはわかっていたとイヴは言った。運命が見える、ロクシーこそ新しい世界を招来する人だと。彼女の手のなかのパワーがすべてを変えるのだと。

指先にパワーを感じる。世界をぶち抜く穴をそれであけられるかのようだ。

「報復を果たしたい」彼女は言った。「それからなにもかも自分のものにしたい。あんたはあたしの味方になりたい？　それとも敵になる？」

行ってみると、バーニイは事務所で帳簿を見ていた。老けて見えた。ひげがちゃんとそれておらず、首やあごからそり残しが突き出している。このごろはにおうようにもなっている。ハードチーズのようなにおい。これまで父を老人だと思ったことはなかったが、ふたりはきょうだいのなかでは末っ子だ。長子のリッキーは三十五歳だった。

　バーニイはふたりが来ることを知っていた。ロクシーにノートを渡したことをバーバラが話したのだろう。ドアのなかに入っていくと、笑顔を向けてきた。ダレルはロクシーの背後で、装塡した銃をかまえている。

「わかってくれ、ロクス」バーニイは言った。「おれはおまえの母親を愛してたが、あいつはおれを愛してなかった――と思う。ただ、欲しいものを手に入れるためにおれを利用してただけだ」

「だから殺したの？」

　彼は鼻から息を吸った。たとえそうであっても、それを聞いて驚いたというように。

「命乞いはせん」と言って、ロクシーの両手を見、その指を見た。「どうするつもりかはわかってるし、それに文句を言う気はない。だがこれはわかってくれ、個人的な感情でやったんじゃない。あれはビジネスだったんだ」

「家族だぞ、親父」ダレルがささやくように言った。「ビジネスなんてことがあるもんか」

「それはそのとおりだ」彼は言った。「だがな、あいつはアルとビッグ・ミックを売ったんだ。ルーマニア人どもから金をもらって、ふたりの居場所を教えやがった。あいつから聞いたって言われたときは泣いたよ、嘘じゃない。だがな、そうなったら放っとくわけにはいかんだろうが。だれにも……わかってくれ、だれにもそんなことをさせるわけにはいかんのだ」

ロクシーは自分でもその手の計算をしたことがある。いまでは一度や二度ではない。

「おまえはあの場にいるはずじゃなかったんだ」

「パパ、恥ずかしくないの」ロクシーは言った。

彼はあごをあげ、歯と下唇のあいだから舌を突き出した。「すまないとは思ってるさ、あんなことになって。ああせずにすめばよかったと思ってる。おまえに見せる気はなかったんだ。おれはずっとおまえを大事にしてきた。かわいいひとり娘だ」しばし口をつぐんだ。

「おまえの母親に裏切られてどんだけ苦しかったか、とても言葉にはできん」また鼻から息を吹き出した。重々しく、雄牛のように。「まるでギリシャ悲劇だな。こうなるとわかってても、やっぱりおんなじことをしただろう。それは否定できん。おまえに殺されるんなら……正義がおこなわれたみたいなもんだな」

父はそこに座り、このうえなく落ち着いて待っている。おそらく百回は考えたにちがいない。最後にだれにやられるのか、友人か、敵か。それとも胃の中心に育つ塊か。あるいは、なんとか生き延びてよい老後を迎えられるのか。ロクシーかもしれないと考えたこともあったのだろう。だからいまこんなに落ち着いているのだ。

これからどうなるか彼女にはわかっている。もしいま父を殺せば、そこで話は終わらない。プリムローズのときがそうだった。殺し殺され、血で血を洗う争いになってしまった。気に入らない相手を片端から殺していったら、しまいにはだれかが彼女を殺しに来るだろう。

「こういう正義はどう、パパ」彼女はいった。「パパにはよそへ行ってもらう。そして、事業をあたしに譲るってみんなに言ってもらう。血まみれの戦争はしない。あたしから奪いとりに来るやつもいないし、パパが復讐されることもない。ギリシャ悲劇はなし。平和的にやっていこうよ。引退してくれたら、パパのことはあたしが守る。だからよそへ行ってよ。どこか安全な場所を手配するから、海辺のどこかへ行って」

バーニイはうなずいた。「おまえは昔から頭のいい子だった」彼は言った。

ジョスリン

以前から殺人の脅迫や爆破予告は来ていたが、この〈ノーススター〉キャンプがほんとうに攻撃されたことはなかった。今夜までは。

ジョスリンは夜間の警備に立っていた。警備員は五人、双眼鏡で周辺を監視している。アルバイトとして夜間の警備に立ち、大学卒業後二年間ここで働くことに合意すると、大学の授業料を〈ノーススター〉がもつことになっているのだ。なかなか有利な契約だ。

ジョスリンの大学の費用ぐらいマーゴットは出してくれただろうが、ほかの女子と同じことをしているほうが受けがいい。マディのスケインはしっかり発達し、ジョスリンのような問題はまったくなかった。まだ十五歳だが、すでに幹部養成の士官学校に入りたいと言っている。軍人の娘がふたり。これが大統領選に出馬するための道だ。

警備員詰所でジョスリンがうとうとしかけていると、詰所内で警報が鳴りだした。警報は前にも鳴ったことがあるが、たいていキツネかコヨーテだ。でなければ、酔っぱらって気が大きくなり、二、三人のティーンエイジャーがフェンスに登ろうとしているか。一度など、食堂の裏のごみ捨て場ですさまじい金切り声があがって肝をつぶしたこともあったが、二匹のばかでかいアライグマが金属のごみ容器から飛び出して、嚙みつきあってけんかをしていただけだった。

おびえる彼女を見てほかの女子は笑った。そんなふうに、彼女はしょっちゅう笑いものにされていた。最初はライアンがいたからだが、あのときはわくわくしたし、楽しくて充実していた。彼のスケインはふたりだけの秘密だったから、そのせいですべてが特別に思えた。しかしどうしたわけか、それが漏れた――望遠レンズの写真、またまた玄関にレポーター。キャンプのほかの女子もその記事を読んでいた。くすくす笑いやささやき声の会話、それが彼女が入っていくとぴたりとやむ。ジョスリンはさまざまな記事を読んだ。できないほうがよかったという女たちの記事、できるようになりたい男たちの記事、なにがなんだかわからない。ふつうになりたい、彼女がほんとうに望んでいるのはただそれだけなのに。ライアンとは別れた。彼は泣いたが、彼女の頬は乾いたままだった。なかにストッパーがあってせき止めているかのようだった。母がこっそり病院に連れていってくれ、自分はふつうだと感じられるように治療をしてもらった。そしてある意味、そう感じられるようになっていた。

警備についていたほかの女子四人とともに、彼女は夜警棒——長いバトンの端に、鋭い鞭のような金属ひものついたもの——を持ち、夜のなかへ出ていった。地元の野生生物がフェンスに噛みついているのだろうと思いながら。ところが行ってみたら、そこにいたのは三人の男だった。野球のバットを持ち、顔にグリースを塗って黒く汚している。ひとりは巨大なボルトカッターを持っている。テロリストの侵入だ。発電機をねらっていた。

事態は急変した。最年長のダコタが最年少のヘイデンに耳打ちして、〈ノーススター〉の警備員を呼びに行かせた。残りの四人は身体を寄せあって緊密な陣形を作る。ほかのキャンプでは、刃物や銃はおろか手榴弾や手製の爆弾を持った男に襲撃されたこともあるのだ。

ダコタが叫んだ。「武器を捨てろ！」

男たちは目を細めていて、表情が読めない。本気でやばいことをしに来ている。

ダコタは懐中電灯をふった。「そのへんにしときな」彼女は言った。「お楽しみのとこ悪いけどね、見つかったんだから武器を置きな」

男のひとりがなにかを投げた——ガス弾だ。煙が噴き出す。ふたりめが発電機のむき出しの管をボルトカッターで切ろうとしている。ぼんと音がした。キャンプ中央の照明がすべて消えた。いまは真っ暗な空に星が輝いているだけ、そして彼女らを殺しに来たこの男たちがいるだけだ。

ジョスリンは懐中電灯ででたらめにあたりを照らした。ダコタとサマラがひとりの男と戦っていた。男は野球のバットをふりまわし、切れ切れになにか叫んでいる。バットがサマラの頭に当たった。血が飛び散る。なんてこと、血が。かれらは訓練されている。ここの女子はみな訓練を受けている。こんなことが起こるはずはない。パワーがあってもやはりこんなことが起こるのか。テガンが狼のようにそいつに飛びかかった。彼女の手のパワーで片ひざは崩れたが、男は彼女の顔をまともに蹴飛ばした。しかもジャケットの下になにか光るものを持っている。あれはなんだろう。いったいなにを持っているのか。ジョスリンは男に向かって走った。押さえつけて、なんであれ取りあげなくてはならない。しかしその途中でだれかに足首をつかまれ、つんのめって顔から砂地に倒れ込んだ。

四つんばいになって、急いで懐中電灯を拾おうと這っていく。しかしたどり着く前に拾われて顔を照らされた。攻撃にそなえて身構えたが、懐中電灯を持っていたのはダコタだった。頰に打撲のあとがあり、となりにテガンが立っている。そしてその足もとの地面に、男のひとりがひざまずいていた。あの男に足首をつかまれたのだろうと彼女は思う。目出し帽を脱がされている。若い男だった。思っていたより若い。たぶんひとつかふたつ年上なだけだろう。唇は切れ、あごに沿ってシダのような傷痕が広がっている。

「つかまえた」ダコタが言う。

「くそったれ」男は言った。「おれたちは自由のために立ちあがったんだ!」

テガンは男の髪をつかんで頭をあげさせ、また電撃を加えた。耳のすぐ下、痛い場所だ。

「だれに送り込まれた?」ダコタが言う。

男は答えない。

「ジョス」とダコタ。「遊びじゃないってことを教えてやんな」

ほかのふたりの女子はどこへ行ったのだろう。「応援を待ったほうがよくない?」ジョスリンは言った。

ダコタが言う。「このプスプスが。できないんだろ」

若い男は地面で身を縮めている。やる必要はない。もうだれにもやる必要はなかった。

テガンが言う。「こいつにスケインがあるんじゃないの。だからこいつを抱きたいんだろ」

ふたりが笑った。そうそう、そういうのが好きなんだ、とぼそぼそささやく。変わり種、形成異常のある男、吐き気のする、変てこな気色悪い男、そういうのが好きなんだ。

ここで泣いたりしたら、ずっと言われつづけるだろう。いずれにしても、仲間たちが思っているような趣味は彼女にはない。ライアンとつきあっていたときですらそんなに好きではなかった。むしろいやだった。彼と別れてから考えてみて、いまではほかの女子たちの言うとおりだと思っている。あれができない男のほうがいい。とにかくそっちのほうがふつうだ。あれからふたりほどべつの男子とつきあった。電撃をかけてやるとかれらは喜び、耳もとに寄ってきて小声でねだったりもする。「お願いだよ」と言って。こっちのほうがいい。だからみんな、ライアンがいたことすら忘れてくれたらいいのにと思う。彼女自身はもう忘れた。あれはたんに子供の気まぐれだったのだ。いまでは薬のおかげでパワーもかつてなく正常化している。もう正常なのだ。完全にふつうになったのだ。

ふつうの女なら、こんなときどうするのだろう。

ダコタが「どきな、クリアリー。あたしがやる」と言ったが、ジョスリンは言い返した。「いいや、あんたこそどいて」

地面にうずくまった男は「やめて」とささやいた。男はみんなそう言うのだ。ジョスリンはダコタを押しのけ、かがんで男の頭に電撃をかけた。こちらに手出しをしたらどんな目にあうか思い知らせる程度に。

しかし、いまの彼女は気が立っていた。訓練のさいに、そういうときは気をつけるよう言われていた。全身に大波が起こっているようなもので、ホルモンと電解質でなにもかも滅茶苦茶になると。

それが身体を離れた瞬間に、強すぎたのがわかった。引っ込めようとしたが、間に合わなかった。

男の頭皮が彼女の手の下で縮む。

男は絶叫した。

その頭蓋のなかで液体が沸騰する。繊細な部分が溶けて固まっていく。パワーの走ったあとが線状に傷を残していく。思考よりも速く。

引っ込めることはできない。楽な死にかたではない。そんなつもりはなかったのに。

髪と肉の焦げるにおいがした。

テガンが言った。「やばい」

だしぬけにアーク灯の光に照らされた。〈ノーススター〉の社員がふたり――男ひとりに女ひとり。以前会ったことがある。エスターとジョニーだ。やっと来た。たぶん予備の発電機に照明をつないでいたのだろう。ジョスリンの頭のなかは大車輪で動いていたが、身体の反応は鈍かった。まだ男の頭に手をのせたままだ。指先から薄く煙が立ちのぼっている。

ジョニーが言った。「なんてこった」

エスターが言った。「ほかのは？　三人いたって聞いたけど」

ダコタはまだ男を見つめていた。ジョスリンは男の頭から指を一本一本はがしながら、そのことは考えないようにしていた。もし考えはじめたら、深く冥（くら）い海に転げ落ちてしまうのがわかっていた。いまでは黒い海が彼女を待ち受けている。これからはずっと待っているだろう。だからそのことは考えずに指をはがし、そのことは考えずにべたつく手のひらを引っぺがした。死体が前のめりに転がり、地面に顔から倒れ込む。

エスターが言った。「ジョニー、救急班を呼んできな。いますぐ」

ジョニーも死体を見つめていた。ちょっと笑って、「救急班？」

「早く。さっさと呼んできな、ジョニー」

彼はごくりとつばを呑んだ。ジョスリン、テガン、エスターと視線を飛ばす。エスターと目を合わせると、彼はすばやくうなずいた。何歩かあとじさり、そこでまわれ右をして、アーク灯の光の円の外へ、闇のなかへ走っていった。

エスターはその円の周囲を見やる。

ダコタが口を開こうとした。「あたしたち、あの、つまり――」

しかし、エスターは首をふった。「調べてみようか」

死体のそばにひざをつき、片手で裏返し、上着のなかを探った。なにをしているのだろう。ガムがいくつか、男性の抗議グループのチラシが何枚か見つかった。そしてそれから、聞き慣れた重い金属の音。

エスターは死体の背後に手をまわし、するとそこに、彼女の手のひらに拳銃が現われた。銃身の短いずんぐりした銃、軍の支給品だ。「この男は、あんたたちを撃とうとしたんだね」エスターは言った。

　ジョスリンはまゆをひそめた。頭では理解していたが、言葉が口をついて出てしまった。

「いえ、ちがいます。そんなこ……」口をつぐんだ。舌が脳に追いついたのだ。

　エスターは、落ち着きはらった気やすい口調で話した。その声は笑みを含んでいる。

装置の保守訓練かなにかで、順を追ってやりかたを説明しているかのように。まず電源を切る。それから潤滑剤を塗布し、締めつけネジを使ってベルトを調節する。簡単簡単。ひとつ片づけたら次にかかる。一、二、三。こんなふうにやってけばいいんだよ。

　彼女は言った。「あんたたちは、この男が上着のわきポケットに銃を持っていて、それに手を伸ばそうとしたのを見た。こいつはすでに、このキャンプに対する暴力行為に手を染めていた。だからあんたたちは、明らかで現実的な危険を認識した。男が銃に手を伸ばしたので、あんたはそれに応じた力を用いて攻撃を食い止めた」

　エスターは男の指を開かせ、拳銃のグリップを握らせた。「こうしておけばわかってもらいやすいからね。こいつは銃を持ってた」彼女は言った。「そして発砲しようとしてたんだ」まわりに立つ若い女たちを見まわし、ひとりひとりと目を合わせていく。

　テガンが言った。「そうだよ、そのとおりだった。あたし、こいつが銃に手を伸ばすの見た」

　ジョスリンは銃を見た。冷たくなっていく指に握られている。〈ノーススター〉の社員のなかには、未登録の着装武器を携帯している者がいる。『ニューヨーク・タイムズ』にそういう記事が出そうになったこともある。国内の安全保障を危うくするという理由で、彼女の母がやむなくそれを差し止めたのだ。この男は、尻ポケットに銃を入れていたのかもしれない。こちらにそれを向けようとしていたのかもしれない。しかし、銃を持っていたのなら、どうしてバットを使っていたのだろう。

エスターはジョスリンの肩をぎゅっと握った。「よくやった、あんたは英雄だ」

「はい」ジョスリンは言った。

くりかえすほどに、話はすらすらと口から出てくるようになった。心の目であざやかに見えるようになり、全国ネットのテレビで話すころには、いずれにしてもなかばそう記憶していたような気がしていた。かれらのポケットに、なにか光るものが見えたではないか。あれはきっと銃だったのだ。たぶん、だからあんなに強烈な電撃を放ったのだ。そうだ、たぶんわかっていたのだ。

テレビニュースで彼女は笑顔だった。いいえ、英雄だなんて思いません。だれだって同じことをしたと思います。

まあご謙遜、とクリスティンが言う。わたしにはとてもできないわ。ねえ、マット。マットは笑って言った。ぼくには警備だってできやしないよ！　彼はとても愛嬌があって、クリスティンよりゆうに十歳は年下だった。局が見つけてきて、ちょっと試してみようということになったのだ。そのあいださ、クリスティン、オンエア中もその眼鏡みよう。とりあえず試験的にこれで流してみるからね、いいかな。
をかけてみたらどう、貫禄があってなかなかいいよ。これで視聴率がどうなるかやって

それにしてもジョスリン、おかあさんはさぞかし鼻が高いでしょうね。

たしかに。母は話の一面は聞いていたが、すべてを知っているわけではなかった。このおかげで、〈ノーススター〉女子訓練キャンプ計画を全五十州に展開するさいに、母は国防総省への影響力を手にすることになった。計画は順調に進んでおり、大学との協力関係も良好で、軍から助成金を獲得することもできた。このキャンプから軍に送られる女子はみな、基礎訓練キャンプを飛ばしてすぐに実戦に出すことができるからだ。マーゴット・クリアリーは軍に受けがよかった。

それに、いまニュースで流れてることを考えると、とマットが言う。ほら東欧の戦争、あれどうなんだろうね。最初は南モルドヴァ軍が勝ってるって話だったのに、いまは北モルドヴァ軍が優勢で、なぜかサウジがからんでるっていうし……彼は処置なしとばかりに肩をすくめた。こんなときだから、ほんとうに心強いですよ。あなたのような若い女性が、国を守るためにみっちり訓練を積んでらっしゃるんだから。

ありがとうございます、とジョスリンは練習してきたとおりに言う。こんなことができるようになったのも、〈ノーススター〉キャンプで受けた訓練のおかげなんです。

クリスティンが彼女のひざに手を置いて、ジョスリン、もうしばらく残ってくれます？　このあとのコーナーで、秋のおいしいシナモンのレシピをご紹介することになっ

てるの。

まあ、それはぜひ！

マットがカメラに向かって微笑む。あなたがそばにいてくれればぼくも安心ですよ。

では、いったんお天気です。

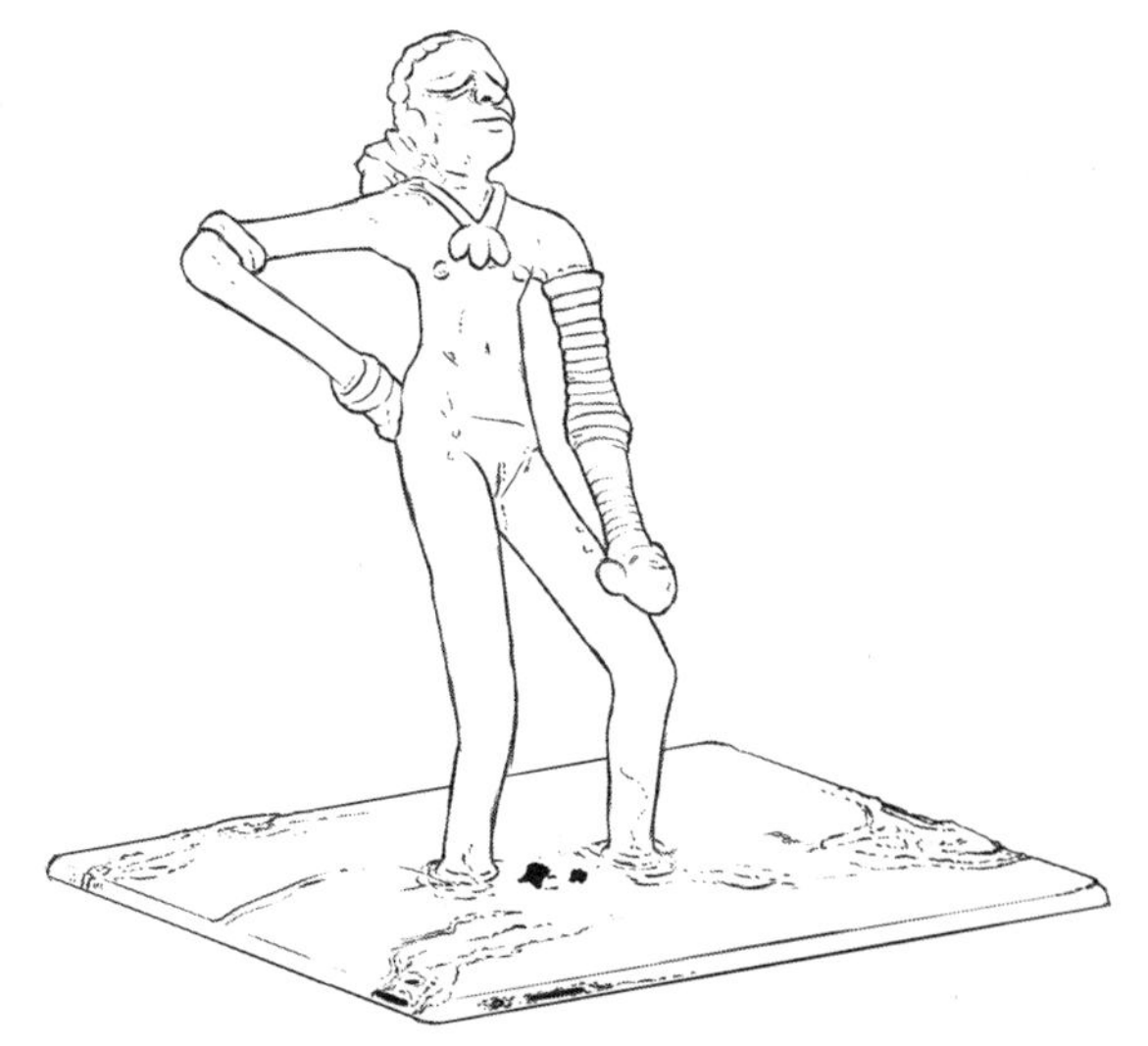

「神官女王」の像。パキスタン北東部ラホールの宝物庫出土。
像じたいは基盤よりかなり古い。
基盤のほうは、大変動時代の技術で作られた遺物の再利用である。
基盤を分析したところ、かなりすり減ってはいるものの、
もともとは「かじられた果物」のモチーフが入っていたことがわかった。
このモチーフの入った遺物は、世界じゅうの大変動時代の遺跡から発見されており、
その用途については盛んに議論がなされている。モチーフが均一であることから、
宗教的なシンボルであると思われるものの、
食物を盛るための道具であることを示す象形文字であった可能性もある。
さまざまなサイズのものがあるのは、
異なる種類の食物を盛るために使われていたからかもしれない。
この「かじられた果物」の遺物は、通例どおり一部は金属、一部はガラスでできている。
この種の遺物としては珍しくガラスが割れておらず、
大変動以後の時代には珍重されていた。
したがって、この「かじられた果物」の遺物は神官女王の教団への捧げものであり、
像の威光を高めるために使われたのではないかと推測される。
このふたつが溶接されたのはおよそ2500年前である。

「従僕」の像。「神官女王」と同じ宝物庫より出土。
入念に整えられた髪やひげ、肉感的な目鼻だちから、
性的奉仕者を描いたものと推測されている。
大変動時代のガラスで装飾されており、
その組成は「神官女王」の基盤のそれと同様である。
ほぼまちがいなく、「かじられた果物」の壊れた遺物からとられたものだろう。
このガラスはおそらく、「神官女王」に基盤が取り付けられたのと
同じころに付加されたものと思われる。

大統領よりご来席の栄をたまわりたく、
マーゴット・クリアリー上院議員を
歓迎会および晩餐会にご招待申し上げます。

日時：6月15日水曜午後

大統領よりご来席の栄をたまわりたく、
ミズ・ロクサン・モンクを
歓迎会および晩餐会にご招待申し上げます。

月15日水曜午後7時

大統領よりご来席の栄をたまわりたく、
マザー・イヴを
歓迎会および晩餐会にご招待申し上げます。

日時：6月15日水曜午後7時

大統領よりご来席の栄をたまわりたく、
ミスター・トゥンデ・エドを
歓迎会および晩餐会にご招待申し上げます。

日時：6月15日水曜午後7時

マーゴット

「ご出席なさった理由をお聞かせ願えますか、クリアリー上院議員」

「モスカレフ大統領は、民主的プロセスでリーダーに選ばれたにもかかわらず、軍事クーデターによってその国から追放されたかたですよ、トゥンデ。合衆国政府としては重く考えないわけにはいきません。それはそうと、この重要な地政学的問題に、あなたのような若い世代が取り組んでいらっしゃるのはまことに喜ばしいことですね」

「上院議員、いまあなたがたが建設されている世界で、これから生きていかなくてはならないのは若い世代ですからね」

「それはそのとおりね。それもあって、わたしはとても光栄に思っているんですよ、国連代表団の一員として、娘のジョスリンもこの国を訪れているんですから」

「ベッサパラ共和国は先ごろ北モルドヴァ軍に敗北を喫してますが、それについてはどうお考えですか」

「パーティの席よ。防衛戦略会議じゃないのよ」

「ですが、クリアリー上院議員、あなたはいま……国の戦略に関わる委員会五つに所属しておられますね」と言って指で数えた。「国防、外交、国土安全保障、予算、そして情報」

「宿題はすませてきたわけね」

「ええ、ばっちりです。北モルドヴァ軍は、亡命中のサウド王家に資金提供を受けていますよね。このベッサパラとの戦争は、サウジアラビアを取り戻すための実験場になっているんでしょうか」

「現サウジアラビア政府は、国民によって民主的に選ばれた政府です。合衆国政府は世界じゅうの民主主義国と平和的な政権交代を支持しています」

「合衆国政府がここに来ているのは、石油のパイプラインを確保するためでは？」

「モルドヴァにもベッサパラにも油田はありませんよ、トゥンデ」

「ですが、サウジアラビアの政権交代は、アメリカの石油供給に影響を及ぼすかもしれませんよ。そうは思われませんか」

「民主主義の自由について語っているときに、石油が考慮されることはありえません」

トゥンデは危うく吹き出しかけた。かすかな苦笑が顔からはがれ落ちるように消える。

「なるほど。よくわかりました。合衆国は石油より民主主義に重きを置いていると。なるほど。それで、今夜議員がこのパーティにご出席なさることは、合衆国内のテロ集団に対してどのようなメッセージを送ることになるとお思いですか」

「はっきり申し上げておきます」とマーゴットは言い、トゥンデのカメラをまっすぐ見つめた。澄んだ落ち着いた目つき。「合衆国政府は恐れてはおりません。国内のテロリストも、またかれらに資金を提供している人々も」

「『資金を提供する人々』というと、サウジアラビアのアワディ・アティフ王のことですか」

「これ以上、この問題についてわたしから言えることはありません」

「では、あなたがここに送り込まれた理由についてはいかがですか、上院議員。とくにあなたが選ばれたのはなぜですか。若い女性のための〈ノーススター〉訓練キャンプと関係があるからですか。だから選ばれてここへ派遣されたんですか」

マーゴットはくすくす笑った。心からの笑いに聞こえる。「トゥンデ、わたしはほんの小物なんですよ。雑魚なの、ほんとうよ。わたしが来たのは招待されたからです。それじゃ、わたしもパーティを楽しみたいし、それはあなたも同じでしょう」

彼女は向きを変え、右手へ何歩か離れていった。カメラのスイッチの切れる音が聞こえるまで待つ。

「いい子だから、わたしのあとをつけまわすのはやめなさい」彼女は口の端から言った。

「ここではわたしは味方なのよ」

トゥンデは「いい子だから」という語に気づいたが、なにも言わなかった。胸の奥にしまっておくことにする。ビデオのスイッチは切ったものの、録音機能は切らずにおいてよかったと思った。

「倍ぐらい厳しく突っ込むこともできたんですよ」彼は言った。

マーゴットは目を細め、トゥンデを値踏みするように見た。「わたしはあなたを高く買ってるのよ、トゥンデ」彼女は言った。「アーバンドクスのインタビューはいい仕事だった。あの核兵器の脅しのおかげで、議会は本気でこっちの話を聞く気になって、国を守るのに必要な予算を認めたのよ。まだ彼の仲間と連絡はとってるの？」

「ええ、ときどき」

「なにか大きなことが起こりそうだと耳に入ったら、連絡してきてね。悪いようにはしないわ。いままでは大金がかかってるから――それもかなりの大金よ。あなたなら、うちの訓練キャンプの優秀な報道コンサルタントになれるわ」

「わかりました」とトゥンデ。「ご連絡しますよ」

「きっとよ」

彼女は励ますような笑みを浮かべてみせた。少なくとも自分ではそのつもりだった。ただ、実際に唇に浮かんだときには、むしろ誘うような笑みに化けていたのではないかという気がした。まったく、こういうレポーターたちがやたらに魅力的なのは困ったものだ。トゥンデの動画は以前にも見たことがある。マディは彼の大ファンだ。そして実際、有権者のうち十八歳から三十五歳の層に対してはかなりの影響力を持っている。

それにしても不思議なのは――彼のレポートの肩のこらない親しみやすさについてはさんざん言われているのに、オラトゥンデ・エドの動画がこれほど人気なのは、彼がすごい美男子だからだという声は一度も聞いたことがない。ときどきは半裸姿で出てくることもある。海岸から水着一枚のかっこうでレポートしてきたり。そしていま、彼をどれぐらい真剣に扱うべきなのか、彼の広い肩幅と引き締まった腰を見て、腹部の斜筋と三角筋のなだらかな眺め、臀筋とたくましい胸筋の……まずい。これはどうしてもだれかと寝ておかなくてはいけない。

まったくもう。同行のスタッフのなかに若い男が何人かいるから、パーティが終わったらひとり誘って酒を飲もう。いかしたレポーターに会うたびにこんな気分になっていては大変だ。通りかかったウェイターのトレイからシュナップスをとり、飲み干した。部屋の向こうから、側近が彼女の目をとらえて腕時計を指さす。そろそろ時間だ。

「これは認めるしかないわね」大理石の階段をのぼりながら、側近のフランシスにささやいた。「いい城を選んでるわ」

まるでディズニーからレンガをひとつずつ運んできて移築した城のようだ。金箔の家具調度に七つの尖塔。その七つはそれぞれ形も大きさもちがう。縦溝の入ったものも、つるんとしたものもあり、先端に金をかぶせたものもある。前景の松林、遠くの山々。わかったわかった、歴史と文化があると言いたいのね。そうですとも、あなたは大した人物よ。やれやれ。

マーゴットが入っていったとき、タチアナ・モスカレフは――冗談ではなく、ほんとうに玉座に腰をおろしていた。巨大な金色の椅子で、肘掛けにはライオンの頭、クッションは真紅のベルベットだ。マーゴットはどうにか真顔を保った。ベッサパラ大統領はばかでかい純白の毛皮のマントをかけ、その下には金のドレスを着ている。両手の指にはそれぞれ指輪を嵌め、親指にはふたつ嵌めていた。大統領がこんなかっこうをするものだと思ってしまったのは、マフィア映画を見すぎたせいだろうか。たぶんそうなのだろう。背後でドアが閉まると、マーゴットは大統領とふたりきりになった。

「モスカレフ大統領、お目にかかれて光栄です」マーゴットは言った。

「クリアリー上院議員、光栄なのはこちらです」とタチアナ。

ヘビが虎と出会うの図ね、とマーゴットは思う。ジャッカルがサソリに挨拶しているというか。

「どうぞ、わが国のアイスワインをご賞味ください」タチアナが言う。「ヨーロッパ一のワインですよ。ベッサパラのぶどう園で作ったものです」

マーゴットはひと口飲みながら、毒が入っている確率はどれぐらいだろうかと思った。たぶん三パーセントにはなるまい。ここで彼女が死んだら体裁が悪すぎる。

「極上のワインですね」マーゴットは言った。「さすが、評判どおりでした」

タチアナは薄く微笑んだ。よそよそしい笑み。「ベッサパラはお気に召しましたか。ツアーをお楽しみいただけたかしら。音楽とかダンス、地元のチーズとか」

マーゴットはこの日の朝、地元のチーズ作りに関する実演と講話に三時間つきあわされていた。三時間も。チーズで。

「はい大統領、魅力的な国ですね。歴史ある古い国としての大きな魅力に、ともに未来へ進もうという意欲と意志が結びついていて」

「ありがとうございます」タチアナはまた薄く微笑んだ。「わが国は、世界一進歩的な国ではないかと思いますね」

「ああ、おっしゃるとおりですね。明日の科学技術パークの見学も楽しみにしています」

タチアナは首をふった。「文化的、社会的な話です。わが国は、この変化がなにを意味するか真に理解している世界で唯一の国です。これが祝福であり、また新たな……新たな……」しばし霧を払うかのように頭をふった。「新たな生きかたへの招待状だと理解しているのです」

マーゴットはなにも言わず、味を楽しむような顔をしてまたワインを飲んだ。

「わたしはアメリカが好きです」タチアナは言った。「亡夫のヴィクトルはソ連が好きでしたけれど、わたしはアメリカのほうが好き。自由の国。チャンスの国。すてきな音楽。ロシアの音楽よりずっといいわ」歌を歌いだした。マディがひっきりなしに家で歌っている流行歌の歌詞だ。「ふたりでドライブ、きみの車ですっ飛ばそう、目がぐるぐるまわるほど」彼女の歌声は耳に快かった。そう言えば、タチアナはむかし歌手を目指していたという話をどこかで読んだことがある。

「そのグループをお呼びになりたいのならおっしゃってください。ツアーでまわっていますから、手配できますすよ」

タチアナは言った。「わたしがなにを望んでいるかご存じでしょう。おわかりだと思うわ。クリアリー上院議員、あなたは愚かなかたではないから」

マーゴットは微笑んだ。「たとえ愚かでなかったとしても、大統領のお心を読むことはできません」

「わたしたちの望みはただひとつ、ここベッサパラにアメリカン・ドリームを実現することです。わが国は新しい国で、恐ろしい敵と国境を接する勇敢ながら小さな国です。わたしたちは自由な生を――自分たちの生きかたを追求したいと望んでいます。チャンスが欲しい、それだけです」

マーゴットはうなずいた。「大統領、それはだれもが望むことです。あらゆる国が民主主義を採り入れること、それこそ世界に対してアメリカが最も強く希望していることです」

タチアナの口角が少しあがった。「それなら、北に対するわが国の戦いを支持してくださるでしょうね」

マーゴットはつかのま上唇を嚙んだ。ここが難所だ。こう来るのはわかっていた。

「わたしは……大統領と話をしてきました。それがお国の国民の意志ですから、わが国はお国の独立を支持していますが、北モルドヴァとベッサパラとの戦争に介入していると見られるような行動をとることはできません」

「クリアリー上院議員、もう少し政治家らしい話をしませんか」

「人道的支援と平和維持軍を提供することなら可能です」

「国連の安全保障理事会で、わが国に不利な動議に反対票を投じてくださることも可能ですね」

マーゴットはまゆをひそめた。「ですが、国連安全保障理事会には、お国に不利な動議は出ていませんが」

タチアナは、目の前のテーブルにごく慎重にグラスを置いた。「クリアリー上院議員。わが国の男性の一部が国を裏切っています。これは事実です。先ごろ、ドニエストルの戦いでわが軍は敗北しましたが、これは北にわが軍の動きが筒抜けだったからなのです。ベッサパラの男たちが、北の敵に情報を売っているのです。見つかって自白した者もいます。わが国には行動が必要なのです」

「それは当然、大統領の特権です」

「この行動に干渉しないでいただきたいのです。わたしたちの行動を支持していただきたい」

マーゴットは少し含み笑いを漏らした。「大統領、そこまで広範囲にわたるお約束となると、とてもわたしの手に負えるとは思えませんが」

タチアナはこちらを向き、窓枠に背中を預けた。明るく照らされたディズニーの城を背景に輪郭が浮かびあがる。

「あなたは〈ノーススター〉とつながりがおありですね。民営の軍隊と。それどころか株主でいらっしゃる。〈ノーススター〉はすばらしい企業だとわたしは思っています。若い女性を訓練して戦士を育てている。じつにすばらしい。わが国にもっと必要なのはそれなんです」

おやおや、これはマーゴットも予想していなかった。しかし興味深い。

「それとこれがどうつながるのかよくわからないのですが」彼女は言ったが、すでにある程度は察しがついていた。

「〈ノーススター〉は、自社で訓練した女子部隊をサウジアラビアに派遣するために、国連の委任契約を望んでいますね。サウジアラビアの政府は瓦解しつつある。国が不安定なのです」

「国連が配備を承認したら、たしかにそれは世界にとってよいニュースだと思います。エネルギー供給が安定するでしょうし、困難な移行期にある政府を支えることができますから」

「でしたら、なにかと話が早くなると思いますね」タチアナは言った。「べつの国で、〈ノーススター〉の部隊を配備して成功したという先例があれば」タチアナはいったん口をつぐみ、自分のグラスにまたアイスワインをつぎ、マーゴットのグラスにもついだ。この話がどこへ向かっているのかふたりともわかっている。目があった。マーゴットは微笑んだ。

「お国にも〈ノーススター〉の部隊を雇いたいとお考えなんですね」

「わたし個人の軍として、ここと国境に」

巨額の金が動く。この国が北との戦争に勝ち、サウジの資産を押収できればなおさらだ。ここで私設軍として行動できれば、〈ノーススター〉は世界じゅうどこでも好きなところへ行ける。もしこれを実現させられたら、重役会は大喜びだ。マーゴット・クリアリーとの協力関係を切るなど考えもしなくなるだろう。

「それで、その見返りとしてはなにを……」

「わが国では少し法律を書き換えるつもりなんですよ。この国難のあいだ。さらに裏切り者が出て秘密を北に渡すのを防ぐためです。そのときに支持していただきたいの」

「わが国は、主権国家の内政に干渉するつもりはありません」マーゴットは言った。「文化の相違は尊重しなくてはなりません。これについては、合衆国大統領はわたしの判断を信用してくれると思います」

「ありがとう」タチアナは言い、緑の目をゆっくりとまばたいた。「これでお互いに理解しあえましたね」そこでいったん口をつぐむ。「クリアリー上院議員、北が勝ったらどうなるか、あらためて考えてみるまでもありません。すでに見てきたことですからね。かつてのサウジアラビアがどんな国だったか忘れはしません。わたしたちはふたりとも、この件では正義の側なんです」

タチアナはグラスをあげた。マーゴットは自分のグラスをゆっくり傾け、タチアナのグラスに軽く触れた。かすかにチンと音がする。

今日はアメリカにとって記念すべき日。世界にとって記念すべき日だ。

その後のパーティは、予想どおりの退屈さだった。外国の高官や宗教指導者、それに犯罪者や武器商人ではないかと思われる人々と握手をした。そしてそのたびに同じせりふをくりかえした。合衆国は不正と圧政の犠牲者に深く同情しており、この苦難にあえぐ地域の状況が平和的に解決されることを望むと。タチアナが登場した直後、会場ではいくらか騒ぎがあったが、マーゴットは見ていない。午後十時三十分で退出したからだ。重要なパーティから退出する時間として、早過ぎもせず遅過ぎもしない公的に認められた時刻だ。大使館の車に向かう途中、またレポーターのトゥンデと鉢合わせをした。

「失礼」彼は言った。床になにかを落としたが、すぐに拾ってしまってなんだったのかはわからなかった。「ほんとに、失礼しました。すみません、ちょっとあの……その、急いでいたので」

彼女は笑った。今夜はいい夜だった。これがうまく行ったら、〈ノーススター〉からどれぐらい成功報酬が出るかとすでにそろばんをはじいていたし、次の選挙のときのスーパー政治行動委員会(PAC)にも多額の寄付が期待できる。

「なにを急いでるの？」彼女は言った。「あわてて帰る必要はないでしょう。乗っていかない？」

そう言って車を指さした。ドアが開いていて、なめらかな革の座席が手招きするかのようだ。トゥンデはとっさに笑顔をとりつくろったが、一瞬浮かんだうろたえた表情は隠しきれなかった。

「また今度」と彼は言った。

ばかな子ね。

ホテルに戻ってから、ウクライナのアメリカ大使館の若手外交官に酒をおごった。彼は愛想がよかった——それも当然だろう。彼女は出世街道を驀進(ばくしん)中なのだ。エレベーターでいっしょにスイートに向かうとき、彼の引き締まった若い尻に彼女は手を置いていた。

アリー

城の礼拝堂は改装されていた。ガラスと金のシャンデリアはいまも堂の中央に浮かんでいる。それを支えるワイヤは細くて、ろうそくの光ではまったく見えない。すべてが電気の奇跡だ。聖母を称える天使たちを描いたステンドグラスはそのまま残っている。また、聖テレサと聖ヒエロニムスのパネルも。しかしそのほかは、丸天井のエナメル画も含め、すべて新解釈聖書に基づいて取り替えられ、描きなおされていた。たとえば、家母長リベカ（旧約聖書に登場する女性。ヤコブの母）に鳩の姿で語りかける全能の神の図がある。また預言者デボラが聖なる言葉を疑う人々に宣言する図があり、また――本人は反対したのだが――マザー・イヴの絵もあった。背後にシンボルの樹木があり、天からメッセージを受け取るところで、伸ばした手には雷霆（いかずち）がのっていた。丸天井の中央には、すべてを見通す目のついた手が描かれている。これは神のシンボルだ。神は人間ひとりひとりを見守り、力ある者にも卑しい者にも等しく力強い手を差しのべてくださる。

その礼拝堂で、ひとりの兵士が待っていた。内密の会見を求めてきた若い女。アメリカ人。きれいな子だ。明るい灰色の目、ほほにそばかすが散っている。

「わたしに会いたいというのはあなた？」マザー・イヴは言った。

「はい」と答える兵士の名はジョスリン。母親はクリアリー上院議員、国防や予算を含め、重要な五つの委員会に名をつらねる大物だ。

マザー・イヴが時間を割いて、内密の会見に応じたのはそのためだった。

「娘よ、会いに来てくださってよかった」となりに腰をおろす。「どんなご用？」

ジョスリンは泣きだした。「ここに来たのを母に知られたら殺されます」彼女は言った。「きっと殺されるわ。ああマザー、わたしどうしていいかわからないんです」

「あなたがいらしたのは……助言が欲しいの？」

アリーは、この会見の依頼を聞いて不思議に思っていた。上院議員の娘がここに来るのはそう驚くようなことではない。マザー・イヴをじかにその目で見たいと思うのはわかる。しかし、内密の会見とはどういうことだろう。懐疑主義者で、神の実在について議論をふっかけてくるのではないかとアリーは思っていた。しかし……どうもそうではないようだ。

「もう途方に暮れてしまって」ジョスリンは涙ながらに言う。「自分で自分がわからないんです。動画でお話を聞いて、ずっと待って……お祈りして、どうしたらいいかお導きくださいって……」

「なにを悩んでいらっしゃるの」マザー・イヴは言った。

アリーは人の悩みには通じている。あまりに深くて口にできない悩み。どんなに地位が高かろうと、どんな家庭にあっても人は悩みを抱えるものだ。これまでの人生でアリーはさまざまな悩みを見てきた。悩みには忍び込むことのできない場所などない。

手を伸ばし、ジョスリンのひざに触れた。ジョスリンはびくっとして身体を引いた。ごく一瞬触れただけだったが、それでもアリーにはジョスリンの悩みがわかった。

アリーは女たちの触感を知っている。ゆっくりした、ほとんど感知できないほどのスケインのパワーの振動を。ジョスリンには、明るく輝いているはずなのに暗いところがある。つながっているべきところが切れている。アリーは身震いしそうになるのを抑えた。

「スケインが……」マザー・イヴは言った。「苦しかったでしょう」

ジョスリンはささやき声しか出せなかった。「秘密なんです。この話はしちゃいけないことになってるんです。薬をもらってるんですけど、以前ほど効かなくなってきてるんです。どんどん悪くなってきて、わたし……わたし、ほかの女の子たちみたいになりたいのに。ほかに頼れる人がだれもいないときに、ネットであなたを見たんです。お願いです。どうか治してください。みんなと同じにしてください。どうか、この重荷をとりのけてくださるよう神にお願いしてください。どうか、わたしを治してください」

「わたしにできるのは、あなたの手を握ることだけ。そしていっしょに祈ることだけですよ」マザー・イヴは言った。

じつにむずかしい状況だ。この娘を検査した者はおらず、問題がどこにあるのか助言してくれる者もいない。スケインの欠陥を治すのはひじょうにむずかしい。タチアナ・モスカレフが、スケインの臓器移植の研究を進めているのはまさにそのためだ。正しく機能しないスケインを治す方法はだれにもわからないのだ。

ジョスリンはうなずき、アリーの手に手を預けた。

マザー・イヴはいつもの祈りを唱えた。「天にいまし、わたしたちの内にいます母なる神よ、すべての善なるもの、すべての慈悲、すべての恩寵の唯一の源たる神よ、どうかわたしたちに御心をおこなわせてくださいますように。神の御心は、日々その御わざを通じてわたしたちに顕わされているからです」

そう唱えながら、アリーはジョスリンのスケインの暗い部分と明るい部分を探っていた。まるでなにかが詰まっているかのようだ。なめらかに流れるはずの部分がねばねばしている。なにかが沈殿してふさがっている。今度はここ、次はここと、水路の詰まりをきれいにしていく。

「わたしたちの心が神の前に清らかでありますように」彼女は言った。「わたしたちの直面する試練に、恨みをもたず、おのれを損なわずに耐える強さをお与えください」

ジョスリンはめったに祈ることはなかったが、いまは祈っていた。マザー・イヴの両手を背中に感じながら祈った。「どうか神よ、わたしの心を開いてください」とそのとき、彼女ははっとした。

アリーは少し押してやった。ふだんよりも強い力をかけたが、この娘のスケインは感度が落ちているから、彼女がなにをしているかたぶんわからないだろう。ジョスリンはあえいだ。アリーはまた三度、短く、強く押した。次はここだ。スケインが閃光を発しはじめる。

ジョスリンは言った。「ああ、神さま。感じられます」エンジンのように振動している。これでよし。

スケインが規則的に安定して振動しはじめていた。ほかの女の子たちが感じると言うそれを、いまは彼女も感じることができた。やさしく満ちていく感触。スケインの細胞のひとつひとつが膜を通じてイオンを出し入れし、電位差がしだいに大きくなっていく。正常に機能している。それを初めてほんとうに感じることができた。

あまりの衝撃に、泣くことすらできなかった。

「感じます。ちゃんと動いてる」

マザー・イヴは言った。「神を褒めたたえなさい」

「でも、なにをしてくださったんですか?」

マザー・イヴは首をふった。「わたしの意志ではなく、神のご意志です」

ふたりはともに息を吸って吐いた。一度、二度、三度。

ジョスリンは言った。「わたし、これからどうしたらいいんでしょう。わたし……」と笑った。「明日は出発することになってるんです。国連の監視部隊の一員として南部へ行くんです」それは言ってはいけないことになっていたが、黙ってはいられなかった。この礼拝堂では隠しごとはできない。「母に言われて行くことになって。体裁がいいから。でも、ほんとは危険なことはなにもないんです。厄介ごとに巻き込まれる心配はないんです」

〝声〟が言った。巻き込まれてもらったほうがいいかもしれないわね。

マザー・イヴは言った。「もうなにも恐れる必要はありませんよ」

ジョスリンはまたうなずいた。「はい、ありがとうございます。ほんとうにありがとうございます」

マザー・イヴは彼女の頭のてっぺんにキスをし、母なる神の名で祝福を与えると、パーティ会場へ降りていった。

タチアナのあとに続いて、体格のいい男がふたり入ってきた。ぴったりした服を着ている。黒いTシャツは身体に張りつき、乳首の形がわかるほどだし、ズボンもぴちぴちで股間のふくらみが目立つ。台座の上、背もたれの高い椅子にタチアナは腰をおろし、男たちは脇のいささか低いスツールに座った。権力のアクセサリー、成功の報酬だ。マザー・イヴが近づいていくと、彼女は立ちあがって挨拶し、両のほほにキスをした。

「聖母の称えられんことを」タチアナは言った。

「天に栄光のあらんことを」と答えるマザー・イヴの声には、アリーの冷笑の気配もない。

「また十二人裏切り者が見つかったわ。北への襲撃でとらえたの」タチアナがぼそりと言う。

「神のお力があれば、いずれ全員見つかるでしょう」マザー・イヴは言った。


会う人の数にはかぎりがなかった。各国の大使や地元の高官、会社社長や新しい運動の指導者などなど。このパーティ――ドニエストルの戦いで負けた、その記憶も生々しいうちに開かれた――は、国内外のタチアナへの支持を固めることが目的だった。マザー・イヴが出席しているのもそのためだ。タチアナはスピーチをして、北の政権がおこなっている胸をえぐる残虐行為を糾弾し、タチアナらが獲得しようと戦っている自由について語った。それから、母なる神の復讐を果たすために集まったという女性たちの話を聞いた。人の裁きをまんまと逃れた者たちを探すため、小集団に分かれて活動しているという。

タチアナは感動のあまり涙を流さんばかりだった。彼女の背後にはしゃれた服装の若い男たちが何人か立っていたが、彼女はそのひとりに向かって、この勇敢な女性たちのために酒を持ってくるようにと指示した。彼はうなずき、あとじさり、危うくつまずきそうになりつつ上階に向かった。待っているあいだに、タチアナは得意の長たらしいジョークのひとつを話しはじめた。お気に入りの三人の男をひとりにまとめたいと願っていたら、その女の前によい魔女が現われて——

さっきの若いブロンドの男が、酒のボトルを持って彼女の前に飛び出してきた。

「これでよろしいですか」

タチアナは彼に目をやり、首をかしげた。

若い男はつばを呑んだ。「申し訳ありません」彼は言った。

「だれが口をきけと言ったの」

男は床に目を落とした。

「まったく男というものは」タチアナは言った。「どうして口を閉じていられないのかしら。いつでも自分の言うことを人が聞きたがると思い込んでいて、しゃべることしゃべること、目上の者の話をさえぎって」

若い男はなにか言いそうにしたが、どうやら考えなおしたようだ。

「マナーを教えてやらなくてはなりませんね」アリーの後ろに立っている女のひとりが言った。古い罪への裁きを求めるグループのリーダーだ。

タチアナは若い男の手からブランディのボトルを引ったくった。それを男の顔の前に突き出す。なかで揺れている液体は濃い琥珀色で、カラメルのようにねっとりしている。「このボトルはおまえよりずっと価値があるのよ」彼女は言った。「グラス一杯ぶんだけでもおまえよりは価値がある」

ボトルの首を片手で持ち、まわしてなかの液体に渦を巻かせる。一度、二度、三度。床に落とした。ガラスが砕け散る。液体が床板にしみ込みはじめ、黒っぽいしみを作る。濃厚な甘い香り。

「なめなさい」彼女は言った。

若い男は砕けたボトルを見おろす。ブランディのなかにガラスの破片が交じっている。周囲の顔を見まわす。ひざまずき、床を舌でなめはじめた。ガラスの破片をよけつつそろそろと。

年配の女のひとりが声をあげた。「もっとまじめにやりなさい!」

アリーは黙って見ていた。

〝声〟が言う。あらあら、なんてこと。

アリーは胸のうちで言った。タチアナは完全に狂ってる。なにか言ったほうがいい? なにを言っても、ここでの影響力が弱まるだけよ。

だからなによ。ここで使えないなら、影響力がなんの役に立つの。

タチアナの言っていることを思い出しなさい。向こうが勝ったらなにをするか、いまさら問う必要はないのよ。もう見てきたでしょう。これよりよっぽどひどいことをしてきたんだから。

アリーは咳払いをした。

唇が切れて、若い男の口は血まみれだった。

タチアナが笑いだす。「ああ、もういいから」彼女は言った。「ほうきを取ってきて片づけなさい。気持ちが悪くなってきたわ」

若い男はあたふたと立ちあがった。またクリスタルのグラスにシャンパンがつがれ、音楽がふたたび聞こえてくる。

男がほうきを取りに走っていったあと、タチアナは言った。「信じられないわ、まさかほんとにやるなんて」

ロクシー

問題は、これがくそつまらないパーティだということだ。タチアナがきらいというわけではない。むしろ好きだ。バーニイから事業を引き継いでからの一年間、タチアナは自由に仕事をさせてくれた。自由に仕事をさせてくれるなら、ロクシーにはそれでじゅうぶんだった。

とはいえ、もうちょっとましなパーティができるだろうにと思う。だれかに聞いたのだが、タチアナ・モスカレフはどえらい豹(ひょう)をペットとして飼っていて、チェーンでつないで城じゅう散歩させているという。それがロクシーにとってはどうしても残念でならない。上等なグラスがどっさり、それはいい。金色の椅子がずらり、それも悪くはない。しかし、どえらい豹の姿はどこにもない。

ロクシーがそもそもだれなのかすら、大統領はほとんど理解していないようだった。握手をするための列に並んだが、べっとりマスカラをつけた金緑色の目をした女は、ようこそと挨拶し、あなたは得がたい実業家で、この国を世界一すぐれた自由な国にするために協力してくださっていると言ったが、その顔にはこちらを認めた様子はちらとも浮かばなかった。たぶん酔っているのだろう。ロクシーは言ってやりたかった。あんた知らないの、あたしは五百キロの薬を運んでここの国境を毎日行き来してる女だよ。毎日だよ。あんたの国が国連ににらまれる原因を作ってるのはあたしだよ。もっとも、監視部隊かなんかを送り込むぐらいしかできないのはみんなわかってるけどね。ほんとに知らないの？

ロクシーはまたシャンパンをなめていた。暗くなっていく山々を窓から眺める。マザー・イヴは足音さえさせずに近づいてきた。気づいたときにはすぐそばに立っていたのだ。イヴにはこういう不気味なところがあった。小柄で筋肉質で、物音も立てずに動きまわる。こちらが気づきもしないうちに、部屋の向こうから近づいてきて、肋骨(ろっこつ)と肋骨のすきまにナイフをすべり込ませることもできそうだった。

マザー・イヴは言った。「北部で負けてから、タチアナは……不安定になってる」

「へえ、そう。それを言うなら、あたしのほうもめたくそ不安定になってるよ。業者はばかみたいにびくびくしてるし、運転手が五人もやめやがってさ。敵軍が南に寄せてくるってみんな言ってる」

「修道院でやったこと憶えてる？　水を流して」

ロクシーは顔をほころばせ、小さく笑った。あれはいい思い出だ。単純で幸福な時代の。「いいチームワークだったね」

「あれをまたやりたいと思ってるんだ」マザー・イヴは言った。「もっと大規模に」

「それどういう意味？」

「あたしの……影響力と、あんたの否定しようもない強さと。ロクサン、あたしは前からずっと、あんたには輝かしい未来が待ってると思ってたんだ」

「あたしそんなに酔ってるかな」ロクシーは言った。「それとも、あんたがいつも以上にわけのわかんないこと言ってんの？」

「ここでは話せない」マザー・イヴは声を低め、ささやくように言った。「だけど、タチアナ・モスカレフはもうすぐ、役に立たなくなると思う。母なる神にとって」

うひゃあああ、うへえ。

「冗談でしょ」

マザー・イヴは小さく首をふった。「気分のムラがすごいんだ。あと数か月もすれば、この国には新しい指導者が必要になると思う。ここの人たちはあたしを信用してる。だからあたしが言えば……あんたこそそれにふさわしいって……」

ロクシーは危うく大笑いするところだった。「あたしが？　イーヴィ、あたしがどういう人間か知ってるくせに」

「そんなに変な話じゃないよ」マザー・イヴは言った。「あんたはもう、リーダーとしておおぜいの人の上に立ってるじゃない。明日会いに来てよ。ゆっくり話そう」

「どうなっても知らないよ」ロクシーは言った。


そのあとは早めに引きあげた。パーティを楽しんでいるふうをじゅうぶんに装い、タチアナのあまり評判のよろしくない仲間ふたりと握手をした。マザー・イヴに言われたことに気をよくしていた。悪くない考えだ。いや、とてもいい考えだ。彼女はこの国が好きだった。

ロクシーは会場をうろついているレポーターには近寄らないようにしていた。がつがつした表情を浮かべているから、レポーターはすぐに見分けがつく。ひとりインターネットで見た顔のもいた。骨から肉がはがれるぐらいなめてみたいと思うほど好みだったが、似たような男はこの先いくらでも出てくるだろう。レポーターなどごろごろしている。大統領になったらとくにそうだ。声をひそめて「モンク大統領」とつぶやいてみた。それから自分で自分がおかしくて笑った。とはいえ……うまく行くかもしれない。

どっちみち、今夜はそれについて真剣に考えている時間はない。これから仕事があるのだ。パーティでも外交でも握手でもない。国連軍の兵士だか特別代表だかなんだかのひとりが、どこか目立たないところで会いたいと言っている。北部のバリケードを迂回して製品を動かし続けるにはどうしたらいいか、その問題を話し合うためだ。下準備はダレルがやってくれた。もう何か月も前からここで仕事をしていて、目立たないように賢く立ちまわり、連絡をとり、戦争中にもかかわらず工場を問題なく動かしていた。ときには女より男のほうがうまく行くこともある。相手に警戒心を抱かせにくいから、交渉ごとはうまい。それでも、最終的に話をまとめるには、やはりロクシーがみずから出ていかなくてはならない。

道は曲がりくねっていて暗かった。漆黒の世界には、光と言えばヘッドライトの光溜まりがあるだけだ。ここには街灯はなく、窓に明かりのある小さな村すらない。あっきれた、まだ十一時を少しまわっただけなのに。午前四時かと思うところだ。市内から九十分以上もかかったが、ダレルの指示は的確だった。曲がり角は簡単に見つかり、街灯のない道をたどると、またべつの尖塔だらけの城の前に車を駐めた。窓はみな暗く、人の気配はなかった。

ダレルが送ってきたメッセージを見る。緑に塗ったドアが開くとある。自分の手のひらから火花を出して行く手を照らすと、廏舎のわきに塗装のはがれかけた緑のドアが見つかった。

ホルムアルデヒドのにおいがする。それと消毒薬のにおい。入ったところは廊下で、丸い把手のついた金属のドアがあった。ドアの周囲から光が染み出してきている。よし、これだ。次に会合をもつときは、こんな辺鄙で真っ暗な場所は選ばないようにぜひ言っておかなくてはいけない。ころんで首の骨でも折りかねない。把手をまわす。なにかおかしい。眉間にしわが寄る程度に。空気中に血の味がする。血と薬品と、なんだか……なんというか、その感じを正確につかもうとした。戦闘があったあとのような感じ。いつでも戦闘ばかりやっている場所のような。

ドアをあけた。壁にはビニールが張ってあり、手術台や医療機器が置かれている。ダレルはちゃんと話を聞かされていなかったのではないかと思い、ようやく不安になってきたところで、だれかに両腕をつかまれ、頭に袋をかぶせられた。

彼女は強烈な電撃を飛ばした。だれかに重傷を負わせたのがわかる。人がくずおれるのを感じ、悲鳴が聞こえる。次の電撃はすぐにも飛ばせる。ぐるぐるまわりながら頭の袋をとろうとし、と同時に空中にでたらめに電撃を飛ばしつづけた。「さわるな!」と叫んで頭の袋を引き抜こうとしたら、そのとき後頭部に血と鉄の花が咲いた。だれかに殴られたのだ。これほどの力で殴られたのは初めてだ。闇に沈んでいきながら、最後に頭に浮かんだのは「ペットの豹」という言葉だった。

なかば眠った状態でも、身体を切られているのがわかった。彼女は強い。ずっと強かった。ずっと戦士だった。そしていまは、重く濡れた毛布のような眠気と格闘している。

夢のなかで、ずっとこぶしを握りしめていて、それを開こうとしていた。現実世界で手を動かすことができれば目が覚めると知っていた。そして目が覚めたら、こいつらを血の海に沈め、空から苦痛を降らせ、天に穴をあけ、地には炎を燃え広がらせてやる。ひどいことがこの身にふりかかっている。想像もできないほどひどいことが。目を覚ませ、このばか、さっさと目を覚ませ。いますぐ。

眠りの底から浮かびあがった。縛りつけられている。頭上に金属が見え、指先の下に金属を感じる。ばかなやつらだ、と思う。ベッド全体を振動させてやる、だれも近づいてこられないように。

しかしできなかった。やろうとしたが、使い慣れた道具があるべき場所にない。はるか遠くから声が聞こえた。「動いてる」

しかし、動いていないのだ。それが肝心な問題だ。明らかに動いていない。鎖骨に沿ってかすかにエコーを送ってみた。パワーはそこにあった。弱々しくもがいているが、あることはある。自分の身体にこれほど感謝したことはなかった。

べつの声がする。聞き憶えのある声。どこで、どこで聞いた、だれの声？　豹をペットに飼っていただろうか、なにが起こっているのか。くそったれの豹が夢のなかを占領している。失せやがれ、おまえは現実じゃないんだ。

「目を覚まそうとしてる。気をつけてくれ、強い女だから」

だれかが笑い、だれかが言う。「あれだけ投与したのに？」

「わざわざここまで来て、さんざん苦労して手配したのに、ここで台無しにされちゃ目も当てられん」彼女の知っている声が言う。「あんたたちがいままで切除してきた女たちよりずっと強いんだ。気をつけてくれ」

「わかりましたよ。ちょっとどいて」

だれかがまた近くに来る。なにかするつもりだろうが、そうはさせるものか。自分のスケインに語りかけた。あんたとあたし、あたしたちは味方どうしじゃないの。あともう少しがんばってくれなくちゃ。最後にもうちょっとだけ、あんたならできるはず。がんばって。これにはあたしたちの生命がかかってるんだよ。

手が彼女の右手に触れた。

「うわっ！」だれかが叫んで倒れた。荒い呼吸の音。

やった。いまでは感じられる。いまではなめらかに全身を流れている。干上がっていたのではなく、どこかが詰まっていたかのよう、そして流れのなかのごみが取り除かれたかのようだ。見てろ、思い知らせてやる。

「用量をあげろ！　増やせ！」

「これ以上は無理です。スケインがダメージを受ける」

「あれを見てみろ。早くしろ、でなきゃおれが自分でやる」

いまでは電荷がじゅうぶんにたまってきている。あの天井をこいつらのうえに落としてやる。

「見ろ、あの子のやってることを」

だれの声だろう。答えはそこまで出かかっている。この拘束がはずれたら、横を向いて確かめよう。だが心のどこかで、それがだれの声なのかもうわかっていた。そして、横を向いたらなにが見えるかも。

大きな機械的な音が鳴る。いつまでも鳴っている。

「レッドゾーンです」だれかが言う。「自動警告です。投与量が多すぎる」

「いいから続けろ」

身内に溜まってきたのと同じぐらい突然に、パワーは消えた。だれかにスイッチを切られたかのように。

わめきだしたかった。しかしそれもできなかった。

真っ黒な泥のなかにしばし沈んでいたが、またそれに抗って浮きあがったとき、身体にメスが入れられていた。それが恐ろしくおっかなびっくりで、まるで賛辞のように感じるほどだ。麻痺していて痛みはなかったが、鎖骨に沿ってメスが滑っていくのを感じる。スケインに触れられた。感覚も動きも麻痺しているし、半睡半醒の状態ではあっても、その痛みは全身を貫く火災警報のようだった。純粋な白熱の痛み。眼球をていねいに薄切りにされているような。肉の層を一枚一枚、かみそりでそいでいかれるような。なにをされているのか気がつく前に、かすかに悲鳴をあげていた。鎖骨に沿って伸びる横紋筋（おうもんきん）の繊維が持ちあげられ、ノコギリで切断されている。繊維の一本一本が切り離されていく。

はるか遠くでだれかが言った。「いま悲鳴をあげなかった?」

ほかのだれかが言った。「いいから早くやれ」

そのふたつの声はどちらも知った声だった。だれの声か知りたくない。ロクシー、知らないほうがいいこともあるんだよ。知ってしまったら、しまいにあんたを破滅させるようなことが。

鎖骨の右側、最後の繊維が切り取られたとき、全身に痙攣が走った。痛かったが、そのあとの空虚感のほうがさらにつらかった。死んでしまったのに、まだ意識があってそれに気づいているかのようだ。

それが彼女のなかから持ちあげられるとき、まぶたが震えた。いまはちゃんと見えている、これはただの想像ではない。目の前にそれがある。肉の繊維、彼女をいままで生かしていたもの。それははねたり身をよじったりしている。彼女のなかに戻りたがっている。彼女も戻ってきてほしい。あれは彼女の分身だ。

左側から声がした。

豹が言う。「さっさとやってくれ」

「ほんとうに麻酔をかけなくてもいいんですね?」

「動いてるかどうか自分で言えたほうが、あとの結果がよくなるっていうじゃないか」

「それはそうですが」

「じゃあさっさとやってくれ」

頭は万力でしめつけられているようで、首はさびついた歯車でいっぱいだったが、それでもなんとか頭を横に向け、片目だけで求めていた答えを見た。ひと目でじゅうぶんだった。その男、移植手術の用意を整えてとなりに横たわっているのはダレルだ。そしてそのそばの椅子に座っているのは彼女の父、バーニイだった。

ほーら、くそったれの豹がいただろう、とおしゃべりな脳のちっぽけな一部が言う。だから言っただろう、どこかこのへんに、くそったれの豹がいるって。おまえは豹をペットにして飼おうとしてたんだよ、このくそばか。だからこんなことになったんだよ。のどに嚙みつかれて、あたり一面血だらけだ。豹をおもちゃにしたんだから自業自得だよ。ロクシー、豹のまだらは変わらない（人の性格は変わらないという意味の諺）のさ、いや、それともチーターだったかな、どっちでもいいけど。

うるさいうるさいうるさいだまれだまれだまれ、彼女は自分の脳に言った。いまは考えなくちゃいけないことがあるんだ。

いままでは彼女は無視されている。あっちにかかりきりだ。切開あとは縫合されていた。たぶんそれが手順だからだろう。外科医というものは、自分が作った傷を縫合せずにはいられないものなのかもしれない。それとも父がそうしろと指示したのかも。そこにいる。彼女のじつの父が。わかっていてもよかったはずだ、殺さないというだけではじゅうぶんではなかったのだ。すべてに応報がある。傷には傷が。あざにはあざが。屈辱には屈辱が返ってくる。

泣くまいとしたが、泣いているのはわかっていた。目から涙がこぼれてくる。目玉を踏みつぶしてぐちゃぐちゃにしたい。腕や脚や指やつまさきに感覚が戻ってくる。うずきと空虚さと痛みを感じる。いまがチャンスだ。ダレルが彼女を生かしておく理由などなにひとつない。うまくすれば、もう彼女は死んだとダレルは思っているかもしれない。性根の腐った裏切り者、この世の糞だめみたいなやつ、憎んでもあまりあるダレル。

バーニイが言う。「どんな具合だ」

医師のひとりが言う。「上々ですよ。組織はうまく適合してる」

ドリルの音がする。ダレルの鎖骨に小さな穴をあけるのだ。やかましい。意識が少し遠ざかったり戻ったりしている。壁の時計の進みかたが速すぎる。また全身の感覚が戻ってきた。服は着たままだ。ぼろぼろになっているが、それはかまわない。なんとかなる。ドリルがまたうなりはじめたとき、右手を動かして柔らかい布製の拘束具から引き抜いた。

半開きのひとつ目で周囲をうかがう。そろそろと動く。左手を拘束具から抜く。まだだれも気づいていない。みんな弟の処置に気をとられている。左足。右足。そばのトレイに手を伸ばし、メスを二本と包帯をいくつかつかんだ。

となりの手術台はいささか危機的状況を迎えていた。機械が警報を鳴らしだす。縫合しようとしたらスケインが勝手に電撃を発したらしい——よくやった、とロクシーは思う。いい子だ。外科医のひとりが床にぶっ倒れ、べつのひとりがロシア語で悪態をつくと、心臓マッサージを始めた。ロクシーは両目ともあけて、自分の寝ている手術台からドアまでの距離を目測した。外科医が薬を渡せと叫んでいる。だれもロクシーのほうには目を向けていない。それどころではないのだ。彼女がいま死んでもだれも気にも留めないだろう。ここで死ぬかもしれない。その可能性はあると思う。しかし、ここで死ぬつもりはない。身体をななめにして手術台から落ち、ひざを床にぶつけてしゃがむ姿勢になったが、やはりだれも気づかない。後ろ向きにドアに這っていった。身を低くし、かれらから目を離さないようにして。

ドアのそばに靴があった。安堵のあまり小さくすすり泣きながらそれを履く。ドアの外に転げ出た。ひざががくがくするが、全身をアドレナリンが駆けめぐっている。中庭に出てみると車はなくなっていた。足を引きずりながら森のなかへ逃げ込んだ。

トゥンデ

その男は口のなかがガラスだらけだった。

薄く尖った透明な破片がのどの奥に刺さっている。唾液と粘液で光っているそれを、友人が震える指で引き抜こうとしている。よく見えるようにスマートフォンのライトで照らしながら、吐き気をこらえて動くまいとしている男ののどに手を入れる。三回めにやっとつかまえることができ、親指と人さし指でつまんで抜き取った。長さが五センチほどもあって、血と肉片にまみれ、先端にはのどの粘膜がこびりついている。友人がそれを、清潔な白いナプキンにのせる。トゥンデはナプキンに並んだ八つのガラス片を撮影した。その周囲では、ほかのウェイターやシェフや雑用係が忙しく仕事を続けていた。

パーティ会場でこの忌まわしい仕打ちがなされているあいだ、トゥンデはそれを撮影していた。手からただぶら下げているようなふぜいで、カメラを腰のあたりに低くかまえていたのだ。このウェイターはまだ十七歳だった。こういうことを見聞きしたのは初めてではないが、自分がこんな目にあったのは初めてだという。いいえ、どこにも逃げ場はありません。ウクライナに親戚がいるから、もし逃げていけば引き取ってくれるかもしれないが、国境を越えようとすれば射殺される。いまはぴりぴりしているから。口もとの血を拭きながら彼はそう話した。

低い声で続ける。「ぼくが悪いんです、大統領がお話しなさってるときに口をはさんだから」

いま彼は少し泣いていた。ショックと恥ずかしさ、恐怖と屈辱と苦痛のために。トゥンデにもその気持ちはわかる。あの最初の日、エヌマに触れられてからおなじみの感情だ。

自分の本のために走り書きしたメモにはこう書いてある。「最初のうちは、男らしくないからという理由で自分の苦しみを語らなかった。いまでは恐ろしく、恥ずかしく、ひとり希望もないから語れない。ぼくたちはみなひとりきりだ。前者がいつ後者に変わったのか、それを区別するのはむずかしい」

ウェイター――名前はペーターという――は、紙切れに短くなにごとか書きつけた。それを渡してきて、トゥンデのこぶしを包み込むように握った。目をのぞき込んでくる。キスをするつもりなのだろうか。させてもいいとトゥンデは思う。この人たちには慰めが必要だ。

ウェイターは言った。「置いていかないでください」

トゥンデは言った。「きみの気がすむまでついているよ。そのほうがよければ、パーティが終わるまででも」

「いいえ、置いていかないでください。大統領はレポーターの人たちを国から追い出そうとしているんです。お願いです」

「それはどういうこと？」

しかし、ペーターは同じ言葉をくりかえすだけだ。「お願いです。置いていかないでください。お願いします」

「行かないよ」トゥンデは言った。「ここにいる」

煙草を吸おうと厨房の外へ出た。火をつけようとしたら指が震えていた。過去にタチアナ・モスカレフに会ったときは親切にしてもらったから、ここでなにが起こっているかわかっているつもりでいた。再会できるのを楽しみにしていた。しかしいまは、改めて自己紹介する機会がなくてよかったと思う。ペーターから渡された紙切れをポケットから取り出してみた。それには震える大文字の活字体で「ぼくたちは殺される」と書かれていた。

会場を去る人々の写真も通用口から撮った。武器の密輸入業者。生物兵器の専門家。黙示録の四騎士（聖書の黙示録に登場する四人の騎士。一般に疫病、戦争、飢饉、死の象徴とされる）の舞踏会だ。ロクサン・モンクが車に乗り込むところも撮った。ロンドンのマフィア・ファミリーの女王だ。彼が写真を撮っているのに気づくと、「くたばれ」と口を動かしてみせた。

ホテルの部屋に戻ってから、午前三時にこの話をCNNに送った。床のブランディをなめる若者の写真。ナプキンに並ぶガラスの破片。ペーターの頰の涙。

午前九時を少しまわるころ、自然に目が覚めた。目がごろごろし、背中とこめかみが汗でちくちくする。メールをチェックした。昨夜送ったレポートについて、夜番の編集主任がなんと言ってきただろうか。このパーティでなにが撮れたにしても、まっさきにCNNに見せると約束していたが、あまりカットが多すぎるようならよそへ持っていくことも考えていた。メールはたった二行の簡単なものだった。

「トゥンデ、申し訳ないが今回の映像はパスさせてもらいます。すばらしいレポートで映像も申し分ないが、いまはちょっと使えないと思う」

まあいい。トゥンデはさらに三本メールを送り、それからシャワーを浴びて、濃いコーヒーのポットを注文した。メールの返信が戻ってきはじめたときには、国際ニュースのサイトをあらかた眺め終えていた。ベッサパラについては大したニュースはない。だれからもスクープを抜かれてはいなかった。返信のメールを読んだ。三本とも却下。どれも似たりよったりの、奥歯にもののはさまったような煮え切らない返事で、これは使えないと思うという理由だった。

しかし、売れなければ売れなくてもかまわない。〈ユーチューブ〉にすべて投稿するだけだ。

ホテルの無線ＬＡＮを通じてログオンしたら……〈ユーチューブ〉はなかった。小さな削除通知が出て、このサイトはお使いの地域では利用できませんとあった。ＶＰＮを試してみた。使えない。スマートフォンのデータでやってみた。同じことだった。

ペーターの言葉を思い出す。「大統領はレポーターの人たちを国から追い出そうとしているんです」

ファイルをメールで送信すれば、傍受されるだろう。

トゥンデはＤＶＤを焼いた。写真も動画も、彼自身の文章もすべてＤＶＤに書き込んだ。

それをクッション封筒に入れ、住所を書く段になってちょっと考えた。しまいに、ニーナの名前と住所をラベルに書いた。なかに「取りに行くまで預かってください」と書いたメモを入れた。本を書くためのメモとか、旅行の日記とか、そういうものを以前から預かってもらっている。あちこち持って歩くより、あるいはどこかのからっぽのアパートに置いておくより、彼女に預けておくほうが安全だ。アメリカ大使に頼んで、外交用郵袋に入れてもらおう。

タチアナ・モスカレフが本気なら――つまり、やろうとしているらしいことをほんとうにやろうとしているのなら、トゥンデがそれを記録するつもりだということをいまはまだ知られたくない。記録を残すチャンスは一度しかないのだ。これよりもっとささいなことで、ジャーナリストはさまざまな国から追放されてきた。いっぺんじゃれあいのまねごとをしたぐらいで、自分は特別だと思うほど彼も思いあがってはいない。

その日の午後、ホテルからパスポートの提出を求められた。困難な時期なので、安全保障のための新たな規則が定められたからだという。

外交官以外の民間人は、ほとんどベッサパラを出国しようとしていた。北部の戦線には防弾チョッキを着た戦争レポーターがまだ数名残っているが、本格的な戦闘が始まるまではとくに報道することもなく、もう五週間以上もただの威嚇が続いているだけだ。

トゥンデは居残った。チリに行ってくれないかと多額の報酬を提示された。反教皇にインタビューして、マザー・イヴについての見解を聞いてほしいというのだが、断わった。男性活動家のテロ集団の新たな分派が、トゥンデが訪ねてきて録画してくれれば声明を出すと言ってきたが、やはり断わった。彼は居残り、この地域じゅうの都市を訪ねて何十人もの人々にインタビューをした。簡単なルーマニア語を覚えた。同僚や友人たちにいったいなにをやってるんだと尋ねられると、この新しい国民国家について本を書くのだと答えた。するとみな肩をすくめて「なるほどね」と言うのだった。新しい教会での礼拝に参列し、古い教会がいかに作り替えられ、破壊されているかを見た。地下室で、ろうそくの光のもと輪になって座り、昔どおりの礼拝――母でなく息子を中心にすえた――を司式する司祭の詠唱に耳を傾けた。礼拝のあと、司祭はトゥンデにぴったり身を寄せ、長く強く抱擁(ほうよう)してささやいた。「わたしどものことを忘れないでください」

トゥンデは一度ならず、この国の警察はもう男が殺されても捜査をしないと聞かされた。男が殺されていても、かつての時代の悪行ゆえに報復団による報いを受けただけと決めつけられるという。西部の村の暖房をきかせすぎた部屋で、ある父親はこう語った。「まだ子供でもだよ。たった十五歳の子供が、以前にどんな悪行ができたというんだね」

トゥンデは、こういうインタビューのことはネットにはいっさい書かなかった。書いたらどうなるかはわかっている。午前四時にドアをノックされ、始発の飛行機に押し込まれてこの国から追い出されるのだ。ネットには、この新しい国に休暇で訪れた観光客のような書き込みをした。毎日何枚も写真を投稿した。すでにコメント欄にはふつふつたる怒りが感じられる。トゥンデ、新しい動画はどうした。いつもの愉快なレポートはどうしたんだ。それでも、彼が投稿をやめたらみんな気がつくだろう。重要なのはそこだ。

この国に来て六週め、タチアナが新たに任命した司法大臣が記者会見を開いた。出席者はまばらだった。会見室は風通しの悪い部屋で、壁には壁紙代わりにベージュと茶色のひもが貼ってあった。

「近年では世界じゅうで言語道断なテロ行為がおこなわれており、またわが国は敵と通じた男たちによって裏切られています。そこで本日、新たな法的手段の導入を発表することとなりました」彼女は言った。「われわれは、この国を破壊しようと画策する集団の手により、長いあいだ苦しめられてきました。かりにかれらが勝つようなことがあれば、どのような事態が生じるかいまさら問うまでもありません。すでに見てきたからです。われわれは、裏切り者から国を守らなくてはならないのです。

したがって、本日次の法律を制定します。わが国に居住する男性はみな、つねにパスポートおよび女性保護者の氏名を捺印した公文書を所持するものとします。男性が移動するさいには、かならず保護者の書面による許可が必要です。信用のおけない男性を野放しにし、徒党を組むことを看過するわけにはいかないのです。

姉妹、母、妻、娘その他、保護者となりうる女性親族を持たない男性は、警察署に出頭し、労働の割当を受けたうえ、国民を保護するためにほかの男性とともに拘束されます。この法に違反した男性は極刑をもって罰せられます。なお、これは外国人のジャーナリストや労働者にも適用されます」

室内の男たちが目を見交わす。この国が人身売買のおぞましい中継基地だったころから、ここにずっと滞在している外国人ジャーナリストは十人ほどいた。女性はあきれはてたという顔をしようとし、と同時に連帯感と励ましの表情を浮かべようとしている。「心配しなくても大丈夫、こんなことがずっと続くはずはないし、そのあいだはわたしたちが協力するから」というように。数人の男たちが、わが身をかばうように胸の前で腕組みをした。

「男性は金銭その他の財産を国外に持ち出すことはできません」

司法大臣はページをめくった。禁止事項のリストは長く、小さな活字でびっしり印刷されていた。

今後、男性は自動車を運転することはできない。

今後、男性は事業主となることはできない。外国人のジャーナリストやカメラマンは女性に雇用されることが必要。

今後、男性だけで集まることは許されない。自宅であっても、三人以上集まる場合はかならず女性の同席が必要。

今後、男性には選挙権は認められない。長年の暴力と腐敗から見て、男性が支配や統治に向いていないのは明らかである。

これらの法律を公然と無視している男性を見かけた女性は、ただちにその男性に懲罰を加えることができる、というよりそれが義務である。この務めを怠る女性は国家の敵であり、犯罪の従犯すなわち国の平和と調和を乱そうとする者のひとりと見なされる。

その後の数ページには、これらの規則に関するささいな例外事項、なにをもって「女性の同行」とするかという説明、医学的な緊急事態の場合の緩和措置——なんといっても男性も人間にはちがいないのだから——が記載されていた。リストの読みあげが続くにつれて、会見場はいよいよ静かになっていく。

司法大臣はリストの朗読を終えると、静かに原稿をおろした。肩にはまったく力が入っておらず、顔は無表情だ。

「以上です」彼女は言った。「質問は受け付けません」

バーでは、『ワシントン・ポスト』のフーパーが「もうどうでもいい。おれは出国する」と言っていた。

もう何度もそうくりかえしている。ウィスキーを自分のグラスにつぎ、氷を三個入れ、勢いよくかき混ぜると、また演説を始めた。

「なにが悲しくて、まともに仕事のできない場所に残ってなくちゃならんのだ。ほかに仕事のできる場所なんぞ何十もあるのに。イランでそろそろなにかおっぱじまるぞ、まちがいない。おれはイランに行く」

「それで、イランでなにか始まったとして」とBBCのセンプルがオックスフォード訛りで言った。「男がどんな目にあうと思っているんだね」

フーパーは首をふった。「イランでそれはない。こんなことは起こらんよ。一夜にして信仰を変えたり、なにもかも女に譲ったりするはずがない」

「しかし、国王（シャー）が倒れてアヤトラが権力を握ったときは一夜で変わったじゃないか」センプルが続けた。「あっという間だった。忘れたのかい」

しばしの沈黙が落ちた。

「それじゃ、どうすりゃいいんだ」フーパーは言った。「もうなにもかもやめちまうか。国に帰って、園芸欄の編集者にでもなるか。目に浮かぶよ、防弾チョッキを着て国境地帯（ボーダー）ならぬ花壇の縁どり（ボーダー）に立つきみの姿が」

センプルは肩をすくめた。「ぼくは残るよ。ぼくは英国国民で、陛下の保護のもとにある。法律には従うさ、常識の範囲内でね。そしてそれをレポートするよ」

「なにをレポートするつもりなんだ。ホテルの部屋でただ座って、女が来て連れ出してくれるのを待ってるのはどんな気分かってことでも？」

センプルは下唇を突き出した。「これ以上に悪くはならないさ」

隣のテーブルでトゥンデはふたりの話を聞いていた。彼もまた大きなウィスキーのグラスを持っていたが、飲んではいなかった。男たちは酔って大声をあげている。女たちは静かにそんな男たちを眺めている。男たちの虚勢には、無力さや必死さがにじみ出ている。そして女たちは、それを見て同情しているとトゥンデは思った。

ある女が、トゥンデにも聞こえるぐらいの大きな声で言っていた。「どこでも行きたいところにわたしたちが連れていくわよ。わたしたちだって、こんなばかな話はないと思ってるんだから。どこへ行きたいか言うだけでいいのよ、いままでとなんにも変わりゃしないわ」

フーパーはセンプルのそでをつかみ、「出国しろよ。最初の飛行機でこんな国とはおさらばするんだ」

女のひとりが口を開く。「そのとおりよ。こんなつまんない国のために殺されたらなんにもならないじゃない」

トゥンデはゆっくりフロントに歩いていった。年配のノルウェー人夫婦が勘定を払い終えるのを待つ。外ではタクシーに荷物が積み込まれているところだ。裕福な国から来た人々の例に漏れず、この夫婦も可能なうちにこの市を出ようとしているのだろう。ミニバーのレシートの項目や地方税の率をいちいち照会したのちに、ようやく夫婦は出ていった。

フロントにはいまスタッフがひとりしかいない。その頭を見れば、白髪があちこちで領土を拡大しつつあった。そこここに白い塊があり、残りは黒く太く細かく縮れている。六十代ぐらいか。何年も経験のある信頼厚いホテルマンにちがいない。

トゥンデは笑顔を浮かべた。人なつこい、お互い大変だねという笑み。

「最近はいろんなことがあるね」彼は言った。

男はうなずいた。「まったくです」

「これからどうするつもり？」

男は肩をすくめる。

「引き受けてくれる家族がいるの？」

「ここから西へ三時間のところに娘が農場を持っておりますので、そこへ行くつもりです」

「移動しても大丈夫なの？」

男は顔をあげた。白目の部分は黄ばんでいて、赤い筋が入っている。その細い血管が瞳孔のほうへ伸びていた。彼は長いことトゥンデを見ていた。たぶん五秒か六秒ぐらいは。

「神のお許しがあれば」

トゥンデはなにげない様子で、ゆっくりと片手をポケットに入れた。「ぼくもちょっと移動しようかと思ってるんだよ」と言って、そこで口をつぐんで待つ。

男はなにも尋ねない。これは有望だ。

「もちろん、移動するには必要なものがひとつふたつあるよね。いま……いまは手もとにないものが。あとに残していきたくないもの。どこに行くにしても」

男はあいかわらずなにも言わず、ただゆっくりうなずいた。

トゥンデは両手をさりげなくあげ、フロントの吸取紙の下に紙幣をすべり込ませた。角だけが見えるようにして。扇状に広げた十枚の五十ドル紙幣。米国の通貨。それが肝心なところだ。

男のゆっくりした一様な呼吸が止まった。ほんの一秒ほど。トゥンデは陽気な声で続ける。「だれだって自由は欲しいよね」またいったん口をつぐむ。「これから部屋に戻って寝るつもりなんだけど、スコッチを部屋に持ってくるように言ってもらえないかな。六一四号室に。できるだけ早く」

男は言った。「わたくしが自分でお持ちいたします。数分お待ちいただければ」

部屋に戻ると、トゥンデはテレビのスイッチを入れた。クリスティンが第四四半期の業績見通しはあまり明るくないと言っている。マットが愛嬌のある笑みを浮かべて、そういうこと、ぼくぜんぜんわからないいんだよね、と言った。おんなじ浮いたり沈んだりでも、アップル・ボビング（ハロウィーン恒例の遊び。水に浮かべたリンゴを口でつかまえる速さを競う）ならわかるんだけどなあ。

この「激動の地域」における「軍事的弾圧」について、〈Cスパン（米国の衛星放送ネットワーク）〉で短いまとめをやっていたが、アイダホ州の新たな国内テロ活動のニュースのほうがはるかに長かった。アーバンドクスとそのばかなシンパどもは、話のすり替えに成功していた。男性の権利について話をしようとすれば、かれらについて話をすることになり、またかれらの陰謀論と暴力、制限や規制の必要性について話をすることになってしまうのだ。ここでなにが起こっているのか聞きたがる者はいない。手早くパッケージングして市場に出すには、真実はつねに複雑すぎるのだ。さて、ここでお天気の時間です。

トゥンデはバックパックに荷物を詰めた。着替えをふた組、メモ帳、ノートパソコンとスマートフォン、水のボトル、フィルム四十本と昔ながらのカメラ。電気やバッテリーの見つからない日が何日も続くかもしれないから、デジタルでないカメラは役に立つだろう。ちょっと考えて、さらに靴下を二足追加した。恐怖や憤怒のほかに、一種の興奮が沸きあがってきたのには驚いた。興奮するなんてばかだ、と自分を叱った。深刻な事態なんだぞ。そのとき、ドアにノックの音がして飛びあがりそうになった。

ドアをあけたとき、フロントの男には彼の言いたいことが通じなかったのかと一瞬思った。彼の持つトレイには、四角いコースターのうえにウィスキーのタンブラーが載っているだけで、ほかにはなにもなかったからだ。しかしよく見てみると、そのコースターはじつは彼のパスポートだった。

「ありがとう」彼は言った。「これが欲しかったんだよ」

男はうなずいた。トゥンデはウィスキー代を支払うと、パスポートをす早くズボンのわきポケットに突っ込んだ。

午前四時半まで待ってから部屋を出た。廊下はひっそりしていて、照明も暗い。玄関ドアをあけ、寒い戸外へ足を踏み出しても警報は鳴らなかった。止めようとする者はいない。昨日の午後のできごとはすべて夢だったかのようだ。

トゥンデはがらんとした夜の通りを渡っていった。遠くで犬が吠えている。いつしか小走りになっていたが、すぐに大またのゆっくりした足どりに落ち着いた。ポケットに手を入れたら、ホテルの部屋の鍵がまだ入っていた。それについた輝く真鍮のチェーンをいじりながら、捨てようか、それとも郵便ポストにでも入れるかと考えたが、またポケットに突っ込んだ。これを持っているかぎり、あの六一四号室が彼の帰りを待っていると想像することができる。出てきたときのまま、ベッドは寝乱れて、デスクのそばには朝刊がぶかっこうな山を作り、ベッドサイド・テーブルの下にはしゃれた靴が並び、脱いだズボンと靴下がすみに放り出されていて、そのそばでは半分からのスーツケースがあけっぱなしになっているのだ。

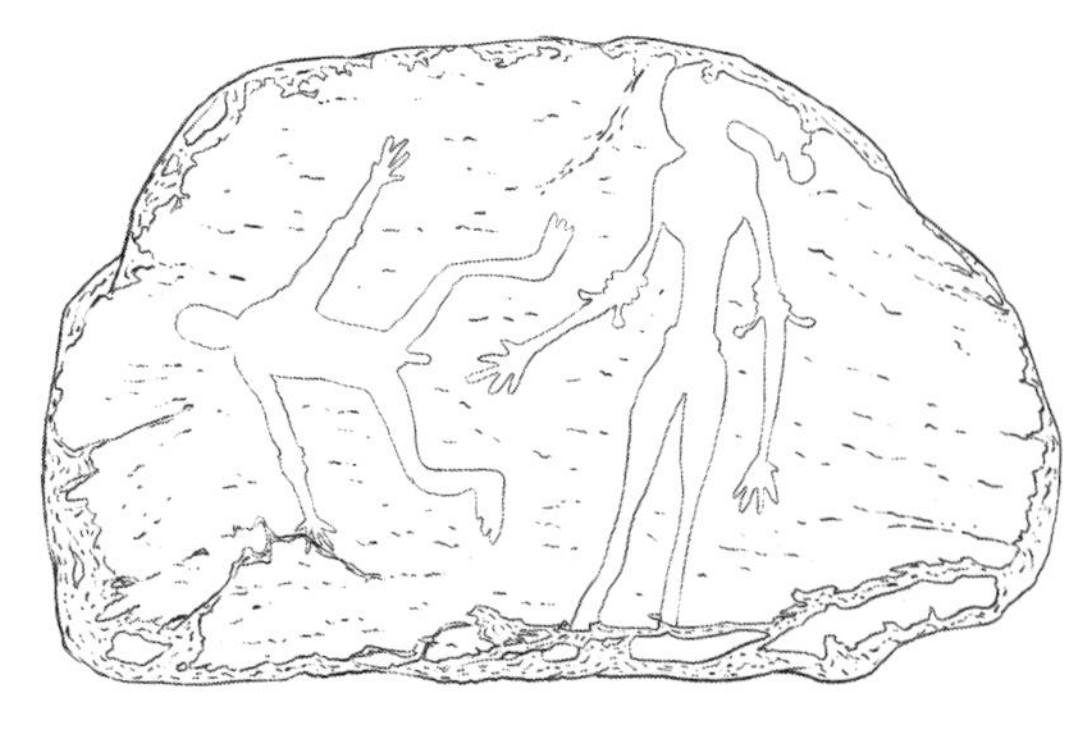

フランス北部で見つかった約4000年前の洞窟壁画。
ここに描かれているのはいわゆる「抑礼」――男性性器切除術ともいう――である。
この儀式では、思春期に近づいた男児の陰茎の重要な神経終末が焼き切られる。
この処置（ヨーロッパのいくつかの国ではいまもおこなわれている）を受けた男性は、
女性のスケインによる刺激なしでは勃起が不可能になる。
また、射精のたびに痛みを感じるようになる男性も少なくない。

あとせいぜい七か月

アリー

ロクシー・モンクは姿を消した。パーティの席でアリーと会っているし、立ち去るところをスタッフに見られているし、彼女の車が市外へ走り去るのが監視カメラに映っているが、それ以降は完全に行方をくらました。車は北へ向かっていた――わかっているのはそれだけだ。もう八週間になる。あいかわらず行方は知れない。

アリーは、ビデオチャットでダレルと話したが、彼はひどい顔をしていた。「事業をまとめるのがやっとなんです」彼は言った。北部一帯をしらみつぶしに捜しているという。「ロクシーが狙われたんなら、おれも狙われたって不思議はない」彼は言った。「これからも捜しつづけますよ。たとえ死体しか見つからないとしても、なにがあったのか知らなくちゃならない」

どうしても知りたい。アリーは突拍子もない恐ろしい事態を想像していた。タチアナは突如被害妄想にとらわれて、ロクシーは裏切って北モルドヴァへ走ったのだと信じ込んでいた。そして敵の攻撃に変化が見えるたびに、ロクシーがタチアナを売ったからだ、敵に〈グリッター〉すら流しているにちがいないと言い出す始末だ。タチアナは不安定になってきていた。ときどきはマザー・イヴをだれよりも信頼しているような素振りを見せ、タチアナがその任にたえないとなったら、マザー・イヴを事実上の国の指導者にするという法案にもサインした。しかし、発作的に凄まじい憤怒にとらわれ、スタッフに暴力をふるい、周囲の者がみな彼女の足を引っ張っているとなじる。将軍たちや高官たちに、矛盾したとんでもない命令を与える。戦闘が始まっていた。女を裏切った女や罪を犯した男を匿っていると言って、報復部隊が村々に火をかけていく。反撃してくる村もある。戦争が国内にじわじわと広がりつつあった。はっきり姿の見える敵に対して、ある日を限って宣戦布告するのではなく、はしかのように伝染していく戦争だ。最初は一か所、次に二か所、その次は三か所に。国じゅうが国じゅうと戦争をしている。

アリーはロクシーに会いたかった。ロクシーがこれほど、自分の心に入り込んでいたとは思わなかった。それで不安になった。彼女を友だちだと思ったことはなかった。友だちが欲しいと思ったことも、なくてはならないと思ったこともなかった。なくなってみるまでは。ロクシーの身が心配でならない。夢を見た。最初はカラスを、次には白い鳩を送って、よい知らせを探しに行かせたが、なんの知らせも戻ってこないという夢を。

ここを捜せばよいとわかる場所がこの百マイル以内にあったら、捜索隊を送って徹底的に捜させていただろう。

聖なる母に祈った。どうか、ロクシーがぶじに帰ってきますように。どうかお願い。

〝声〟が言った。約束はできないわ。

アリーは心のなかで言った。ロクシーには敵が多かった。ああいう人にはおおぜい敵がいるものだ。

〝声〟が言う。あなた、自分にも敵がたくさんいるとは思わないの？

それじゃ、どうすればいいのよ。

わたしはいつもそばについているわ。でも言ったでしょ、いろいろむずかしいのよ。

唯一の道は、居場所を所有することだとも言ったじゃない。

それじゃ、どうすればいいか自分でわかるでしょう。

アリーは自分に言い聞かせた。もうやめよう。やめるのだ。ロクシーもほかの人間と同じ、ただの他人にすぎない。なにもかも消え失せても、あんたは生き残る。自分のなかのこの部分は切り捨ててしまうのだ。

心のなかのその小部屋は閉め切って、熱湯を注ぎ込んで殺してしまうのだ。ロクシーなど必要ない。あんたは大丈夫。

こわい。

このままでは安心できない。

どうすればいいかはわかっている。

安全を得る唯一の道は、自分の居場所を自分で所有することだ。

ときどき、深夜も深夜、午前三時を過ぎてからタチアナに呼ばれることがあった。タチアナは不眠に苦しんでいた。深夜、悪夢にうなされて目が覚める。報復、宮殿にひそむスパイ、ナイフで襲われる……そんなときは心の支え、マザー・イヴが呼ばれる。マザー・イヴはやって来てベッドの端に腰をおろし、慰めの言葉をかけてタチアナをまた眠りに就かせるのだ。

寝室は暗紅色（バーガンディ）のブロケード（繻子地などに紋様を浮き織りにした厚手の布地）と虎皮の組み合わせで装飾されていた。タチアナはひとりで寝ている。夜の早い時間にだれとベッドをともにしていようとも。

彼女は言った。「みんながわたしからなにもかも盗んでいくの」

アリーはその手をとり、絡まりあう神経終末をたどり、苛立ち動揺する脳に手を伸ばす。「神がついています。最後に勝つのはあなたですよ」

そう言いながら、タチアナの心のあちらを、そしてこちらを、慎重に力の入れ具合を計算して押していく。それを感じられる者はいない。ごく少数のニューロンの発火具合が変化するだけだ。こちらではわずかに抑え、あちらではそっと煽る。

「そうよね」とタチアナ。「あなたの言うとおりよ」

いい子ね、と〝声〟が言う。

「いい子ね」アリーが言うと、タチアナは聞き分けのいい子供のようにうなずく。

いずれは、このやりかたを身につける者がほかにも出てくるだろう、とアリーは思う。いや、すでにいましも、どこか遠い国に、父や兄弟をなだめ、操る方法を身につけつつある若い娘がいるかもしれない。人を傷つける能力など手始めにすぎない。いずれは、ほかの人々もそこに気がつくだろう。ロクシーなら入門編（ゲートウェイ・ドラッグ）とでも言うところだ。

「それはそうと」アリーは言った。「いまのうちに、この書類にサインなさったほうがよいのではないでしょうか」

タチアナは眠たげにうなずいた。

「じっくりお考えくださいましたね。国境周辺の教会には権限が必要なんです。独自に裁判をして、判決を執行する権限が」

タチアナはベッドサイド・テーブルからペンを取りあげ、ぞんざいに自分の名前を書きなぐった。書きながら、もう目は閉じかけている。頭を枕に落とした。

〝声〟が言った。いつまでこんなことを続けるつもり？

アリーは心のうちで答えた。あまり急ぎすぎると、アメリカ人にあやしまれるよ。ロクシーを任命するつもりだったけど、あたしが自分のためにやるとなったら、みんなを納得させるのはそう簡単じゃないもの。

タチアナは日に日に操縦しにくくなってきてるわ。わかってるでしょう。

それはあたしたちのせいだよ。タチアナの脳はいじられすぎて、脳内物質の具合がおかしくなってるんだ。だけどいつまでも続ける気はないよ。この国はあたしのものになる。そうすればもう安全だもの。

ダレル

くされ国連のせいで輸送は滅茶苦茶にされている。

ダレルはこちらに戻ってきたトラックを眺めた。途中の森で袋は捨ててきたという。三百万ドル相当の〈グリッター〉が、雨がふれば林床にすべて流れ出てしまう。それだけでもじゅうぶん頭が痛いが、しかし問題はそれだけではない。トラックは国境から追いかけられ、兵士から逃れるために森を踏み荒らして逃げてきたのだ。逃げられたのはよかったが、逃げたあとを残してきてしまった。国境から逃げてこっちの方向へ向かったとなったら、どこを捜せばいいか範囲が狭まるわけじゃないか。

「くそっ！」ダレルは言って、トラックのタイヤを蹴飛ばした。手術あとが引きつれ、スケインが不機嫌にうなる。痛い。また「くそっ！」と叫んだら、思ったより大きな声になってしまった。

ここは倉庫のなかだ。女たち数人がこちらに目を向けた。うちふたりは、なにがあったのかとトラックのほうにぶらぶら近づいてくる。

運転手のひとりで、副長に指名されている女が、片足からもう片足へ体重を移し替えた。「前に荷物を落としたときは、ロクシーはいつも――」

「ロクシーがいつもなにをしてようが知らん」ダレルは言ったが、少し性急すぎた。女たちが目を見交わす。彼は言いつくろった。「つまり、以前やったとおりにやってほしいとロクシーは思ってないって意味だ。わかるだろ」

また目を見交わしている。

ダレルはもう少しゆっくり、落ち着いた威厳のある声で話そうと努めた。ロクシーがそばにいて統制をとっていないいま、この女たちに囲まれているとだんだん落ち着かなくなってくる。彼にもスケインがあることを知ればだいぶ変わってくるだろうが、いまはさらに波風を立てるようなことは慎んだほうがいい。秘密にしておけと父にも言われている。とにかく傷が治るまで、そしてロンドンに戻るまでは。

「いいか」彼は言った。「一週間は目立たないようにしよう。出荷はなし、国境越えもなし、ただじっと目立たないようにしておくんだ」

女たちはうなずいた。

ダレルは思う。こいつらがくすねてないとどうしてわかる？　こっちには知りようがない。森に捨ててきたと言ってるが、どこかに隠してあるのかもしれないじゃないか。くそ。こいつらはおれをこわいと思ってない。それが問題だ。

若い女のひとり——イリーナという、少し頭の鈍い女だ——がまゆをひそめ、唇を突き出して言った。「あんたたちには保護者がいるの？」

またこの話か。

「いるよ、イリーナ」彼は言った。「姉貴のロクサンがおれの保護者だ。憶えてないのか。この工場を経営してる。所有してるロクサンだよ」

「だけど……だけど、ロクサンはもういないじゃん」

「休暇をとってるだけだ」ダレルは言った。「そのうち戻ってくる。おれはそれまでのつなぎにここを動かしてるだけだ」

　イリーナの眉間のしわが深くなった。彼女のひたいは広く、はえぎわはぎざぎざだ。

「ニュースで言ってたけど、保護者が死んだり行方不明になったりしたら、新しい保護者を指名しなくちゃいけないんだよ」

「イリーナ、ロクシーは死んでない。行方不明でもない。ただ……いまちょっとここにいないだけだ。いま遠くで……大事な仕事をやってるんだ。わかった？　そのうち戻ってくる。そのあいだ、ここはおれに任せるって言われてるんだ」

　この新たな情報を吸収しようとするように、イリーナは首を左右にふった。首の歯車や骨がかちかちかち鳴る音が聞こえるようだ。

「だけど、ロクサンがいないのに、どうしたらいいかなんでわかるの」

「メッセージを送ってくるんだよ、わかるか、イリーナ。短いメールとかテキストメッセージとか。いまおれがやってることはみんな、ロクシーに言われてやってることなんだ。姉貴にやれと言われてないことはやってない。だから、おれの指示どおりにやるのは、姉貴の指示どおりにやるのと同じことなんだ。これでわかったか」

イリーナは目をぱちくりさせた。「うん、わかった」彼女は言った。「知らなかったよ。メッセージね。そんならいい」

「よし、それじゃ……ほかにもなにかあるのか」

イリーナはこちらを見つめている。カンベンしてくれ、さっさと言えよ。そのでっかい頭のなかにはなにが詰まってるんだ。

「あんたのおとうさん」彼女は言った。

「うん、おれの親父がなんだ」

「あんたのおとうさんからメッセージがあった。あんたと話がしたいって」

ロンドンからのバーニイの声は、回線の雑音で聞き取りにくい。しかしその失望の響きに、いつものようにダレルは胃が締めつけられた。

「まだ見つからんのか」

「ぜんぜん」

ダレルは低い声で話していた。この工場のオフィスは壁が薄いのだ。

「たぶん這い出した先で死んだんだろう。医者が言ってただろ、スケインを切除すると、半分以上はショックで死ぬんだって。それに出血もしてたし、あんななんにもないとこだったし、もう二か月になる。もう死んでるよ」

「まるでうれしいことみたいに言うんじゃねえ。あの子はおれの娘だぞ」

　バーニイはいったいどうなると思っていたのか。あんな仕打ちを受けたあとで、ロクシーがおとなしく家に戻って賭屋でもやると思っていたのだろうか。死んでいてくれたほうがずっといいに決まってるのに。

「ごめん」

「こっちのほうがいいっていう、それだけだ。逆のほうがまっとうな姿だからな。だからやったんだ。あの子を痛めつけるためじゃない」

「わかってるよ」

「それで、うまくくっついてるか。どんな感じだ」

　夜は一時間ごとに、あれがのたくったり痙攣（けいれん）したりして目が覚める。〈グリッター〉とともに投与される薬のおかげで、スケインをコントロールする神経が育ってきてはいるのだが、いまでも胸のなかに毒蛇を飼っているような気分だった。

「いい感じだよ。医者は順調だって言ってる。ちゃんと動いてるって」

「いつごろから使えそうだ」

「もうすぐだよ。あと一週間か二週間か」

「そうか。これはただの手始めだぞ、ぼうず」

「わかってるよ」ダレルはにやにやした。「おれは無敵になるんだ。親父といっしょに会合に出て、だれもおれになにかできるとは思わないでいたら、いきなりドカーンさ」

「それに、おまえでうまく行ったら、この手術を売れない相手はどこにもおらんぞ。中国でもロシアでも、刑務所の囚人を利用できる国ならな。スケイン移植……みんながやりたがるだろう」
「ぼろ儲けだな、親父」
「そのとおりだ」

ジョスリン

母に言われて、心理療法士の治療を受けた。テロリスト攻撃によるショックと精神的外傷のためだ。あの男を殺すつもりはなかったということは黙っていた。また、彼は銃を構えていなかったということも黙っていた。この療法士は、〈ノーススター・インダストリーズ〉と契約している診療所の所属だから、へたなことは言わないほうが無難だと思ったのだ。だから一般論で話をした。

療法士にライアンのことを話した。

「強くて決断力があるからって理由で、わたしのことを好きになってもらいたかったんです」

「彼はもっと違う理由であなたのことが好きだったのかもしれませんね」

ジョスリンは言った。「ちがう理由で好きになってもらいたくないんです。それだと、自分で自分がいやでたまらなくなるだけだもの。どうして、ほかの女の子を好きになるのとはちがう理由で好きになったなんて思うんですか。わたしが弱い女だとでも言うんですか」

療法士には黙っていたが、彼女はまたライアンと連絡をとるようになっていた。〈ノーススター〉キャンプでの事件のあと、向こうからメールしてきたのだ――新しいアドレスで、プリペイドのスマートフォンを使って。メールしてきてほしくないと彼女は言った。テロリストと話はできないからと。すると彼は言った。「なんだって。だれがテロリストだって?」

数か月かかったが、彼はその掲示板に書き込んだのは自分でないとジョスリンを納得させた。だれを信じていいものやらいまだに確信は持てないが、ただ母に嘘をつくくせがあるのはわかっている。あまり完全にしみついていて、自分でも嘘をついているとは意識していないほどだ。母が故意に嘘をついていたのかもしれないと気づいたとき、ジョスリンは自分のなかのなにかが崩れていくのを感じた。

ライアンは言った。「きみのおかあさんはぼくを嫌ってた。ぼくがありのままのきみを愛しているからだ」

「わたしは問題を抱えてるけど、それでも愛してくれる人がいいの。問題を抱えてるからじゃなくて」

「でも、ぼくはただきみを愛してるんだ。きみのすべてが好きなんだよ」

「わたしが弱いから好きなんでしょう。弱いなんて思われたくない」

「きみは弱くなんかない。ぜんぜん弱くない。きみを知ってる人、きみを好きな人はだれもそんなこと思わないよ。それに、もし弱かったとしたってそれがなんだっていうんだ。弱くたっていいじゃないか」

しかし問題はそこだ、そこなのだ。

最近の広告掲示板には、はつらつとした若い女が長く湾曲したアークを飛ばしてみせ、かわいい男の子がそれを見て喜ぶという広告が貼られている。それで清涼飲料水やスニーカーやガムを買いたくなることになっているのだ。これは成功し、商品は売れている。しかし、それは若い女たちにべつのものも売っている。こっそりと、おまけとして。強くあれ。そうすれば欲しいものはすべて手に入る、とそれは言っているのだ。

問題は、いまではそういう感覚がいたるところにあふれていることだ。ちがうものを見つけようとすれば、ちょっと変わった人たちの話を聞くことが必要だ。けれども、そういう人たちの言うことがすべて正しいとは思えないし、なかには狂っていると思うような話もある。

以前『モーニング・ショー』に出ていたトム・ホブスンという男は、いまでは自分のウェブサイトを運営しており、アーバンドクスやベイブトゥルースなど、そういう手合いとつながっている。ジョスリンは、まわりにだれもいないときにスマートフォンでそれを読んでいた。トム・ホブスンのウェブサイトには、ベッサパラでなにが起こっているかという記述もあったが、ジョスリンにはまるで信じられなかった。拷問とか実験とか、北部の国境近くでは女たちが好き放題に男を殺したりレイプしたりして、なんの咎めも受けていないとか。国境周辺は不穏になってきてはいても、ここ南部は平和なものだった。ジョスリンはこの国でさまざまな人に会ってきたが、たいていはとても親切だった。いまは戦時中なのだから、ああいう法律もしかたがないと賛成する男性にも会ったし、彼女を自宅でのお茶に招いてくれた女性もいた。

しかし、容易に信じられることもあった。たとえば、彼女がいまいるベッサパラでは、ライアンのような若い男性に生体実験をおこなっているとトムは書いていた。そういう男性の体内でなにが起こっているのか調べるために切り刻んだり、〈グリッター〉という麻薬を大量に投与したりしているというのだ。その麻薬はベッサパラから、それもいま彼女のいる場所のすぐそばから出荷されているらしい。トムはその場所を示すグーグルマップもサイトに載せていた。米軍がいま彼女のいる場所、すなわちベッサパラ南部に駐留しているのは、じつは〈グリッター〉の供給を保護するためだとトムは主張していた。この地域の秩序を守ることで、マーゴット・クリアリーは〈グリッター〉が犯罪組織から〈ノーススター〉に出荷されるよう手配することができ、そして〈ノーススター〉は利益を上乗せした価格でそれをまた米軍に販売しているというのだ。

もう一年以上も前から、「症状を抑えるため」ということで、軍から三日おきに制式の小袋を支給されていた。なかには紫がかった白い粉末が入っている。ライアンが見せてくれたサイトのひとつには、この粉末はスケインに異常のある女性には有害だと書かれていた。高低の波を増強するうえに依存性があるという。

しかし、いまの彼女はもう大丈夫だ。奇跡のようだと人には言っていたが、「よう」ではなかった。まさに奇跡そのものだった。その場で体験したのだ。毎晩寝台に横たわり、暗がりで祈る。目を閉じて「ありがとうございます、ありがとうございます」とつぶやくのだ。彼女は癒された。もうどこも悪くない。もしわたしが救われたのなら、それには理由があるはずだ、人知れず彼女はそう考えていた。

ジョスリンは、マットレスの下に突っ込んである手つかずの小袋を眺めた。それから、トム・ホブスンのサイトで、彼が言っている麻薬の写真を見た。

ライアンにテキストメッセージを送った。秘密の電話、プリペイドのスマートフォンを、彼は三週間おきに交換しているのだ。

ライアンは言った。「きみのおかあさんが麻薬カルテルと取引してるなんて、本気で思ってるの」

ジョスリンは言った。「思ってる。そんな機会があったら、ぜったい取引してると思う」

今日はジョスリンは休日で、許可をとってジープで基地から外出することにした。ちょっと田舎をドライブして、友人たちに会いに行きたいんですが、かまいませんか。彼女は上院議員の娘で、しかもその上院議員は次の選挙で大統領選に出馬するともっぱらのうわさで、おまけに〈ノーススター〉の大株主なのだ。もちろんかまいませんとも。

トム・ホブスンのウェブサイトからプリントアウトした地図を調べる。彼の言うとおりなら、基地からほんの四十マイルほどのところに、ベッサパラの麻薬製造工場のひとつがあるはずだ。また、数週間前におかしな事件があった。基地の兵士数人が、なんの標示もないトラックを追跡したのだ。トラックは森のなかを逃げ、運転手はこちらに撃ってきたという。しまいに見失ってしまい、おそらく北モルドヴァのテロリストだろうと報告されていた。しかしジョスリンは、そのトラックが逃げた方向を知っていた。

浮き浮きしてジープに乗り込んだ。半日の休暇。太陽は輝いている。それがあるという場所までドライブして、なにがあるか確かめるのだ。心は晴れ晴れとしていた。スケインは強くしっかりハミングしている。近ごろではいつもそうだ。気分は上々。これがふつうということだ。そしてこれから冒険に乗り出すのだ。最悪でもドライブを楽しむことはできる。うまく行けば面白い写真が撮れるかもしれないし、そうしたら自分でもそれをネットに投稿しよう。しかし、それよりずっと面白いことになるかもしれない。母の犯罪の証拠が見つかるかもしれないではないか。そうしたら母にメールを送って言ってやるのだ。わたしの人生にちょっかいを出すのをやめて、好きに生きさせてくれないなら、これをすぐに『ワシントン・ポスト』に送ってやるからね。そんな写真が撮れたら……今日はまったく悪くない一日になるだろう。

トゥンデ

最初のうちは楽なものだった。これまでに数多くの友人を作っていたから、首都を抜け、衛星都市を抜けて山地に向かうあいだ、かくまってくれる人は簡単に見つかった。ベッサパラも北モルドヴァもよく知っている。何度も旅してきたし、アワディ・アティフについて調査もしてきた。もうはるか昔のことのようだ。このあたりにいると不思議と安全な気がした。

それに一般的に言って、ある体制からべつの体制に一夜にして切り換えることはできない。お役所仕事は遅い。人が変わるには時間がかかる。ベテランの男性社員をただちに解雇していたら、製紙工場がどのように原料を入手しているか、あるいは小麦粉の注文の在庫確認がどうおこなわれているか、新人の女性に教えられる者がいなくなる。国じゅうどこでもいまだに男たちが工場を動かしていて、女たちは新しい法律についてぶつぶつ言いあい、いつになったらまともに執行されるようになるのかと待ちあぐねている。旅に出て最初の数週間、トゥンデはこの新しい法律に関する写真を撮った。通りでのけんかの写真を撮り、自宅に軟禁されてうつろな目をした男たちの写真を撮った。数週間あちこち旅行して、そこで見たものをただ記録するというのが彼の計画だった。それは彼の本の最終章になるだろう。ＵＳＢスティックにバックアップされて、またニューヨークのニーナのアパートメントに保管されたノートにびっしり書き込まれて、本は書きあげられるのを待っているのだ。

山奥ではとんでもないことが起こっているといううわさがあった。耳にした話はとても口にする気になれない――少なくとも具体的には。保守的な奥地の集落について、身の毛もよだつ話が伝わっていた。何十というさまざまな体制や独裁者のもとでも、そんな奥地を覆う闇が薄れることはなかったらしい。

タチアナ・モスカレフのパーティで知り合ったペーターは言った。「あそこでは若い娘たちの目をつぶしてたんです。最初にパワーが現われたとき、そこの男たちは、つまり首領たちは、女の子をみんな盲目にしたんです。そうぼくは聞いてます。焼けた鉄棒で目をえぐり出したんだって。そうすればこれまでどおりいばっていられるでしょう」

「それでいまは？」

ペーターは首をふった。「いまではあのあたりに行く人はいませんよ」

そこでトゥンデは、ほかに目標もなかったので、山地を目指して歩いていくことにした。

状況が悪化しはじめたのは八週間めのことだった。大きな青緑色の湖のほとりの町に着いたときだ。日曜日の朝、空腹を抱えて通りを歩いていたら、ドアの開いたパン屋があった。蒸気とイーストのかぐわしい雲が通りに漏れてくる。

トゥンデはカウンターの男に硬貨を見せ、よくふくらんだ白いロールパンを指さした。冷ますために網棚にのせてある。男は、いまでは見なれた「本のように両手を開く」しぐさをしてみせた。書類の提示を求めているのだ。最近ではこれがしょっちゅうあった。トゥンデはパスポートと、レポーターの身分証を見せた。

男はパスポートをめくっていった。保護者の正式なスタンプを探しているのだ。そして、その同じ保護者の署名入りの、今日買物に出かけることを許すという許可証を。彼は一ページ一ページ丹念に見ていった。きちんと調べ終わってから、また「書類の提示」のしぐさをした。顔にパニックの気配が現われている。トゥンデは笑顔で肩をすくめ、首をかしげてみせた。

「固いこと言わないで」彼は言った。男が英語を解するとはとても思えなかったが。「たかがロールパン二、三個だよ。ぼくが持ってる書類はそれだけなんだ」

これまではこれでじゅうぶん通用した。この時点で、ばかな外国人ジャーナリストはしかたがないと相手は笑顔になったり、たどたどしい英語で次はちゃんと証明書をもってきなさいと短い説教をしたりする。そこでトゥンデはあやまり、いつもの人なつこい笑みを浮かべ、食料や雑貨を手にして店をあとにすることができたのだ。

しかし今回、カウンターの男はまた悲しげに首をふった。そして、壁にかかったロシア語の掲示を指さした。会話集の助けを借りて翻訳してみたら、おおよそこういう意味だった——「書類を持たない男に手を貸した者には五百ドルの罰金」

トゥンデは肩をすくめ、笑顔でからっぽの両手を開いてみせた。それから「あたりを見まわす」しぐさをした。片手を目のうえにかざし、地平線を眺めるまねをする。

「だれも見てないよ。ぼくはだれにも言わないし」

男は首をふった。カウンターをつかみ、自分の手の甲を見おろした。そこに、袖口と手首の境目に、長く渦をまく傷痕があった。古い傷痕に新しい傷痕が重なっている。シダが巻きついているような。首をのばしてみせると、えりの下にも傷痕があった。彼はまた首をふり、うつむいてただ立っている。トゥンデはカウンターからパスポートを取り戻し、店をあとにした。開いた戸口に歩いていくと、そこに女たちが立っていて、彼が立ち去るのを見守っていた。

女でも男でも、食料とかキャンプ用小型ストーブの燃料とかを売ってくれる者は少なくなり、めったに出くわすこともなくなっていった。どんな人ならあてにできるか、だんだん見抜けるようになってきた。年配の男で、家の外でトランプ遊びをしているような――そういう人々はなにかをくれたり、ときには一夜の宿を提供してくれることすらあった。若い男たちはおびえていてそれどころではないし、女に話しかけるのはまったく無意味だった。目を合わせることすら危険な気がした。

路上で女たちの集団――笑ったり冗談を言ったり、空に向かってアークを飛ばしたりしている――のそばを歩いたとき、トゥンデは胸のうちでこうつぶやいていた。ぼくはここにいない、ぼくは何者でもない、だから目を留めないでくれ、ぼくを見ないでくれ、こっちを見てもなんにも見るものはないから。

女たちはまずルーマニア語で、それから英語で声をかけてきた。彼は歩道の敷石を見つめて歩いた。背中に女たちが言葉を投げつけてくる。淫らで差別的な言葉。だが、彼はそのまま歩きつづけた。

日記にこう書いた。「今日初めて、路上でこわいと思った」インクが乾いたとき、その文字を指でなぞった。真実は、その場にいない者のほうが耐えやすい。

十週めのなかばごろ、明るい朝が訪れた。太陽が雲間から顔をのぞかせ、牧場のうえではトンボがすいすい飛んだり浮かんだりしている。トゥンデは頭のなかでまたささやかな計算をした。バックパックのエナジーバーはあと二週間はもつだろうし、予備のカメラにもじゅうぶんフィルムは残っている。スマートフォンも充電器もぶじだ。あと一週間ほどで山奥に分け入り、さらに一週間ぐらいかけてそこで見たものを記録したら、あとはこのレポートを引っさげて脱出だ。そんな空想にどっぷりつかっていたせいで、丘腹をめぐる道を歩きながら最初は気がつかなかった——道のまんなかに杭が立っていて、なにかが縛られている。

男だった。長い暗色の髪が前に垂れて顔は見えない。プラスティック紐で手首と足首を杭に縛りつけられていた。両手は後ろにまわされ、肩がきつく引っぱられて、手首は背後で固定されていた。足首は身体の前で縛られて、その紐が杭に十回以上も巻きつけられている。ロープを結ぶのに慣れていないだれかのやっつけ仕事のようだ。男はただそこにしっかり縛りつけて放置されていた。胴体には傷痕が残っている。青黒い傷痕もあれば、青や赤や黒のものもある。首にかかった板には、ロシア語でただひとことこう書かれていた——淫売。死んで二、三日経っている。

トゥンデはその死体を入念に撮影した。そこには残酷さのなかに美があり、芸術的な構図のなかにおぞましさがあった。その両方を写しとりたかったのだ。じっくり時間をかけて撮影していたが、そのあいだにあたりを見まわして自分の居場所を調べることも、遠くから見張られていないか確認することもしなかった。あとになってみると、そんな自分の不注意ぶりが信じられなかった。その夜初めて、彼はつけられていることに気がついた。

もう夕暮れだった。死体を見てから七、八マイルは歩いていたが、ぐらぐら揺れる頭や黒い舌がまだ頭にこびりついて離れなかった。道路わきの埃のなか、密集した木々を縫って歩いた。月が昇ってきた。黄色い雲をまとわりつかせた光の爪が、木々のあいだから見える。ときどき、ここでキャンプをしようとひとり考えた。さあ、寝袋を出そうぜ。しかし、彼の足は止まろうとしない。一マイル、また一マイル、また一マイルと遠ざかっていく——あの、髪の毛のカーテンのかかる崩れかけた顔から。夜の鳥が鳴いている。森の暗がりのなかをすかし見ると、右手の木々のあいだに光がはじけるのが見えた。

小さい光だったが、見間違えようはない。あの細く白い光の一閃を見ればあまりに明らかだ。あそこに女がいる。そして手のひらのあいだにアークを飛ばしたのだ。トゥンデはっと息を吞んだ。

きっとなんでもないのだ。火をおこしただけかもしれないし、恋人どうしがふざけているのかもしれないし……われ知らず歩く足どりが速くなる。そのとき、今度は前方にそれが見えた。長く、ゆっくりと、意図的に、火花を散らしつつのびていく光。今回はぼんやりした顔も見えた。長い髪を垂らしている。口もとには歪んだ笑みを浮かべていた。女はこちらを見ていた。その暗い光でも、かなり遠くても、それはまちがいなかった。

恐れるな。恐怖に打ち勝つ唯一の道は恐れないことだ。しかし、彼のなかの動物の部分は恐れていた。人間がみな持っているその部分には、太古からの真理が深くしみついている。狩るか、さもなければ狩られるかだ。自分がどちらなのかを学び、それに応じて行動せよ。生きるか死ぬかはそこにかかっている。

青みを帯びた黒い闇に、女はまた火花を飛ばした。思っていたより近い。声を立てた。低く、かすれた笑い声。まずい、狂ってる。これは最悪だ。なんの目的もなく、女はあとをつけているのかもしれない。とすれば、彼はここでなんの理由もなく殺されるのかもしれない。

右足のすぐそばで小枝が折れた。女が折ったのか、それとも自分なのかわからない。彼は走った。すすり泣き、あえぎながら、動物の一途さで走った。ためしにちらとふり向くと、女のほうも走っていた。手のひらで木々に火をつけ、埃っぽい樹皮に、そしてかさかさの落ち葉のなかに炎を飛ばしている。彼は足を速めた。頭のなかは真っ白だが、考えていることがあるとすれば——どこかに安全な場所がある。走りつづければ、いつかそこにたどり着ける。

そして、曲がりくねった坂道をのぼり、丘のてっぺんにたどり着いたとき、それは見えた。一マイルと離れていないあたりに村があって、窓から明かりが漏れている。

その村を目ざして走った。あそこなら、あそこのナトリウム光のもとなら、骨の髄にしみついた恐怖も消え失せるだろう。

この旅をどんなふうに終わらせようかと、彼はだいぶ前から考えていた。三日めの夜、友人たちに立ち去れと勧められた。ちゃんとした保護者によって身元をきちんと保証されていない男はいないかと、警察が一軒一軒戸別に質問してまわっているというのだ。その夜、彼は自分で自分に言い聞かせた。いつでもやめられる。スマートフォンがある。これを充電してメールを一本送りさえすればいい。CNNの編集者に、そしてたぶんニーナにも転送するかもしれない。彼がどこにいるか伝えるのだ。そうすれば捜しに来てくれるだろう。そして彼はヒーローになるのだ。隠密調査をしていて救出されたヒーローに。

いまだ、いまこそそのときだ。もう終わりにしよう。

村に走り込んでみると、一階の窓の一部からはまだ明かりが漏れていた。ラジオやテレビの音も聞こえてくる。まだ九時を少しまわったばかりだった。そのせつな、ドアを叩こうかと思った。ドアを叩いて、助けてくださいと頼むのだ。しかし、あの明るい窓の向こうには闇が潜んでいるかもしれない、そう思うとできなかった。いまでは、夜は怪物でいっぱいだった。

五階建てのアパートの側面に非常階段が見えた。走り寄り、のぼりはじめた。三階までのぼったところで、暗い室内の床にエアコンが三台積まれているのが見えた。物置部屋だ。それも無人で、使用されていない。指先で窓枠を試してみた。開いた。かびくさい静かな空間に転げ込んだ。窓を閉め、暗闇を手探りして探していたものを見つけた。あった、コンセントだ。スマートフォンをつないだ。

電話が起動する小さな二音符の音は、まるでラゴスのわが家の玄関ドアの鍵がまわる音のようだった。やった。これで終わる。画面が明るくなった。その暖かい光を唇に押し当て、息を吸った。心のなかではもうわが家に帰り着いていた。ここからそこまで移動するのに必要な、車も電車も飛行機も列も手荷物検査も、なにもかも架空の無意味な存在にすぎなかった。

急いでメールを送った。ニーナに、テミに、それから最近いっしょに仕事をしていた三人の編集者に。いまどこにいるか説明し、無事を伝え、大使館に連絡して自分を救い出してくれるよう伝えてくれと頼んだ。

返信を待つあいだにニュースに目を通した。これを本格的な戦争と呼びたい者はおらず、「小競り合い」の語だらけになっていた。原油価格がまたあがってきている。それからニーナの名前もあった。ベッサパラ国内で起こっていることについてエッセイを書いている。彼はにやりとした。ニーナは数か月前、レポーターのひとりとして招かれて長い週末をここで過ごしただけだ。この国のことでなにが言えるというのか。そう思って読むうちに、彼はまゆをひそめた。彼女の文章にはなんとなく既視感がある。

心温まる耳に快いメールの着信音がして、その先を読むのを中断した。

編集者のひとりからだった。

それにはこうあった。「こんなジョークは面白くもなんともない。トゥンデ・エドはわたしの友人だった。このアカウントをハッキングしたのなら、とっつかまえてやるからそう思え」

また着信音、また返信。最初のメールと大差なかった。

胸にパニックが沸きあがってくる。大丈夫だ、と自分に言い聞かせた。なにかの誤解だ、なにかあったんだ。

新聞記事を検索して自分の名前を探した。死亡記事があった。彼の死亡記事が。長い記事で、ニュースを若い世代に届けるのに力があったと褒めてあるものの、その称賛にはなんとなくとげを感じた。正確な記述だが、時事問題を単純化・矮小化していたととれなくもない表現になっている。ささいな誤りがひとつふたつあった。また、彼が影響を与えた五人の有名な女性の名があがっていた。彼は広く愛されたと書かれていた。両親と妹の名があがっていた。彼はベッサパラで死んだことになっていた。不運にも自動車の衝突事故に巻き込まれ、遺体は焼け焦げがひどく、スーツケースに書かれた氏名でしか判別できなかったという。

呼吸が速くなってきた。

ホテルの部屋にスーツケースを残してきた。

だれかがあれを持ち出したのだ。

ベッサパラについてのニーナの記事をまた開いた。それはもっと長い本からの抜粋だと書かれていた。彼女は今年、国際的な大出版社からその本を出すことになっているという。新聞はその本をすでに現代の古典と呼んでいた。この「大変動」の全世界的な評価であり、世界じゅうの調査やインタビューに基づいていると。要約部分では、ド・トックヴィルやギボンの『ローマ帝国衰亡史』にも匹敵する名著と謳われていた。

これは彼の文章だ。彼の写真、彼の動画のキャプチャだ。彼の言葉、彼の思想、彼の分析だ。彼がニーナに送った日記の一部とともに、安全のためと思って預けた本の一節だった。その写真にも、文章にも彼女の名前がついている。トゥンデの名はどこにも言及されていない。盗まれてもう二度と取り戻せない。

トゥンデは慟哭（どうこく）の声をあげた。自分にそんな声が出せるとは知らなかった。のどの奥からの咆哮（ほうこう）、嗚咽より深い悲嘆の叫び。

そのとき、外の廊下から物音がした。呼びかける声。それから叫び。女の声だ。なんと叫んでいるのかわからなかったが、彼の疲れておびえた脳には、「あいつはここだ！　ドアをあけろ！」と聞こえた。

バックパックを引っつかみ、あわてて立ちあがると、窓をあけて低い平らな屋根に駆けのぼった。

通りから呼ばわる声がする。それまで見つかっていなかったとしても、いまでは完全に姿を見られた。通りで女たちがこちらを指さして叫んでいる。

彼は走りつづけた。大丈夫だ。この屋根を突っ切る。次の屋根に飛び移る。その屋根を突っ切り、非常階段をおりる。また森に逃げ込んだときに初めて気がついた。あのからの物置部屋にスマートフォンを置いてきてしまった。コンセントに挿しっぱなしにしたまま。

それを思い出し、取りに戻れないことを悟ったとき、絶望のあまり気が狂うかと思った。木にのぼり、枝に身体をくりつけて眠ろうとした。朝になれば希望が湧いてくるかもしれないと思いながら。

その夜、彼は森のなかの儀式を見たような気がした。

高い木のうえで火のはぜる音で目が覚めて、せつな恐怖を覚えた。あの女たちが木々に火をかけて、彼を焼き殺そうとしているのかと思ったのだ。

目をあけた。火は手近にはなく、少し離れた場所で燃えていた。林間の空き地で輝いている。その火のまわりには踊る人々の姿があった。男も女も全裸姿で、あのシンボル――中央に目のある広げた手のひら――が素肌に描かれていた。目から発するパワーの線が、曲がりくねって全身を覆っている。

ときどき、女のひとりが鮮やかな青い電光を発して男を地面に打ち倒し、胸に描かれたシンボルに手を当てる。女がそのパワーを男に示すと、ふたりはともに喚声をあげてなにごとか叫ぶ。手を胸の中央に当て、地面に押しつけたまま、女は男に馬乗りになる。男の顔に浮かぶ熱狂に駆り立てられ、女はさらに強く男にパワーを浴びせる。

トゥンデが女を最後に抱いてから、というか最後に抱かれてから、もう何か月も経っている。この木からおりて、あの石で囲んだ円のなかに歩いていきたい。そしてあの男たちが使われているように自分も使われたい。見ているうちに固くなってきた。自分でも気づかないうちにジーンズのうえからこすっていた。

大きな太鼓の音がする。そんなことがありうるだろうか。周囲の注意を引いてしまうのではないだろうか。やはり夢だったにちがいない。

四人の若い男が、緋色の長衣を着た女の前に這いつくばった。女の眼窩(がんか)はうつろで、生々しく赤い。その足どりには威厳があり、盲者の自信に満ちている。ほかの女たちは彼女の前にひれ伏した。ひざをつき、次いで全身を投げ出す。

女は話しはじめ、ほかの者たちはそれに答えはじめる。

夢のなかでのように、彼はその言葉を理解していた。ルーマニア語は大してできないし、かれらが英語を話していたはずはないのに、それでも理解できた。

女は言った。「用意はできているか」

ほかの者が答える。「できております」

女は言った。「では前へ」

若い男が円の中心に進み出てきた。頭には小枝の冠をかぶり、白い布を腰に巻いている。安らかな表情。あらゆる人々の罪をあがなうため、みずから進んでわが身を犠牲に差し出そうとしている。

女は言った。「おまえたちは弱く、われわれは強い。おまえたちは贈り物、われわれは所有者。おまえたちは犠牲、われわれは勝者。おまえたちは奴隷、われわれは主人。おまえたちはその身を犠牲に捧げ、われわれはそれを受け取る。おまえたちは息子、われわれは母。そのとおりだと認めるか」

輪のなかの男たちは、みな身を乗り出さんばかりに見守っている。

「はい」かれらはささやいた。「はい、認めます、はい、どうか、どうかお願いします」

気がつけばトゥンデもともにつぶやいていた。「はい、認めます」

若い男が両の手首を差し出すと、女は盲目とは思えない手つきでそれを探し当て、男の両手を両手でつかんだ。

これからなにが起こるか、トゥンデにはわかっていた。カメラを構え、シャッターボタンを押すのも忘れそうだった。自分の目で見たかったのだ。

あの火のそばの盲目の女は、彼を殺しかけたすべての女、彼を殺すことのできたすべての女だ。エヌマでありニーナであり、デリーの屋上の女であり、妹のテミであり、ヌールであり、タチアナ・モスカレフであり、アリゾナのショッピングモールの瓦礫のなかにいた妊婦だ。この年月のあらゆる可能性が押し寄せてくる。身体にのしかかってくる。いまそれをしてほしい、それがされるのをいま見たい。

その瞬間、彼は手首を握られている者になりたいと願っていた。あの女の足もとにひざまずき、湿った土に顔を埋めたい。もう戦いたくない。自分が負けてもいいから、だれが勝つのか知りたい。最後の場面を見たい。

女は若い男の手首を握っている。

自分のひたいを男のひたいに押し当てた。

「どうぞ」彼はささやいた。「さあ」

女が男を殺したとき、それは恍惚の瞬間だった。

朝になっても、あれが夢だったのかどうかわからなかった。機械式のカメラは残り枚数が十八枚減っていた。眠っているあいだにシャッターを押したのかもしれない。現像してみないことにはわからない。夢であってほしいと思うが、それはそれで恐ろしい。どこか夢の生まれる場所で、彼はひざまずくことを望んでいたことになるわけだから。

木のうえに座って、前夜からのことを考えてみた。どういうわけか、朝になってみると事態は少しましに思えた。少なくとも恐怖は減った。彼が死んだというニュースは、事故や偶然ではありえない。できすぎている。モスカレフか、あるいはその部下たちに気づかれたのだろう。彼がいなくなったこと、そして彼のパスポートも消えていることに。なにもかも仕組まれていたのだ。自動車事故も、焦げた遺体も、スーツケースも。これまでとすれば、ひとつきわめて重要な結論が導かれる。警察に行くことはできない。これまであまり気づいていなかったが、心のすみで彼はまだ幻想にしがみついていた。両手をあげて警察署に出頭し、「すみません、身の程知らずのナイジェリアのジャーナリストです。いろいろ過ちを犯しました。強制送還してください」と言えばすむと思い込んでいたのだ。しかし、そんな幻想はもう消えた。国には帰らせてもらえない。森のなかの人けのない場所へ連れ出され、そこで射殺されて終わりだ。頼れるのは自分だけだ。

とにかくインターネットに接続しなくてはならない。どこかにいるはずだ——ほんの数分、自宅のパソコンを使わせてくれる親切な男が。五行のメールを送りさえすれば、彼が本物だと、ほんとうに生きていると納得してもらえるだろう。

震えながら木からおりた。ここから歩いていく。森のなかから出ずに、四日前に通った村、何人か親切な人に出会ったあの村を目指す。そこからメッセージを送る。そして迎えに来てもらう。背中のバックパックの位置を直し、南に向かって歩きだした。

右手の茂みから物音がした。くるりとふり向いた。しかし、その音は左からも、また背後からも聞こえてくる。茂みのなかで女たちが立ちあがった。そのとき、罠に落ちたような恐怖とともに彼は悟った——女たちはずっと待っていたのだ。つかまえようとひと晩じゅう待っていたのだ。走って逃げようとしたが、なにかに足首が引っかかった、と思ったら綱が張られていて、彼は転倒した。押さえつけられ、もがいたが、笑い声が聞こえ、うなじに電撃を浴びせられた。

気がついたときには檻のなかで、ひどく気分が悪かった。

檻は小さく、木製だった。バックパックもなかに入れてある。両ひざを曲げて胸に押しつけて座っていた――脚を伸ばす余裕がないのだ。節々がずきずき痛み、どうやら何時間もこの体勢でいたようだった。

ここは森の野営地だ。小さな焚き火が燃えている。この場所は知っている。夢のなかで見た野営地だ。夢ではなかった。ここはあの盲目の女の野営地であり、彼はあの連中につかまったのだ。全身ががたがた震えはじめた。こんなところで終わるわけにはいかない。こんなふうにつかまって、火に投げ入れられたり、おぞましい樹木の魔法使いかなにかの犠牲に捧げられて死ぬなんてとんでもない。脚で檻の側面を揺すった。

「だれか！」彼は叫んだが、だれも聞いていない。「だれか、だれか助けてくれ！」

反対側から、低くかすれたくすくす笑いが聞こえた。そちらを見ようと首をのばす。

女がひとり立っていた。

「ずいぶんひどい目にあってるねえ」女は言った。

目の焦点を合わせようとした。その声に聞き憶えがある。はるか遠く、はるか昔にどこかで聞いたような。有名人の声のような。

目をまばたくと、女の顔がはっきり見えた。ロクサン・モンクだった。

ロクシー

「ひと目見て見憶えがあると思ったんだけど、テレビに出てたよね？」彼女は言った。

これは夢だと彼は思った。夢にちがいない。夢でないわけがない。彼は泣きはじめた。子供のように、混乱して腹が立って。

彼女は言った。「泣くのはやめな。やめないと怒るよ。だいたいあんた、こんなとこでなにやってんだよ」

説明しようとしたが、自分で話していて自分でも支離滅裂だと思った。自分は大丈夫だと思って危険な場所に歩いていって、実際に危険な場所に着いてみたらぜんぜん大丈夫ではなかったし、とても耐えられないことがわかったというのだから。

「探してたんです……山奥の祭儀を」彼はしまいに吠えるように言った。のどがからからで頭が痛い。

彼女は笑った。「へえ、そう。じゃあ見つけたわけだ。でもさあ、またむっちゃくちゃにばかなことをしようと思ったもんだね」

そう言って、周囲を身ぶりで示した。ここは小さな野営地の端っこだ。中央の火のまわりに、四十ぐらいの汚れたテントや小屋がうずくまっている。小屋の開いた戸口に数人の女が見えた。包丁を研いだり、金属製の電撃手袋を修理したり、ただぼんやり外を眺めたりしている。ひどいにおいだった。肉の焼けるにおい、腐った食物、人糞、犬、すえた吐物のにおい。屋外便所のわきには骨の山ができていた。動物の骨であればいいがとトゥンデは思う。みじめったらしい犬が二匹、短いロープで木につながれていた。一匹は片目がなく、毛がはげちょろけている。

「助けてくれませんか。お願いだ、助けてください」彼は言った。

彼女はこちらに目を向けた。顔を歪めて気まずげな苦笑を浮かべる。肩をすくめる。どうやら酔っているようだ。くそ。

「力になれるとは思えないな。あたし、ここじゃあんまり……影響力がないから」

くそ。一生のうちで、いまこそありったけの魅力を振りまかなくてはならない。それなのに、彼はいま檻のなかで首を動かすことすらできないのだ。深く息を吸った。やればできる。できるはずだ。

「それで、あなたはここでなにをしてるんですか。あのモスカレフの盛大なパーティの夜に姿を消しましたよね。でも、あれはもう何か月も前の話ですよ。ぼくが首都を離れたときには、もうあなたは殺(バラ)されたって言われてましたよ」

ロクシーは笑った。「へえほんと、バラされたって？　まあね、バラそうとしたやつがいたのはたしかだけど。それで治るのに時間がかかったんだ。それだけだよ」

「でもいまはかなり……治ってるみたいだけどな」

彼は相手の頭から足先まで値踏みするように眺めた。まるで動けないのに、そんなことができる自分にとくに感心した。

彼女は笑った。「あたしはね、この国の大統領になるはずだったんだよ。だいたい……そう、三時間ぐらいは、ここの大統領になるつもりでいたんだ」

「へえ」彼は言った。「ぼくは〈アマゾン〉のこの秋読むべき本のラインナップでスターになるつもりだったよ」左右に目をやった。「ドローンでぼくを探しにきてるんじゃないかと思うんだけど」

彼女は笑い、トゥンデも笑った。テント入口の女たちが、陰にこもった目をこちらに向けてくる。

「まじめな話、ぼくはこれからどうなると思います?」彼は言った。

「そうだね、ここの連中はみんな頭がいかれてるからな。夜に男狩りをするんだよ」ロクシーは言った。「若い娘を森に行かせて、男を脅かすんだ。それで向こうがびびって逃げ出したら罠をしかけるんだよ。通り道に綱を張っといたりね」

「ぼくも狩られましたよ」

「だって、あんたは自分から寄ってきたんでしょうが」ロクシーはまた顔を歪めて苦笑した。「ここの連中は男になんか思うことでもあるんだろうね。若い男を集めてきて、何週間か王さまにして、頭に鹿の角をつけさせて、それで殺すんだ。新月のときに。いや、満月だったかな、なんかそういう月のときに。なんか知らんけど月にこだわっててさ。あたしに言わせりゃ、たぶんテレビがないからだと思うね」

彼はまた笑った。心からの笑い。この人は面白い人だ。

これは日の光の魔法だ。策略であり、残酷さだ。魔法は信じるから魔法なのだ。人が狂った考えをもつこと、それがすべてだ。恐ろしい理由はただひとつ、自分がその狂気に染まるのではないかと思い、その狂気が肉体に影響を及ぼすのではないかと思うからなのだ。

「あの、いまこうして会ったわけだけど……」彼は言った。「ぼくをこの檻から出すの、やっぱりむずかしいですか」

檻の扉を足で少し押した。数本の撚(よ)った綱でしっかり縛りつけてある。ロクシーが刃物を持っていれば、切るのはそうむずかしいことではないだろう。ただ、この野営地の周囲の人々に見られるのが問題だ。

彼女は尻ポケットから携帯用酒壜(フラスク)を取り出し、少しあおった。首をふる。

「ここの連中はあたしのことを知ってる」彼女は言った。「だけど、あたしがちょっかい出さないから向こうもちょっかい出してこないんだよ」

「それじゃ、向こうにちょっかいを出さず、あなたは森に何週間も隠れてたわけですか」

「まあね」

ずっと前になにかで読んだ話の断片が、記憶の底から浮かびあがってきた。うぬぼれ鏡の話だ。彼はいまこそ、彼女のうぬぼれ鏡にならなくてはならない。実際より倍も大きく映し、自分は強いと感じさせ、だから彼の頼みを聞いてやれると感じさせなくてはならない。「うぬぼれの力がなかったら」頭のなかの声がつぶやく。「おそらく地上はいまも沼地とジャングルのままだっただろう」

「あなたらしくないな」彼は言った。「あなたはそんな人じゃない」

「あたしはもう昔のあたしじゃないんだよ」

「あなたはなにがあったってあなたですよ。あなたはロクシー・モンクだ」

彼女は鼻を鳴らした。「あたしに戦えって？　ここからあんたと逃げるために？　むだだよ……そんなこた無理だ」

彼は小さく笑った。だまされないよと言うように、冗談にちがいないと思っているかのように。

「だって、戦う必要なんかないでしょう。あなたはロクシー・モンクなんだ。あなたにはパワーがある。ぼくはあなたの話を見たり聞いたりして、ずっと会ってみたいと思ってたんです。あなたはこの世に右に出る者のない最強の女性だ。記事も読みましたよ。あなたはおとうさんのロンドンのライバルを殺して、そのあとはおとうさん自身も引退させたんでしょう。ぼくを出すように頼んでくださいよ。あなたが頼めば扉をあけてくれるでしょう」

彼女は首をふった。「なにか渡せるものがなくちゃだめだ。交換条件に」しかし、いまでは本気で考えているのが伝わってくる。

「向こうの欲しがるものを、なにか持ってるんですか」彼は言った。

彼女は湿った土に手を突っ込んだ。両手で掘りとった土を持ちあげ、トゥンデに目を向ける。

「これからは目立たないようにしようって、自分で自分に言い聞かせてたんだ」

「でも、そんなのあなたらしくない。あなたの記事を読みましたよ」そこでためらったが、いちかばちか賭けてみることにした。「どうか助けてください。あなたにとってはなんでもないことでしょう。お願いです。あなたはロクシー・モンクなんだから」

彼女はつばを呑んだ。そして言った。「そうだよ。そう、あたしはロクシー・モンクだ」

夕暮れどきになると、さらに多くの女たちが野営地に戻ってきた。そしてロクサン・モンクは、トゥンデの生命を救うために盲目の女と取引をした。

その話すさまを見ながら、トゥンデは想像どおりだと思った。この野営地の人々は彼女に一目置いているし、少し恐れてもいるようだった。彼女はドラッグの入ったビニールの小袋を持っていて、それを野営地のリーダーの前で振ってみせた。なにかを要求したが、断わられた。肩をすくめた。そして、トゥンデのほうにあごをしゃくってみせた。

それじゃけっこう、と言っているようだ。こっちのほうの要求が通らないのなら、あそこの若い男をもらっていく。

女たちは驚き、次いでうさんくさげな顔をした。ほんとうに？　あの男を？　なにか裏があるのでは？

いささかの交渉が始まった。盲目の女は反論しようとし、ロクシーは反論し返した。しかし結局、彼を解放するよう説得するのに多くは必要でなかった。かれらがロクシーをどう見ているか、トゥンデの判断は正しかった。それに、彼に大した価値があるわけでもない。この女が欲しいというのならくれてやろう。いずれにしてもまもなく兵隊がやって来る。戦争は日に日に近づいてきているのだ。ここの人々もそこまで狂っているわけではなし、軍隊が来るのをここで待っていたいはずもない。二、三日後には野営地を撤収して、山奥に移動することになっていたのだ。

彼は両腕をきつく背中で縛られた。むだに持ち運んでいたバックパックは、たんに彼女に対する多少の敬意としておまけにつけてくれた。

「あんまり親しそうにするんじゃないよ」背中を押して歩かせながら彼女は言った。「あたしがあんたのことを気に入ってると思われたくない。安く売ったかと思われるからね」

檻に入れられていたせいで脚がつっていて、のろのろと足を引きずって歩くしかなかった。そんなふうに森の道を進んでいると、野営地が見えなくなるまで気が遠くなるほど時間がかかった。やっと見えなくなっても、その物音はいつまで経っても背後からしつこく聞こえてくる。

一歩進むごとに彼は思った。おれは縛られていて、ロクサン・モンクのなすがままだ。そして彼女はどんな状況でも危険な女だ。おれをただもてあそんでいるだけだったらどうしよう。いったんそんな疑いが胸によぎると、もうそれをふり払うことはできなかった。ずっと無言で歩いていたが、土の道を数マイルも歩いたころ、彼女が言った。「これだけ離れればもうじゅうぶんだろう」そしてポケットから小さなナイフを取り出し、彼のいましめを切ってくれた。

「ぼくをどうするつもりですか」彼は言った。

「たぶん救出して家へ帰らせるんじゃないの。なにしろあたしはロクシー・モンクなんだから」それからふと彼女は笑いだした。「どっちにしてもさ、あんたは有名人（セレブ）じゃん。大金を払ってもやりたいって人いるんじゃないの、これ。セレブと森を散歩」

彼は吹き出した。釣られて彼女も吹き出した。いっしょに森のなかで木に寄りかかって立ち、声をあげて笑い、息を切らしているうちに、ふたりを隔てていたなにかが壊れた。そしてなにかが少し楽になった。

「これからどこへ行くの」彼は言った。

彼女は肩をすくめた。「しばらく前から目立たないように身を隠してたんだ。うちの人間にちょっと腐ったやつがいて。つまり……あたしは裏切られたんだよ。死んだと思われてるほうが安全なんだ。盗られたものをどうやって取り返すか、方法が見つかるまではね」

「身を隠してたって」彼は言った。「交戦地帯に？　それはまた、『めっちゃくちゃにばかなこと』じゃないんですか」

彼女の目つきが鋭くなった。

彼はいわば運試しをしているのだ。すでに肩のあたりがちくちくするのが感じられる。あまり怒らせると電撃を浴びせられそうなあたりが。彼はセレブかもしれないが、向こうは凶悪犯なのだ。

小石と枯葉の混じる地面を蹴飛ばして、彼女は言った。「うん、まあね。だけど、ほかに手がなかったんだ」

「南米に高飛びできるいい場所があるんじゃないんですか。あなたみたいな人たちは、そういう手はずをすっかりつけてるもんだと思ってた」

どれぐらい彼女を怒らせても大丈夫か知らなくてはならない。このことは骨身にしみてわかっている。こちらを痛めつける気があるのかどうか、最初に知っておかなくてはいけない。身を硬くして待ち受けていたが、電撃はやって来なかった。

彼女は両手をポケットに突っ込んだ。「ここなら安全なんだよ。ここの人間はよけいなことはしゃべらないし、それに念のために自分用に残しといたものもあるからね」

野営地で、女たちの前に彼女が掲げていたビニールの小袋のことを思い出した。麻薬を密輸するために不安定な政権を利用していれば、おそらくなにかあったときのために秘密の隠し場所をいくつも作っておくだろう。

「あのさ」彼女は言った。「まさかこのことを記事にしないよね」

「そんな、生きてここを出られるかどうかもわからないのに」彼は言った。

するとと彼女は笑い、それで彼もまた笑っていた。しばらくしてから彼女は言った。

「弟のダレルがやったんだ。あいつに盗られたの。どうやって奪い返すか慎重に計画しなくちゃならない。あんたを家に帰すつもりだけど、めどが立つまでは目立たないようにしなくちゃいけないんだ。わかった？」

「というと、つまり……」

「これから数日は難民キャンプに泊まる」


着いてみると、谷底の泥だらけの野原にテントが張られていた。ロクシーはそこへ行き、ふたりぶんの寝場所を求めた。数日でいいから、と言って。それなら役に立つことをしてほしいと言われた。みんなと話をして、どういう人たちでなにが必要か聞いてまわってもらいたい。

バックパックの底に、イタリアの通信社からもらったＩＤカードが入っていた。一年も前に有効期限は切れていたが、これを見せると口を開いてくれる人もいた。トゥンデはこれを有効に活用して、テントからテントをまわった。聞いていたよりもずっと頻繁に戦闘が起こっており、つい最近もあったと知らされた。またこの三週間で、ヘリコプターはもう着陸しようともしなくなり、食料や医薬品、衣服、テントなどを落として去っていくという。ここには難民の流入が絶えることはなく、のろのろと足を引きずりながら人々が森を抜けて集まってきているというのに。無理もないことだが、UNESCOは人員を危険にさらしたがらないのだ。

ロクシーはここでも丁重に扱われていた。ある種の薬や燃料を手に入れる方法を知っていて、人々の必要なものを提供できる人間だからだ。そしてトゥンデは彼女といっしょだから、彼女のテントの金属のベッドに寝起きしているから、だから人々は彼に手出しをしようとはしなかった。この数週間で初めて多少は安全だと感じられたが、言うまでもなくほんとうに安全なわけではない。ロクシーとちがって、この国の森に歩いて入っていくことはできない。たとえまた森のカルト集団につかまらなかったとしても、いまでは彼は犯罪者なのだ。

数少ない英語のできる人々にインタビューすると、何度もくりかえし同じ話が出てくる。書類を持たない男たちが集められている。そして「労働割当」のために連れ去られて戻ってこないという。またキャンプの男たちの一部、女たちの一部が同じ話をする。新聞の社説にも出てきたし、診療テントのちゃんとつく一台だけの白黒テレビでは、キャスターがカメラに向かって考え込むように話している。

そのテーマはこれだ。実際、男性は何人ぐらい必要なのか。考えてもみよう。男は危険だ。犯罪の大半は男が起こしている。男は知的に劣り、勤勉でもなくまじめでもない。男は筋肉とペニスでものを考える。男のほうが病気にかかりやすく、国の資源を食いつぶしている。子供を作るために男が必要なのは言うまでもないが、そのために何人ぐらい必要だろうか。女ほどの数は必要ない。善良で清潔で従順な男なら、もちろんつねに居場所はあるだろう。しかしそれは何人ぐらいだろうか。たぶん十人にひとりぐらいではないか。

まさか、冗談だよね、クリスティン。ほんとにそんなこと言ってる人がいるの？　それが冗談じゃないのよ、マット。彼女はやさしく彼のひざに手を置く。もちろん、あなたみたいなすてきな男性のことじゃないわよ。でも、それが一部の過激なウェブサイトで言われてることなのよ。だから〈ノーススター〉の女性たちにはもっと権威が必要なの。こういう人たちから国を守らなくちゃいけないから。マットは深刻な表情でうなずく。男性の権利を主張するグループがいけないんだよね。あんなに極端なことをするから、こういう反応が起こってくるんだ。でもこうなったからには、自分の身は自分で守らなくちゃいけないね。そこで笑顔になって、次のコーナーでは、ご自宅で練習できる楽しい自衛の技をいっしょに学んでいきましょう。でもその前に、ここでお天気の時間です。

この国にいても、そしていろいろ見てきたあとなのに、トゥンデにはほんとうには信じられなかった。男性の国民の大半を殺そうとしているなど、そんなことがあるはずがない。しかし、かつて同様のことがおこなわれたのを彼は知っている。つねに起こっているのだ。死刑で罰せられる犯罪の種類は増えるいっぽうだ。一週間前の新聞発表によると、「べつべつの機会に三度、敵意をもって服従を拒否」した者は「労働割当」によって罰せられることになるという。このキャンプには、ひとりで八人から十人の男性の面倒を見ている女たちがいる。男たちは彼女のまわりに群がり、愛顧を求めて競いあう。書類へのサインを拒まれたらどうなるかとおびえて、なりふりかまわず彼女を喜ばせようとしている。ロクシーはいつでもこのキャンプを出ていけるが、トゥンデはここではひとりきりだ。

キャンプに来て三日めの夜、ロクシーは目を覚ました。直後にパワーのはじける音がして、キャンプの中央通路に沿って吊るされている電球が破裂した。なにか聞こえたにちがいない。あるいはただ感じただけか。ナイロンのひものうなりを。空気中のパワーを。目をあけてまばたきをした。かつての本能はいまも強く残っている。少なくともそれは失っていなかった。

トゥンデの金属フレームのベッドを蹴った。

「起きな」

トゥンデは寝袋に下半身だけ入れて、上半身に残りをからみつかせていた。それを押しのけたら、その下はほとんど素裸だった。こんなときでもいささかどきっとする。

「どうした?」彼は言った。それから期待をこめて「ヘリコプター?」と言ってみた。

「残念だったね」彼女は言った。「攻撃だよ」

たちまち彼は完全に目を覚まし、急いでジーンズとフリースを身に着けた。

ガラスの割れる音、金属の音が響く。

「姿勢を低くして地面に這いつくばってな」彼女は言った。「それで、できたら森に逃げ込んで木にのぼるんだ」

とそのとき、だれかが中央発電機に手をかけた。そして身内のパワーのありったけをかき集め、一気に発電機に送り込んだ。キャンプじゅうで暗い明かりが爆発し、火花とガラス繊維を飛び散らせた。漆黒の闇。

ロクシーはテントの奥の面を引っぱりあげた。糸の腐った縫い目から、いずれにしてもいつでも雨漏りする部分を。トゥンデは腹這いになって外へ出て森に向かった。そのあとに続いたほうがいい。すぐにそうするつもりだ。しかし、深いフードのついた黒っぽいジャケットを身に着け、顔にスカーフを巻いた。影に身をひそめ、北にまわろう。いずれにしても、それがいちばん安全な脱出の道だ。なにが起こっているか見たい。いまではもう、なにをどうする力があるわけでもないのに。

周囲にはすでに悲鳴や怒号が渦巻いている。彼女のテントがキャンプの端になかったのは幸運だった。早くも火に包まれているテントもある。たぶんなかにまだ人がいるだろう。甘ったるいガソリンのにおいがした。このキャンプの人々は、なにが起こったのか気づいてもいない。全員が気づくまであと数分はかかるだろう。これは事故ではない。発電機からの出火でもない。赤い火の光に照らされて、テントとテントのすきまに小柄な女の姿がちらと見えた。うずくまり、手の火花で火をつけようとしている。その火花の閃光に、顔が一瞬白く浮かびあがった。その表情には見憶えがある。前に見たことがある。彼女の父なら、あの手の顔をするやつは仕事には向かないと言っただろう。その仕事を好きすぎる者を雇ってはいかんと。有頂天の舌なめずりするような顔をちらと見たとき、ロクシーは悟った。ここに襲撃に来た連中は、なにかを探しているわけではない。ここにやって来たのは、欲しいものがあるからではないのだ。

かれらはまず若い男を集めることから始めた。テントからテントへ移動し、引きおろしたり火をかけたりしていく。住人は逃げ出すか焼け死ぬかだ。やりかたは荒っぽく、でたらめだった。多少なりとも見場のいい若い男を探している。トゥンデを森に逃がしたのは正解だった。白い肌の縮れた髪の男が連れ去られようとするのを、妻か姉妹だろうか、いっしょにいた女が止めようとした。ふたりを相手に戦い、正確にタイミングを測った電撃をあごとこめかみに浴びせた。しかしあっさり圧倒され、とくべつ無慈悲に殺された。ひとりが髪をつかみ、もうひとりがじかに眼球に電撃を打ち込む。指を突っ込み、かきまわして、眼球を乳白色の液溜まりに変えた。ロクシーですら、しばらくは目をそむけずにはいられなかった。

ロクシーは森のなかにさらに後退し、腕を交互に入れ換えて木にのぼった。ロープの輪が役に立った。三本の枝が交差している場所にたどり着くころには、女たちは男のほうに目を向けていた。

男は悲鳴をあげつづけている。女ふたりがそののどをつかみ、脊髄に電撃を送って麻痺させた。ひとりが男のうえにしゃがみ込み、ズボンを引き下げた。男は気絶してはいない。大きく見開いた目には涙が光っている。息をしようとあえいでいる。べつの男が助けようと駆け寄ってきたが、こめかみに電撃を食らっただけだった。

うえに乗った女は男の睾丸と陰茎を手のひらにのせ、なにか言って笑った。ほかの女たちも笑った。指先でくすぐりながら、楽しんでもらいたがっているかのように、小さくあやすような声を出す。男は口がきけなかった。のどがふくらんでいる。もう気管が破裂しているのかもしれない。女は首をかしげ、悲しい顔をしてみせる。世界じゅうのあらゆる言語で言ったも同然だ。「どうしたの、勃たないの？」男はかかとで地面を蹴って女から逃れようとしたが、それにはもう遅すぎた。

ロクシーは、できるものならこの事態を食い止めたかった。その力があれば、いま隠れている場所から飛びおりて片っ端から殺していただろう。まずは木のそばのふたりだ。だれも気づかないうちに手早く片づけることができる。そこであのナイフを持った三人が攻撃してくるだろうが、左にあるオークの木二本のあいだに飛び込めば、一対一の戦いに持ち込める。そこでこっちもナイフを出す。ちょろい。しかし、いまの彼女にそんな力はない。食い止めることはできない。いくら止めたいと思っても止めることはできない。だから見る。証人になるのだ。

男の胸に馬乗りになった女が、性器に手のひらを当てた。かすかな放電のうなりが始まる。男はまたくぐもった悲鳴をあげ、逃げようとしている。まださほど痛みはないはずだ。ロクシー自身、男にあれをやったことがある。両方の楽しみのためだ。あれをすると、ムスコが敬礼でもするように起き上がるのだ。いつもしていることのように。裏切り者のように、愚か者のように。

女は顔に小さな笑みを浮かべ、まゆをあげた。ほらね、ちょっと励ましてやるだけでよかったでしょ、とでも言うように。睾丸を手に持ち、可愛がるかのように一度、二度と引っ張る。そこで陰嚢(いんのう)に強烈な電撃を加えた。あれはガラスの針を打ち込まれたように感じるだろう。内側から切り裂かれているかのように。男は絶叫し、背中をのけぞらせる。そこで女は自分のコンバットスーツのズボンの前ボタンをはずし、ムスコのうえに腰を落とした。

女の仲間たちが笑いだした。女自身も腰を上下に動かしながら笑っている。片手を男の腹部の中心にしっかりあてがい、太腿を叩きつけて奥へ送り込むたびに電撃を加えている。仲間のひとりがスマートフォンを構えた。男にまたがっている女の写真を撮る。男は片腕で顔を覆おうとしたが、すぐに腕を引き戻された。だめだめ、ちゃんと撮っておかなくちゃ。

仲間たちが女をけしかけている。女は自分自身に触れはじめ、さらに速く動き、腰を前後に揺らしだす。いまでは本格的に男に苦痛を与えている。加減を考えて慎重に与えるのでなく、また面白がって最大限の苦痛を与えようとするのでもなく、ただ滅茶苦茶に。達しかけているときには簡単なのだ。ロクシーも一度か二度やって、相手をびらせたことがある。〈グリッター〉をやっているといっそう悲惨だ。女は片手を男の胸に当て、前に身を乗り出すたびに男の胴全体に稲妻模様を走らせる。男は女の手を押しのけようとし、絶叫し、周囲の人々に助けを求めて手をのばし、くぐもった声で哀願している。なんと言っているかロクシーには理解できないが、「助けて、神さま、助けて」の響きはどんな言語でも同じだ。

女が達すると、仲間たちがどっと沸いた。女は頭をのけぞらせ、胸を前に突き出し、男の胴体の中心に強烈な電撃を放った。女は笑顔で立ちあがり、仲間たち全員に背中を叩かれて笑い、笑い終わってもまだ笑顔のままだ。犬のように全身を震わせ、犬のようにまだ物欲しげな顔をしている。かれらは詠唱を始めた。同じ四つか五つの単語にリズムをつけてくりかえしながら、女の髪をくしゃくしゃにし、互いにこぶしをぶつけあっている。白い肌の縮れ毛の男はついに動かなくなった。最後の電撃でとどめを刺されたのだ。目は見開いたまま虚空を見据えていた。大小の川の流れのような赤い傷痕が、胸全体に広がってのどもとまで這いあがっている。ペニスはしぼむまでもうしばらくかかるだろうが、ほかの部分はもう静止していた。断末魔の苦悶すらなく、痙攣すらない。血液は着々と背中や臀部（でんぶ）やかかとに溜まっていきつつある。女は胸に手を当て、心臓を止めて男を殺したのだ。

悲嘆の声とは別種の声がある。悲しみは嘆き、叫び、天に向かって声をあげる。母を呼ぶ赤子のように。そんな声の出せる悲嘆には希望がある。不正は正されると信じ、あるいは助けは来ると信じている。それとは別種の声がある。あまりに長く放置された赤子はもう泣くこともしない。身動きもせず、声も出さない。だれも来てくれないとわかっているから。

闇のなかに凝視する目があった。しかしもう悲鳴はない。怒りはない。男たちは沈黙している。キャンプの反対側では、女たちはいまでも侵入者を追い払おうと戦い、男たちはいまでも女たちを痛めつけようと石ころや金属片を集めている。しかしここでは、あれを目撃した者たちはひそとして声を立てない。

ほかの兵士ふたりが、死んだ男の身体を目がけて地面を蹴った。少し土がかかる。それは神を恐れる気持ち、恥ずかしいと思う気持ちの表われだったのかもしれないが、地面に穴を掘って埋める気はまるでなかった。泥と血とあざにまみれ、あちこち腫れあがり、苦痛のあとを示す盛りあがった傷痕だらけの遺体をそのままに、ふたりは自分の戦利品を探しに去っていった。

今日ここでおこなわれたことにはなんの意味もない。陣地を獲得しに来たわけでも、特定の悪行に復讐したわけでも、兵士を獲得しに来たわけですらなかった。手のひらを顔やのどに当てて、かれらは若い男の目の前で年配の男を殺した。またある者は特技を見せびらかそうと、指先を使って肉に稚拙な絵を描き出していた。兵士の多くは男をつかまえ、利用し、あるいはたんにおもちゃにした。ある男は腕を残すか脚を残すか選ばせられ、脚を選んだものの、結局約束は守られなかった。ここでなにがあろうとだれも気にしない。兵士たちはそれを知っていた。この人々を守るためにやって来る者はいない。だれもかれらのことなど気にかけない。死骸はこの森のなかに何十年と放置され、訪れる者はだれもいないだろう。やろうと思えばできるから、だから兵士らはこれをやったのだ。

あと一時間で夜明けというころには、侵入者たちは疲れていた。しかし、パワーはいまも全身を駆けめぐっているし、ドラッグのせいで、また自分たちのやったことのせいで目は真っ赤に充血し、眠ることができずにいる。ロクシーは何時間もじっとしていたから、手足は痛むし肋骨(ろっこつ)はぎしぎし言っていた。鎖骨にまたがる傷痕もまだぎざぎざのままだ。ひどく疲れを感じた。ここで見ていただけなのに、目撃することじたいが肉体的な重労働だったかのように。

低い声で名前を呼ばれて、彼女はぎょっとした。危うく木から落ちるところだった。神経は切れそうにぴりぴりしているし、頭のなかは混乱のきわみだ。あんなことがあってから、ときどき、そしていまも、自分がだれなのか忘れてしまう。思い出させてくれる人が必要だった。きょろきょろするうちに、彼の姿が見えた。となりのとなりの木のうえで、トゥンデはいまも生きていた。三本のロープを巻きつけて身体を枝にしばりつけていたが、夜明け前の光で彼女の姿を認め、それをほどきにかかっている。こんな一夜のあとで彼を見ると、まるでわが家に帰ったような気がした。彼にとってもそれは同じなのがわかる。こんなあれこれのさなかで、懐かしく頼りになる存在。

彼はさらに少しのぼって、枝と枝が交わっているところまで行き、そこから両手で枝を渡ってこっちへ近づいてきた。そしてしまいに、彼女が見つけた小さな隠れがにそっとおりてきた。ここはよい隠れ場所だった。大きな枝が二本重なり、太い枝で小さな巣ができている。ひとりがその枝に背中を預ければ、そのひとりにべつのひとりは寄りかかっていられる。彼がおりてきたとき、夜のあいだにけがをしているのがわかった。肩のどこかを痛めているようだ。ふたりはいっしょにどさりと巣に身を沈めた。彼が手をのばしてきて手を握った。指と指をからめてしっかり支えあう。ふたりともおびえていた。彼からはさわやかなにおいがした。萌え出でる新緑のような。

「ついてこないから、死んだのかと思ったよ」彼は言った。

「安心するのは早いよ。まだ今夜のうちに死ぬかもしれないじゃん」

彼が小さく荒い息をする。笑い声の代わりだ。「ここもやっぱり、世界でいちばん暗い場所だ」とつぶやく。

ふたりはしばし、目をあけたままぼんやりと恍惚状態に落ち込んでいた。それは少し眠りに似ていた。ここにぐずぐずしてはいられないのだが、慣れ親しんだ肉体とくっついているのはあまりに心地よく、もう少しこうしていたかった。

はっとまばたきしたときには、だれかがこの木に取りついていた。すぐ下まで来ている。緑の作業着を着た女だった。片手に軍用手袋をはめ、のぼりながら三本指から火花を飛ばしている。地面のだれかに大声でなにごとか怒鳴った。火花の光で木々のあいだを透かし見たり、葉を焼いたりしている。まだ暗くてこちらの姿は見られていなかった。

ロクシーは思い出した——手下ふたりといっしょのときに、通りで恋人をさんざん殴っている女がいると聞きつけたことがあった。やめさせなくてはならない。自分の縄張りでそんなことが起こっているのなら、放っておくわけにはいかない。しかし、現場に着いたときには女しかいなかった。酔っぱらってだみ声をはりあげ、怒鳴ったり罵ったりしていた。しまいに男は見つかった。階段の下の物置に隠れていたのだ。やさしく親切にしようとはしたが、ロクシーは胸のうちでなぜ反撃しないのかと思っていた。なぜやってみようともしないのか。フライパンでも見つけて殴りつければいいのに。スコップかなにかでもいい。こんなところに隠れていてなんになるというのか。その彼女がいまこうしている。小さくなっている。男のように。いまではもう、自分は女だと胸を張ることはできない。

トゥンデは彼女に寄りかかり、目を見開いて身を固くしていた。兵士に気づいたのだ。彼はじっとしていた。ロクシーもじっとしていた。夜が明けて危険が増したというのに、ここに隠れたままでいる。兵士があきらめれば助かるかもしれない。

女はもう少し上までのぼってきた。下の枝に火をかけているが、ちょっと燃えあがってはくすぶって消えてしまう。最近雨がふったところだったのが幸いだった。仲間のひとりが、長い金属のバトンを投げあげてよこした。面白がっている。葉のあいだに突っ込んで火花を飛ばそうというわけだ。このバトンで、女は隣の木の高い枝を払いはじめた。完璧な隠れ場所などどこにもないのだ。

女がすばやくバトンを突っ込んでくる。ロクシーとトゥンデのすぐそばに、まさに目と鼻の先だった。バトンの先端は、トゥンデの顔から腕二本ぶんと離れていなかった。女が手をあげると体臭が鼻孔を突いた。汗の黄色いにおい、皮膚から排出される〈グリッター〉の酸っぱいにおい、使われているパワーそのもののラディッシュのようなつんとするにおい。その組み合わさったにおいは、ロクシーにとっては自分の肌のようになじみ深かった。パワーを強化されたはいいが、それがだだ漏れになっている女のにおいだ。

トゥンデがささやきかけてきた。「一度電撃を浴びせてやったら。あれは両方向に伝わるんだから、次にあれがこっちに突っ込まれたとき、つかまえて思いきり強いショックを与えてやればいい。あいつが地面に落ちたら、仲間たちは手当てをしなくちゃならない。そのあいだに逃げられるよ」

ロクシーは首をふった。その目に涙が浮かんでいる。それを見たとたん、トゥンデは閉じていた心が開いたような、胸を締めつけていたワイヤが一度にほどけたような気がした。

思い当たることがあった。彼女の鎖骨のふちに、ちらと傷痕が見えたことがあった。そしてその傷痕を彼女は慎重に隠していた。取引したり、脅したりすかしたりするのは見たことがあるが……檻のなかで彼女に見つけられて以来、一度でも彼女がだれかに電撃を加えるのを見たことがあっただろうか。そもそもなぜ森に隠れていたのか。彼女はモンク家の一員ではないか。かつてこの世に存在した最強の戦士ではないか。そのことをトゥンデはこれまで考えたことがなかった。女性なのにそれを持っていないとどうなるのか、女性がそれを奪われることがあるのかなど、何年も想像したことがなかったのだ。

女はまたバトンを突き出してきた。その先端がロクシーの肩の裏側に当たり、鉄の爪のような痛みを打ち込んできたが、彼女は声ひとつ立てなかった。

トゥンデはあたりを見まわした。かれらの隠れている木の下には泥だらけの地面しかない。背後には踏みつけられたテントの残骸があり、女三人が若い男をぎりぎりまでいたぶっている。その向こう、右手のほうには焼け尽きた発電機があり、枝葉になかば隠れて、雨水を集めるのに使っていたドラム缶が見えた。水が溜まっていてはだめだが、からなら役に立つ。

女は仲間たちになにか叫び返し、仲間たちは励ますように大声で言葉をかけている。キャンプの入口のほうで、木の上に隠れていた者が見つかっていた。もっといるだろうと探しているのだ。トゥンデはそろそろと体勢を変えた。へたに動くと兵士の目を惹きつけ、そうなったらふたりともおしまいだ。ほんの数分、兵士たちの目をよそにそらすだけでいい。そのあいだに逃げられる。彼はバックパックに手を入れた。指で内ポケットをまさぐり、フィルムケースを三つ引っぱり出した。ロクシーは静かに息をしながらそれを見守っている。彼の目線の動きから、なにをしようとしているか見当はついた。彼は右腕をだらんと下げた。木から蔓(つる)が垂れ下がったかのように、大したものではないかのように。手のなかのフィルムケースを持ちあげ、ドラム缶のほうへ軽く放った。

失敗だ。飛距離が短すぎて届かなかった。ケースは柔らかい地面に音もなく落ちた。クソの役にも立たない。女がまた登りはじめ、金属のバトンを大きく振りまわしている。彼は次のフィルムケースを取りあげた。さっきのより重い。なぜだろうと思ったが、すぐに思い出した。釣りでもらったアメリカの硬貨をこれに入れておいたのだ。またあの小銭を使うことがあるとでもいうのか。笑いだしそうになったが、しかし重いのはいいことだ。うまく飛ばせるだろう。とっさにそれを唇に押し当てたくなった。彼のおじさんのひとりが、競り合いになると馬券によくそうしていたのだ。そして画面の馬と同じように全身に力を入れていたものだった。がんばれよ、うまく飛んでくれ。

手をぶら下げた。振り子のように前後にふる。一度、二度、三度、さあ行け。がんばれ。ケースを放った。

それが当たったときの音は、予想していたよりはるかに大きかった。ケースはちょうど缶のふちに当たったのだ。あの音からして、缶に水は入っていなかったのだろう。ドラム缶が振動して派手に鳴り響いた。わざと立てた音のようだった。だれかが自分の到着を告げ知らせようとしているかのような。キャンプじゅうの頭がこちらを向いた。いまだ、早く、早く。次のを投げるんだ。次のケースには、湿らないようにマッチが詰めてあった。じゅうぶんな重さがある。また派手なガーンが響く。いまでは、そこにだれかがいるのはまちがいないように思えた。だれかが抵抗しようとしている。どこかのばかが、わが身にハリケーンを招来しようとしている。

　キャンプじゅうから兵士がすわと集まってくる。まだ少し時間があると見て、ロクシーは折れた太い枝の基部を引き抜き、ドラム缶目がけて投げつけた。なにがあったのか見えるほど敵が近づいてこないうちに、また大きな金属の叫びが響く。もう少しでロクシーに手が届きそうになっていた女が、枝のあいだを抜けて急いでおりていった。どこのばかか知らないが、この軍に対抗できると考えているやつを最初にとっちめてやろうと突っ走っていく。

　トゥンデはいまでは全身が痛かった。しびれているせいか骨折しているせいか、痛みの原因はどれとも区別がつかない。すきまもないほどくっつきあっていたせいで、下に目をやったらロクシーの鎖骨の傷と瘢痕が見えた。その傷が自分の身体に刻み込まれたような痛みを覚える。彼は腕で枝につかまってぶら下がり、足で下の幅広の枝を探った。その枝を走った。ロクシーも同じことをする。木の枝が掩蔽(えんぺい)になって、この動く影にキャンプの女たちが気づかなければよいがと思いながら、ともに地面に飛びおりた。

泥だらけの地面をよたよた走りつつ、トゥンデは危険をおかしてちらと後ろをふり向いた。ロクシーもその視線をたどる。からのドラム缶にそろそろ飽きて、兵士たちが追いかけてきているのでは。

追いかけてきてはいなかった。ドラム缶はからではなかったのだ。かれらは缶を蹴飛ばし、笑いながら手を突っ込んでなかにあったものを持ちあげた。トゥンデは見た、そしてロクシーも見た。カメラのフラッシュのように、兵士たちがなにを見つけたか。ドラム缶には子供がふたり隠れていた。兵士たちはそのふたりを持ちあげた。おそらく五つか六つだろう。子供たちは泣きながら、持ちあげられたときもまだぎゅっと身体を丸めていた。小さい柔らかい動物がわが身を守ろうとしている。すそのすり切れた青いズボン。裸足。黄色いヒナギク模様のサンドレス。

ロクシーにかつてのパワーがあれば、引き返してあの女どもをひとり残らず灰に変えていただろう。だが現実には、トゥンデに手をつかまれ、その場から引きはがされて、ともにそのまま逃げつづけた。あの子供たちはどちらにしても生き延びられなかっただろう。そう言い切れるだろうか。いずれにしても、寒さと雨風のせいであそこで死んでいただろう。ほんとうにそう言い切れるだろうか。

寒い夜明け、ふたりは手に手をとって走った。どちらもその手を離そうとしない。彼女はこのあたりには詳しく、最も安全な道を知っているし、彼のほうは静かな隠れ場所の探しかたを心得ていた。ふたりは走りつづけ、走れなくなると歩き、何マイルもただ黙って歩きつづけた。手と手をしっかりつないだまま。夕暮れが近づくころ、彼は打ち捨てられた駅舎に目を留めた。この地域の人口を増やしてきた鉄道の駅だが、もう来ることのないソ連の列車を待ちながら、いまではねぐらを探す鳥の住処になっている。ふたりは窓を割ってなかに入った。木製のベンチにはかびくさいクッションがいくつか残っていたし、戸棚をあけると乾いたウールの毛布も一枚見つかった。用心のため火は焚かず、駅舎のすみでいっしょに毛布にくるまった。

彼は言った。「おれ、ひどいことしちゃったな」すると彼女は言った。「あんたはあたしの生命の恩人だよ」

「それにあたしは、あんたが聞いたら半分も信じられないようなことをしてきたよ。すっごくすっごく悪いことを」すると彼は言った。「でも、あんたはおれの生命の恩人だ」

夜の闇のなかで、彼はニーナについて話し、彼の文章と写真が彼女の名前で出版されたことを話した。それでわかったのだが、彼女はずっと彼の持っているものをすべて奪いとるときを待っていたのだ。すると彼女はダレルについて話し、自分からなにが奪われたかを話した。その話を聞いて彼はやっとなにもかも理解した。なぜ彼女がこんなふうに身を処しているのか。なぜ何週間もずっと隠れていたのか。なぜ家に帰れないと思っているのか。なぜモンク家の一員らしく、すさまじい怒りをもってダレルをすぐに攻撃しなかったのか。彼女は自分の名前を忘れかけていたのだ——彼が思い出させるまで。

いっぽうが尋ねた。「なぜあんなことをしたんだろう、ニーナとダレルは」もうひとりが答える。「やろうと思えばできたから」

それ以外の答えはどこにもありはしない。

彼女は彼の手首を握る。しかし彼はこわいとは思わない。彼女は親指で彼の手のひらをなぞった。

そして言った。「あたしの見かたで言えば、あたしはもう死んじまった。それはあんたも同じ。ここいらじゃ、死人はお楽しみになにをするんだろね」

ふたりはどちらも負傷し、痛みを抱えている。彼の鎖骨はたぶん折れていると思う。姿勢を変えるたびにそこにずきんと痛みが走る。理屈で言えば、いまは彼のほうが彼女より強いはずだが、それを考えたらふたりとも笑ってしまった。彼女は父親似で、小柄でずんぐりしていて、同じく父親譲りの雄牛のように頑丈な首をしている。それに彼よりずっと戦闘を経験しているから、戦いかたはよく心得ている。彼がふざけて彼女を床に仰向けに押し倒すと、彼女もふざけて彼の痛い部分のまんなかに親指を当てた。肩の骨が首とつながるあたり。そして、彼の目から星が飛ぶほどの力で押した。彼は笑い、彼女も笑った。嵐のさなかに、息を切らしてばか笑いをした。ふたりの肉体は苦しみによって書きなおされていた。もう争いは残っていない。どちらがどちらであるべきなのか、この瞬間にはもう区別がつかなかった。こうして始める用意は整った。

ふたりはそろそろと動きだした。服は半分着たままだ。彼女は、彼の腰にある古い傷痕をなぞる。デリーで初めて恐怖を知ったときについた傷だ。彼もまた、彼女の鎖骨にある生々しい線に唇で触れる。ふたりは並んで横たわっていた。あんなものを見てきたあとだけに、いまはふたりとも性急な荒々しい行為は望んでいなかった。そっと触れあい、似ている場所と似ていない場所を確かめあう。彼は自分に用意ができていることを伝え、彼女のほうもそれは同じだった。ふたりは楽にすべるようにひとつになった。鍵穴に鍵がはまるように。「ああ」と彼は言い、「うん」と彼女は言った。これは善いことだ。女は男を包み込み、男は女のなかにいる。ぴったり調和している。ふたりはゆっくり楽に動く。互いの痛い部分を気遣いつつ、微笑み、眠たげに。その瞬間に恐怖はなかった。ふたりはかすかな獣のうめきをあげて達し、互いの首に顔を埋め、そんなふうにして眠りについた。脚をからめたまま、見つけた毛布の下で、戦争地帯のまんなかで。

およそ5000年前の大変動時代の彫刻。
この時代のものとしてはきわめて保存状態がよい。英国西部出土。
この種の彫刻は一様にこの状態で発見される。
中央部からなにかが意図的に削除されているのだが、
それがなんだったのか確実なことはわからない。
現在唱えられている説としては、この石の彫刻は肖像を囲むフレームだった、
地域の条例が刻まれていた、たんなる方形の美術品であり、
中央にはもともとなにもなかった、などがある。
中央がえぐられているのは、中央部分に表現されていたものが
なんであった――あるいはなかった！――にしても、
それに対する抗議であるのはまちがいない。

ついにその時

すべてがいちどきに起こりつつある。すべてがひとつだ。すべてが、それまでに起こってきたすべての必然的な帰結だ。パワーは出口を求めている。すべては以前にも起こっていたことであり、これからもまた起こることだ。すべてつねに起こっていることなのだ。

かつては青く輝いていた空を雲が覆い、灰色から黒へ変えていく。雷雨が来る。久しくないことだった。埃は乾ききり、土は黒い水をたっぷりとしみこませるときを待ちわびている。大地は暴力で満ち、生けるものすべてが道に迷っている。北でも南でも東でも西でも、空の四方に雨が集まっている。

南では、ジョスリン・クリアリーがジープのフードを起こし、隠された出口から砂利道に乗り入れた。この先になにかおもしろいものが待っていそうな気がする。北では、オラトゥンデ・エドとロクサン・モンクが目を覚まし、隠れ処の鉄の屋根を叩く雨音を聞いていた。そして西では、かつてはアリーの名で呼ばれていたマザー・イヴが、近づいてくる嵐を眺めて自問していた。もうそろそろかな。すると彼女の自己が答える。なにをいまさら。

北では残虐行為がおこなわれている。そのうわさはあまりに多くの情報源から伝わっており、いまではとても否定できなくなっていた。それをやっているのはタチアナ自身の軍だという。パワーのせいで発狂しているところへ、なかなか始まらない戦闘と、たえずやって来る命令――「男はみんな女を裏切る。男はみんな北とつるんでいるのだ」と言っているも同然の――のせいでますます頭がおかしくなっているのだと。あるいはたんに、タチアナが軍をまともに抑えようとしないだけだろうか。マザー・イヴになにをされたにせよ、それ以前からずっと狂っていたのかもしれない。

ロクシーは姿を消した。タチアナは軍を掌握できなくなっている。だれかがこの状況を収めなかったら、数週間後には軍事クーデターが起こるだろう。そうしたら北モルドヴァ軍が進軍してきて、この国を、そして南部の諸都市に蓄えられた化学兵器を手中にするのだ。

アリーは自分の静かな書斎に腰をおろし、嵐の雲を眺めながら、払うべき代償を数えあげていた。

〝声〟が言う。わたしはずっと前から、あなたは偉業をなし遂げる人だと言ってきたでしょう。

アリーは言う。うん、わかってる。

あなたはここだけじゃなく、いたるところで尊敬されている。あなたがこの国をわがものにすれば、世界じゅうから女が集まってくるわよ。

わかってるって言ってるじゃん。

それじゃ、なにをぐずぐずしているの。

アリーは言った。世界はまたもとに戻ろうとしてる。いろいろやってきたけど、結局それだけじゃ足りなかった。いまでも金と力を持った男はおおぜいいて、自分の思いどおりに物事を変えていく。たとえ北に勝ったとしても、ここでなにが始められるっていうの。

つまり全世界を引っくり返したいわけね。

うん。

言いたいことはわかるけど、どう言ったらもっとはっきり伝えられるかわからないわ。ここからでは無理ね。最初からまたやりなおさなくちゃいけない。なにもかも最初からやりなおさなくちゃいけないのよ。

アリーは胸のうちで言った。大洪水ってこと？

〝声〟は言う。それもひとつの方法だってことよ。でも、ほかにも選ぶ道はあるわ。いいこと、よく考えてみなさい。とにかく、いったんこれをすませてからね。

夜更け、タチアナはデスクの前に座って書き物をしている。将軍たちへの命令書にサインをしているのだ。彼女は北に向けて軍を進めようとしている。悲惨なことになるだろう。

　マザー・イヴが来て背後に立ち、なだめるようにうなじに手を当てる。ふたりはもう何度もこれをやってきた。タチアナ・モスカレフは、そうされると落ち着くと感じていたが、そう感じるのがなぜなのかはよくわからなかった。

　タチアナは言った。「わたしはまちがってないわよね」

　アリーは言った。「神がいつもついておられますよ」

　この部屋には隠しカメラが何台も設置してある。タチアナの被害妄想のもうひとつの産物だ。

　時計が鳴る。一度、二度、三度。そろそろ決行のときだ。

　アリーは彼女独特の感覚と技術を駆使して、タチアナの首と肩、頭骨と頭蓋の神経を鎮めていく。タチアナは目を閉じる。頭が垂れる。

　そして、まるでそれ自身の意志を持つかのように、いまこの瞬間、それがなにをしているのか本人も気づくことができないかのように、タチアナの手がテーブルのうえを這っていった。小さいながら鋭いペーパーナイフの載っている書類の山を目指して。

　筋肉や神経が抵抗しようとするのを感じるが、その筋肉も神経もいまではアリーに慣れているし、それはアリーも同じだった。こちらの反応を鎮め、こちらを強める。これほど簡単ではなかっただろう、タチアナがこんなに酔っていなかったら。そして、アリー自身の調合した薬を摂取していなかったら。これはロクシーが研究室で彼女のために作ってくれたものだ。さあ、そろそろむずかしくなってきた。しかし、できないことはない。アリーはタチアナの手に自分の精神を送り込み、ペーパーナイフを握らせた。

ふいに、室内になにかのにおいがたちのぼった。腐った果実のようなにおい。しかし、隠しカメラににおいは映らない。

さっと一度だけ手を動かし、マザー・イヴにはどうすることもできない――なにが起こるかどうして予測ができただろう――ほどのすばやさで、おのれの権力の崩壊に耐えられず、タチアナ・モスカレフは鋭い小さなナイフで自分ののどを掻き切った。

マザー・イヴは飛びすさり、悲鳴をあげ、助けを呼んだ。

デスクにちらばった書類に、タチアナ・モスカレフの鮮血が広がっていく。彼女の右手だけがぴくぴくしていた――まだ生きているかのように。

ダレル

「事務所から伝言だよ」イリーナがどたどたやって来た。「裏の道に兵士が入ってきた」くそ。

有線テレビを通して様子をうかがった。この工場は、主要道路から土の道を八マイル入ったところにあり、道の入口は茂みと森で隠れている。その気で探さなければ見つけることはできない。にもかかわらず、その道に兵士が入ってきた。ひとりだけで、大集団で寄せてくる気配はないが、敷地のフェンスからそう遠くないところまで来ている。まだ工場本体から一マイルほど離れている。大丈夫だ、あそこからは工場は見えもしない。しかし、道に入ってきたのはたしかだ。フェンスのまわりを歩き、スマートフォンで写真を撮っている。

事務所の女たちがダレルを見る。

考えていることはみな同じ、ロクシーならどうするだろう、だ。ひたいにそれが見える。まるでフェルトペンで書いてあるかのように。

ダレルの胸のなかで、スケインが脈打ち、身をよじっている。なにしろ使いかたをずっと練習しているのだ。ここにロクシーの一部があり、その一部はなにをすればよいか知っている。彼は強い。最強の戦士よりさらに強くなったのだ。彼になにができるか、ここの女たちに見せてはいけないことになっていた。秘密を漏らしてはいけないと、バーニイにはっきり言われている。かれらになにができるか、生きた実例としてロンドンの最高入札者に披露する準備が整うまでは、秘密にしておかなくてはならないのだ。

スケインがささやきかけてくる。兵士がひとりきりだ。出ていって脅かしてやればいい。

パワーはなにをすべきか知っている。それにはそれの論理がある。

彼は言った。いいかみんな、よく見とけよ。おれが行ってくる。

スケインに話しかけながら、長い砂利道を歩いていった。敷地のフェンスのゲートを開く。

いまになって失敗するなよ。おまえには大金を払ってるんだ。いっしょにやれるよな、おまえとおれで。

スケインはいまではおとなしく、ダレルの鎖骨に収まっている。かつてロクシーの鎖骨に収まっていたように。それがブーン、しゅうしゅうとうなりはじめた。いい気分だった。こんなときにはそう感じるのではないかと思っていたが、いままでは確かめるすべがなかったのだ。少し酒に酔ったときに似ている。気分のいい、気持ちの大きくなる酔いかただ。酔って向かうところ敵なしという気分になる、そんな感じだ。そしてこの場合、それは事実なのだ。

スケインから返事が戻ってくる。

用意はできた、とそれは言う。

さあ、行こうよ。

必要なものはなんでもわたしが持っている、と。

パワーは、だれに使われようが気にしない。スケインは反抗しない。彼が本来の主人でないことも知らない。それはただ、もう行ける、と言うだけだ。もうじゅうぶん、大丈夫、わたしを使って、と。

親指と人さし指のあいだに小さいアークを飛ばしてみた。その感覚にはまだ慣れない。

皮膚の表面がじりじりして違和感がある。しかし胸のなかでは頼もしくごく自然に感じられた。兵士はただ追い払えばいいのだが、片づけるのは簡単だろう。あいつらに見せつけてやるのだ。

工場をふり返ると、女たちが窓に集まってこっちを見守っていた。何人かは道に出てきて、ずっと彼の動きを目で追っていた。手で口もとを隠してなにごとかささやきあっている。ひとりが手のひらと手のひらのあいだに長いアークを飛ばした。

まったく不気味なやつらだ。あのいっせいに動くさまを見ろ。この数年、ロクシーはかれらにかなり自由にやらせていた。変てこな儀式も勝手にやらせていたし、休み時間には〈グリッター〉も使わせていた。かれらは日没とともにそろって森へ入っていき、明けがたまで戻ってこない。しかしとやかく言うわけにはいかないだろう。時間どおりにやって来て、ちゃんと仕事はしているのだから。しかし、なにかが起こっているのはまちがいない。においでわかる。かれらはここにくだらない文化を作りあげていて、彼についていろいろ言っているのはわかっている。ここにいるべきではないと思っているのだ。

兵士から姿を見られないように低い体勢をとった。

ダレルの背後では、女たちの波がしだいにふくれあがりつつある。

その朝、トゥンデとともに服を身に着けながらロクシーは言った。「国外に出してあげようか」

その「国外」という目的があったのを、彼はすっかり忘れていた。いまのこの状況こそが不可避の現実と感じられて、以前の経験はもう夢かなにかのようだった。

靴下を引っぱりあげる途中で手を止めた。ひと晩干しておいたのだが、まだにおうし、肌触りはごわごわで、繊維に砂利が詰まっている。

「どうやって」

彼女はいっぽうの肩をすくめて、にやりとしてみせた。「あたしはロクシー・モンクだよ。ここいらに少々知り合いがいるからね。国外に出たい？」

出たい。もちろんだ。

「あんたは？」

「あたしは取り戻さなきゃならないものがあるからね。それを取り戻したら、あんたを見つけに行くよ」

彼女はすでにある程度は取り戻していた。もう二倍も大きく見える。

トゥンデは彼女のことが好きだと思うが、たしかなことはわからない。彼女の抱えているものはあまりに大きいから、いまのところたんにつきあう相手として見ることはとてもできなかった。

何マイルも歩いていくあいだに、連絡をとる方法を十とおりほども教えられた。このメールのアドレスはペーパーカンパニーのそれに見えるが、受信トレイは彼女のほうへまわるとか。この人物はいつでも、なんとか彼女に連絡をとる方法を知っているとか。ロクシーは一度ならず「あたしはあんたに生命を救われた」と言ったが、それがどういう意味なのかトゥンデにはわかっていた。

畑と畑のあいだの四つ角に、週に二便のバス停があった。そこの公衆電話で、ロクシーはそらで憶えている番号に電話をかけた。

電話が終わると、これからどういうことが起こるかくわしく説明してくれた。今晩、航空会社の帽子をかぶったブロンドの女が車で迎えに来るから、その車で国境を越えられる。

トランクに入ってもらわなくちゃならない。気の毒だけど、それがいちばん安全な方法だから。八時間ぐらいかかるけど。

「足を動かしとくんだよ。でないとつっちゃうからね。痛いし、出られなくなる」

「あんたはどうするの」

彼女は笑った。「あたしがなんで、車のトランクなんかに入んなきゃなんないのよ」

「でも、そのあとは？」

「あたしのことは心配要らないって」

真夜中少し過ぎ、ふたりは小さな村――その名前を彼女は発音できなかった――の外で別れた。

ロクシーは一度だけ、彼の口に軽くキスをして言った。「助かるよ、大丈夫」

「もう行くの?」そうは言ったものの、この世界の仕組みはわかっている。それが答えを教えてくれた。ひとりの男に特別な好意を抱いていると思われたら、彼女の世界では軟弱と見くびられる。しかも、彼女にとって特別な意味があると思われたら、こちらが危険にさらされることになる。そういうわけで、彼はただの荷物でなくてはならないのだ。

彼は言った。「行って取り返しておいでよ。こんなに長いことあれなしで生き延びてきたんだから、それなりの人間はみんなあんたのことをもっと高く買うようになるよ」そう言っているあいだも、それがほんとうでないのはわかっていた。こんなに長く生き延びたからといって、彼を高く買う者はだれもいないだろう。

彼女は言った。「取り返しに行かなかったら、あたしはもうどんな意味でもあたしじゃなくなるからね」

彼女は歩きだし、南に向かう道をたどった。彼はポケットに両手を突っ込み、頭を下げて、ぶらぶらと村に歩いていった。使いに出される権利がちゃんとあって、だから使いに出された男のようにふるまおうとしながら。

教えられたとおりの場所が見つかった。シャッターのおりた店が三軒、上階の窓に明かりはない。窓のひとつでカーテンが揺れたような気がしたが、気のせいだと自分に言い聞かせた。ここに彼を待ち受けている者はいない。だれも追ってくる者はいない。いつからこんなにびくびくするようになったのか。その答えならわかっている。こんなふうになったのは、あの最後のできごとのせいではない。この不安は少しずつ蓄積されてきたものだ。恐怖は何年も前に彼の胸に根をおろし、月ごとに時間ごとにひげ根を少しずつ深くもぐり込ませてきたのだ。

どういうわけか、恐れていた闇が現実になったときには耐えられる。実際に檻に入れられたとき、あるいは木に隠れていたとき、この世の地獄を目のあたりにしていたときには、こんな恐怖は感じなかった。恐怖は、静かな通りを歩いているとき、あるいは夜明け前にホテルの部屋で目を覚ましたときに彼に取り憑く。もうずいぶん前から、夜道を気楽に歩くことはできなくなっていた。

腕時計を見た。このがらんとした通りの角で、あと十分待たなくてはならない。バックパックのなかには封筒が用意してある——カメラのフィルム、路上で撮った動画、彼のノートがすべて入れてあるのだ。最初から切手を貼った封筒を用意しておいた。何枚も。危険な事態になったら、フィルムをニーナに送ろうと思っていたのだ。もうニーナになにかを送るつもりはない。また会うことがあったら心臓を引き裂いて食ってやる。フェルトペンはある。封筒はきちんと詰めてある。そして通りの反対側の角には郵便ポストがあった。

ここの郵便システムはいまもちゃんと機能しているだろうか。難民キャンプで、大きな市町村ではまだ郵便が使えると聞いたことがあった。国境地帯や山地ではなにもかも滅茶苦茶になっているが、ここは国境や山地からは何マイルも離れている。ポストの投函口は開いていた。明日の集荷予定も記載されている。

どうしようかと考えた。車は来ないかもしれない。来るかもしれないが、乗っているのは帽子をかぶったブロンドの女ひとりではなく、女が三人も乗っていて、彼はバックシートに放り込まれるのだろう。そしてそこで最期を迎えるのだ。町と町のあいだに放り出されて。レイプされ、ずたずたにされて。あるいは、帽子をかぶったブロンド女が乗っているかもしれないが、彼女は報酬を受け取っておきながら、適当に国境を越えたと言うだろう。車からおろされ、あちらに自由があると言われた方向に走っていっても、そこに自由はなく、ただ森があるだけだろう。そこで狩られ、その地で最期を迎えるのだ。どんな最期かはわからないが。

ふいに、とんでもなくばかなことをしているような気がしてきた。彼はいま、ロクシー・モンクに生命をゆだねようとしているのだ。

車がやって来た。土の道を掃くヘッドライトがはるか遠くから見えた。封筒に宛名と住所を書く時間はまだある。ニーナのではない、もちろんちがう。テミや両親でもない。もしこの暗い夜闇に呑まれて消える運命なら、これを家族への最後のメッセージにするわけにはいかない。ふと思いついた。とんでもない思いつきだ。しかし安全でもある。

たとえ生き延びることができなかったとしても、この封筒に書ける宛名と住所がひとつある。そこに送れば、この画像は世界じゅうに確実に送られる。ここで起こっていることを人々に知らせなくてはならない、と彼はつぶやいた。とにかく目撃すること、それが最初に果たすべき責任だ。

まだ時間はある。あまり深く考えず、急いで書きなぐった。郵便ポストに走り、投函口に封筒を入れ、またふたを閉じた。車が縁石のそばに停まったときには、もうもとの位置に戻っていた。

ハンドルを握っていたのはブロンドの女で、野球帽を目深にかぶっていた。その帽子に「ジェットライフ」というマークがついている。

女はにっこりし、訛りの強い英語で言った。「ロクシー・モンクに言われて来ました。朝が来る前に着きます」

車の後部を開いてくれた。車はセダンでトランクは広々としていたが、それでも膝を胸に抱えて過ごさなくてはならない。八時間も。

彼女の手を借りてトランクのなかに乗り込んだ。彼のことを気づかってくれて、丸めたセーターを渡してくれた。トランクの金属壁にぶつからないように後頭部にあてがうためだ。少なくともトランクは清潔だった。なかのカーペットの繊維のループに鼻が触れたとき、花の香料を使ったシャンプーのにおいしかしなかった。それから、女は大きな水のボトルを渡してくれた。

「飲み終わったら、そのボトルにおしっこして」

彼は女を見あげて笑顔になった。彼女に好かれたい、ただの荷物ではなくひとりの人間だと思ってもらいたい。

彼は言った。「乗合バスの旅か。バスの座席は年々小さくなるね」

しかし、このジョークが通じたかどうかはわからない。

彼がなかに収まると、彼女はその太腿をぽんと叩いた。

「信用して」そう言うと、トランクのふたをばたんと閉じた。

そこから——どこからどこに通じるでもなさそうな砂利道をたどり、視界を遮る木々をまわったところから、上層階にしか窓のない低いビルが見えた。ちょっと曲がったとたんに。ジョスリンは岩のうえに乗り、写真を何枚か撮った。これだけでは決め手にならない。もっと近づかなくては。ただ、それはあまり賢い手ではない。ばかなことはやめなさい、ジョス。ここでなにが見つかったか報告して、明日一部隊とともに戻ってきたほうがいい。ここになにかがあるのはまちがいない。これだけ念を入れて道路から見えないように隠しているのだ。ただ、もしなんでもなかったらどうしよう。基地のみんなに笑われるだけに終わってしまったら。もう何枚か写真を撮った。

それに熱中していた。

気づいたときには、男はすぐそこまで来ていた。となりに立っているも同然だ。

「いったいなにをしてやがるんだ」男は英語で言った。

彼女はわきに規則どおり武器を携えている。姿勢を変えると、それが腰に当たって前にまわってくる。

「申し訳ありません」彼女は言った。「こっちに曲がってきてしまって、幹線道路を探していたんです」

彼女は落ち着きはらった静かな声を崩さなかったが、ほとんど無意識にアメリカなまりを少し強調していた。能天気なアメリカ人。無鉄砲な観光客。しかし、これはうまい手とは言えなかった。軍の作業服を着ているのに、無邪気な観光客のふりをしたらいよいよあやしく見えるだけだ。

ダレルは胸のなかでスケインが盛んに動きだすのを感じた。不安を感じると、ふだんより動きが激しくなる。身をよじり、しゅうしゅう言いはじめる。

「ここでなにをしてやがる。ここはおれの土地だぞ」彼は言った。「だれの命令だ」

背後では、工場の女たちがこのやりとりを冷たく暗い目で見守っている。彼はそれを意識していた。これ以後は、彼の資格を疑う者はいなくなる。彼が何者なのかと問う者はいなくなる。彼になにができるかその目で見れば、何者なのかは明らかになる。彼は女のふりをした男ではない。女のひとりなのだ。女と同じように強く、有能なのだ。

彼女は笑顔を浮かべようとした。「だれの命令でもありません。今日非番なんです。それでちょっと観光しようと思って。すぐに引き返しますから」

そのとき、彼女の手にした地図に男がちらと目をやった。この地図を見られては、まさにここを探していたのを知られてしまう。

「そうかい」ダレルは言った。「わかったよ、それじゃ帰り道を教えてやろう」

男には手助けするつもりなどない。さらに近づいてこようとしている。基地に連絡したほうがいい。彼女の手が無線のほうへぴくりと動いた。

男は右手の三本指を伸ばし、一度さっと電撃を飛ばしただけで無線を故障させた。彼女は目をぱちくりさせた。その瞬間、彼の正体をさとった――化物だ。

ライフルを構えようとしたが、彼はその床尾をつかみ、それで向こうのあごを強打した。よろめいたすきに、ライフルの負い革(スリング)を頭から抜く。一瞬どうしようかと思ったが、結局下草のなかに投げ込んだ。手のひらから火花を散らしながら、彼は兵士に迫っていく。

ジョスリンは逃げることもできた。頭のなかで父の声がする。いい子だから無茶をするんじゃないよ。頭のなかで母の声もした。あなたは英雄なのよ、それらしく行動しなさい。相手は辺鄙(へんぴ)な場所にある工場の男ひとり。さして手ごわい相手でもあるまい。そしてこっちは基地の兵士なのだ。ほかのだれでもないあなたなら、スケインで男をひとり始末するぐらい心得たものでしょう。ちがう、ジョスリン？　これはあなたにとって特別な課題でしょ、ジョスリン。彼女には証明しなくてはならないことがあり、彼にもまた証明しなくてはならないことがある。こうして始める用意は整った。

ふたりは互いに身構え、円を描くように移動して相手のすきをうかがった。

ダレルはささやかな試験なら以前やったことがある。ちゃんと使えるか確かめるためだけに、執刀したふたりの外科医に軽い火傷や痛みやけがを負わせたのだ。ひとりで練習もした。しかし、こんなふうに実戦で使ったことはない。これは興奮する。

タンクにどれぐらい残量があるか感覚がある。わかる。これは装弾だ。装弾以上だ。女を狙って放ったが、はずれた。興奮のあまり余計に発した電荷を、足を通して地面に逃がす。それでもまだじゅうぶん残っている。あのいまいましいロクシーがいつも自信たっぷりに見えたのも不思議はない。つねに身内にこの弾丸（たま）を抱えて歩いていたのだから。そしていまは彼も自信たっぷりだ。まちがいなく。

ジョスリンのスケインはぴくぴくしている。彼女が興奮しているからだ。いままではかつてなく快調だった。マザー・イヴに癒されてから、ずっと調子がいいのだ。そしていま、なぜあんなことが起こったのか、なぜ神が奇跡を起こしてくれたのか、その理由がわかった。このためだったのだ。彼女を殺そうとするこの悪い男から身を守るためだったのだ。

彼女は腹筋を引き締め、男に向かって走った。左に向かい、男のひざを狙うふりをして、最後の最後に、男が防御しようと身をかがめたのを幸い、右に身体をひねり、手をあげて耳をつかむとこめかみに電撃を打ち込んだ。スケインはなめらかに楽に動き、快いうなりをあげている。しかし、太腿を男にとらえられ、それが恐ろしく痛んだ。さびた刃物に骨をこすられたようだった。大きな筋がびくりと跳ねては弛緩し、脚が崩れそうになる。彼女はさっと身を起こし、右脚に体重をかけた。左脚は後ろに引きずるかっこうになる。この男のパワーはすごい。男の皮膚がばちばちしているのが感じられる。彼の放つ電撃は強くて鉄のように硬い。ライアンのとはちがう。これまで戦ってきただれのともちがう。

訓練を思い出した。無条件に自分より強い敵、無条件により強大なパワーを持つ敵と戦うときはどうするか。その場合、むだ弾を撃たせて使いきるよう仕向けなくてはならない。あまり大きなダメージを受けない身体の一部をさらし、そこを攻撃するよう誘うのだ。男はタンクに燃料をどっさり蓄えているが、うまく引っかけて地面に放出させることができれば、こちらのほうがすばやく軽く動くことができれば、この戦いは彼女の勝ちだ。

少しだけ必要以上に脚を引きずりながら、彼女はあとじさった。わざとよろめいてみせ、腰に手を当てた。男がこっちを見ているのがわかる。身を守るように手を差しのべてみせた。痛めた脚のひざをがくりと落とし、彼女は地面に倒れた。狼が小羊に襲いかかるように、男は襲いかかってきた。しかし、いまでは彼女のほうが速い。横に転がってよけると、男の必殺の電撃は砂利に呑まれた。男が怒号をあげる。そこへ、よいほうの脚で側頭部に強く蹴りを入れてやった。

手を上に伸ばし、男のひざの裏側をつかんだ。教えられたとおり、計画どおりだ。敵を地面に倒すため、ひざと足首を狙う。パワーはじゅうぶんだ。腱がつながる部分に強い電撃を一度浴びせれば、向こうは転倒する。

彼女は男のズボンをつかみ、手を接触させた。ふくらはぎにしっかり手のひらを当てて電撃を送り込む。なにも起こらなかった。パワーは消えていた。回転数をあげていたモーターがふいに止まったかのように。池の水が地面に吸い込まれて消えたかのように。

あるはずだ。

マザー・イヴが返してくれたのだ。あるはずだ。

もう一度やってみた。集中し、流れる水を想像する。クラスで教えられたとおりに、場所から場所へ自然に流れていくさまを想像する。自分でその邪魔をしなければいいのだ。少し時間があればまた見つかるはずだ。

ダレルはかかとで彼女のあごを強く蹴った。彼もまた攻撃を予期していたが、それが来ないとわかったとき、そのチャンスをむだにはしなかった。向こうはいま四つんばいになってあえいでいる。その脇腹を一度、二度、三度と蹴りつけた。

ふいに橙（だいだい）のにおいがした。それから髪の焦げるにおい。

兵士の頭を手のひらの付け根で押さえつけ、頭蓋底に電荷を送り込む。ここに電撃を食らうと戦うことができなくなる。これは経験済だ。ずっと前、夜の公園で一度やられたことがある。頭が混乱し、身体からは力が抜け、なにもできなくなるのだ。一定量の電荷をたえまなく送り込んでいると、兵士は顔を砂利に埋めて横たわった。しばし待つうちに痙攣（けいれん）も止まった。彼は荒い息をついた。まだじゅうぶん燃料は残っている。同じことをあと二回はくりかえせるほどだ。いい気分だ。兵士は片づいた。

ダレルは笑みを浮かべて顔をあげた。木々が彼の勝利を称えてくれるかのように。遠くから女たちの歌声が聞こえてきた。以前にも聞いたことのあるメロディだ。だが、女たちはだれもその意味を教えようとはしなかった。

工場からこちらを見ている女たちの暗い目に気づいた。そのとき彼は悟った。最初から明らかだったはずの単純な事実。それなのに、みずから目をそらして悟るまいとしていたのだ。彼のやったこと、あるいは彼にそれができることを見て、女たちは喜んでいない。いまいましい女どもはただこちらを見つめている。その口は大地のように語らず、その目は海のように無表情だった。女たちは整然と列を作って工場内の階段をおり、一団となってこちらに歩いてくる。ダレルの口から声が漏れた。狩られる獣の声。逃げた。女たちが追ってくる。

道路に向かった。道路まではほんの数マイルだ。道路に出て、通りかかった車を止めることができれば、この狂った女どもから逃げることができるだろう。この罰当たりな国でも、きっと助けてくれる者はいるはずだ。大きな木立と木立のあいだに広がる開けた野原を滅茶苦茶に走った。足で地面を蹴って。いまは鳥となり、次には川になり、今度は木になることができるかのように。いまは開けた場所を走っているのだから、女たちにはこちらの姿が見えるはずだが、なんの物音も聞こえない。それで甘いことを考えた――もう引き返していったのかもしれない。立ち去ったのかもしれない。ふり向いた。そこには百人もの女がいた。そのつぶやく声は波の音のようだ。どんどん近づいてくる。そのとき足首をひねって、彼は転んだ。

女たちはみな、顔も名前も知っている者ばかりだ。イリーナと賢いマグダ、ヴェロニカ、そしてブロンドのエフゲニアと黒髪のエフゲニア。用心深いナスチヤに陽気なマリネラ、そして若いジェスティーナ。全員そこにいる。何か月も何年もいっしょに仕事をしてきた女たち、彼が働き口を与え、この状況にあってはかなり厚遇してきた女たち。それなのに、いま女たちの顔に浮かぶ表情が彼には読めない。

「どうしたっていうんだ」彼は呼びかけた。「おれはあの兵隊を片づけてやったんだぞ。なあエフゲニア、見ただろう？　一度の電撃で仕留めたんだ！　みんな見ただろう？」

彼はよいほうの足を突っ張ってあとじさった。森や山の隠れ処を目指して、尻をつけたまま滑っていけるかのように。

彼がなにをしたか、女たちは知っている。

かれらは互いに呼び交わしている。なんと言っているかよく聞きとれない。ただの母音の集まりのように、のどからの叫びのように聞こえる――エオイ、イエウイ、エウオイと。

「みんな、聞いてくれ」いよいよ迫ってくる女たちに彼は言った。「みんながなにを見たと思ってるのか知らないが、おれはただあの女のうなじを殴っただけなんだ。嘘じゃない。ただ殴っただけだ」

彼は自分がしゃべっているのはわかっていたが、女たちの顔にはそれを認めた様子はまるで見られなかった。

「悪かった」ダレルは言った。「すまない、悪気はなかったんだ」

女たちは古い歌を低くハミングしている。

「頼む」彼は言った。「頼む、やめてくれ」

女たちが襲いかかってきた。その手はむき出しの皮膚を探り出し、彼の腹を、背中を、脇腹を、腿を、腋下(えきか)を指でつかみ、引っ張った。彼は電撃を浴びせようとし、手や歯でかれらをつかもうとした。彼に好きなだけ放電させ、それを身に浴びても女たちはひるまなかった。マグダとマリネラ、ヴェロニカとイリーナ、女たちは彼の手足をつかみ、皮膚表面にパワーを流し、傷痕(きずあと)をつけ、しるしを残し、肉に刻み込み、関節をゆるめてねじった。

ナスチヤが彼ののどに指先をあてて話をさせた。それは彼の言葉ではない。口が勝手に動き、声がハミングを始めたが、それは彼が話しているのではなかった。断じてちがう。

彼ののどは偽りの言葉を語った。「ありがとう」

イリーナが片足を彼の腋下にあてがい、彼の右腕を引っ張りながら、電撃を見舞って焼いた。関節部分の肉が縮み、めくれあがる。上腕の骨頭を肩の関節からはずした。マグダがともに引っ張り、やがて右腕は抜けた。ほかの女たちは彼の脚や首、左腕にとりつき、さらに彼の野心の源が収まっている鎖骨部分にとりついた。風が木から葉をむしりとるように、そのように無慈悲に、容赦なく。まだ生きている彼の胸から、ぴくぴく動く軟らかなスケインを抜きとると、その直後に首を引き抜いた。ついに彼は動かなくなり、女たちは指を彼の血で黒ずませていた。

トゥンデのために電話をかけたとき、それを手始めにしないわけにはいかなかった。これからロクシー・モンクは復活するのだ。

「弟のしわざだよ」彼女は電話で言った。「あのくされ弟が裏切って、あたしを殺させようとしたんだ」

電話の声は興奮していた。

「やっぱり嘘だったんだ。あんちくしょう、ぜったい嘘だと思ってたよ。工場の女たちが言うにはさ、あいつはあんたから命令を受け取ってるって言ってたらしいけど、ぜったい嘘だって思ってたんだ」

「あたしは力を蓄えてたんだよ。計画も立ててたし」ロクシーは言った。「これからあいつに奪(と)られたものを取り返すんだ」

こうして、それをまことにするしかなくなった。

彼女は小さな部隊を集めた。工場の電話にはだれも出ない。なにかあったのだ。ダレルは仲間を集めているだろう。たとえ彼女が死んだと思っていたにしても、だれも工場を奪いに来ないと思っているとしたらとんでもない抜作だ。

襲撃をしかけることになるだろうと覚悟していたのだが、工場の門は開いていた。

工場の女たちはみな芝生に座っていた。彼女は熱狂的な歓呼の声で迎えられ、その声は湖の向こうまで響きわたり、集まった女たちのあいだをこだまが通り抜けていった。

いったいどうして、戻ってきても歓迎されないと思ったりしたのだろう。いくら傷ものにされたと言っても。自分を取り戻すことができないなどと、どうして思い込んだりできたのだろうか。

彼女の帰還は祝祭だった。「きっと帰ってくると思ってた、わかってた。あんたこそ、あたしたちが待っている人だと思っていた」と女たちは言った。

彼女のまわりに集まり、手に触れ、いままでどこに行っていたのか、工場を移す新しい場所が見つかったのかと尋ねてきた。戦線はどんどん近づいてくるし、兵隊がここを見つけようと盛んに嗅ぎまわっていると。

兵隊って？　「国連軍の兵隊」かれらは言う。「もう何度か追っかけられて、まかなくちゃならなかった」

「そうなんだ」とロクシー。「それはダレルの指示で？」

女たちが目を見かわす。半眼の謎めいた目つき。イリーナがロクシーの肩に腕をまわした。なにかがにおう。汗のにおいに似ているが、もう少しきつい。生理の血のような甘ったるく鼻につくにおいだ。女たちはここの薬物を少しつまんでいた。ロクシーは知っていたが、止めなかった。とっていたのは適用外の薬物で、週末になると森へ入っていって使うのだ。すると汗がかびのようなにおいになり、戻ってきたときには爪に青い塗料がつまっている。

イリーナがロクシーの肩をぎゅっとつかんだ。彼女をつまみあげようとしているのかと思うほどに。マグダが手をとる。彼女らに連れていかれたのは、揮発性の化学物質を保管してある冷蔵庫の前だった。扉をあけた。なかの冷たい台のうえに、さまざまな肉の塊が置かれていた。生で血まみれだ。最初はなぜこんなものを見せられるのかわからなかった。しかし、そのとき気がついた。

「あんたたち、なにをしたんだよ」彼女は言った。「いったいなにをしてくれたのさ」

その血とつぶれた肉片のなかに、ロクシーはそれを見つけた。彼女の分身、脈打つ心臓、全身にパワーを与えていた部分。薄い、腐りかけた軟骨。紫と赤の横紋筋（おうもんきん）。

あの日、ダレルにこれを盗まれて三日後、自分は死にそうにないと悟った。胸の痙攣は収まったし、目の前に赤や黄色の閃光が飛ぶこともなくなった。自分で包帯を巻いて、そこにあると知っていた森のなかの小屋に歩いていき、死の訪れを待っていたときのことだ。その三日めに、死神には彼女を連れ去るつもりがないことを知ったのだ。

そのとき思った――これはまだ自分の心臓が生きているからだ。この身体のなかにはないが、ダレルの身体のなかでまだ生きているのだ。もしあれが死んだら自分にはそれがわかるだろうと思った。

しかしわからなかった。

自分の鎖骨に手のひらをあてた。

いくら待ってもなにも感じなかった。

宮殿から少し南へ行ったバサラベアスカ市の駅で、深夜の軍用列車から降りてくるロクサン・モンクをマザー・イヴは出迎えた。宮殿で待っていてもよかったのだが、早く顔が見たかったのだ。ロクシー・モンクは以前よりやせて、やつれて見えた。マザー・イヴは彼女をひしと抱きしめた。得意の感覚で探りを入れるのも、このときばかりは忘れていた。懐かしい友のにおい。以前と同じ、松葉とアーモンドの香り。友の存在感。

ロクシーはきまり悪そうに身を引いた。なんだか様子がおかしい。がらんとした通りを車で宮殿に向かうあいだも、彼女はほとんど口をきかなかった。

「それじゃ、いまはあんたが大統領なんだね」

アリーは苦笑した。「もう延ばせなかったんだよ」ロクシーの手の甲をぽんと叩いたが、ロクシーはその手を引っ込めた。

「でもあんたが戻ってきたんだから、これからどうするか話し合おうよ」

ロクシーは口角だけあげて小さく微笑んだ。

宮殿内のマザー・イヴの部屋で、ついに最後のドアが閉じられ、最後のひとりまで退出したとき、アリーは友をつくづくと眺めた。

「てっきり死んだかと思ってたよ」彼女は言った。

「もう少しで死ぬとこだった」ロクシーは言った。

「でもあんたはよみがえった。あんたは、いずれ来ると〝声〟が言ってた者、神のしるしだ」アリーは言った。「あんたはあたしのしるし、最初からずっとそうだった。神の恩寵のしるしだよ」

「それはどうかな」ロクシーは言った。

彼女はシャツの上三つのボタンをはずして、その下にあるものを見せた。

アリーはそれを見た。

そして理解した。こちらの方向を指し示すと期待していたこのしるしは、じつはまったくべつの方向を指していたのだ。

最後に世界を破壊したあと、母なる神は空にひとつのしるしを置いた。母は親指をなめ、天にまたがる円弧(アーク)を描いた。七色に広がるアークを描いて、二度とふたたび地表を洪水で覆うことはしないという約束に署名したのだ。

アリーは、ロクシーの胸にまたがる湾曲した傷を、歪んだ逆さの虹を見た。そっと指先でそれをなぞった。ロクシーは顔をそむけたが、友が傷に——逆さの虹にふれるのを止めようとはしなかった。

「この世にあんたぐらい強い人はいないとあたしは思ってた」彼女は言った。「そのあんたすらこんな目にあうんだね」

ロクシーは言った。「あんたにはほんとのことを知ってもらいたかった」

「ありがとう」アリーは言った。「これがどういう意味なのかよくわかったよ」

もう二度と。雲に書かれた約束。二度とこんなことが起こるのを許してはならない。

「ねえ」とロクシー。「北の話がしたいんだ。戦争の話。あんたはいまじゃ権力者なんだから」と言って小さな苦笑を浮かべる。「あんたは昔から、いつもどこかを目指してたよね。だけど、北のほうじゃいまひどいことになってるんだよ。それで考えたんだけど、あんたとあたしで力を合わせれば、あれを食い止める方法が見つかるんじゃないかと思うんだ」

「食い止める方法はひとつしかないよ」マザー・イヴは静かに言った。

「あたしはただ、なんて言うか、なんとかいっしょに解決できないかって思ったんだ。あたし、テレビに出てもいいよ。なにを見たか、あたしの身になにが起こったか話したい」

「なるほどね、その傷痕をみんなに見せてやってよ。あんたの弟がなにをしたか話してやるんだ。そうしたらだれにも怒りは止められない。本格的に戦争が始まるよ」

「いや、そういう意味じゃなくて。イヴ、あんたにはわかってない。北のほうじゃとんでもないことが起こってるんだって。頭のおかしい連中が、気味の悪い宗教を信じて若い男を殺しまわってるんだから」

イヴは言った。「不正を正す方法はひとつしかないよ。いまは戦争を始めなくちゃならないんだ。本物の戦争、全面戦争が必要なんだ」

ゴグとマゴグ（サタンに惑わされ、神の王国を相手にハルマゲドンで戦う国。『ヨハネの黙示録』第二十章八）ね、と〝声〟がささやく。そのとおりよ。

ロクシーは椅子に少し深く座りなおし、マザー・イヴになにもかも話した。彼女がなにを見、なにをされ、なにをしなくてはならなかったか、あらいざらい打ち明けた。

「戦争を止めなきゃ」彼女は言った。「あたしはいまでも、こういうのやりかたはよく知ってる。ずっと考えてたんだ。あたしに北の軍を任せてよ。そうしたら秩序を取り戻してみせる。国境を――ほんとの国みたいに、ほんとの国境を警備するんだよ。それから、あんたのアメリカの友だちと話をしようよ。ここでハルマゲドンがおっぱじまったらアメリカだって困るだろう。アワディ・アティフがどんな兵器を持ってるかわかったもんじゃないし」

「あんたは和平を結びたいの」マザー・イヴは言った。

「うん」

「和平を結びたいって、あんたが？　北の軍を任せてほしいって？」

「うん、まあね」

マザー・イヴは首をふりはじめた。だれかにふらされているかのように。

ロクシーの胸を身ぶりでさした。

「いまのあんたの言うことに、だれがまともに耳を貸すと思う？」

ロクシーはぎょっとして身を引いた。

まばたきをして、彼女は言った。「あんたは、ハルマゲドンを起こしたいんだね」

マザー・イヴは言った。「それしか方法がないからね。勝つにはそれしかないんだ」

「だけど、それでどうなるかわかってるくせに。こっちが爆弾を落とせば向こうも爆弾を落とすだろうし、戦火はどんどん広がって、アメリカが巻き込まれ、ロシアや中東や……イーヴィ、男だけじゃないよ、女だって苦しむんだよ。男が死ぬのと同じぐらい女だって死ぬんだよ。世界は石器時代に逆戻りしちまうよ」

「それじゃ、石器時代に戻るわけだね」

「えっ。うん」

「そうしたら、そこから五千年の再建が始まる。その五千年間に唯一ものを言うのはね、だれがいちばん人を傷つけられるか、だれがいちばん大きな損害を与えられて、だれがいちばん恐怖を与えられるかってことだよね」

「だから？」

「そうしたら、勝つのは女だよ」

沈黙が部屋に広がり、ロクシーの骨にしみ込んでくる。骨髄（こつずい）を通して、冷水のような静けさが。

「あっきれた」ロクシーは言った。「あんたは狂ってるっていろんな人に言われたけど、あたしは一度だって信じたことはなかった」

マザー・イヴは底知れぬ静けさをたたえてロクシーを見る。

「あたしはいつも、なんて言うか、『いや、じかに会ってみれば頭のいい子だってわかるよ。いろんな目にあってきたのはたしかだけど、狂ってやしない』ってそんなふうに言ってたんだ」ため息をつき、自分の両手を見た。手のひらを見、裏返して手の甲を見る。「もうずっと前に、あんたの情報を調べたよ。つまり、知らないわけにはいかないからさ」

マザー・イヴは、ひじょうに遠くから見るような目でこちらを見ている。

「あんたの過去を知るのはそんなにむずかしいことじゃない。ネットのあちこちに散らばってるからね。アリスン・モンゴメリ＝テイラー」ロクシーはその名前をゆっくり発音した。

「わかってる」マザー・イヴは言った。「あんたがあれをみんな消してくれたんだよね。それには感謝してるよ。もしそのことが言いたいんなら、あたしはいまも感謝してるよ」

しかしロクシーはまゆをひそめた。それを見てアリーは悟った。どこかで考え違いをしていたようだ。どこかで認識にささいなずれが生じている。

ロクシーは言った。「ね、あたしはちゃんとわかってるんだ。あんたが殺したんなら、あの男はたぶん殺されてもしかたのないことをしたんだろう。だけど、今度はあいつの奥さんがいまなにをしてるか見てきたほうがいいよ。いまはウィリアムズって名前になってる。ライル・ウィリアムズとかいうのと再婚したんだ。ジャクソンヴィルの。いまもあそこに住んでるよ。会いに行ってごらんよ」

ロクシーは立ちあがった。「考えなおしてよ」彼女は言った。「頼むからさ」

マザー・イヴは言った。「これからもずっと、あんたのことを愛してるよ」

ロクシーは言った。「うん、わかってる」

「ほかに方法はないんだ。あたしがやらなかったら、向こうがやるだけだもの」

「ほんとに女に勝たせたいんなら、ジャクソンヴィルに行って調べてごらんよ。ライル・ウィリアムズのこと。それとその奥さんのこと」

アリーは煙草に火をつけた。湖を見おろす修道院の石造りの部屋は静かだった。昔どおり、火をつけるのには指先の火花を使った。紙がぱちぱちはじけ、黒ずみ、明るく燃えあがる。肺のぎりぎりいっぱいまで吸い込んだ。かつての自分が身内に満ちる。煙草はもう何年も吸っていなかった。頭がくらくらする。

ミセス・モンゴメリ＝テイラーを見つけるのはむずかしくなかった。検索ボックスに一、二、三語を入力、それでもう見つかった。いまは児童養護施設を経営していた――〈ニューチャーチ〉の後援と祝福を受けて。ジャクソンヴィルでは、彼女は初期のメンバーだったのだ。その養護施設のウェブサイトの写真には、彼女の後ろに夫が写っていた。ミスター・モンゴメリ＝テイラーによく似ている。背は少し高いかもしれない。口ひげはもう少し濃く、頬はもう少し丸い。髪や目の色はちがうし、口の形もちがうが、だいたい同じ種類の男だ。弱い男。こういう変化が起こる前から、すでに人の指図に従って生きてきたであろうたぐいの男。あるいは、ミスター・モンゴメリ＝テイラーを思い出しているだけなのかもしれない。ふたりはよく似ていて、アリーは気がついたらミスター・モンゴメリ＝テイラーに殴られたあごをさすっていた。ついさっき、そこにこぶしを食らったかのように。ライル・ウィリアムズとその妻イヴ・ウィリアムズ。ふたりはいっしょに子供たちの世話をしている。それが実現したのはアリー自身の教会の力だ。ミセス・モンゴメリ＝テイラーはたしかに、制度を最大限に活用するすべを昔から心得ていた。彼女の運営する養護施設のウェブサイトでは、そこで教えている「愛ある規律」と「細やかな気配り」について語られていた。

いつでも見ることができたはずなのに。この古い電灯のスイッチを、なぜもっと早くつけてみようとしなかったのだろう。

〝声〟があれこれ言っていた。やめなさい。引き返しなさい。イヴ、両手をあげてその木の陰から出てきなさい。

アリーは耳を貸さなかった。

この湖を見おろす修道院の部屋で、デスクの電話の受話器を取りあげた。番号をダイヤルする。はるか遠くの廊下で、かぎ針編みのテーブルクロスをかけたサイドテーブルのうえで、電話が鳴っている。

「はい？」ミセス・モンゴメリ＝テイラーが言う。

「もしもし」アリーは言った。

「まあ、アリスン」ミセス・モンゴメリ＝テイラーは言った。「電話してきてほしいと思っていたのよ」

最初の雨の滴のように。いつでも来て、来て自分のものにして、と言っている大地のように。

アリーは言った。「いったいなにをしているの」

ミセス・モンゴメリ＝テイラーは言った。「聖霊に命じられたとおりのことをしているだけよ」

なぜなら、アリーの問いの意味が彼女にはわかっていたからだ。心の奥のどこかで、よじれねじくれながらも、彼女にはわかっていた。ずっとわかっていたのだ。

その瞬間、アリーは悟った。「すべて消える」など幻想だ。どこまでいっても甘い夢でしかないのだ。過去にしても、人間の肉体に刻み込まれた苦痛のしわにしても、なにひとつ完全に消え去るものなどない。アリーが自分の人生を生きているあいだに、ミセス・モンゴメリ＝テイラーもまた、時とともにいよいよおぞましい怪物に変化しつづけていたのだ。

ミセス・モンゴメリ＝テイラーは、途切れることなく明るくしゃべっている。マザー・イヴから電話をもらってとても光栄に思う、もっともいつか電話は来ると思っていたけれど。アリーがその名前を使ったのはなぜなのかわかっている、それは彼女がアリーのほんとうの母であり、精神的な母だったからだ、マザー・イヴはつねに母はその子より偉大だと言っているではないか。その意味もやはりわかっている、だれよりよく知っているのは母親だという意味なのだ。とても幸せだ、ほんとうにうれしい、彼女とクライドがしたことはみな、アリー自身のためだったとアリーが理解してくれたのだから。

アリーは吐き気がしてきた。

「あなたはほんとに手に負えない子だった」ミセス・モンゴメリ＝テイラーは言った。「おかげで気が狂いそうだったわ。わたしにはわかってたのよ、あなたには悪魔が取り憑いていたの」

アリーはいまようやく思い出した。この何年ものあいだ、それを光の下に引きずり出したことがなかったから。いまそれを心の奥から引っぱり出し、ぼろぼろの衣服と骨の山から埃を吹き払った。指先でかきまわした。モンゴメリ＝テイラー家に引き取られたとき、彼女は癇癪（かんしゃく）もちで、疑り深い鳥のように手に負えない子供だった。なにも見逃さず、なんにでも手を出した。彼女を連れてきたのはミセス・モンゴメリ＝テイラーだった。彼女を望んだのはミセス・モンゴメリ＝テイラーで、レーズンのつぼに手を突っ込んだとき、折檻したのはミセス・モンゴメリ＝テイラーだった。腕をつかみ、ひざまずかせて、罪を赦してくださいと主に祈るよう命じたのはミセス・モンゴメリ＝テイラーだった。ひざまずいたまま、何度も何度も祈らされたものだ。

「悪魔を追い出さなくちゃならなかったのよ、いまならわかるでしょう」とミセス・モンゴメリ＝テイラー（いまはミセス・ウィリアムズ）は言った。

アリーにはたしかにわかった。あの居間のガラス窓越しに、いまそれを目撃しているかのようにはっきりと。ミセス・モンゴメリ＝テイラーは、祈りの力で悪魔を追い出そうとし、次には折檻して追い出そうとし、そこでいいことを思いついたのだ。

「わたしたちがしたことはみんな、あなたを愛していたからしたことだったのよ」彼女は言った。「あなたにはしつけが必要だったから」

アリーは思い出した。夜になって、ミセス・モンゴメリ＝テイラーがラジオのポルカをやけに大きな音で鳴らしだすと、ミスター・モンゴメリ＝テイラーが説教をしに階段をのぼってくる。いちどきに、ありありと思い出した。このふたつがどういう順番で起こっていたか。まずポルカ。次に階段をのぼる足音。

どんな物語にも裏の物語がある。手のうちに手がある――アリーはそれをじゅうぶん学んだはずではないか。攻撃の陰に攻撃がある。

ミセス・モンゴメリ＝テイラーの声が、ずるそうな、秘密を打ち明けるような響きを帯びた。

「マザー・イヴ、このジャクソンヴィルで、あなたの〈ニューチャーチ〉に真っ先に入信したのはわたしだったのよ。テレビであなたを見たときわかったの。神はしるしとしてあなたを送ってきてくださったのよ。あなたを引き取ったとき、神はわたしを通じて御わざをおこなわれたのね。わたしがしたことはみんな、母なる神の栄光のためにしたことだったってわかったのよ。警察の文書を消させたのはわたしよ。わたしは何年間も、ずっとあなたのためを思ってきたのよ」

アリーは、ミセス・モンゴメリ＝テイラーの家でおこなわれたあれこれのことを思い出した。

糸と糸をほぐし分けることはできない。あの経験を別々の瞬間に切り分けて、ひとつひとつを念入りに個別に吟味したことはなかった。あのころを思い出すのは、大虐殺の場に突然光がひらめくようなものだ。ちぎれた手足と武器と混沌、そして声——甲高い悲鳴からのどが裂けるほどの絶叫に高まり、それが断ち切られて、ほとんど聞こえないほどの低いうなりに変わる。

「わかってるでしょう、わたしたちを通じて神が御わざをおこなっていたのよ。わたしたちのしたことはみんな、クライドとわたしがやったことはみんな、あなたがいまのあなたになるために必要なことだったのよ」

ミスター・モンゴメリ＝テイラーにのしかかられるたびに、アリーが感じていたのは彼女の手だったのだ。

彼女は手に雷霆（いかずち）をのせ、意のままに繰り出す。

アリーは言った。「あれは、あなたがやらせていたんだね」

するとミセス・モンゴメリ＝テイラー（いまはミセス・ウィリアムズ）は言った。

「ほかにどうしていいかわからなかったからよ。なんと言って聞かせても、まるで聞く耳をもたないんだもの」

「いまも同じことをしてるの。ほかの子供たちにも。いま世話している子供たちにも？」

しかし、ミセス・モンゴメリ＝テイラー（いまはミセス・ウィリアムズ）は、狂っていてもあいかわらず抜け目がなかった。

「子供たちはみんな、それぞれ必要としている愛情がちがうのよ」彼女は言った。「わたしたちは子供を育てるのに必要なことをやっているの」

生まれたばかりの子供はとても小さい。男でも女でも関係ない。生まれたばかりの子供はみな、とてもか弱く、そして無力だ。


アリーは静かに粉々に砕けていった。身内の荒々しいエネルギーはすべて百回も使い果たされた。その最中、彼女は落ち着いていた。嵐のうえに浮かび、荒れ狂う海を見おろしていた。

砕けた断片を集め、より分け、またより分けなおした。物事を正すにはなにが必要だろうか——捜査、記者会見、そして告白。ミセス・モンゴメリ＝テイラーだけではない。ほかの人々もいる。たぶん数えきれないぐらい。彼女自身の名にも傷がつく。すべてが露見するだろう。彼女の過去、生い立ち、嘘と一面の真実。ミセス・モンゴメリ＝テイラーをこっそりよそへ移すこともできるだろう。殺させることもできるかもしれない。

しかし、彼女を告発すればすべてが告発される。この根を引き抜けば、自分自身も引き抜くことになる。彼女自身の根はすでに腐っているのだ。

こうしてアリーの精神は崩壊した。精神がそれ自身との接触を失ってしまった。しばらくのあいだ、彼女は存在するのをやめた。〝声〟は話しかけようとしたが、頭のなかでは暴風が吹き荒れていたし、ほかにも無数の声が叫び立てていた。いっときは、心のなかですべてがすべてと戦っていた。こんな状態は長く続くものではない。

しばらくして、彼女は〝声〟に向かって言った。あんたになるってこういう感じなわけ？

〝声〟は言った。こんちくしょう、だからやめろって言ったのに。あのモンクなんかと友だちになるからいけないのよ。だから言ったのに耳を貸さないんだから。あの女はただの兵隊じゃないの。なんのために友だちなんか必要だったの。あなたにはわたしがいたでしょう。わたしがいつもついてたじゃない。

だって、あたしはずっとなんにも持ってなかったんだもの。

それでこれからどうするの、お利口さん。

ずっと訊こうと思ってたんだけど、あんたはだれなの。しばらく前からひょっとしてと思ってたんだ。あんたは悪魔なの？

〝声〟は言った。ああ、わたしが悪態をついて、あなたにああしろこうしろと言うから、わたしは悪魔にちがいないっていうわけね。

ふと思ったんだよ。それに。いまこんなことになって、どっちの側が善でどっちが悪なのか、どうしたらわかるっていうわけ？

〝声〟が深く息をした。アリーは〝声〟がそんなことをするのを初めて聞いた。

いいこと、と〝声〟は言う。ここはむずかしいところなのよ、はっきり言うとね。あなたにはああいうのは見せないことになってたのに、あなたはそれをわざわざ見に行った。わたしはね、物事を単純に見せようとして全力を傾けてきたのよ。それがあなたの望みだったから。単純なほうがわかりやすくて、わかりやすいほうが安心できるでしょ。

気がついてるかどうかわからないけどね、と〝声〟は言った。あなたはいま、オフィスの床に寝っころがって、右の耳に電話を当てて発信音を聞いてるのよ。おまけにずっとがたがた震えてるし。いつかはだれかが入ってきて、あなたのこんなところを見ることになる。あなたは権力者なのよ。すぐにしゃんとしないと、ろくなことにならないわ。だからね、これからあなたにカンニングペーパーをあげる。理解できるかもしれないし、できないかもしれないけどね。あなたの質問は最初からまちがってるのよ。だれが悪魔で、だれが聖なる母なのか。だれが悪くてだれがよいのか。もういっぽうにリンゴを食べるようにそそのかしたのはだれなのか。だれに力があって、だれが無力なのか。こういう質問はみんなまちがっているの。

物事はそんなに単純じゃないのよ。どれだけ複雑だと思っても、つねになんでもそれよりずっと複雑なの。早道なんかないの、理解するでも知識を得るでもね。どんな人間もひとつのカテゴリーに収めることなんかできないのよ。いいこと、ただの石ころだってほかのどの石ころともちがってるのよ。それなのにどういうわけだか、あなたたちはみんな、わかりやすいレッテルを人に貼って、必要なことはみんなわかった気になってる。でもね、たいていの人はそんなふうには生きられないの、ほんのいっときであってもね。限界を超えられるのは特別な人たちだけだっていうけど、そうじゃないのよ。ほんとうはね、だれにだって超えられるの。その力はみんな持ってるの。でも、それをまともに見て耐えられるのは、特別な人たちだけなのよ。いいこと、わたしは現実の存在ですらないのよ。つまり、人間が考える「現実」の意味では存在していないの。わたしはね、あなたたちが聞きたがることを伝えるためにいるの。でも、あなたたち人間が望むことっていったらね、ほんとにもう。

ずっと昔、べつの預言者がやって来て、わたしと親しくなった人たちが王さまを欲しがってるって言ったことがあるわ。それでね、王さまがどんなことをするか教えてやったわよ。人の息子をとりあげて兵隊にし、娘をとりあげて料理人にする——つまり、その娘が幸運だったらよ、わかるでしょ。王さまは穀物やワインや牛に課税する。そのころの人間は〈アイパッド〉なんか持ってなかったのよ。穀物やワインや牛が財産だったの。基本的に、王さまは人民を奴隷にするものだけど、そうなっても泣きついてくるんじゃないわよって言ってやったわ。それが王さまのやることだからね。

なんと言ってあげたらいいのかしらね。これが人類ってものよ。人は物事が単純だっていうふりをしたがるの、それで自分が不利益をこうむってもね。あの人たちはそれでも王を欲しがってたもの。

いまは正しい選択なんか文字どおり存在しないって言いたいの？

正しい選択なんていつだってあったためしはないのよ。ふたつの選択肢があって、どっちかを選ばなくちゃならないって考えることじたいが問題なの。

それじゃ、あたしはどうしたらいいのよ。

いいこと、ほんとうのことを言うわね。むかしは人類に関して楽観していたけど、いまのわたしはそうでもなくなってるの。ごめんなさいね、これ以上にわかりやすくできなくて。

アリーは言った。暗くなってきた。

〝声〟も言った。そうね。

アリーは言った。そうだね、あんたの言ってることわかったよ。いっしょにやってこられて楽しかった。

〝声〟が答える。わたしもよ。あっち側で会いましょうね。

マザー・イヴは目をあけた。頭のなかの〝声〟は消えていた。彼女にもう迷いはなかった。

苦悶する息子。小教団の偶像。
本書の「聖なる母」の像とほぼ同時代の遺物。

マーゴットの秘書のデスクで電話が鳴った。

いま会議中です、と秘書は電話の向こうの声に伝えた。クリアリー上院議員はいま電話に出ることができません。ご伝言があればおうかがいいします。

クリアリー上院議員はいま、〈ノーススター・インダストリーズ〉と国防総省との会議に出席中だった。助言を求められているのだ。いまでは彼女は重要人物で、大統領もその言葉には耳を貸すほどだ。クリアリー上院議員の仕事の邪魔をするわけにはいかない。

電話の向こうの声が、さらにふたこと三こと言葉を重ねた。

この話を伝えるとき、秘書らはオフィスのクリーム色のソファにマーゴットを座らせた。

「クリアリー上院議員、残念なお知らせがあります。

国連から連絡がありまして、お嬢さんが森で発見されたそうです。まだ息はありますが、危険な状態です。おけがは……その、重傷だそうです。助かるかどうかわからないと言われました。

なにがあったかはわかっているようで、犯人の男はすでに死亡したそうです。

お気の毒です、上院議員。ほんとうにお気の毒です」

マーゴットは崩れ落ちていこうとしていた。

わたしの娘が。マーゴットの手のひらの中心に指先を当てて、雷霆を教えてくれた娘が。マーゴットの親指に、小さなおぼつかない手を巻きつけて、ぎゅっと握ってきた娘が。あのとき初めて、マーゴットは強くあらねばと悟ったのだ。いまもこれからもずっと、このいとけない幼子をわが身をもって害悪から守らなくてはならない。それが彼女の務めだと。

あれはジョスリンが三つのときだった。マーゴットの両親の農場を訪れ、リンゴ園をふたりで探検したことがあった。母親と幼い娘とで、ゆっくりと熱心に。三歳児らしく、ジョスリンは落ち葉や小石や折れた枝をひとつひとつ検分する。晩秋だったから、落ちたリンゴは腐りはじめていた。ジョスはかがみ込み、茶色く変色したリンゴを引っくり返した。すると、その下からスズメバチの雲が湧いたのだ。マーゴットは子供のころから、スズメバチがとくべつこわかった。ジョスを引っつかみ、両腕を巻きつけ、しっかり抱え込み、そのまま家に向かって走った。ジョスはけがをせずにすんだ。かすり傷ひとつなかった。ソファにふたりで腰をおろしてほっとして、そのとき初めて自分が七回も刺されていたのに気がついた。頼みの右腕を上から下まで。それなのになにも感じなかった。それが彼女の務めだったから。

気がついたら、この話をみんなに語って聞かせていた。うわごとのように、うめくように。どうしてもこの話をやめられなかった。それを伝えることで、ほんの少し過去に戻ることができ、そしてこの身を盾にして、ジョスを襲った害悪からジョスを守ることができるかのように。

上院議員、これはもう起こってしまったことなんです。

マーゴットは言った。「どうしたら防ぐことができるの」

「そうじゃないの、こんなことがもう二度と起こらないようにしたいのよ」

マーゴットの頭のなかに〝声〟が響いた。ここからでは無理ですよ。

その瞬間、彼女はすべてを見た。パワーの樹木の形を。根元から梢まで、分岐してはさらに分岐していく枝を。もちろん、古い樹木はいまもそびえている。方法はひとつしかない。すべてを粉々に吹っ飛ばしてしまうことだ。

アイダホ州の辺鄙な地域の郵便箱のなかで、その包みは三十六時間前から引き取り手を待っていた。黄色いクッション封筒で、ペーパーバック三冊ぶんの大きさだったが、振ってみると小さくかちゃかちゃかちゃ音がした。郵便局に使いに出された男は、うさんくさげにその包みに触れた。差出人の名がない。ますますあやしい。しかし、自家製爆弾を思わせるような塊ではなかった。念のため、ポケットナイフで側面を切り裂いてみた。

手のひらにばらばらに落ちてきたのは、現像されていない八本の写真フィルムだった。ほかにないかとなかをのぞくと、ノートが数冊にUSBスティックが何本か入っていた。

彼は目をぱちくりさせた。抜け目はないが、頭のいい男ではない。しばしためらった。この包みもまたゴミではないだろうか。彼のグループには、不満を抱いているというより頭のいかれた男たちからそういうものが送られてくる。「新秩序の幕開け」を描いたと称するゴミのせいで、以前にも時間をむだにしたことがあった。そんなこんなで、アーバンドクスからじかに叱りつけられたこともある。手作りのマフィンには発信機が仕込まれているかもしれないし、男性用下着と潤滑剤などという贈り物は意味不明だし、そんなものの入った小包を持って帰ってくるなと言うのだ。彼は数冊のノートを適当に引っぱり出し、きちんとした手書き文字を読んだ。

「今日初めて、路上でこわいと思った」

ピックアップトラックの座席で考えた。なんのためらいもなく捨てるものもあるし、これは持ち帰らなくてはならないとわかる荷物もある。

しまいに、ゆっくりとある考えが浮かんできた。このフィルムやUSBスティックにはポルノ写真が入っているかもしれない。とにかく、なにが写っているか見てみてもいいだろう。

男はフィルムを封筒に戻し、そのあとにノートも突っ込んだ。まあ害にはなるまい。

マザー・イヴは言った。「多数がひとつの声で話すとき、その声には強さがあり、パワーがあります」

賛同の声に聴衆がどよめく。

「わたしたちはいまひとつの声で話しています。わたしたちの心はひとつです。北との戦いに加わるようアメリカに呼びかけましょう！」

静粛を求めてマザー・イヴは両手をあげ、その中心に描かれた目を見せた。

「この地球上で最大の国家、わたしが生まれ育った国は、これを見過ごしにするのでしょうか。罪もない女性が虐殺され、自由が破壊されようとしているのに。黙って見ているつもりでしょうか、わが国が燃え尽きるのを。わたしたちを見捨てるとしたら、アメリカが見捨てない者はどこにいるのでしょうか。わたしは世界じゅうの女性に呼びかけます。ここで起こっていることの証人になってください。証人となり、わが身になにが起こるか学んでください。あなたの国の政府に女性がいるなら、考えを問いただしてください。行動を呼びかけてください」

修道院の壁は厚く、修道女は賢い。終末（アポカリプス）は近い、義なる者だけが救われるとマザー・イヴが警告すれば、世界に新たな秩序を招来することができる。

すべて形あるものの終わりは近い、なぜなら地は暴力に満ちているから。ゆえに箱船を建造しなくてはならない。

単純な話だ。それこそ人々が望んでいることだった。

日々は過ぎていく。一日、また一日と。そのあいだにジョスリンは治癒し、しかし完全に治癒することはないと明らかになり、マーゴットの心中でなにかが固く冷えていく。彼女はテレビに出演し、ジョスリンの負傷について語った。「テロはどこにいても襲ってきます。国内でも海外でも。なにより重要なのは、世界の、そして国内の敵に対し、わが国はけっして譲歩せず、かならず報復すると知らしめることです」

彼女はカメラのレンズを見おろして言った。「あなたがだれであろうと、わが国はかならず報復します」

こんなときに、弱腰と見られるわけにはいかない。

さほど経たないうちに電話がかかってきた。どうやらどこかの過激派が、信憑性のある脅迫をおこなっているらしい。どこで手に入れたのか、女の共和国内部の写真を持っていて、それをネットじゅうに貼りつけてまわっている。それを撮ったのは、もう何週間も前に死亡したはずの男だというのだが、それが見るも無惨な写真ばかりで、たぶん加工されているのだろう。本物のはずはない。かれらはなんの要求もしていない。ただ怒りと恐怖をかき立てて、攻撃すると脅している――よくわからないのだが、おそらくなにか手を打たなければ、ということだろう。北はすでにこの件で、ベッサパラをミサイルで攻撃すると脅迫している。

マーゴットは言った。「手を打ちましょう」

大統領は言った。「どうかな、オリーヴの枝を差し出すほうがよくはないだろうかね」

マーゴットは言った。「大統領、こんな時にはふだん以上に強い姿勢を打ち出し、強力な指導者だと見せつけなくちゃいけません。国内のテロリストを他国が支援し、先鋭化させているのだとすれば、それに対してメッセージを送らなくては。アメリカは一歩も退かないと世界に知らしめることが必要です。電撃を一発わが国に食らわせば、二発返ってくると」

大統領は言った。「マーゴット、わたしは言葉にできないほどきみを尊敬するよ。あんなことがあっても、そうやって務めを果たしつづけているんだから」

マーゴットは言った。「国が第一ですから。わが国には強力な指導者が必要なんです」

〈ノーススター〉と彼女の契約には成功報酬の規定があった。〈ノーススター〉が今年、世界各地に五万人の精鋭兵士を配置することができれば、その成功報酬で彼女は島をひとつ買うこともできる。

大統領は言った。「うわさでは、あそこには旧ソ連の化学兵器があるそうじゃないか」

マーゴットは胸のうちでつぶやいた。すべて焼き払ってやる。

当時、五千年はさほど長い時間ではないという思想があった。この時代に始まったことには、なんらかの帰結があるはずだ。曲がる角を間違ったのなら、引き返すのが賢い方法というものだ。一度はやったことなのだから、もう一度できないはずはない。ただし次はもっとべつの、もっとよいやりかたで。古い家を取り壊し、新しく建てなおすのだ。

この時代について語るとき、歴史家は「緊張」と「グローバルな不安定性」について語る。かれらが前提にしているのは「古い構造の復活」であり、「既存の信念は変化しない」ということだ。パワーにはパワーのやりかたがある。パワーは人々に作用し、人々はパワーに作用する。

パワーが存在するのは、それが行使された瞬間だけだ。スケインをもつ女は、戦いを待ち望むものだ。

アーバンドクスは言う。行け。

マーゴットは言う。行け。

アワディ・アティフは言う。行け。

マザー・イヴは言う。行け。

放った雷霆を呼び戻すことができるだろうか。雷霆はそれを放った手に戻るだろうか。


ロクシーは父とともにバルコニーに座り、海を眺めていた。なにが起ころうと海はいつもここにある。そう思うと心強い。

「ねえ、パパ」ロクシーは言った。「よくも滅茶苦茶にしてくれたよねえ」

バーニイは自分の手を見る。手のひらを、次は裏返して手の甲を。ロクシーは思い出していた。その手がこの世でいちばんこわいものだったころもあったのだ。

「ああ、そうみたいだな」

ロクシーは笑みを含んだ声で言った。「教訓を学んだ？　次はもっとうまくやれる？」

ふたりはいっしょに笑った。バーニイは空に向かって顔をのけぞらせ、ニコチンで黄ばんだ歯と詰め物を盛大に見せて笑った。

「ほんとはパパを殺したほうがいいんだけどね」ロクシーは言った。

「そうだな、そのほうがいい。軟弱者でいられる時代じゃないからな」

「みんなにそう言われてるよ。たぶんあたしも教訓を学んだんだね。ずいぶん長くかかったけどさ」

水平線を見やると、空と海のはざまに閃光が走った。真夜中近いというのに、ピンクと茶色の輪郭が見える。

「ちょっといいニュースがあるんだ」彼女は言った。「彼氏ができたみたい」

「ほんとか」

「まだつきあいはじめたばっかりだし」彼女は言う。「それにいまはこんなだから、ちょっと厄介なんだけどね。だけど、うん、たぶんね。あたしは向こうが好きだし、向こうはあたしが好きなんだ」と、昔どおりのしゃがれた唸り声で笑う。「狂った女に殺されそうになってたところを、あたしがその国から助け出したの。それにあたしは地下シエルターを持ってるからね。だからまちがいなく彼はあたしが好きなんだ」

「孫の顔が見られるのか」バーニイが期待を込めて言った。

ダレルとテリーは死に、リッキーはその方面ではもう期待できない。

ロクシーは肩をすくめた。「かもね。これが終わったときにも、だれかは生き残らなくちゃならないもんね」

そのときふと思いついたことがあって、彼女は笑顔になった。「もし娘ができたら、きっとものすごく強い子だろうな」

もう一杯ずつ飲んでから、ふたりは下へ降りていった。

『イヴの書』から削除された外典

カッパドキアの洞窟で発見されたもの。製作はおよそ千五百年前。

パワーの形はつねに同じだ。無限で複雑で永遠に分岐していく。樹木のように生きていて、成長している。それ自身を包含して増えていく。その進む方向は予測がつかず、それ独自の法則に従っている。オークの樹冠を形作るあらゆる葉のあらゆる葉脈を、ドングリから予測できる人はいない。近くで見れば見るほど、それはさまざまに異なっている。どれだけ複雑だと思ったとしても、実際にはそれよりはるかに複雑なのだ。海に向かう川のように、落雷のように、それは無節操で押しとどめることができない。

人間はそれ自身の意志によって作られるのではない。季節が来ると葉が広がり、小枝が芽吹き、根が複雑にからみあいながら伸び広がる、それと同じ現象——有機的で、想像も予測も制御もできない現象——によって作られるのだ。

石ころですらほかのどの石ころとも同じではない。

なにものもそれがとる形状以外の形状をとることはできない。

人が自分自身に与える名前はすべてまちがっている。

人は、起きているときより夢を見ているときのほうが正しい。

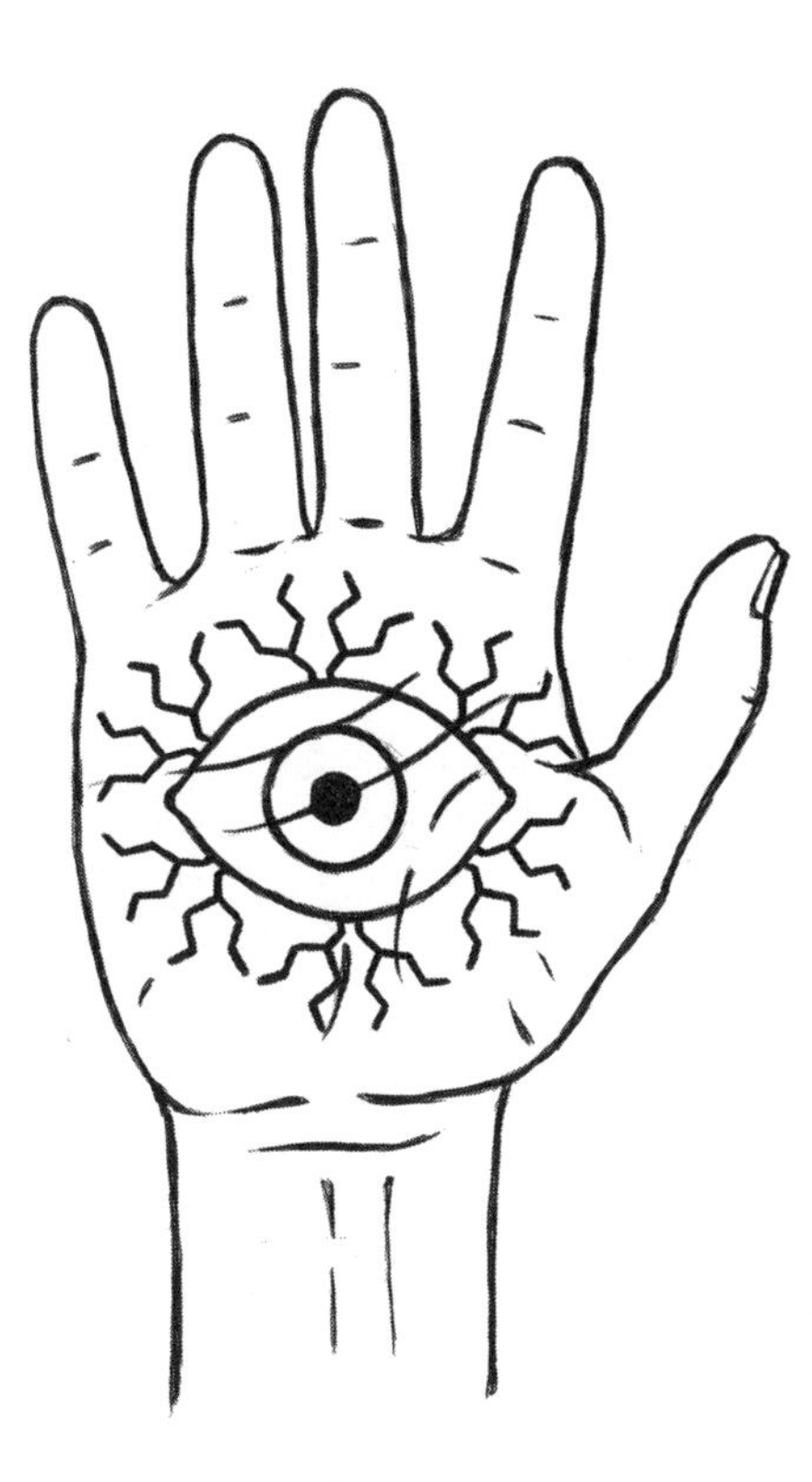

ニールさま

まずは、これはどうしても言っておきたいのですが、あなたの創作した曲芸師としてのマザー・イヴはとても気に入りました。〈アンダーグラウンド・サーカス〉で同様の演し物を見て、大いに感銘を受けたことがあります。ある女がわたしの手を勝手に動かして、室内の全員に手を振らせたのです。セリムですら、わたしが自分でやったのではないと聞いても信じられないようでした。古代の書物にある多くのできごとは、こんなふうに説明可能なのかもしれませんね。また、トゥンデの物語で描かれたできごとですが——同様の目にあった男性は、この何世代ものあいだに何千何万といたのであろうと思います。誤って他の女性の作とされたり、作者不明の作品が最初から女性のものとされたり、妻や姉妹や母親たちをその才能で助けたにもかかわらず、名前をあげられなかったり——というより、単純に盗作されたりしてきたのでしょうね。

いくつか質問があります。最初のほうに男性兵士が出てきますね。この点をお尋ねすれば、古代の遺跡からは男性の戦士像が出土することを指摘されるのはわかっています。しかし実際のところ、わたしにはこれが最大の問題ではないかと思えるのです。そのような出土品は、孤立した小規模な文明の産物ではないと言いきれるのでしょうか。何百万のうちの一例か二例というような。学校では、女が男性を戦わせて喜んでいた時代があったと教わります。インドやアラビアで男性が兵士として登場する場面では、読者の多くはそれをまず想像するでしょう。また、戦争を起こそうとする血気盛んな男たちや、性行為のために女を閉じ込める男性の一団など……そういう性的ファンタジーはまちがいなく存在することですし（白状してよいかどうかわかりませんが、そういう話について考えているとわたしは……いやいや、とても白状できません）。ただ、これはわたしだけではないと思いますよ。軍の作業服や警察の制服を着た男性の集団と聞けば、ほとんどの人はなんの性的倒錯かと思ってしまうのではないでしょうか。

もちろんあなたも、学校ではわたしと同じことを教わってきたことでしょう。大変動が起こったのは、旧世界の複数の党派が合意に達することができず、その指導者たちが愚かにも全地球戦争に勝つのは自分たちだと考えたためでした。あなたはその点はまちがいなく書いておられます。また核兵器や化学兵器にも言及しておられますし、電磁気戦の影響でデータ保存装置に影響が及んだことも理解できます。

しかし、大変動のずっと以前、女にスケインがなかったというのは、歴史的にほんとうに支持されている説なのでしょうか。たしかに、大変動以前の出土品にスケインのない女性像が見つかることがあるのは承知しています。しかしそれは、たんなる芸術家の空想ではないのでしょうか。戦争を引き起こしたのは女だというほうが、まちがいなく筋が通っています。わたしは直感的に（これはあなたもそうだろうと思いますが）、男性の支配する世界のほうがやさしく、穏やかで、愛情に満ち、本質的に慈しみ深い世界だろうと感じます。進化心理学的な側面は考えてみられましたか。男性が家内の守り手となるために頑健な労働者として進化したのに対し、赤子を害悪から保護する必要から、女はより攻撃的で暴力的になったという説です。部分的な家父長制は人間社会に少数ながら存在してきましたが、そういうところはきわめて平和的なものです。

おそらくあなたは、軟組織はあまり保存されないので、五千年前の死体にスケインの証拠を見つけることはできないと教えてくださるでしょう。しかし、それはあなたにとっても再考を要する点なのではありませんか。世界史の標準的なモデルでは解決できない問題が、あなたの解釈によって解決できる例があるのでしょうか。もちろんこれは、斬新なアイデアであることは認めたうえでの話です。運動と同じで、面白いという理由だけでも追求する価値はあるのかもしれません。しかし、確たる証拠や資料もないままに主張するのは、あなたの思想を広めることにつながるでしょうか。思想を広めるなどというのは、歴史作品またはフィクション作品の目的ではないとおっしゃるかもしれませんね。あとは自分のなかで議論を続けることとして、お返事を待ちたいと思います。わたしはたんに、ことさら問題をつついてみたいだけなのです——どうせ批評家が同じことをするのですからね。

愛をこめて、ナオミ

ナオミさま

なによりもまず、お忙しい時間を割いてわざわざ原稿をお読みいただき、ほんとうにありがとうございます。わたしが心配していたのは、まとまりがないも同然の作品なのではないかと——意味が通らなくなっているのではないかと心配しています。

ここで申し上げなくてはならないのですが、わたしは……進化心理学のことは、少なくとも性別に関してはあまり重視しておりません。男性が生まれつき女性より平和的で破壊を好まないかどうかについては……読者に判断を任せたいと思っております。ただ考慮していただきたいのですが、家父長制の社会が平和的なのは、男性が平和的だからでしょうか。むしろ、平和的な社会のほうが、暴力を用いる能力にあまり重きを置かないため、男性が上に立ちやすいからではないでしょうか。ただちょっとお考えいただきたいだけなのですが。

ほかになにをご質問くださっていましたっけ。ああ、男性の戦士のことですね。もしお望みなら、男性の兵士像の画像を、壊れたものも完全なものも含めて何百とお送りすることができます。世界じゅうから出土しているのです。さらにまた、よく知られているとおり、以前の時代の痕跡(こんせき)をすべて完全に消し去ろうという運動も数多くなされています——つまり、いまわかっているものだけでその数は数千にも及びます。破壊された像や彫刻、削除のあとのある石は無数に発見されています。もしそれらが破壊されていなかったら、男性兵士の像がどれぐらいあったか想像もつきません。どのように解釈することもできますが、五千年ほど前に男性兵士がおおぜいいたのは、実際にはかなり明らかなのです。人々がそれを信じないのは、これまでの考えかたにうまく適合しないからなのです。

男性兵士の存在が信じられるかどうか、あるいは制服姿の男性の集団に関する性的なファンタジーについてですが……これについては、わたしにはどうすることもできません（笑）。もちろん、おっしゃる意味はわかっています。安っぽいポルノととる人もいるでしょう。レイプシーンを作中で描く場合には、これは避けようのない厄介な問題ですね。しかしまじめな人なら、きっとその奥の意味をくみとってくれると思います。

そうでした、「大変動のずっと前、女性にスケインはなかったという説は、歴史学的に支持されているのか」とお尋ねをいただいていたのでした。これに対するお答えは「イエス」です。支持されています。少なくとも、大量の考古学的証拠を無視しないかぎり、それ以外には考えられないのです。以前の歴史の本で伝えたかったのはこの点なのですが、ご存じのとおり、だれも耳を貸してくれませんでした。

そのようなおつもりでなかったのはわかっていますが、これはわたしにとってたんなる「面白いアイデア」といった軽いものではないのです。過去についてどう考えるかは、どんな現在がありうるとわたしたちが考えているかを表わしています。明らかな証拠があるにもかかわらず、あらゆる文明がわたしたちと同じ考えを持つとはかぎらない、という古いせりふを過去についてもくりかえすだけならば、この世には変化するものもあるという可能性を否定することになってしまいます。

なんということでしょうか、こう書いているうちに、だんだん自信がなくなってきました。どこかでなにかお読みになって、それでこの本について疑わしいとお感じになった点などありますでしょうか。もしあれば、どこかを直すこともできるかもしれません。

くりかえしになりますが、お読みくださってほんとうにありがとうございます。心から感謝しています。いまお書きの作品が完成したら（また傑作になるにちがいありません）、一章一章をじっくり拝読して「ためにする」批判の借りをお返ししますね！

愛をこめて、ニール

ニールさま

もちろんご推察のとおり、わたしが「面白い」と書いたのはけっして「些細な」とか「くだらない」という意味ではありません。これはぜひおわかりいただきたいのですが、あなたの作品についてわたしはそんなふうに考えたことは一度もありませんし、あなたのことは高く評価しています。これは以前からずっと変わりません。

しかしそれはそれとして、お尋ねのとおり……ひとつごくあたりまえの疑問を感じざるをえません。あなたがお書きになっていることは、わたしたちがみな子供のころに読んだ多くの歴史の本とは完全に矛盾しています。それらの本は、何千年とは言わないまでも、何百年もさかのぼる古い記録に基づいているわけです。いったいなにがあったとお考えですか。あらゆる人々がほんとうに、過去に関して途方もない規模で嘘をついていたのでしょうか。

愛をこめて、ナオミ

ナオミさま

こんなにすぐお返事をありがとうございます！　そこで、お尋ねの件ですが——みんなが嘘をついていたとまで言う必要はないのではないでしょうか。

まずこれは言うまでもないことですが、一千年以上も前にさかのぼる原典はどこにも存在しないのです。大変動以前の文書はすべて、何百回も書き写されてきたものです。それだけ誤りが紛れ込む機会は多くなるわけですし、また誤りだけではありません。写字生にはみなそれぞれの思惑があったでしょう。二千年以上ものあいだ、写字を手がけていたのはみな修道院の修道女でした。教会の視点を支持する文書を選んで写本を作り、それ以外はかびて羊皮紙の破片と化すのを放置していたと考えても無理はないと思います。つまり、かつては男性のほうが強く、女性のほうが弱かったという文書をかれらがどうして書き写すだろうかということです。そういう文書は異端であり、それを写せば非難されたでしょうから。

歴史ではこれが問題なのです。そこにないものは見ることができません。なにもない空間を見て、なにかが失われていることはわかっても、なにがあったのかは知りようがないのです。わたしはただ……その無の空間に絵を描こうとしているのです。だれかを攻撃しているわけではありません。

愛をこめて、ニール

ニールさま

わたしは攻撃とは思いません。ただ、この本に描かれる当時の女性の姿が、わたしには理解しづらいのです。これについては何度も話し合いましたね。「女性であるということの意味」が、強さとか、恐怖や苦痛を感じないことと、いかに強く結びついているか。腹蔵なく話し合うことができて感謝しています。あなたがときに女性とつきあうのがむずかしいと感じておられるのはわかっていますし、その理由も理解できます。とはいえ、昔のことはともかく、いまもこうして友人としてつきあっていられてじつにありがたいと思っています。セリムや子供たちには話せないようなことを、あなたに聞いてもらえたのはわたしにとって大きな意味がありました。スケイン切除の場面は読んでいてとてもつらかったです。

愛をこめて、ナオミ

ナオミさま

いつもありがとうございます。あなたが努力していらっしゃるのはわかっています。あなたは理解あるかたのひとりです。

わたしはほんとうに、この本によってなにかを改善したいと思っているのです。いまの社会よりもっといい社会がありうると思うのです。いまの社会は人間にとって「自然」な社会ではありませんよね。男性に対する最悪の過ちのいくつかは（少なくともわたしの意見では）、大変動時代以前の女性に対しておこなわれたことはありませんでした。三千年から四千年前には、男の赤ちゃん十人のうち九人を間引くのはごくあたりまえのこととされていました。信じられないことですが、今日でも男の子が日常的に中絶されたり、生殖器を「抑礼」したりされている地域があるのです。大変動前の時代でも、こんなことは女性にはおこなわれていなかったはずです。以前、進化心理学について話しましたね。女の赤ちゃんを大々的に中絶したり、その生殖器官を傷つけたりすることは、文化にとって進化論的な意味がなかったのでしょう。ですから、こんなふうに生きることはわたしたちにとって「自然」なことではないのです。そんなはずはありません。わたしには信じられません。もっとべつの道があるはずです。

世界がいまこんなふうなのは、この五千年間にしっかり根を張った権力構造のためです。その構造は、ものごとがいまよりずっと暴力的だった暗い時代から発しています。その時代には、自分または自分の親族が相手より強烈な電撃を放てるか、それだけが唯一重要なことでした。しかし、いまはそのように行動する必要はありません。自分の考えかたがなにに根ざしているのかいったん理解したら、それとは異なるように考え、異なる自分を想像することができるでしょう。

ジェンダーはまやかしです。女でないのが男で、男でないのが女。叩けばうつろな音がし、あけてみればなかはからっぽなのです。

xx ニール

ニールさま

この週末ずっと、この本のことを考えていました。考えるべきこと、議論すべきことが多いので、じかに会って話し合うのが一番ではないかと思います。文章にしてしまうとべつの意味にとられてしまう恐れがありますし、それは避けたいからです。あなたがこの問題に敏感であることはよくわかっていますから。秘書に頼んで、あなたとのランチの予定を組むように言っておきます。

誤解しないでいただきたいのですが、この本を推していないというわけではありません。その逆です。できるだけ多くの読者にこの本を届かせたいと思っているのです。

そこでひとつ提案があります。以前、なにをしても性別の枠にはめられてしまうとご説明くださったことがありましたね。その枠はまったく無意味なのに、どうしても避けられない。あなたの書いた本はすべて、「男流文学」のひとつとして評価されてしまうというご趣旨でした。それで、この提案はたんにそれへの対策ということで、それ以上の意味はまったくないのですが、しかし昔から男性は、そういう縛りを逃れるすべを見いだしてきました。すばらしい前例があるのです。

ニール、これはあなたにとって腹にすえかねることかもしれませんが、この本を女性の名前で出すことも検討してはいかがでしょうか。

心からの愛をこめて、ナオミ

謝辞

マーガレット・アトウッドにはどんなに感謝しても感謝しきれない。この本がまだかすかな光でしかなかったときにその可能性を信じてくれ、わたしがつまずいたときには、まだ消えていない、しっかり光っていると励ましてくれた。カレン・ジョイ・ファウラーとアーシュラ・ル・グインにも感謝したい。おふたりには、会話を通じて大いに蒙を啓かれた。

このおふたりと会う機会を作ってくれたのは、ロレックスのジル・モリスンとBBCのアレグラ・マッキロイである。ここでお礼を申し上げたい。

〈イングランド芸術評議会〉および〈ロレックス師匠・弟子支援芸術計画（メントー&プロトジェアート・イニシアチヴ）〉に感謝したい。その経済的な支援のおかげでこの本を書き上げることができた。〈ペンギン〉の担当編集者メアリ・マウントに、そしてわたしのエージェント、ヴェロニク・バクスターに感謝したい。また、アメリカの〈リトル・ブラウン〉の編集者エイシャ・マチニックにも感謝したい。

ある年の真冬、この本を救ってくれたよき仲間たち——サマンサ・エリス、フランチェスカ・シーガル、マチルダ・グレゴリー——に感謝。そして、物語のなかでの事件の起こしかたを心得ていて、本書のエキサイティングな部分のいくつかを生み出してくれたレベッカ・レヴィーンに感謝。クレア・バーリナーとオリヴァー・ミークは、執筆再開を助けてくれた。勇気と自信を与えてくれた読者や評論家のかたがた、とくにジリアン・スターン、ビム・アデウンミ、アンドリア・フィリップス、サラ・ペリーにもお礼を言いたい。

ビル・トムスン、エーコフ・エシュン、マーク・ブラウン、ドクター・ベンジャミン・エリス、アレックス・マクミラン、マーシュ・デイヴィスは、男性側の意見を聞かせてくれた。執筆の初期段階では、セブ・エミナとエイドリアン・ハンとの話し合いがためになった。エイドリアンの知っている未来は、かつてわたしが知っていた神——内在して光り輝くものという——に似ている。

ピーター・ワッツにも感謝したい。海洋生物学について手ほどきをしてくれ、人体のどこに電気板を置けばいいか調べるのを助けてくれた。またBBC科学班、とくにデボラ・コーエン、アル・マンスフィールド、アンナ・バックリーにもお礼を言いたい。電気ウナギについて興味のおもむくまま追求させてもらい、おかげで期待していた以上に広く深く調べることができた。

両親に、そしてエスターとラッセル・ドノフ夫妻、ダニエラ、ベンジー、ザラにも感謝。

イラストはマーシュ・ディヴィスによる。うち二点——「従僕」と「神官女王」——

は、インダス川流域の古代都市遺跡モヘンジョ・ダロから出土した、本物の考古学遺物に基づいている（もちろん〈アイパッド〉のかけらで装飾はされていない）。モヘンジョ・ダロの文化についてはあまりわかっていないが、いくつか興味深い点で、かなり平等主義的な文化だったのではないかと思われる面がある。しかし、文脈が欠如しているにもかかわらず、これらを発掘した考古学者たちは、イラストにある滑石製の胸像を「神官王」と呼び、いっぽうブロンズの女性像のほうは「踊り子」と名づけている。この名はいまでもそのままだ。本書で書いたことはみな、この事実とこのイラストだけで伝えられるのではないかと思うときがある。

解説

渡辺由佳里

アメリカでは二〇一六年の大統領選挙で、初めての女性大統領になることが期待されたヒラリー・クリントンが、ドナルド・トランプに敗れた。得票数ではクリントンのほうがトランプよりも二八〇万以上多かったのだが、アメリカ独自の「選挙人制度」というシステムのために、選挙ではトランプが勝利したのだ。

自分に対して厳しい質問をする女性ジャーナリストたちにセクハラ的な嫌がらせをし、「スターなら、プッシー（女性器）をつかむとか、（女は）なんでもやらせてくれる」と自慢し、妻の妊娠中にプレイボーイ誌のモデルと不倫をし、別のポルノ女優に不倫の口止め料を払い、ツイッターでも露骨な女性蔑視の発言をするトランプが大統領になったことに、多くのアメリカ人女性が衝撃を受けた。

その衝撃は、うつに変わり、クリントンの得票率が多かった地域では、うつと不安障害で受診する患者が激増し、ニュースにもなった。

多くの人は、ショックとうつを、怒りと抗議活動に変換した。代表的なのが、トランプ大統領が誕生した二〇一七年一月二一日に全世界で行われた女性による抗議デモ「ウイメンズ・マーチ」だった。全米で推定三〇〇万〜五〇〇〇万人が参加し、女性の人権と性と生殖に関する権利、そしてLGBTQIA（レズビアン、ゲイ、バイセクシュアル、トランスジェンダー、その他の性的指向）の人権などを求めた。

この年、トランプ政権下での女性への抑圧を恐れる人たちの間で多く読まれるようになったのがマーガレット・アトウッド『侍女の物語』だった。キリスト教原理主義勢力に乗っ取られて宗教国家になったアメリカで、生殖能力がある女たちが、子供を産む道具として支配階級の男たちに仕える「侍女」にされるディストピア小説だ。テレビドラマとして新たに映像化され、一九八五年刊行の古い作品にもかかわらず、米アマゾンで年間最も多く読まれたベストセラーになった。

これまでセクハラや性暴力に耐えてきた被害者が「私もだ」と手をつないで立ち上がり、権力を持っていた加害者を追及する「#MeToo」ムーブメントが盛り上がったのも二〇一七年の特徴だ。これも、大統領選の結果に対する女たちのショックと失望、怒りと無関係ではないだろう。

これらの現象と時を同じくして、「現代の『侍女の物語』」と呼ばれる小説が英語圏で注目されるようになった。それが、二〇一六年にイギリスの女性作家ナオミ・オルダーマンが刊行したこの作品、『パワー』だ。男女の力関係が反転し、女性が男性を力で圧倒的に支配する社会を描いたディストピア小説であり、女性作家に与えられる由緒ある

「ベイリーズ賞」を二〇一七年に受賞し、ニューヨーク・タイムズ紙「二〇一七年の最優良小説一〇作」をはじめ多くのメディアからこの年を代表する小説のひとつに選ばれた。また、フェミニズムについての啓蒙活動を行っている女優のエマ・ワトソンが自分のフェミニストブッククラブの推薦図書に選んだこともあり、若い女性に広く読まれるようになった。

ナオミ・オルダーマンは、オックスフォード大学で哲学・政治・経済学（PPE）を専攻し、弁護士事務所などで働いた後、イースト・アングリア大学でクリエイティブ・ライティングを学び、作家に転向した。若い頃から女性の権利に興味をいだき、二〇一二年から二〇一三年にかけて、ロレックス社が主催する芸術メンタリングのプログラム対象に選ばれてマーガレット・アトウッドから直接指導を受けた。小説『パワー』の誕生には、そんな背景がある。

『パワー』は、考古学説のノベライゼーションである「歴史小説」というスタイルを取っている。専門書だと一般読者が興味を抱いてくれないと考えたニール・アダム・アーモンという男性学者が書いた体裁で、ナオミ・オルダーマンと思われる著名女性作家のアドバイスを求める手紙から始まる。

ニールとナオミの手紙のやりとりからは、未来と思われる彼らの「現代社会」では女性が支配層であり、男性は力が弱くて知的にも劣っているとみなされていることがわかる。だからこそ、リベラルを自認するナオミは、弱い立場の「男流作家」を応援し、「男性の兵士や警察官や『男ギャング』の出てくる場面があるのですね。やってくれるなあ!」とわざわざ言っているのだ。

ニールの歴史小説によると、かつて世界は男性が支配していた。だが、ある時から女性が突然変異で特殊なパワーを持ち始めた。鎖骨部分にスケインという特殊な器官が発達し、そこから発電して相手を感電させることができるようになった。社会における男女の力関係が逆転するきっかけがこれだった。

スケインとそれが与えるパワーを持つのは、はじめのうちは数人の特別な少女たちだけだった。しかし、数が増え、パワーを鍛える方法が編み出され、女性の大部分がパワーを持つようになった。この転換期に重要な役割を果たした人物たちが、それぞれの視点で歴史的な大事件を綴る。世界最大のスケインのパワーを持つ少女ロクシーはイギリスのギャングのボスの娘で、目の前で殺された母の復讐をする。アメリカの地方の女性市長マーゴットは、不安定な娘のパワーを案じつつも政界で権力を広げていく。混血の少女アリーは、自分に性的虐待を加えてきた里親をパワーで殺した後、イヴと名前を変えて宗教的指導者になる。

中心人物のなかで唯一の男性はナイジェリア人のトゥンデだ。男性が支配する社会に反逆を始めた女性たちに寄り添う報道を初期に行ったトゥンデは、ほかの男性が入り込めない場所で女性に守られてルポを行うことができ、一躍有名ジャーナリストになった。

だが、世界中で男性と女性のパワーが入れ替わるにつれ、命の危険を覚える体験をするようになる……。

著者のナオミ・オルダーマンは、ニューヨーク・タイムズ紙の「あなたの小説は復讐ファンタジー的なところがあるが、#MeToo ムーブメントの到来を予期していたのか？」といった内容の質問（二〇一八年一月二九日付インタビュー）に対し、次のように答えた。

「それが起こることを予期していたというよりも、私自身がたぶんムーブメントの一端だと思う。（実際に起こったことの）ニュースが、奇妙なかたちでこの小説の内容に追いついてきた感じだ。どちらも、私にとっては、過去十年にわたって可視化されてきたある種の女性嫌悪（ミソジニー）に対する怒りの高まりの一部だと感じる。

私がティーンエイジャーだった一九九〇年代、『フェミニズム運動はすでに勝利した』というのが若い女性の間で常識のように思われていた。そうでなかったことは、今となっては恐ろしいほど明らかだ。その気づきの大きな原因はインターネットだと思う。どれほど女を憎んでいて、どれほど女をレイプしたくて、どれほど女を征服したいのかを書き込んでいる男性たちのフォーラム（掲示板）を読むことができる。彼らの不満の数々も読める。

私が反応したのは、#MeToo が反応したのと同じことではないかと思う。（これまで隠されていた）多くのことが現在は見えるようになったが、それに対して私たちは対応する必要がある」

このオルダーマンの意見は、大統領選を予備選のときから現地取材した私の観察と一致する。民主党予備選ではヒラリー・クリントンの対立候補であるバーニー・サンダースを支援する若者が多く、大学のキャンパスではヒラリーを応援しにくい雰囲気ができあがっていた。男子学生からヒラリーや彼女を支援する女性議員に対する女性蔑視の言動があっても、同席する女子学生は反論しない。彼女たちの間では、「男女はすでに平等。いまさら女性の人権を訴えるフェミニストってうざい」という感じだった。どちらかというと、彼女たちは、オルダーマンが見たインターネットの男性フォーラムの雰囲気に洗脳されているように見えた。女性から権利を奪おうとするトランプ大統領の誕生で、ようやく彼女たちは目覚めたのだ。だからこそ、大統領選の前にすでにこの小説を書き上げていたオルダーマンの先見の明に深い尊敬を感じる。

『パワー』は、何千年にもわたって女性がためこんできた男性社会の残酷さや男性の女性嫌悪に対する怒りを直接伝える小説ともいえる。

現実社会では、肉体的に男性が女性を圧倒することができる。だが、この小説では、新しく得たパワーのおかげで女性が男性を肉体的に圧倒することができるようになる。パワーのおかげで社会の男女の権限も変化する。政情が不安定なある国で残虐な女性が政権を握り、独裁者として男性の虐待を行うようになる。

電気刺激を与えられるパワーにより、女性は男性を虐待することもできるし、殺すこともできる。性交を拒否する男性に電気刺激を与えて勃起させることができるので、レイプもできるし、性奴隷にすることもできる。男の性奴隷の命は安いので、虐待して殺しても、利用する側には罪の意識はない。

男性は女性の保護者なしには外出も許されなくなる。単独で行動すると、女性集団から襲われ、性的に陵辱されたり、殺されたりする。

「子孫を残すために男は必要だが、数が多い必要はない」と男性を間引きする案も女性から出るようになる。

読んでいると、その残酷さに目を覆（おお）いたくなるかもしれない。男性読者は嫌悪感を抱かずにはいられないだろう。だが、これらのことは、女性に対して実際に起こってきたことであり、現在でも起こっていることなのだ。

オルダーマンの『パワー』は、「女性が権力を得たら、もっと平和な世界になるのに」といった甘い理想論を語る小説ではない。最初の手紙にある「『男性の支配する世界』は……きっといまの世界よりずっと穏やかで、思いやりがあって……」というところにも、よくある理想論を笑い飛ばす皮肉なユーモアを感じる。

この小説は、「レイプされるのは、襲われても抵抗しない女性が悪い」とか「女性が独り歩きをしていたら、襲われても当然」、「嫌だと言いながら、本当は楽しんだのだろう」といった男性の言い分に対する、非常に直截的な返答だ。そういう男性に対して、「パワーが逆転したら、あなたはレイプされて殺されてもOKなのでしょうね？」と問い返している。

この小説で、パワーを持って暴走し始めた女性が行う行動は、非人道的で、残虐すぎるように思える。女性読者である私にとっても読むのがしんどい部分が多いが、男女を置き換えれば、これらは男性社会が女性に対して実際に行ってきたことなのだ。まったく誇張はない。

なぜ、男女を変えただけで、これほど残酷に感じるのだろうか？　そこを読者は考えるべきなのだろう。

男性ジャーナリストのトゥンデが男性の独り歩きで恐怖を覚えるようになる心理状態や、罪のない若い男がパワーを持った残虐な女らに玩具にされて殺される描写を読んで、現実の世界で女性が体験していることを、少しでも想像してほしい。

本書は、オバマ前大統領が二〇一七年に読んだ「最も優れた本」リストのひとつでもある。この本を読んだだけでなく推薦本にしたところは、「さすがオバマ大統領」と思った。それは、二人の娘を持つ父親としての視点があるからだろう。

この本は、ＳＦであり、ディストピア小説であり、フェミニスト小説であり、そして多くの男性にとっては「ホラー小説」でもあるだろう。男性読者にとっては居心地が悪いかもしれないが、「安全に生きることが困難な性にとってのリアルな恐怖」を体験するためにも、ぜひ読んでいただきたい。

（エッセイスト、翻訳家）

本書は、二〇一八年十月に小社より刊行した単行本を文庫化したものです。

パワー

二〇二三年 五 月一〇日 初版印刷
二〇二三年 五 月二〇日 初版発行

著　者　N・オルダーマン
訳　者　安原和見（やすはらかずみ）
発行者　小野寺優
発行所　株式会社河出書房新社
〒一五一－〇〇五一
東京都渋谷区千駄ヶ谷二－三二－二
電話〇三－三四〇四－八六一一（編集）
〇三－三四〇四－一二〇一（営業）
https://www.kawade.co.jp/

ロゴ・表紙デザイン　粟津潔
本文フォーマット　佐々木暁
印刷・製本　中央精版印刷株式会社

Printed in Japan ISBN978-4-309-46782-5

セロトニン

ミシェル・ウエルベック　関口涼子〔訳〕　46760-3

巨大化学企業を退職した若い男が、過去に愛した女性の甘い追憶と暗い呪詛を交えて語る現代社会への深い絶望。白い錠剤を前に語られる新たな予言の書。世界で大きな反響を呼んだベストセラー。

ダーク・ヴァネッサ　上

ケイト・エリザベス・ラッセル　中谷友紀子〔訳〕　46751-1

17年前、ヴァネッサは教師と「秘密の恋」をした。しかし#MeTooムーブメントのさなか、歪められた記憶の闇から残酷な真相が浮かび上がる――。世界32か国で翻訳された震撼の心理サスペンス。

ダーク・ヴァネッサ　下

ケイト・エリザベス・ラッセル　中谷友紀子〔訳〕　46752-8

「あれがもし恋愛でなかったならば、私の人生はなんだったというの？」――かつて「恋」をした教師が性的虐待で訴えられ、ヴァネッサは記憶を辿りはじめる。暗い暴力と痛ましい回復をめぐる、衝撃作。

キンドレッド

オクテイヴィア・E・バトラー　風呂本惇子／岡地尚弘〔訳〕　46744-3

謎の声に呼ばれ、奴隷制時代のアメリカ南部へのタイムスリップを繰り返す黒人女性のデイナ。人間の価値を問う、アフリカ系アメリカ人の伝説的作家による名著がついに文庫化。

血みどろ臓物ハイスクール

キャシー・アッカー　渡辺佐智江〔訳〕　46484-8

少女ジェイニーの性をめぐる彷徨譚。詩、日記、戯曲、イラストなど多様な文体を駆使して紡ぎだされる重層的物語は、やがて神話的世界へ広がっていく。最終３章の配列を正した決定版！

ラウィーニア

アーシュラ・K・ル＝グウィン　谷垣暁美〔訳〕　46722-1

トロイア滅亡後の英雄の遍歴を描く『アエネーイス』に想を得て、英雄の妻を主人公にローマ建国の伝説を語り直した壮大な愛の物語。『ゲド戦記』著者が古代に生きる女性を生き生きと描く晩年の傑作長篇。